外国名作家文集 · 高尔基卷

母亲

МАТЬ

[苏联] 高尔基 / 著

郑海凌 / 译

Максим Горький

漓江出版社

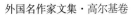

· 桂林 ·

图书在版编目（CIP）数据

母亲 /（苏）高尔基著；郑海凌译 .-- 桂林：漓江出版社，2024.6

ISBN 978-7-5407-9784-3

Ⅰ . ①母…　Ⅱ . ①高…②郑…　Ⅲ . ①长篇小说—苏联　Ⅳ . ① I512.45

中国国家版本馆 CIP 数据核字（2024）第 085189 号

MUQIN

母亲

［苏联］高尔基　著
郑海凌　译

出 版 人　刘迪才
丛书策划　张　谦
责任编辑　杨　静
助理编辑　滚碧月
书籍设计　石绍康
责任监印　黄菲菲

出版发行　漓江出版社有限公司
社址　广西桂林市南环路 22 号
邮编　541002
发行电话　010-85891290　0773-2582200
邮购热线　0773-2582200
网址　www.lijiangbooks.com
微信公众号　lijiangpress

印制　天津市天玺印务有限公司
开本　880 mm × 1230 mm　1/32
印张　12.5
字数　310 千字
版次　2024 年 6 月第 1 版
印次　2024 年 6 月第 1 次印刷
书号　ISBN 978-7-5407-9784-3
定价　79.00 元

目录
Contents

译者序言

高尔基：一个富有诗意的名字

郑海凌

1

1887年12月12日晚上，俄罗斯古城喀山像一个冻僵的老人蜷缩在严寒中。就在寒冷的喀山市郊的一条破旧的街道上，发生了一桩在当时看来十分平常的事情：一个名叫阿列克谢·彼什科夫的二十岁的流浪汉开枪自杀。两天后当地报纸登出一则简讯，说这个来自尼日尼诺夫哥罗德的手艺人在自杀前留下遗言，自称精神正常，头脑清醒，说他的死不责怪任何人，仅仅归咎于杜撰出心痛病的德国诗人海涅，并要求将他的尸体解剖，让医生查看是什么鬼东西近来在他身上作怪。这则简讯在省城喀山并没有引起人们注意，因为当时的俄国正盛行一种自杀流行病，一个普通青年自杀算不了什么。如果这个青年的枪打得准一点，恐怕世界上就不会有那么多人围绕着高尔基的命运争论不休了。高尔基成名之后曾在自传里提到这次未遂的自杀。他也曾为这次自杀羞愧自责，说他在此后的许多年当中，只要一回忆起这种愚蠢行为就感到一阵奇耻并藐视自己。众所周知，高尔基成名之前的生活经历是很困苦很压抑的。他出身于俄国社会底层，三岁丧父，母亲改嫁，把他交给外公外婆抚养。八岁到一家鞋店当学徒，后来到轮船上给厨师当帮工，后来又四处流浪谋生，有过很多不平凡的遭遇。高尔基并没有被穷困庸俗的生活压倒，尽管他深深体验过对滔滔浊世的庸俗的恐惧，被逼迫到自杀的地步。他从那种可怕的生活中走出来，带着对他所熟悉的那种生活的会心的微笑开始了写作。应该说，那种在常人看来庸俗得不堪忍受的生活在他看来不仅不是庸俗的，而且是一首新鲜透明的诗。我们从他作品中流露出的对生活的陶醉和愉悦可以看出他的生活态度，尤其是他的《童年》《在人间》《我的大学》。你看《童年》里那个三岁的小男孩阿廖沙，同外婆和母亲在伏尔加河上航行，他趴在包袱和箱子上，从轮船的小窗朝外望着。小窗圆圆鼓鼓的，活像是马的眼睛。湿漉漉的窗玻璃外面，浑浊的河水翻着泡沫，哗哗流去。有时河水翻起浪花，朝窗玻璃扑来。这时他不由自主地朝后躲，跳到地板上。河面上升起潮湿的大雾，灰蒙蒙的。远方偶尔呈现出黑黝黝的土地，不一会儿又消失在浓雾和河水里……你看，这不是现实生活里的诗吗？当然，作家感受到的生活里的诗远不止这些。我们从他的其他作品里同样可以看出作家对生活的诗意的热情和真切的敏感。人世间的悲欢、苦难和罪恶，人性的美丽或者人心的险恶，人与人之间的忠诚、爱恋和欺诈，政治家的权谋和小人的流言蜚语，等等，在作家眼里都是诗，或者至少是富有诗意的。在真正的作家眼里，就连路边的石头、草木、花鸟，也都是富有诗意的。因此我们可以这样推想，高尔基在成名之前受苦受难的时候是很诗意很快乐的，至少不会像常人在受苦受难时那样痛苦和沮丧。要不然他不会那样痛快地去选择自杀来作为结束自己生命的最好的方式。为了求证是不是德国诗人海涅杜撰的心痛病在他身上起了作用，他选择了自杀。这就是作家和常人在心理结构上的区别。有不少作家为了某个在常人看来不值一提的原因轻易就自杀了，害得研究他们的学者们专心并煞有介事地探索作家的死亡之谜。而学者们往往从常人的立场去看问题，自然会得出高深莫测的结论。在这一点上，学者和作家就有距离。作家是诗性的。学者是理性的。学者往往以自己的理性去分析甚至引导作家，从常人的立场看问题，忽视了作家的诗性特质。在中国，诗性的概念被庸俗社会学遮蔽着。正如王蒙所说，“长期以来我们不谈文学之所以是文学的道理”，“我们争来争去，整来整去，喊来喊去，眼睛盯着的是文学的新闻性、学习材料性、工作材料性、论文性、思想汇报性……”实际上，我们平时所说的文学之所以是文学的道理，是很容易给人造成错觉的。比如人们在阅读高尔基的作品尤其是《童年》等三部曲时很容易发生联想，往往会以为高尔基的成功来自他青少年时代经历的苦难。中国人自古有这样的思路，天降大任于斯人，必先苦其心志，劳其筋骨，饿其体肤，等等。可是单凭苦难的经历并不能成就一个真正的作家。作家的成功靠的是他本身的诗性的素质。世界上像童年的高尔基那样受苦受难的人很多，而高尔基只有一个。

2

就作家的艺术观念和艺术素质而言，高尔基是非常诗性的，只是我们过去在阅读高尔基的时候过多强调了他的革命性，而忽视了他的诗性。在文学观念方面，高尔基有一句名言：“一般人都承认，文学的目的是要使人变得更好。”对于文学作品的读者来说，这句话可能更亲切、更贴近，因为一般读者并不关心小说怎么写，或者文学之所以是文学的道理是什么。读者关心的是我们为什么需要读文学作品。这个问题高尔基明确回答了：读文学作品可以让人变得更好。从哲学方面来讲，人类从森林和洞穴里走出来之后，其生活方式就和诗书一类的艺术品连在一起了。德国当代哲学家海德格尔说：“诗不只是此在的一种附带装饰，不只是一种短时的热情甚或一种激情和消遣。诗是历史的孕育基础。”海德格尔发现诗与人类存在的本质的联系，指出人的生存在本质上是诗意的。这里的诗意，不是说每个人都像诗人那样写诗，而是指一种明丽而自由的精神状态，是一种美好的精神境界。就像袁枚引述所言："所谓诗人者，非必能吟诗也。果能胸境超脱，相对温雅，虽一字不识，真诗人矣。如其胸境龌龊，相对尘俗，虽终日咬文嚼字，连篇累牍，乃非诗人矣。"人的诗意需要文学的培养和提升。高尔基说："书籍，这也许是人类在走向幸福而有威力的将来的道路上所创造出的所有奇迹中最复杂而又最伟大的一个奇迹。"让人们通过读书来提升自己，这是高尔基的理想。他坚信，人类有一点是一致的，这就是渴求着文字和思想所捉摸不着甚至也是情感所难以把握住的某种东西（这也就使我们给它以"美"这个苍白的名字），和在世界上、在我们的心中开着更灿烂而快乐的花朵的某种神秘的东西。从高尔基的创作实践来看，尤其是他早期的作品，诗人的理想和对人世间美好事物的追求表现得尤为突出。他的短篇小说《马卡尔·楚德拉》《伊泽吉尔老太婆》几乎是用诗的语言写成的。作品所表现的是远离俄国现实生活的传奇故事，带有浓厚的浪漫色彩。在创作初期，高尔基对诗歌特别敏感，试图写一种"有韵律的"小说，还因此受到他十分推崇的作家柯罗连科的批评。但他并没有放弃对"有韵律的"小说的偏爱。五年后，柯罗连科在称赞他的小说《阿尔希普爷爷和廖恩卡》的时候还批评他不该把"一种像诗的东西"掺在小说里面。今天看来，作家在创作初期对语言诗性的追求，恰恰说明一个作家在混沌初开时对语言的敏感。20 世纪初，俄国形式学派的几个青年学者突发奇想，曾经以语词为中心来把握艺术，其诗学观念对 20 世纪西方形成的语言论美学产生深远影响。就创作实践而言，作家、诗人不论是选材取境、刻画心理，还是叙事状物，总是要在语言上狠下功夫。高尔基也不例外。高尔基说，艺术是心灵的自由的歌声。他喜欢把小说写得像诗歌一样优美动听。这种情绪贯穿在他的全部创作里面，构成他的小说的抒情化。在创作观念上，高尔基曾明确指出："文学创作的技术，首先可以归之于研究任何一本著作的基本材料——语言，特别是文学作品的语言……起着力量的作用的真正语言的美，是由构成著作的图景、人物性格与思想的各种词汇的正确性、鲜明性与音乐性所创造出来的。”应该说，高尔基的语言艺术观与形式学派没有根本冲突，但他更注重人物形象的典型性和生活真实、艺术真实一类的概念。例如，他说过：“假如一个作家能从二十个到五十个，以至从几百个小店铺老板、官吏、工人中每个人的身上，把他们最有代表性的阶级特点、习惯、嗜好、姿势、信仰和谈吐等抽取出来，再把他们综合在一个小店铺老板、官吏、工人的身上，那么这个作家就能用这种手法创造出‘典型’来，而这才是艺术。”这种艺术观念对后世产生过强有力的影响（尤其在苏联和中国），也使人产生不少误解。问题在于我们的文艺学家喜欢抠字眼，过分拘泥于语词的字面意义，结果只能是在流动的大河上刻舟求剑。今天认真想一想，一个作家从二十个或者五十个以至几百个人身上抽取人物的个性特点，这不是虚构是什么？如果按照高尔基自己的界定——“对于人和人的生活环境作真实的、不加粉饰的描写的，谓之现实主义”，那么这种抽取就不应该是现实主义的。应该说，这种抽取其实就是对现实生活的一种变形、一种扭曲，或者说是一种诗化。曾经获得诺贝尔文学奖的秘鲁当代作家马里奥·巴尔加斯·略萨说小说首先是“谎言”，其次才是“真实”。他说“写小说不是为了讲述生活，而是为了改造生活，给生活补充一些东西”，“小说是靠写出来的，不是靠生活生出来的；小说是用语言造出来的，不是用具体的经验制成的”。对比之下，这里的抽取、虚构、谎言、改造是一个意思，都是作家诗人诗性素质的显现，是艺术的根本途径。只是人们有不同的需要才做出各自不同的解释。这种各取所需式的批评理论搅浑了艺术科学的一泓清泉，以至于至今还让人在真与假、创作与生活的关系中争论不休。正如我国当代小说家阎连科所言：“我们总是把创作

（小说）的头颅强按到生活的泥水里，然后提起小说的头发说，你看，这就是真实，还带有生活新鲜的水滴。今天的文坛，被人们挂在嘴边侃侃而谈的那些带了点‘社会现实’的小说，也同样是被人把头颅强按在了生活的流水里，从而使那些活蹦乱跳的水滴，被人们看作小说创作真谛的珍珠；从而使人们又一次忘记了小说是什么，或想起了小说要什么。”

3

我们探索高尔基小说的诗性结构，是为了给读者留下较大的阅读空间。毕竟小说不是生活中的现实。小说与现实之间是有距离的。作品的诗性就隐藏在这个距离里面。只有把小说当小说读的人才能捕捉作品的诗性，才是具有艺术气质的人。

为了给读者展示出阅读空间，我们建议把《伊泽吉尔老太婆》和《母亲》结合起来阅读。如上文所述，高尔基的诗意的理想贯穿于他的全部作品里，但在这两部作品里他的诗意的理想表现得最为鲜明。

《伊泽吉尔老太婆》是一篇容量较大的短篇小说，通过伊泽吉尔老太婆之口讲述了三个人的故事：拉那的故事、老太婆自己的故事和丹柯的故事。前两个故事是后一个故事的衬托和铺垫，后一个故事是作品的核心。

高尔基用诗的语言和诗的激情讲述了鹰的儿子、吉卜赛女人的浪漫和一颗燃烧的心。

高尔基说：“人在很多方面还是野兽，而同时人——在文化上——还是一个少年，因此美化人、赞美人是非常有益的：它可以提高人的自尊心，有助于发展人对于自己的创造力的信心。此外，赞美人是因为一切美好的有社会价值的东西，都是由人的力量、人的意志创造出来的。”这一番话讲出了他的生活观念和文学观念。高尔基终其一生孜孜以求的是完美的社会、完美的人。人和社会本来是不完美的，他们的完美需要诗的滋养和真理的照亮。

于是在他的笔下，诞生了丹柯，诞生了那一颗燃烧的心。

这是一个感人肺腑、催人泪下的英雄的传奇故事。在一片古老的大地上住着一族人。他们被漫无边际的、密集的、黑暗的森林从三面包围着，只有一面是草原。有一天，草原上出现了另外一族人，强悍凶恶的异族人把他们驱赶到森林深处黑暗恶臭的沼泽上，全族人面临灭顶之灾。就在这最危险的时刻，一个英俊的年轻人丹柯勇敢地站出来，答应带领大家穿越森林走出死亡。这是一条艰苦的路。无边的黑暗。人们每走一步都要付出很大的代价。森林里风雨交加。走出森林的希望很渺茫。人们气馁了，开始埋怨丹柯，把怨恨和愤怒发泄到丹柯身上。他们要杀死丹柯。这时，丹柯忽然高傲地用双手撕开自己的胸膛，从里面挖出他自己的那颗心，把它高高地举在头顶上。那颗心像太阳一样明亮地燃烧，给人们照亮着道路。就这样，勇士丹柯高举着那颗燃烧的心把人们带出森林，然后他倒下去死了。

丹柯是高尔基的文学理想，而《母亲》则是一部最能体现他的文学理想的长篇小说。

在创作《母亲》之前，高尔基于1901年发表了《海燕之歌》。这支短歌饱含着“丹柯的激情”，预示着俄国革命的暴风雨即将来临。1900年以后，俄国工业危机加剧。三年之内有三千多家企业倒闭，被开除的工人有十万人之多。工人运动开始从经济罢工发展为政治罢工和示威游行。列宁在1901年12月写道：“民愤到处都在增长，把这种愤懑汇合成为一道冲击到处横行霸道、肆虐逞凶的专制制度的洪流，愈来愈必要了……当人民的愤懑和公开的斗争到处开始迸发火星的时候，首先的和主要的是供给大量的新鲜空气，使这些星星之火能够燃烧成熊熊的烈火！”高尔基在这种情势下创作了《母亲》。所以列宁称赞它“是一本非常及时的书”。

《母亲》的写实性不容忽视，因为其中的故事取材于尼日尼诺夫哥罗德的一个造船厂，据说那个工厂里确实发生过工人的游行，有过相似的人物和故事。但是《母亲》毕竟是小说，而且是一部燃烧着浪漫激情的政治小说。在小说视觉上占据重要位置的青年革命家巴维尔·弗拉索夫和他的母亲，是两个诗化的人物。他们走在真理和理智的道路上，要把爱献给一切，要用新的天空覆盖一切，要用心灵的不灭之火去照亮一切，要在人间点燃一个新的太阳。把《伊泽吉尔老太婆》和《母亲》结合起来阅读，我们便不难看出作品的诗意和作家的诗心。

高尔基是一个带有很敏锐的阶级性的作家。他曾坚定地认为文学家是阶级的眼睛、耳朵和喉舌，认为文学家永远并且不可避免地是阶级的工具，是阶级的感觉器官。高尔基的顽强的阶级性在一个特定的历史时期曾经被人用来为无产阶级专政服务，这本来不是高尔基的过错。可是在苏联解体、克里姆林宫红旗落地之后，高尔基的名字就陷进是非的旋涡里，被人指指画画、说三道四、涂抹得不成样子。

熟悉高尔基作品的老作家巴金说高尔基本人“就像他的草原故事中的英雄丹柯一样，高举着自己的‘燃烧的心’领导人们前进”。1984年5月15日巴金在东京出席国际笔会第四十七届大会时，曾郑重地向来自世界各地的作家们呼吁：“我们的前辈高尔基在小说中描绘了高举‘燃烧的心’在暗夜中前进的勇士丹柯的形象，小说家自己仿佛就是这样的勇士……”

高尔基是一个富有诗意的名字。他和他的作品像一个永恒的火炬，在每一个读者心中点燃着光明。

第一部

第一部

一

在工人们集居的村镇[1]上空，笼罩着一层灰蒙蒙的油烟。每天早晨，工厂的汽笛都颤抖着发出粗暴的吼叫。居住在灰色小木屋里的工人们，一听到汽笛声，就像受惊的蟑螂似的，慌忙从家里跑出来。他们显然睡眠不足，疲劳的筋骨也没有得到恢复，于是哭丧着脸，一副无精打采的样子。天刚蒙蒙亮，周围寒气袭人。他们走在没有铺修路面的街道上，朝着砖石结构的高大如鸟笼一般的厂房走去。工厂正等待着他们，几十只油腻的四方眼睛流露出冷漠和自信。工厂的灯光照亮了泥泞的道路，烂泥在工人们脚下发出噗嗤噗嗤的响声。睡眼惺忪的工人们吵吵嚷嚷，不时地喊叫着，声音嘶哑，不堪入耳的叫骂声划破天空。迎面传来机器嘈杂而沉闷的轰鸣，夹杂着咝咝的蒸汽声。乌黑的烟囱像一些粗大的木桩似的，耸立在工厂上空，远远望去显得阴森恐怖。

傍晚，太阳落山的时候，房屋的玻璃窗上疲惫地闪烁着血红的余辉。此时，工人们从鸟笼般的厂房里急急地拥出来，像被工厂抛弃的废炉渣似的。他们沿原路回家，衣服被油烟熏得乌黑，脸上黑乎乎的，饥饿地龇着牙，全身散发着机油的气味。不过他们这会儿

---

① 这个镇子位于下新城郊外，距离城区约10公里，是俄国著名的索尔莫沃造船厂所在地。

谈话轻松一些了，甚至流露出几分愉快，因为一天的苦役终于结束，回到家里就可以吃晚饭和休息了。

一天的时光在工厂的劳役中流逝。机器随心所欲地从工人们的筋骨中榨取他们的精力。这一天无声无息地从生活中消失了，人们在一步步地走向坟墓。不过，他们看到眼下还能享受休息，还能到烟雾弥漫的小酒馆里去消遣一番，也就感到满足了。

在节假日，人们往往睡到十点钟。起床后，上了年纪的人和结了婚的人都打扮得漂漂亮亮，到教堂去做午祷[①]。每逢这时，他们免不了要责骂年轻人对宗教漠不关心。做完午祷以后，回家吃点馅饼，然后又躺下睡觉，一直睡到夕阳西下。

由于长年累月的疲劳，人们的胃口很不好。为了开胃，他们就常常喝酒，以烈性伏特加来刺激食欲。

一到傍晚，人们就懒懒散散地上街闲逛去了。有雨鞋的人就穿上雨鞋，尽管天气干燥；有雨伞的人也都随身带上一把雨伞，尽管晴天大日头的。

工人们在街头碰面，仍旧要谈论工厂的事：机器如何啦，工头如何啦，提起工头免不了要咒骂一通。总之，他们的言谈和思想都离不开做工。单调的生活枯燥乏味，人们很少转动脑筋，愚钝的头脑有时也闪现出零星的火花。男人们回到家里同妻子争吵起来，经常动手打人，从不吝惜拳脚。小伙子们喜欢在酒馆里消磨时光，或者轮流在各家举办晚会，拉着手风琴，唱起淫秽的歌曲，跳舞，言语下流，酗酒无度。疲劳的人是很容易喝醉的。喝醉了酒，积聚在胸中的一股莫名其妙的愤怒就沸腾起来，要寻找机会发泄。于是他们就抓住每个机会来发泄这种无名之火，常常为了一些鸡毛蒜皮的小事斗殴，像凶猛的野兽似的拼命厮打。因此，这里时常发生流血事

---

① 东正教徒每逢假日都要去教堂做午间祈祷。

件，有时把人打成残废，甚至闹出人命案子来。

人们往往彼此存有戒心，内心里相互仇视，这种压倒一切的情绪根深蒂固，像无法恢复的疲劳一样，难以消除。人们生来就带有这种病态心理，并且代代相传。这种扭曲的灵魂像黑影似的伴随他们终生，一直陪他们进入坟墓。人们在这种心理的怂恿下，于一生当中盲目地干出种种蠢事，表现出无谓的残酷。

在节日的夜晚，年轻小伙子们很晚才回家，身上的衣服被撕破了，满身污泥，脸上带着伤痕，却幸灾乐祸，吹嘘自己如何用拳头教训了同伴。有的被人侮辱，心里窝火；有的受了委屈，眼泪汪汪；有的喝得醉醺醺，一副凄凄惨惨的样子，看上去让人讨厌。有时，他们是被自己的父母拖回家的。父母在临街的围墙下或者酒馆里找到烂醉如泥的儿子，给他一顿臭骂和拳头，然后把他拖回家去，再多少给他一点关心，让他好好睡一觉，因为第二天早晨，当工厂的汽笛声像浑浊的河水奔腾似的在空中吼叫时，还得叫醒他去上班。

父母要是打骂起孩子来都很凶狠，但年轻人酗酒打架在长辈看来却不足为怪，因为父辈在年轻时也酗酒打架，挨父母打骂。日子就这样一天天过去了，生活像一条浑浊的河流平静而缓慢地流向远方。日复一日，年复一年，人们拘泥于那些牢不可破的陈规旧习，每天的思想和行为总是老一套。谁也不曾想过要改变这种生活。

偶尔也有外地人来到这城郊的镇子上。起初因为他们初来乍到颇为引人注目，此外，他们谈到过去做工的地方，也使本地人产生一点表面的好奇。后来人们跟他们混熟了，不再觉得他们有什么新奇，也就不再留心他们了。从这些外来人的言谈话语中人们清楚地了解到，普天下的工人都过着同样的日子。既然如此，还有什么可谈论的呢？

不过，有时候，这些外来人也谈到一些在镇子上从未听说过的事。本地人不愿同他们争论，只是在听到他们所讲的稀奇古怪的事情时流露出一些疑惑。听了他们的谈话，有些人盲目地发起火来，其他的人露出隐隐约约的恐惧，还有一些人大为不安，心头浮起朦朦胧胧的希望的影子。于是他们喝酒喝得更凶了，大概是为了摆脱那种多余的令人心烦的慌乱和不安。

一旦发现外来人有什么与众不同的地方，镇子上的人就对他另眼看待，时过很久还记着他。本地人对外来人总是放心不下，自觉不自觉地提防着他们，似乎害怕外来人搅乱他们的生活，破坏他们单调、沉重但却平静的生活秩序。对于生活始终如一的沉重压迫，人们已习以为常。他们并不期望发生任何好的变化，认为一切变化只会加重这种压迫。

每当外来人谈到新奇的事，本地人就默默躲开。这样一来，外来人只好悄然离去，再流浪到别处去。即使是留在工厂里，他们也拒绝与本地人来往，或者干脆变得与生活单调的本地人毫无二致……

这样的日子过不了五十年，人们也就死去了。

二

米哈伊尔·弗拉索夫就过着这样的生活。他是个钳工，蓄着大胡子，脸上总带着愁苦的表情，两道浓眉下是一双细小的眼睛，那眼睛时常流露出怀疑的、凶狠的、冷笑的神情。在工厂里他是一名出色的钳工，在镇子上他是独一无二的大力士。他对待上司一向粗暴无礼，所以薪水很低。一到节假日，他就要抓住什么人痛打一顿，大家都躲着他，害怕他。有时候人们也想揍他一顿，却没有得手。弗拉索夫发觉有人要袭击他，就连忙抓起石头、木板或者铁棍，叉开双腿站在那里，沉默着，等待对方向他扑来。此时此刻，他的样子是很吓人的：从眼睛下面到脖颈长满乌黑的大胡子，胳膊上长满浓密的黑毛，看上去让人心惊肉跳。最吓人的是那双细小而锐利的眼睛，像钢锥似的刺向对方，凡是与他目光相遇的人都会感到，他这人很野蛮，有一股天不怕地不怕的劲头儿，他打起人来是丝毫不会留情的。

“嘿，贱种，快滚开！”他瓮声瓮气地喊道，又大又黄的牙齿在浓密的大胡子里格外扎眼。人们乖乖地走开了，一个个怯生生的，嘴里还不住地骂骂咧咧。

“贱种！”他冲着人们的背影骂道，他的两眼闪烁着凶狠的光芒，咄咄逼人地冷笑着。然后他气势汹汹地昂起头，追赶着他们喊道：

“喂，想死的就站出来！”

结果谁也不想死。

他一向沉默寡言，可是“贱种”一词却常挂在他嘴边。他称工厂里的上司和警察是贱种，对妻子也使用这个字眼儿。

“难道你没看见？贱种，裤子破啦！”

在儿子巴维尔十四岁那年，有一次，弗拉索夫想揪住儿子的头发把他拖出去。但儿子拿起一把沉重的铁锤，斩钉截铁地说：

“我看你敢动手！”

“你说什么？”老弗拉索夫问道，渐渐逼近又瘦又高的儿子，像阴影移近白桦树似的。

“收起你那一套吧！”儿子说，“我再也不怕你了……”

说着他挥起铁锤。

老弗拉索夫望了望儿子，把毛茸茸的双手藏在背后，冷笑说：

“好吧……”

接着他长叹一声，说道：

“唉，你这贱种……”

此后不久他对妻子说：

“你别再问我要钱了，让这浑小子养活你吧……”

“这么说你要把钱统统拿去换酒喝？”妻子大着胆子问道。

“这你管不着，贱种！我要去找个相好的……”

其实他并没有去找什么相好的，然而从此以后他便同儿子断绝了关系。一直到死，差不多有两年时间，他一直不理儿子，没有同他说过话。

老弗拉索夫养了一条像他一样健壮的大披毛狗。每天上班的时候，这狗就跟着他走到工厂，傍晚就在工厂门口等他。每逢节假日，老弗拉索夫就去逛酒馆。他在酒馆里走来走去，一声不吭，眼睛在人们脸上反复打量着，好像是在找人。那条狗整天同他形影不离，拖着长毛大尾巴。他喝醉了酒才肯回家，坐下来吃晚饭的时候，就用自己的饭碗喂狗。他对狗倒是很好的，不打也不骂，不过他从不抚摸它。晚饭后，如果妻子不赶快来收拾桌子，他就掀翻桌子把盘盏摔在地上，然后拿出一瓶酒摆在面前。他自己就靠墙坐在墙根上，闭着眼睛咧开大嘴嗥叫起来。其实他是在唱歌儿，但他的嗓子嘶哑，听来令人愁闷。他唱歌儿像是在惨叫，胡须随歌声颤动着，把沾在胡子上的面包屑抖落下来。老钳工用粗大的手指捋了捋胡子，胡乱唱着。他把歌曲中的每个词儿拉得老长，让人听不明白他唱些什么，那声音倒是像冬天里的饿狼在嗥叫。他一边唱歌，一边喝酒，直到把那瓶酒喝光为止。然后他就侧卧在长凳[①] 上，或者把头伏在桌子上，就这样睡觉，一直睡到第二天早晨汽笛吼叫。他的狗就卧在他身边。

老弗拉索夫死于疝气病。他卧床四五天，全身发黑，难受得在床上打滚儿，两眼紧闭，牙咬得咯咯响。他不时对妻子说：

“快去拿毒药来，把我毒死得了……”

医生来看了看，给他做了热敷。但医生说病人必须做手术，并

---

① 俄国人的长凳较宽，可供睡觉用。

且当天就得去住院。

“你见鬼去吧，我自己会死！……贱种！”老弗拉索夫声音嘶哑地骂道。

医生走了。这时妻子哭着劝他到医院去做手术，可他挥舞拳头威吓说：

“我要是病好了，有你好受的！”

第二天早晨，当汽笛吼叫着，工人们开始上班的时候，老弗拉索夫死了。他躺在棺材里，仍旧一副怒冲冲的样子，张着嘴，生气地竖着眉毛。他的妻子、儿子和狗给他送葬。被工厂开除的老酒鬼兼小偷达尼拉·维索甫希科夫和镇子上的几个乞丐也参加了他的葬礼。妻子低声哭着，但没有哭很久，儿子巴维尔压根儿没有哭。出殡的时候，镇子上的人遇见棺材就停下来，在自己胸前画着十字，私下里说：

“唉，他死了，佩拉格娅总算舒心了……”

有人纠正说：

“死了活该，他不是人，是禽兽……”

棺材封土之后，人们离开了墓地。可那条狗却不肯离去。它坐在新鲜的泥土上面，默默地在坟墓上嗅了很久。几天后，有人把它打死了……

三

父亲死后不到两个礼拜，在一个礼拜天的晚上，巴维尔·弗拉索夫喝得醉醺醺的，跌跌撞撞地回到家里。他摇晃着身子走到门厅的墙角里，像父亲那样在桌上擂了一拳，冲母亲喊道：

“快拿饭来！”

母亲走过来在他身边坐下，拥抱着他，把他的头紧贴在自己怀里。他不让母亲拥抱他，用双手撑着母亲的肩膀，大声喊道：

“妈妈，快点！”

“瞧你这个小傻瓜！”母亲使劲搂抱着他，温和的语气中带着几分悲凄。

“我要学抽烟！把爸爸的烟斗拿给我！……”

巴维尔的舌头不听使唤，含糊不清地说。

他有生以来头一回喝醉。酒劲儿上来了，他感到浑身发软，但他的神志是清醒的，脑海里闪烁着一个念头：

“莫非是喝醉了？是喝醉了？”

母亲爱抚他，他感到难为情。母亲眼睛里的悲伤使他深受感动。他心里难受，真想放声大哭，为了掩饰内心的冲动，他故意装出一副酩酊大醉的样子。

母亲替他整理着被汗水湿透的蓬乱的头发，轻声说：

“这种事不是你应该做的……”

他感到恶心，接着便剧烈地呕吐起来。此后母亲把他扶到床上，拿一条湿毛巾敷在他苍白的脑门上。他稍稍醒过酒来，但他感觉自己好像躺在浪涛中，身子底下和周围的一切都在上下摇荡。他觉得眼皮沉重得抬不起来，嘴里有一股龌龊的苦味。透过睫毛望着母亲宽大的面孔，他心里猜想着：

“大概我还不到喝酒的年龄。别人喝酒没事儿，我为什么恶心呢……”

远方传来母亲温和的声音：

“你要是也成了酒鬼，将来怎么养活我呢……”

巴维尔紧紧地闭上眼睛，说：

“大家都喝酒……”

母亲长叹一声。儿子说得对，她心里也明白，人们不上酒馆，到哪里去寻找乐趣呢，但她仍旧对儿子说：

“但你不要喝酒！你该喝的酒父亲早替你喝了。我这辈子给他害得好苦哇……难道你就不心疼妈妈吗？”

母亲的话悲凄而柔和，勾起巴维尔对往事的回忆。他回想父亲活着的时候，母亲在家里没有地位，一天到晚沉默寡言，处处赔着小心，生怕挨父亲毒打。在父亲临终前的一段时间，巴维尔很少在家，目的是躲避父亲，但却也和母亲疏远了。想到这里，他渐渐清醒过来，两眼呆呆地望着母亲。

母亲个子很高，背有点驼。长年的劳累和丈夫的殴打，使她的身子变虚弱了。她走路时脚步很轻，没有一点声响，并且总是稍稍侧着身子，仿佛害怕碰着什么东西似的。她那张椭圆形的宽大的脸上布满深深的皱纹，略微有点浮肿。可那双乌黑的大眼睛却使她那张脸显得和蔼生动。和镇子上的大多数妇女一样，她那双眼睛总带着一种忧郁不安的神情。一道深深的伤疤横在右眉之上，使得眉毛稍稍向上挑着，看上去似乎右耳比左耳高一些。这让她的面孔显得有点异样，仿佛她总在小心翼翼地谛听着什么。她的头发本来又黑又密，但如今已现出绺绺白发。她整个人都显得和善、悲凄、柔顺……

泪水从她脸上缓缓地流下来。

“别哭！”儿子小声请求说，“给我拿点水喝。”

“我去给你拿冰水……”

可是母亲转身回来时，巴维尔已经睡着了。她端着白铁杯子在床前站了一会儿，水杯在她手中颤抖着，冰块静静地磕打着水杯。她把水杯放在桌上，悄悄地在圣像面前跪下来。玻璃窗外面不时传来吵闹声，酒鬼们在寻欢作乐。这是一个阴暗而又潮湿的秋夜，有人在扯着嗓子唱歌，有人在用脏话骂人，夹杂着手风琴刺耳的尖叫声。气恼的妇女们惊叫着，声音疲惫而嘶哑……

在弗拉索夫家的小木屋里，日子过得比过去宁静，就是与镇子上其他人家相比，也显得略有不同。弗拉索夫家的房子坐落在镇子尽头，房后是一片不高的陡坡，坡下是一片沼泽地。母亲住在厨房隔壁的小房间里，与厨房只隔一层薄板。厨房和母亲的卧房占去房子的三分之一。余下的三分之二是一个正方形房间，有两个窗户。巴维尔的床摆在一个墙角里，靠房门的墙角里有一张桌子和两条长凳。还有几把椅子，一个盛内衣的五屉橱，橱柜上面摆着一面小镜子，一只衣箱，墙上挂一只壁钟，墙角里摆着两个圣像，这就是全部家当。

和每个年轻小伙子一样，巴维尔喜欢赶时髦：买了一架手风琴，买了胸部浆得挺直的衬衫和漂亮的领带、套鞋、手杖，并且和他的同龄人一样，到处去参加晚会。学会了跳加特里舞和波尔卡舞。一到节假日他就喝得醉醺醺的，跌跌撞撞地回到家里，一副痛苦不堪的样子。第二天早晨头痛、恶心，面色灰白，萎靡不振。

一天，母亲问他：

“怎么样，昨儿玩得开心吗？”

巴维尔哭丧着脸，没好气地答道：

“烦死了！还不如去钓鱼呢，或者买一支枪打猎去。”

在工厂里他勤勤恳恳，从不旷工，也没有挨过罚，总是不声不响的。他有一双蔚蓝的、像母亲那样的大眼睛，不过眼睛里时常露出不满的神色。其实他并没有去买猎枪，也不曾去钓鱼，可他明显地变了，渐渐地离开了往日的那些伙伴。他很少去参加晚会，在节假日外出也不再喝酒。母亲敏锐地察觉到儿子的变化，发现他那张黝黑的面孔消瘦了，眉宇之间充满严肃的神气，总是绷着嘴唇，显得异常严厉。他似乎有什么心事，在生闷气，又好像生病了，身体日渐消瘦。以往常有伙伴来看他，现在他老是不在家，伙伴们也就不来了。母亲发现儿子同工厂里那帮年轻人断了来往，心里暗暗高兴，可是当她看到儿子躲开生活的暗流，专心致志地去走自己的路时，她心里又感到隐隐的不安。

“巴甫鲁沙[①]，你身体不舒服吧？”有时母亲忧虑地问道。

“没事儿，我很健康！”巴维尔答道。

“你瘦多了！”母亲叹气道。

他经常拿些书回来，偷偷地读着，读过之后就把书藏起来。有时他边读边记笔记，并且把记笔记的纸张也藏起来……

他和母亲很少碰面，也很少谈话。早晨，他默默地吃了早点就上班去，中午回家来吃午饭，在饭桌上聊几句家常话，饭后他又不见了，直到晚上才回家。他认真地洗了脸，然后坐下来吃晚饭，然后就看书，一直看到深夜。到了节假日，他一早就出去了，夜里很晚才回来。母亲只知道儿子进城去了，说是去看戏，可是城里却不曾有人来找过他。她觉得儿子越来越不爱说话。她渐渐发现有时儿子说话时使用一些深奥难懂的新词语，往常那些粗野刺耳的话再也听不到了。她察觉到，他的举止也发生了不少细微的变化。他不再讲究穿戴，却更加注重整洁了；他变得步履矫健，行动敏捷，仪表朴实大方，变成一副和蔼可亲的样子。这一切都使得母亲忧虑不安。他对母亲的态度也与过去不同了：他经常打扫房间，在节假日亲自整理床铺，总之，他知道心疼母亲了，想尽量让母亲少干点活儿。而镇子上的年轻小伙子是从来不做这些事的……

有一天，他从外面拿回来一幅画，把它挂在墙上。画中三个行人边走边谈，脸上都带着轻松愉快的表情。[②]

“这是复活的耶稣前往以马忤斯村！”巴维尔向母亲解释说。

母亲喜欢这幅画，但她心里却说：

---

① 巴维尔的爱称。

② 这幅画画的是《圣经》故事：耶稣复活后途经耶路撒冷郊外的以马忤斯村附近，遇到两个门徒。耶稣显灵，并和两人同行。

“你尊敬基督，为什么不上教堂呢……”

书架上的书越来越多了。这书架很漂亮，是巴维尔的一位木工朋友替他做的。房间里很整洁，给人以舒适的感觉。

他对母亲尊称“您”，或者叫她好妈妈，但有时忽然变得亲切起来，对母亲说：

“妈，我今天回来晚一点儿，你可别担心哟……”

母亲喜欢儿子这亲切的态度。从儿子的话里，她能感觉到某种严肃而又坚强的东西。

但她的不安仍在加剧。这样过了一段时间，她心中产生了某种预感，结果她那种惶恐不安的情绪不但没有消除，反而让她更加心绪不宁了。她预感到儿子要发生某种非同寻常的事情。有时她对儿子很不满意，心想：

“别人都安安稳稳地过日子，可他却像个苦行修士。他太严厉了，不像个年轻小伙子……”

可有时她又想：

“说不定他交女朋友了？”

可是交女朋友是要花钱的，但他几乎把全部工钱都交给了母亲。

就这样，几个礼拜过去了，几个月又过去了。这种古怪的生活在沉默中流逝着，不知不觉地过了两年。这期间生活充满了模糊的思索和日益加剧的不安。

四

有一天晚饭后，巴维尔放下窗帘，把铁灯挂在屋角的墙壁上，就坐在灯下看书。母亲收拾好餐具，走出厨房，小心翼翼地来到儿子身边。巴维尔抬头望了望母亲的脸，他的目光流露出疑问。

“没什么，巴沙[1]，我随便看看！”母亲难为情地扬了扬眉毛，连忙解释说，然后就出去了。但她仍旧在思索着什么，一副忧心忡忡的样子，在厨房里呆呆地站了一会儿，把手洗干净，又走到儿子身边。

“我想问问你，”她轻声对儿子说，“你总是在看些什么书？”

巴维尔合上书。

“妈妈，你坐吧……”

母亲笨重地在他身边坐下，挺起身来，仿佛在聆听某个重大事件似的，全神贯注地等待着。

巴维尔不看母亲，用十分严肃的口吻低声说：

“我看的是禁书。这些书之所以是禁书，是因为它们讲的是真理，讲的是我们工人的真实生活……这些书是在地下偷偷印的，要是查出我有这种书，就会抓我去坐牢，因为我想知道真理。你懂吗？”

她忽然觉得喘不过气来。她睁大眼睛望着儿子，儿子似乎变成了陌生人。他的嗓音听来有些异样，变得浑厚有力。他用手指捻着稀疏而又柔软的胡须，古怪地皱着眉毛，目光盯着屋角里的某个地方。她替儿子害怕，同时又可怜他。

“你这是何苦呢，孩子？”母亲问道。

巴维尔抬起头来望了望母亲，平静地低声答道：

“我想知道真理。”

他的声音很轻，却坚定有力，两眼闪烁着固执的亮光。母亲心里已察觉到，儿子已永远投身于一项秘密的、可怕的事业。在她看来，人生在世，一切都是命中注定的，她已经习惯于不假思索地听从命运的安排。此刻，她心里充满了痛苦和忧虑，不知该对儿子说些什么，只好低声哭起来。

---

① 巴维尔的爱称。

“快别哭了！”巴维尔温柔地低声安慰道，可是母亲却觉得儿子在同她告别。“你好好想一想，我们过的是什么日子？你四十岁了，你过过好日子吗？父亲老是打你。我现在明白了，他是在你身上发泄自己的痛苦。他生活得很苦。他遭受着痛苦的压迫，却不明白这种痛苦来自何处。父亲在工厂里干了三十年活儿，他刚进厂的时候，整个工厂只有两栋厂房，现在已经有七栋厂房了！”

母亲专心致志地听儿子讲述着，同时心里充满了恐惧。此刻，儿子的眼睛炯炯有神，闪烁着明丽的光芒。他向母亲移近一些，胸部靠着桌子，凝望着她那张满是泪水的脸，有生以来第一次向母亲叙说着他所理解的真理。他满怀着青春的力量，像一个中学生在炫耀自己的知识并且虔诚地信仰其中的真理似的，热情洋溢地讲述着他所明了的一切。他这番话似乎不是面对母亲，而是在考查他自己的口才。有时他找不到适当的词语，不得不停顿下来，这才看见母亲那张痛苦不堪的脸。母亲的脸就在他面前，她那双慈祥的眼睛被泪水模糊了，显得呆滞无神。母亲恐惧地望着他，眼睛充满了困惑。看着母亲这副样子，巴维尔打心眼里可怜她。他又讲下去，不过这时讲的是母亲自己的事，是她的生活。

“你这辈子有过欢乐吗？”巴维尔问道，“过去的生活有什么值得你怀念的吗？”

母亲听了，伤心地摇了摇头。这时她感觉有一股从未体验过的新的情感涌上心头，悲伤和欢喜交织着，温暖着她那颗饱受折磨的心。她头一次听到有人谈论她本人，谈论她的生活。儿子的话在她心中激起了波澜，唤醒了那些沉睡已久的、模糊的思考，点燃了早已熄灭的对生活的淡淡的哀怨。那是在遥远的青年时代，她和女伴们一起谈论人生，每次都谈得很久。她们曾谈到人生的各个方面，不过那时候大家（包括她自己在内）只是发发牢骚而已，至于人生为什么如此艰难困苦，谁也说不清楚。然而现在，她的儿子就坐在她眼前，他那双眼睛、他的表情和他的话语所表达的一切，都使她怦然心动，使她心中充满了自豪。儿子真正理解母亲的遭遇，说出了她经受的种种痛苦，并且心疼她。她为有这样的儿子感到自豪。

为人之母，却向来无人心疼。

这她是知道的。可是儿子所讲述的女人的生活，全是令人痛苦的有目共睹的事实。这时她的心轻轻颤抖着，胸中微波荡漾，一股从未有过的暖流渐渐涌上她的心头。

“你到底想做什么呢？”母亲打断他的话，问道。

“学知识，然后再去教其他人。我们这些工人需要学习。我们必须弄明白，我们工人的生活为什么这样苦。”

巴维尔说到这里，他那双一向认真而严厉的蔚蓝的眼睛燃起了温柔和蔼的光芒。母亲望着儿子的眼睛，心里感到甜蜜蜜的。虽然她那布满皱纹的面颊上还闪动着泪花，但她的嘴角上却露出满意的微笑。她心里很矛盾。一方面，儿子能把人生的忧患看得如此透彻，她为儿子感到自豪；另一方面，她又不得不为儿子担忧，毕竟他青春年少，而言论却异于常人，并且决定独自去反抗大家（也包括她自己）已习以为常的生活。两种情绪在她心中交织起伏，她很想提醒儿子：“亲爱的，你能干出什么名堂呢？”

但她害怕这样说会泼了儿子的冷水，会影响自己欣赏儿子。毕竟他刚刚向她敞开心扉，并且变得如此高深莫测，使她感到有些陌生……

巴维尔察觉到母亲唇边的微笑，察觉到她那专注的神情和慈爱的目光，他觉得，他已经让母亲明白了他所说的真理。此时，年轻好胜的巴维尔为自己谈话的感染力感到自豪，同时也更自信。他的情绪颇为激动，一会儿嘿嘿一笑，一会儿皱起双眉，言谈话语中还不时流露出仇恨。母亲听到儿子满怀仇恨的生硬言辞，不由得恐惧地摇了摇头，轻声问道：

“这是真的，巴沙？”

“是真的！”巴维尔坚定有力地答道，他向母亲谈到那些为民众谋福利的人，“他们在民间传播真理，为此当权者就敌视他们，像捕捉野兽一样到处追捕他们，把他们投入监狱，或者流放到外地去服苦役……”

“我见过这些人！”他激动地高声说，“他们都是些杰出人物！”

这些人物使得母亲惴惴不安，她忍不住又想问问儿子：“这是真的吗？”

但她没敢开口。她凝神静听儿子讲述那些杰出人物的故事，就是这些怪人教会了她儿子谈论和思考这些危险的事情。最后她提醒儿子：

“天快亮了，你躺下睡一会儿吧！”

“好吧，我马上就睡！”巴维尔答道。说罢他向母亲俯下身来，问道：“你理解我了吗？”

“理解啦！”母亲叹息说。这时泪水又涌上她的眼窝，她哽咽着补了一句：“你会倒霉的！”

巴维尔站起身来，在房间里踱了一会儿，说道：

“瞧，我把事情全给你说了。现在我做什么，去什么地方，你全知道了！我请求您，母亲，既然爱我，就不要打扰我！……”

“我的乖孩子！”母亲高声说，“也许对我来说，什么都不知道更好！”

巴维尔拿起她的手，把它紧紧地握在自己手里。

儿子突然热情洋溢地称呼她“母亲”，使她大为震动，这握手也使她感到新鲜、古怪。

“我不会去打扰你的！”母亲激动地说，“不过你要爱惜自己，要多加小心！”

她不知道儿子该小心什么。接着她又忧伤地说：

“你一天天瘦下来……”

她用温柔慈爱的目光拥抱着儿子健美的身躯，急促地低声说：

“求上帝保佑你！你可以照自己的方式去生活，我不干涉你。只是有一点，千万不能天不怕地不怕地去和人乱说！要知道人心险恶，人与人之间互相怀恨，对他们要多加小心！人都是贪心的，充满嫉妒，做了坏事心里还美滋滋的。你要是揭露他们，责备他们，他们就对你怀恨在心，暗地里坑害你！”

儿子站在门口听着母亲的劝告。等母亲说完了，他笑道：

“人是很坏的，你说得对。但是当我得知世界上有真理的时候，我觉得人们变好了……”

说到这里他又笑了笑，继续说下去：

“我自己也说不清这是怎么回事！我从小就害怕所有的人，后来长大了，就恨他们。我恨有些人，是因为他们卑鄙；还有一些人，我恨他们，但不知为什么恨，反正心里恨他们。可是现在我对人的看法改变了，是不是因为怜悯他们呢？我弄不明白这是怎么回事，但我的心变软了，我知道，有些人卑劣并不怪他们自己……”

说到这里他停下来，仿佛在谛听自己心中的某种声音，然后若有所思地小声说：

“真理的力量就在于此啊！”

母亲望了他一眼，低声说：

“你变得好危险啊，哦，上帝啊！”

他入睡以后，母亲又轻手轻脚地下了床，悄悄地走到儿子床前。巴维尔仰躺着，洁白的枕头清晰地衬托出他黝黑的脸。此刻，他的表情仍旧是那样固执、严厉。母亲两手按着胸口，赤脚站在儿子床前，只穿一件衬衫。她的嘴唇在无声地颤动着，浑浊的泪水缓慢地从她的眼窝里流下来。

母子俩又默默地生活下去，彼此间既亲近又疏远。

五

有一天，大约在礼拜三前后，是个节日，巴维尔出门时对母亲说：

“礼拜六我有几个客人从城里来。”

“从城里来？”母亲重复一句，突然低声哭起来。

“你这是怎么啦，妈妈？”巴维尔不满地喊道。

母亲用围裙擦了擦脸，叹息道：

“我也不知道，就这样……”

“你害怕了？”

“我是害怕！”她毫不掩饰地说。

他朝母亲俯下身来，望着她的脸，像父亲那样生气地说：

“害怕我们就完了，谁也甭想有出头之日！那些向我们发号施令的人，就是利用我们胆小怕事，才放心大胆地欺负我们。”

母亲忧伤地哭着说：

“别生气！我怎能不害怕呢？我这辈子都胆小怕事，一天到晚提心吊胆的。”

巴维尔缓和了语气，低声说：

“原谅我吧，妈妈，我只能如此啊！”

他说完就出去了。

三天了，一想起那些可怕的陌生人要到她家来，她的心就禁不住打哆嗦，吓得直发愣。儿子所走的路就是他们给指点的……

礼拜六傍晚，巴维尔下班回来，洗了脸，换上衣服，不知又要到什么地方去。出门时他眼神避开母亲，说：

“客人来了，就说我马上回来。请不要害怕……”

她有气无力地坐在长凳上。儿子面色阴沉地望着她，建议道：

“你要不要到别处去回避一下？”

母亲听了这话很不高兴，否定地摇了摇头，答道：

“不要。为什么要回避呢？”

时值十一月末。白天下过一场小雪，冰冻的地面上铺着一层干雪糁，这时可以听见巴维尔走在雪地里，脚下发出咯吱咯吱的声响。浓重的暮色紧贴在玻璃窗上，心怀叵测地窥探着什么。母亲两手撑着凳子坐在那里，惶恐不安地等待着，两眼不时地瞅着房门……

她仿佛觉得，一些衣着古怪的歹徒在夜色中活动着，他们正在悄悄包围这座房子，弓着腰，不时地朝四下里打量着。此时，她似乎真的听见有人在房子四周走动，传来两手摩擦墙壁的声音。

有人在吹口哨。四周静悄悄的，口哨声如泣如诉，婉转悠扬，恰似一弯细流在悄悄流淌，又仿佛有人在这黑洞洞的夜色中沉思、徘徊，在寻找着什么，并且在渐渐地向房屋靠近。忽然，口哨声仿佛在木屋的墙壁上冲撞了一下，在窗下骤然消失了。

过道里响起嚓嚓的脚步声。母亲全身猝然一震。她紧张地扬起眉毛，旋即站起身来。

门开了。有人朝室内探进头来，戴一顶毛茸茸的皮帽子，接着此人便弓着腰，慢吞吞地钻进屋。他个子很高，当他挺起身来，从容不迫地抬起右手时，便粗声地舒了一口气，用低沉而又洪亮的声音说：

“晚安！”

母亲朝他点了点头，没有答话。

“巴维尔不在家吗？”

客人慢吞吞地脱下毛皮外套，抬起一只脚，用帽子掸掉靴子上的雪，接着又掸掉另一只脚上的雪，把帽子扔进屋角里，迈开长腿，摇晃着身子进了屋。他走到椅子跟前，把椅子打量一番，似乎在察看它是否牢靠，然后坐下来，用手捂着嘴打了个哈欠。他的脑袋很圆，理的是平头，刚刮过脸，两撇小胡子向下垂着。他那双稍稍突起的灰色的大眼睛四下里察看着，然后他架起二郎腿，摇晃着身子问道：

“这房子是您家的私房，还是租来的？”

母亲在他对面的椅子上坐下来，答道：

“是我们租的。”

“这房子不大好！”客人说。

“巴沙很快就回来，您等他一会儿吧！”母亲轻声说。

“我是在等他！”高个子镇静地答道。

客人的镇静，他那温和的语气和憨厚的表情，使得母亲振作起来。客人坦诚地望着她，他那清澈明亮的眸子里流露着愉快的光芒。他有点驼背，长腿，整个身材显得有些笨拙，看上去有点可笑，同时又很讨人喜爱。他穿一件蓝衬衫，黑运动裤的裤脚塞在长筒靴子里。她很想问问客人的来历，问问他同她儿子是不是老相识，可是就在这时，客人身子忽然摇晃了一下，主动问道：

“阿姨，您这额头上的伤疤是谁打的？”

他的语气很温和。眼睛笑眯眯的，和蔼可亲，但这个问题却使女性气恼。母亲绷着嘴唇，沉默片刻，然后不失礼貌地冷冷地问道：

“您问这干吗，老弟？”

客人朝她俯下身来，解释道：

“请您不要生气，这有什么关系呢！我提这个问题，是因为我养母头上也有一块伤疤，和您的一模一样。您不知道，她那块伤疤是被丈夫用鞋楦子打的。她是个洗衣工，丈夫是个鞋匠。收养我之后，她不知在什么地方碰上这么个酒鬼鞋匠，真是该她倒霉。那鞋匠常常打她，真的！每次都把我吓个半死……”

客人的坦率反倒使母亲有些内疚。她心想，她这样毫不客气地对待这个古怪的客人，说不定巴维尔会生她的气。于是她负疚地笑了笑，说：

“我没有生气，只是您这问题提得太突然……这伤疤是我丈夫留下的，愿他早升天国！您大概不是鞑靼人[1]吧？”

客人把两腿一伸，咧嘴大笑，几乎要把耳朵移到后脑勺上。笑过之后他认真地说：

“暂时还不是。”

“听口音您好像不是俄罗斯人！”母亲听出他在开玩笑，微笑着说。

“我这口音比俄罗斯口音好！”客人快活地点点头，解释说，“我是霍霍尔[2]，生在卡涅夫城。”

“来这里很久了吗？”

“快一年啦。本来住城里，一个月前才转到你们这里的工厂来的。在这里认识了您儿子和其他人，都是些好人。打算在这儿住下去啦！”他捻着胡子说。

客人引起了母亲的好感。母亲很想慰劳他一番，以感谢他夸奖她的儿子，便提议说：

“您喝杯茶吧？”

“我一个人喝茶有什么意思呢？”他耸了一下肩膀，答道，“等大家都到齐了，您再请客不迟……”

这句话又使她惶恐不安了。

“但愿别人也都像他这样！”她在心里暗暗祈求说。

这时过道里又响起脚步声。房门很快打开了，母亲连忙站起来。想不到走进来的竟是个姑娘，母亲不免吃了一惊。这姑娘个子不高，

---

① 这句话带有诙谐意味。俄国谚语：不速之客比鞑靼人还坏。

② 乌克兰人。霍霍尔本义是一撮毛，因古代乌克兰人留额发，被人蔑称为霍霍尔。这里是开玩笑。

像乡下姑娘似的，样子很憨厚，浅色的头发编着一条粗大的发辫。她低声问：

“我没迟到吧？”

“没有！”霍霍尔向窗外张望着，答道，“徒步走来的？”

“当然啦！您就是巴维尔·米哈伊洛维奇的母亲吧？您好！我名叫娜塔莎。”

“父名[①]叫什么？”母亲问。

“瓦西里耶夫娜。怎么称呼您呢？”

“佩拉格娅·尼洛夫娜。”

“我们现在认识啦……”

“是啊！”母亲说着轻声叹了口气，一面微笑着打量这姑娘。

霍霍尔帮姑娘脱外套时问道：

“冷吧？”

“郊外很冷，刮风……”

姑娘的嗓音圆润而又响亮。她的嘴巴很小，圆鼓鼓的，整个身材都显得胖乎乎的，充满青春活力。脱下外套，她用冻得通红的小手在绯红的脸蛋上使劲搓了搓，便疾步走进房间，皮鞋后跟响亮地敲打着地板。

“她居然不穿套鞋！”母亲头脑里闪过这个想法。

“是啊，”姑娘冻得发抖，拉长声音说，“我冻坏了……这天可真冷啊！”

“我这就去给您烧茶，”母亲说着向厨房里走去，“一会儿就好……”

她觉得这姑娘她老早就认识，她打心眼儿里喜欢这姑娘，可怜她，对她怀着母亲般纯真的爱。她微笑着，谛听着隔壁房间里

---

① 俄罗斯人的全名由名加父名加姓组成。

的谈话。

“您怎么无精打采的，纳霍德卡？”姑娘问道。

“嗯，没什么，”霍霍尔低声回答，“这寡妇的眼睛很慈祥，我在想，我母亲的眼睛大概就是这样的吧？近来我常常想念母亲，我老觉得她还活在人间。”

“您不是说过她死了吗？”

“我说过的是养母。我现在说的是生母。我想她现在大概正在基辅沿街乞讨。她酗酒，常常喝得醉醺醺的，被警察打得鼻青脸肿。”

“唉，你倒是有良心！”母亲心想，叹了口气。

娜塔莎不知说了句什么，声音很低，语气急促而又热烈。接着又传来霍霍尔洪亮的声音。

“嘿，同志，您还年轻，没见过多少世面。生孩子不容易，教人学好就更难啦……”

“嗬，你真行！”母亲在心里称赞道。她很想夸奖一下霍霍尔，给他说几句贴心话，可是就在这时，房门悄悄打开了，尼古拉·维索甫希科夫走进来。此人是老扒手达尼拉的儿子，是镇子上有名的怪人。他为人孤僻，老是哭丧着脸，见人就躲，因此人们老是讥笑他。母亲吃惊地问他：

“你来做什么，尼古拉？”

他没有答话，而是用宽大的手掌在他那颧骨突起的麻脸上抹了一把，瓮声瓮气地问道：

“巴维尔在家吗？”

“不在。”

他朝房间里探了一下头，立刻就走了进去，一边说：

“你们好，同志们……”

“他也是？”母亲想到这里心中颇为不快，她看见娜塔莎高兴地同他热情握手，心里就更加纳闷了。

随后来了两个小伙子，两人看上去还是小孩子。母亲认识其中的一个，他是老工人西佐夫的外甥，名叫费多尔，高额头，尖下巴，留一头鬈发。另一个头发梳得很整齐，看样子很老实，虽然是头一回见面，但母亲觉得他并不可怕。巴维尔终于回来了，并且带来两个年轻人。这两人是厂里的工人，母亲认识他们。儿子亲热地对她说：

“茶炉生好了？谢谢啦！”

“要不要去买点酒？”母亲建议说，她不知该怎样向儿子表达自己的感激之情，也不知为什么要感激他。

“不要，这倒不必！”巴维尔亲切地朝她微笑着，答道。

这时她恍然大悟，原来儿子故意夸大了这次集会的危险性，是为了要作弄她。

“这些人就是你所说的危险人物？”她低声问道。

“正是他们！”巴维尔说着走进来。

“你呀！……”母亲疼爱地冲他说，但她心里却宽恕地想道：“他还是个孩子！”

六

茶烧开了。母亲把茶炉[①]端进房间里。客人们围坐在桌前，只有娜塔莎捧着一本书坐在屋角里的灯光下。

“要弄明白，为什么人们生活这样苦……”娜塔莎说。

“为什么他们本身也很坏。”霍霍尔插话说。

“……这得看看他们最初生活得怎样……”

“说得对，亲爱的，应该看看！”母亲一边沏茶，一边低声说。

---

① 俄式茶炉，上部装水，下部生火，外观装饰精美，为工艺品。又译为“茶炊”。

大家不作声了。

“您要说什么，妈妈？”巴维尔皱着眉头问道。

“我？”她向客人们扫了一眼，发觉大家都在看她，便有些难为情，连忙解释道：“我是自己唠叨，不当心就冒出这么一句话。”

娜塔莎笑了。巴维尔也笑了笑。霍霍尔说：

“阿姨，谢谢您的茶！”

“茶还没喝呢，感谢什么。”母亲说。她抬头望着儿子，问道：

“我不妨碍你们吧？”

娜塔莎连忙答道：

“您是主人，怎么会妨碍客人呢？”

紧接着她又像小孩似的可怜巴巴地央求道：

“亲爱的，快给我点儿茶吧，我冻得浑身发抖，脚都冻僵啦！”

“来啦，来啦！”母亲匆匆地答应着。

娜塔莎急急地喝完一杯茶，大声喘了口气，把辫子甩到背后，拿起那本带插图的黄皮书读起来。母亲倒茶时格外小心，生怕碰响了茶杯，她在听姑娘读书。姑娘的语调不急不慢，琅琅的读书声和茶炉沉思般的低吟融成一片。书中讲的是穴居时代的野人的故事，讲他们如何居住在山洞里，如何用石块猎取野兽。故事像一条美丽的彩带似的在这间小屋里回旋着。这故事很像童话。有几次母亲抬眼望儿子，想问问他，这样的故事书有什么可查禁的呢？但她很快就疲倦了，不再凝神听故事，便偷偷观察这些客人，并且不让儿子和客人们发觉。

巴维尔紧挨着娜塔莎。与客人们相比，儿子的相貌是最出色的。娜塔莎在低着头读书，不时地用手撩开垂到太阳穴上的头发。她有时不看书本，用温柔的目光扫视着听众的脸，摇头晃脑地低声叙说着自己的见解。霍霍尔把宽大的胸脯靠在桌角上，斜眼察看着自己那两撇蓬乱的小胡子，老想看到自己的胡子尖。维索甫希科夫端正地坐在椅子上，像木雕一般，两手按着膝盖。他脸上布满雀斑，没有眉毛，薄薄的嘴唇，整个面孔呆然不动，活像一副假面具。他目不转睛地盯着闪闪发光的铜茶炉，在端详映在茶炉上的自己的面影，连眼皮也不眨一下，大概屏住了呼吸。个子矮小的费佳① 一边听姑娘读书，一边无声地嚅动着嘴唇，仿佛在心里重复着书中的词句。他的同伴弓着腰，臂肘撑在膝盖上，两手捧着脸，不时地微笑着，若有所思。巴维尔带来的那两个小伙子，其中一个是棕红头发，头发拳曲着，生着一对笑眯眯的绿眼睛。他大概想发表见解，身子不安地耸动着。另一个小伙子浅黄头发，头发理得很短，他时而用手摩挲着自己的头发，低头望着地板，所以看不见他的脸。不知为什么，这房间里的气氛令人愉快。母亲察觉到了这种特别的气氛。听着娜塔莎犹如潺潺流水般的读书声，她不禁记起了青年时代的那些喧闹的晚会，记起了那些言语粗鲁、满身酒气的小伙子和他们开的下流的玩笑。每当想到这里，她都抑制不住内心的激动，她怜悯自己，感觉心口在隐隐作痛。

丈夫向她求婚时的情景又浮上心头。那是在一次晚会上，他在幽暗的过道里抱住了她，用整个身子把她挤在墙上，一边闷声闷气地责问她：

“愿做我老婆吗？”

她被挤压得浑身作痛，她生气了。可他在揉她的乳房，揉得好疼，他呼呼地喘着粗气，一股热气扑在她脸上。她在他怀里拼命挣扎，终于挣脱出来。

“哪里跑？”他追上来大声喊道，“你快回答我，行吗？”

羞耻和屈辱堵塞了她的喉咙，她说不出话来。

有人打开了通往过道的门。他不得不把她放开，说道：

---

① 费多尔的小名和爱称。

“礼拜天我请媒婆说亲……”

他果然请了媒婆。

想到这里，母亲长叹一声，闭上了眼睛。

“我要知道的，不是古人怎样生活，而是现在应该怎样生活！”房间里响起维索甫希科夫的抱怨声。

“说得对！”棕红头发的小伙子站起来附和说。

“我不同意这种看法！”费佳叫道。

于是大家争论开了。你一言，我一语，各执己见，互不相让。母亲不明白他们在嚷些什么，只见他们个个都激动得满面通红，不过谁也没有发脾气，也没有人使用她听惯了的那些骂人话。

“在小姐面前他们不好意思骂人！”她这样估计。

她喜爱娜塔莎那副一本正经的样子。姑娘认真地关照着在场的每个人，仿佛在她看来这些年轻人都是孩子似的。

“等一下，同志们！”娜塔莎突然说。于是全场都静下来，大家都望着她。

“有人主张我们应该知道一切，这种观点无疑是对的。我们需要用理智的火光来照亮自己，让那些愚昧无知的人看得见我们。我们要能够回答他们的各种问题，并且回答得公正而又准确。因此，不论是真理还是谎言，我们都要彻底弄明白……”

霍霍尔听着，一边随着她谈话的节奏摇晃着脑袋。维索甫希科夫、棕红头发和巴维尔领来的那个工人观点一致，他们紧密地站在一起。母亲不知为什么不喜欢这三个人。

娜塔莎不作声了，这时巴维尔站起来，心平气和地说：

“难道我们的最终目的只是吃饱吗？不是！”他神色严厉地望着那三个人，自问自答，“我们要让那些欺压和蒙骗我们的人知道，我们的眼睛是雪亮的，我们并不愚蠢，我们不是野兽。我们不仅要吃饱，而且还要像真正的人那样生活！我们要让敌人知道，虽然他们奴役我们，让我们过着苦役犯一样的生活，但这并不能抹杀我们的聪明才智。在这方面我们甚至超过他们！……”

母亲听着儿子的发言，心中渐渐充满了自豪。她没想到儿子的口才这么好！

“吃饱肚子的人倒是不少，但缺少的是正派诚实的人！”霍霍尔说，“我们应该在这种腐朽生活的沼泽地上架起一座桥，这座桥通往未来的善良的王国。这就是我们的事业，同志们！”

“就要开始搏斗了，哪有时间去医治手！”维索甫希科夫瓮声瓮气地反驳道。

时间已过了午夜，客人们开始离去。维索甫希科夫和棕红头发最先告辞，这又使母亲感到不快。

“干吗这么着急！”母亲冷淡地朝两人点点头，暗自想道。

“您愿意送一送我吗，纳霍德卡？”娜塔莎问道。

“当然愿意！”霍霍尔回答。

娜塔莎在厨房穿外套时，母亲对她说：

“大冷天还穿这种薄袜子！要是您愿意，我给您织一双毛袜子，好吗？”

“谢谢您，佩拉格娅·尼洛夫娜！毛袜子穿上不舒服！”娜塔莎笑着说。

“我给您织一双穿上舒服的！”母亲说。

娜塔莎眯起眼睛凝望着她，这专注的目光使母亲感到难为情。

“请原谅我多嘴，可我是一片好心！”母亲低声说。

“您真好！”娜塔莎也低声说，一边匆匆地同她握手告别。

“晚安，阿姨！”霍霍尔望着她的眼睛说。他弓着腰，跟着娜塔莎朝外走去。

母亲抬眼望了望儿子，只见他站在房间门口窃笑。

“你笑什么？”她很不自在地问道。

"嗯，高兴呗！"

"我知道，我老了，头脑笨，但好坏我还是分得清的！"母亲用责备的口吻说。

"这很好嘛！"巴维尔说，"您睡吧，该睡觉啦！……"

"我这就睡！"

她在桌旁忙着收拾餐具，脸上带着满意的神情。她心里很畅快，颇为激动，身上几乎冒出汗来。今晚的聚会自始至终都平安顺利，这使她分外高兴。

"你做了件好事，巴甫鲁沙！"母亲说，"霍霍尔太可爱了！还有那位小姐，嗬，她简直是个才女！她是什么人？"

"是教师！"巴维尔在房间里踱着步答道。

"难怪她这么穷！瞧她那身打扮，穿得多单薄，不冻感冒才怪哩！她父母在什么地方？……"

"在莫斯科！"巴维尔说着在母亲面前停下来，又严肃地低声说：

"告诉你吧，她父亲是个富商，经营生铁，有好几处房产。就因为她走了这条路，父亲不再认她这个女儿。说来她也是大家闺秀，从小娇生惯养，要什么有什么，可是现在深更半夜的，她只好一个人摸黑走七八里[①] 路……"

这番话使母亲大为惊愕。她站在房间中央，默默地望着儿子，眉宇间露出惊奇的神色。

过了一会儿她才低声问：

"她回城里去？"

"是的。"

"哎呀！难道她就不害怕？"

"她不害怕！"巴维尔笑道。

---

① 这里指的是俄里，一俄里等于1．06公里。

“她干吗要走呢？这里也不是没地方住，她可以和我住一起嘛。”

“不方便！要是住在这里，明天早晨会被人瞧见。这对我们不利。”

母亲沉思着望了望窗外，轻声问：

“我不明白，孩子，这事儿有什么可担心的，为什么要受到查禁呢？这又不是什么坏事，啊？”

她对这种事没有把握，很想从儿子嘴里得到一个明确的答复。巴维尔镇静地望着她的眼睛，坚定地说：

“这不是坏事。可是等待着我们的是监狱。你可要有思想准备……”

母亲的手哆嗦了一下。她声音嘶哑地说：

“也许上帝会保佑你们平安无事。”

“不会的，”儿子温和地说，“我不能欺骗你。不可能平安无事！”

说到这里，巴维尔笑了笑，又说：

“快睡吧，你太累了。晚安！”

屋里只剩下她一个人。她走到窗前，久久地站在那里，望着窗外的街道。街上黑乎乎的，寒气逼人。临街的一座座小木屋在沉睡，呼啸的寒风吹卷着屋顶上的积雪，飞雪沙沙地扑打着墙壁，仿佛在急切地低语，然后落到地上，卷起团团干雪，像白云似的沿街翻滚着……

“耶稣基督，发发慈悲，宽恕我们吧！”母亲低声祈祷。

她的心在哭泣。她像夜间的飞蛾似的盲目而又悲凉地等待着，等待着儿子若无其事地预言的不幸。她眼前浮现出一片大雪覆盖的原野，寒风尖叫着，飞旋着，不断地卷起一团团雪云。原野上晃动着一个黑影，一个身材短小的姑娘孤单单地在风雪中行走着，风在她脚下旋转，鼓动着她的衣裙，刺人的冰雪打在她脸上。她步履维艰，两腿陷进深深的积雪里。寒冷和恐怖折磨着她，姑娘向前俯下身子，好像昏暗的荒原上的一株小草，被秋风吹得东倒西歪。她右边的沼泽地里，有一片黑压压的树林，像一堵墙似的，细细的白桦和山杨光秃秃的，在树林里阴郁地呼叫着。在正前方，城里暗淡的灯火远远地闪烁着，忽隐忽现……

“主啊，宽恕吧！”母亲吓得浑身颤抖，低声祈祷着……

七

时光像念珠似的滑过，日复一日，月复一月。一到礼拜六，同伴们就来巴维尔家聚会。每次聚会就好像迈上一个台阶，人们沿着一个坡度不大的长梯一步步地向高处爬去。

出现了一些新的伙伴。弗拉索夫家的那间小屋显得拥挤、窒闷。娜塔莎每次来聚会的时候，一路上都冻得浑身哆嗦，疲惫不堪，但她却达观快活，总是乐呵呵的，朝气蓬勃。母亲果然给她织了双袜子，还亲手给她穿在脚上。娜塔莎开始只顾吃吃地笑，后来忽然沉默下来，沉思了一会儿，低声说：

“我以前曾有过一个保姆，她很善良！您说怪不怪，佩拉格娅·尼洛夫娜，工人们生活这么苦，受尽了欺凌，可他们比富人心眼好，比富人善良！”

说到这里她挥了一下手，把手指向远方。

“您原来是个苦命人啊！”母亲说，“背离了父母，同时也失掉了一切。”她有点词不达意，不善于表达自己的思想，于是她叹了口气，不作声了，只是望着娜塔莎的脸，感觉自己应该感谢她。姑娘低着头在微笑，若有所思，母亲坐在她面前的地板上。

“背离了父母？”姑娘重复一句，“这算不得什么！我父亲为人粗暴，哥哥和他一样，而且是酒鬼。姐姐很不幸……嫁了一个比她大很多的男人……那人很有钱，却一点儿也不可爱，吝啬鬼。我妈妈好可怜！她和你一样，是个厚道人。她身材矮小，像小老鼠似的，整天匆匆地跑来跑去，不管见了什么人她都害怕。有时我真想她，想见到她……”

“你的命好苦啊！”母亲难过地摇了摇头说。

姑娘猛然昂起头，像是要拒绝什么似的挥了挥手。

“噢，不！我有时感到很高兴，很幸福！”

说到这里，她的脸色变得苍白，蔚蓝的眼睛忽然一亮。她搂住母亲的双肩，深沉地低声说：

“您要是知道……您要是明白我们所从事的伟大事业该多好哇！……”

母亲听了深受感动，一种近乎羡慕的情感溢于言表。她站起身来，伤心地说：

“可惜我太老了，又不识字……”

巴维尔的话越来越多了，并且喜欢同人争论，常常争得面红耳赤，渐渐地，他人也瘦了。母亲发觉，他跟娜塔莎说话或者注视她的时候，他那严厉的目光变得温柔而明亮，嗓音也和蔼了，仿佛整个人都变单纯了。

“求主保佑！”母亲暗暗祈祷着，脸上露出笑容。

聚会的时候，每当发生激烈的争论，眼看要争吵起来，霍霍尔就站起来，像钟摆一样摇晃着身子，诚恳地劝说几句，声音洪亮而又深沉。大家听了他的话，也就安静下来，不再着急上火了。维索甫希科夫总是沉着脸，催大家快点发表意见，每次争论都是他和那个棕红头发的萨莫伊洛夫挑起的。圆脑袋的伊凡·布金随声附和。伊凡·布金的头发和眉毛都是淡白色的，像用碱水漂洗过似的。衣着整洁的雅科夫·索莫夫很少发言，并且说话声音很轻，一本正经的，争论时他和大额头的费佳·马森总是站在巴维尔和霍霍尔一边。

有时娜塔莎来不了，就有一个戴眼镜的尼古拉·伊凡诺维奇代替她从城里来开会。尼古拉·伊凡诺维奇留着浅黄色的山羊胡子，不知是哪个边远省份的人，说话口音很重。总之，他的举止言谈都有些与众不同。他谈的都是些日常琐事，比如家庭生活、孩子、买卖、警察以及面包和肉类的价格等，也就是人们在日常生活中遇到的事情。不过，他能从这些小事中看出人们的虚伪和昏庸，揭示那些的确对人们不利的愚蠢可笑的东西。母亲觉得，他仿佛来自一个遥远的国度，那里的人们全都以诚相待，过着轻松愉快的生活，而这里的一切他都感到陌生。他不习惯这里的生活，他认为没有必要这样生活。这种生活使他无法接受，使他心中渐渐产生一种强烈的愿望，要以自己的方式彻底改变这里的一切。他脸色蜡黄，眼角布满了细小的皱纹。他说话悄声细语，两手总是热乎乎的。在和弗拉索娃[①]见面问好时，他把她的手紧紧握在掌心里。握过手之后，母亲就觉得心里轻松些，宁静些。

城里还有一些人前来聚会。来得最多的是一个身材苗条的小姐，她面庞白皙，消瘦，有一双动人的大眼睛。她名叫萨申卡。她的举止步态有一种男子汉的气派，平时总是生气地皱着两道乌黑的浓眉，说话的时候，她那笔直的鼻梁和细细的鼻孔微微颤动着。

萨申卡第一个激动地高声宣布：

“我们是社会主义者……”

母亲听到这句话，不禁吓了一跳，默默地盯着小姐的脸凝望着。她曾听说过社会主义者刺王杀驾的事[②]。当时她还很年轻。据说因为沙皇解放了农奴，地主们就蓄意报复他，并且把头发留起来，发誓不杀死沙皇就不理发。为此他们被称为社会主义者。然而现在她儿子及其同伴们也成了社会主义者，这实在是让她无法理解！

散会以后她问儿子：

① 即母亲，她随丈夫的姓氏。

② 沙皇亚历山大二世于1881年3月在彼得堡被民意党人刺杀。

“巴甫鲁沙，你真的是社会主义者？”

“真的！”他站在母亲面前，像往常那样，直率而又坚定地答道，“怎么啦？”

母亲长叹一声，没有抬眼望他，问道：

“你这话当真，巴甫鲁沙？你要知道，他们是反对沙皇的，并且已经刺杀了一位沙皇！”

巴维尔在屋里踱一会儿，用手摩挲着脸，笑道：

“我们不需要干这种事！”

他一本正经地低声向母亲解释了很久。母亲望着他的脸，心想：

“他决不会去干坏事！不会的！”

后来这个令人害怕的词语经常出现在人们的谈话中，渐渐地也就不那么刺耳了，和其他几十个难以理解的新词一样，听多了就习惯了。但她不喜欢萨申卡。这姑娘一来，她就惶惶不安，很不自在……

有一次，母亲向霍霍尔流露了这种不满：

“那个萨申卡好厉害呀！把人支使得团团转：你们应该这样，你们应该那样……”

霍霍尔朗声大笑：

“说得对极了！阿姨，您是一针见血！你说对吗，巴维尔？”

紧接着他又向母亲递了个眼色，讥讽地说：

“人家是贵族小姐嘛！”

巴维尔郑重其事地说：

“她是个好人！”

“这话没错儿！”霍霍尔附和说，“只是她不明白自己应该做什么，也不知道我们想要做什么，能够做什么！”

他们又开始争论一些莫名其妙的问题。

母亲还发现，这位小姐对巴维尔的态度特别凶，有时甚至冲他叫喊。巴维尔却对此满不在乎，只是笑一笑，默默地望着姑娘的脸，他的目光显得很温柔，就像先前他注视娜塔莎时那样。这也引起了母亲的反感。

有时大家忽然冲动起来，高兴得手舞足蹈，简直把母亲吓一跳。这样的情形多半出现在他们读报的时候，读到了外国工人们的好消息。这时他们眼睛里闪烁着快乐的光芒，样子变得十分古怪，像孩子似的欢天喜地，彼此拍打着肩膀，愉快地朗声大笑。

“德国工人同志们真棒！”有人欣喜若狂地大声喊道。

“意大利工人万岁！”还有一次他们高呼。

他们好像坚信那些素昧平生的外国人听得见他们的欢呼似的，极力要把这些呼喊声传到远方去，传到那些不熟悉他们并且语言不通的朋友们那里。

霍霍尔心中充满了对所有人的爱，眼睛里闪烁着喜悦的光芒，他说：

“我们应该给他们写封信，是吗？也好让他们知道，他们在俄国也有朋友，我们同他们有共同的信仰，为同一个目标而生活着，我们为他们的胜利感到高兴！”

大家果真幻想起来，脸上带着笑，久久地谈论着法国人、英国人和瑞典人。在他们的心目中，这些外国人都是他们的朋友，是他们的贴心人。他们尊敬这些外国人，并且与之同甘共苦。

在这间小屋里，人们渐渐感觉到，普天下的工人们是心连心的。这种情感使大家同心协力，融为一体，也使母亲受到感染。虽然她对这些事情还不太明白，但她却已经直起腰来，恢复了青春的活力，感觉到了欢乐、陶醉，心中充满了希望。

“你们可真行啊！”有一次她对霍霍尔说，“普天下的人都是你们的同志，亚美尼亚人、犹太人、奥地利人，你们替所有人担忧，为所有人高兴！”

“说得对，我的阿姨，为所有人！”霍霍尔高声说，“在我们看来，既没有国家，也没有民族，要么是同志，要么是敌人。普天下的工人都是我们的同志，所有的富人，所有的政府，都是我们的敌人。你好好看看这个世界吧，你会发现我们工人数量很多，我们的力量是非常强大的。看到这些，你会感到由衷的高兴，你会像过节似的欣喜若狂！那些法国人和德国人，只要他们留心一下现实生活，就会产生同样的感觉，意大利人也同样会感到高兴。我们都是一母同胞的孩子。普天下工人皆为兄弟，这一不可战胜的思想就是我们的母亲。她给我们以温暖，她是太阳，公正是天空，而这个天空就在我们工人的心里。不管他是谁，也不管他把自己称作什么，只要是社会主义者，就永远是我们精神上的兄弟，现在将来永远是兄弟！”

这种孩子式的坚定信念很快在他们中间确立起来，并且逐渐占了上风，转化成一种强大的力量。母亲最终发现了这种信念，她下意识地感觉到，人世间果真出现了伟大的光明，就像她看到的天上的太阳。

伙伴们都喜欢唱歌。大家愉快地高声唱着那些人人熟悉的流行歌曲，但有时也唱一些新歌。这些新歌虽然也很和谐悦耳，但曲调却很忧郁，不同于一般的歌曲。他们低声唱着，神情严肃，像在教堂里唱圣歌似的，时而脸色苍白，时而满脸通红，响亮的歌声使人感觉到一种巨大的力量。

有一支新歌很奇特，它使母亲不安、激动。这支歌不是遭受了凌辱的孤独的灵魂在痛苦和困惑的阴暗小道上的徘徊与忧思，也不是穷困潦倒、饱受惊吓、随波逐流的灰色灵魂的哀怨。在这支新歌里，没有那种盲目地渴求自由的人的悲叹，没有那种要把善与恶统统摧毁的亡命徒的狂呼乱叫；在这支新歌里，没有那种要毁坏一切而又无力重建的盲目的复仇情绪，丝毫没有古老的奴隶社会的痕迹。

母亲听不惯它那生硬的歌词和忧郁的曲调，但这些歌词和曲调里却有一种强大的力量，这种力量淹没了歌词和曲调，使她的心灵预感到一种难以理解的东西。这种东西她从年轻人的表情和目光中捕捉到了，从他们广阔的胸怀里感觉到了。这支歌的力量是它的歌词和曲调所容纳不下的，她被这种力量震慑住了，每次听到这支歌她都特别专注，比听别的歌更激动不安，也更认真。

伙伴们唱这支歌时尽量压低嗓门，但是听起来却比任何歌曲都有力，就如那即将来临的早春三月的空气，拥抱着人们的心灵。

“是时候了，我们应该到外面去唱这支歌了！”维索甫希科夫面色阴沉地说。

他父亲又因偷东西被捉去坐牢了，这时他满不在乎地对伙伴们说：

“现在可以在我家聚会了……”

下班以后，几乎每天晚上都有朋友来找巴维尔。他们总是在思考着问题，还没顾上洗脸就坐下看书，或者从书中摘录些什么。吃饭和喝茶的时候也手不释卷。母亲感到他们讲的东西更难懂了。

“我们需要一份报纸！”巴维尔时常念叨着。

生活的节奏变快了。大家都繁忙起来，一本接一本地读书，如饥似渴，匆匆忙忙，恰如蜜蜂从这朵花飞到那一朵花上。

“有人在背后议论我们了！”有一天维索甫希科夫说，“说不定我们不久会出事的……”

“鹌鹑本来就是要被网捕捉的！”霍霍尔满不在乎地说。

母亲更加喜欢霍霍尔了。每当他喊她“阿姨”时，就好像有一个孩童伸出小手在轻触她的脸。在礼拜天，有时巴维尔忙不过来，他就帮助劈柴。有一天，他扛来一块木板，拿起斧头，很快就把门前台阶上的烂木头换下来，活干得很细。还有一回，他又悄悄地帮母亲修好了歪倒的栅栏。他干活的时候喜欢吹口哨。他吹的曲子很优美，只是有些哀愁。

一天，母亲对巴维尔说：

“让霍霍尔搬过来住不好吗？让他在我们家吃饭，这样你们俩都方便些，用不着来回跑了。”

“何必自找麻烦呢？”巴维尔耸了耸肩说。

“这有什么麻烦的！我这辈子就这么过的，也不知为的什么。为好人受点累，我心甘情愿！”

“那就随你的便吧！”儿子答道，“他搬来住我会高兴的……”

于是，霍霍尔便搬来与他们同住。

八

人们开始注意位于镇子尽头的这座小屋，已经有几十双眼睛狐疑地在小屋四周张望。形形色色的流言仿佛生出了翅膀，漫天乱飞，一时间搅得人心惶惶。一些人使出恐吓手段，一心要揭开坐落在陡坡上的这座小屋里的秘密。每天夜幕降临之后，就有人向窗口窥探，有时甚至有人敲打窗户，随后又急忙溜走了。

有一天，酒馆老板贝恭佐夫在街上拦住了弗拉索娃。这位老板是个仪表优雅的小老头，皮肉松弛的、红红的脖颈上总围着一条黑丝巾，穿一件厚厚的雪青色的绒背心。油光发亮的尖鼻子上戴一副玳瑁框眼镜，因此得了个绰号“甲骨眼”。

他叫住了弗拉索娃，不等对方答话他就先开了口，唠里唠叨令人讨厌地说了一大堆昏话，连口气也不喘。他说：

“佩拉格娅·尼洛夫娜，您过得好吗？您儿子怎么样？不打算给他娶亲吗？小伙子健壮如牛，该成亲啦。儿子早成亲，父母早省心嘛。男人成了家，不论对灵魂还是对肉体都有好处，就好比蘑菇泡在醋里，就不会坏了。我要是您呀，早给他娶亲啦。如今这年头呀，就得对儿女严加管教。现在有些人是自由自在，随心所欲。思想乱七八糟，言行举止更是让人不能容忍。年轻人不上教堂，不愿在大庭广众面前出头露面，却热衷于秘密聚会，躲在阴暗的角落里窃窃私语。请问为什么要窃窃私语呢？为什么要背着人呢？不敢当着人们的面说的话，比如在酒馆里不敢说的话，究竟是什么话？是秘密！有隐秘的事情就应该到我们神圣的教堂里去讲嘛！躲在阴暗角落里嘀嘀咕咕，叫我看来是精神失常！祝您健康！”

他过分做作地弯起胳臂摘下帽子，在空中挥了挥，便扬长而去。母亲望着他远去的背影，心中迷惑不解。

还有一次，母亲在市场上碰见女邻居玛丽亚·科尔苏诺娃，她是铁匠家的寡妇，常在工厂门口卖小吃。她也提醒母亲说：

“佩拉格娅，你可要留心自己的儿子啊！”

“怎么啦？”母亲问。

“有人在风言风语！”玛丽亚神秘地说，“说得可吓人啦，我的好妈妈！说你家儿子在聚众结党，好像是鞭身教①，不知叫作什么教派。像鞭身教徒那样，用鞭子互相抽打……”

“快别说了，玛丽亚，这是造谣！”

“不是揭短的人造谣，而是护短的人造谣！”玛丽亚说。

当母亲把这些议论告诉儿子时，巴维尔什么话也没有说，只是耸耸肩；霍霍尔听了却笑起来，笑声浑厚而又温和。

“姑娘们也生你们的气！”母亲又说，“在姑娘们看来，能嫁给你们这样的小伙子是令人羡慕的，你们全是干活的好手，又不喝酒，可是你们对这些姑娘们连理也不理！据她们说，城里有些风流小姐们常来找你们……”

“这也难怪她们！”巴维尔嫌恶地皱着眉头说。

“生长在沼泽地里，难免染上臭味！”霍霍尔叹息道，“阿姨，

---

① 17世纪中叶产生于俄国的一种皈依基督的教派，教徒举行苦行仪式时，常有鞭打自己或互相鞭打的举动。

您去给这帮傻姑娘解释一下，讲讲出嫁是怎么一回事，叫她们不要急于嫁人，免得被丈夫打断了骨头……”

“唉，天哪！”母亲说，“她们知道嫁人不是好事情，她们心里明白，可是不嫁人她们无路可走啊！”

“她们还是不明白，要是真正明白了，就有路可走啦！”巴维尔说。

母亲望了望他那张严肃的脸。

“你们去教导她们吧！最好领几个聪明点儿的回来……”

“这不合适！”巴维尔冷漠地说。

“要不要试一试？”霍霍尔问道。

巴维尔沉默片刻，答道：

“先是在一起散步，然后有些人就结婚。无非如此！”

母亲在沉思。儿子像苦行僧一样严肃、冷淡，这使得母亲放心不下。她看到，甚至年长的伙伴，比如霍霍尔也都听从他的劝告，但她觉得大家是怕他，谁也不喜欢他那种冷漠无情的处世态度。

一天夜里，母亲躺下睡觉了，巴维尔和霍霍尔还在看书。这时，薄薄的板壁后面传来两人的低语。

“你知道吗，我喜欢娜塔莎！”霍霍尔忽然低声说。

“我知道！”巴维尔停了一会儿才回答。

母亲听见霍霍尔慢吞吞地站起来，开始踱步，赤着脚在地板上嚓嚓地走着。他边走边吹口哨，吹的是一支忧郁的曲子。不一会儿又传来他那低沉的声音：

“她本人知道吗？”

巴维尔沉默着。

“你以为呢？”霍霍尔压低嗓门问道。

“她发觉了！”巴维尔答道，“所以她再也不来我们这里聚会了……”

霍霍尔还在踱步，脚步很沉重，接着又响起他那颤抖的口哨声。后来他又问：

“我要是向她说明……”

“说什么？”

“就说我……”霍霍尔低声说。

“那又何必呢。”巴维尔打断他的话。

母亲听见霍霍尔忽然停下脚步，她感觉到他在嘿嘿地笑。

“你要明白，我认为，如果爱一个姑娘，就应该把这事告诉她，否则会毫无结果的！”

巴维尔啪的一声合上书，问道：

“你想得到什么结果呢？”

两人长久地沉默着。

“啊？”霍霍尔问。

“你到底要什么，安德烈，这一点你要心中有数，”巴维尔慢吞吞地说，“就算她也爱你，这一点我不敢肯定，但我们假定这是真的！就算你们俩结了婚。有趣的婚姻，一个知识分子嫁给一个工人。生了孩子，你就得独自去做工……干很多的活儿。到那时，你们的生活就是养家糊口，为了一块面包，为了孩子，为了住房去奔忙。你们再没有心思去考虑事业。结果两人都完了！”

房间里静下来。过了一会儿，巴维尔又说话了，似乎口气温和些。

“安德烈，你最好别再想这些了，也不要去打扰她……”

屋里静悄悄的。听得见钟摆清晰的敲击声，秒针在均匀地移动着。

霍霍尔说：

“半个心在爱，半个心在恨，这还算是人心吗？”

书页沙沙地响起来，大概巴维尔又开始看书了。母亲闭着眼睛躺着，一动也不敢动。她心疼霍霍尔，更心疼自己的儿子。她想到儿子，心里呼唤着：

“可爱的孩子……”

这时霍霍尔忽然问道：

“就这样沉默下去，不对她说？”

“这样更纯洁。”巴维尔小声说。

“就这样走下去吧！”霍霍尔说。过了一会儿，他又忧郁地低声说：“巴沙，等你自己遇上这种事，你心里也会难过的……”

“我现在已经很难过了……”

寒风沙沙地扑打着墙壁。时光在流逝，钟摆均匀地嗒嗒地摆动着。

“你不要嘲笑我！”霍霍尔慢吞吞地说。

母亲把脸埋在枕头里，悄悄地在流泪。

第二天早晨，母亲见到霍霍尔，感觉他比平日矮了一截儿，但更可爱了。不过儿子还像往常一样，还是那样瘦，身子挺得笔直，沉默寡言。平时母亲总是称呼霍霍尔的名字和父名①，今天却不知不觉地叫起他的小名来了：

“安德留沙，你该去修修皮鞋啦，这样下去你会把脚冻坏的！”

“等领了工钱，我买双新的！”他说着笑起来，把他那长长的胳膊搭在母亲肩上，忽然问道，“大概，您就是我的生母吧？只是您不愿告诉人家，因为我长得丑，是不是？”

母亲默默地拍了拍他的胳膊。她想好好安慰他，对他说些亲热的话，但是一股深深的怜悯涌上她心头，她想说的话却说不出来。

九

镇子上的人在议论那些社会主义者，说他们不断地散发用蓝墨水写的传单。传单中咒骂工厂的制度，传播彼得堡和俄国南方的工

① 俄国人风俗：一般来说，称呼名字加父名表示尊敬，称呼小名表示爱。

人罢工的消息，号召工人们团结起来，为自己的利益而斗争。

厂里一些薪水较高的中年人骂道：

“这些捣乱分子！做出这种事来，就该打他们的嘴巴！”

传单被送交工厂管理处，青年工人们读得着迷，他们说：

“这里面说的是真话！”

大多数人忙于干活，对什么事都漠不关心，他们懒懒地说：

“枉费心机，难道真的能成事儿？”

但这些传单毕竟是令人兴奋的。一个礼拜见不到传单，人们便又议论起来：

“看来不会再印了……”

可礼拜一传单又出现了，于是工人们私下里又轰动了。

人们发现，在酒馆里和工厂里，出现了一些陌生人。他们在暗中打听着，察言观色，立刻引起了大家的注意。这些人有的谨慎小心，令人生疑，有的刨根问底，缠住你不放。

母亲知道，这些议论和混乱是儿子工作的成果。她看到人们拥戴他，围着他转，便暗暗为儿子的命运担忧，同时又为他骄傲。

一天晚上，玛丽亚·科尔苏诺娃从外面敲了敲临街的一扇窗户。母亲打开了窗户，玛丽亚低声喊道：

“这回够你受的，佩拉格娅，孩子们闹出事来了！今天夜里要大搜查，要搜你家、马森家和维索甫希科夫家……”

玛丽亚的厚嘴唇在急促地翕动，蒜头鼻子喘着粗气，眼睛东张西望，生怕有人在监视她。

“我什么也不知道，什么也没给你说过，我今天压根儿就没看见你。听见了吗？”

她说完就消失了。

母亲关上窗户，慢慢坐在窗台上。但她马上又站起来，她意识到儿子面临危险，连忙穿上衣服，不知为什么用围巾把头裹得严严的，立刻朝费佳·马森家跑去。马森在家养病，没有上班。母亲赶到他家时，他正坐在窗前看书，不时地用跷起拇指的左手摇着右手。听到这个消息，他脸都吓白了，急忙抽身站起。

“果然不出所料……”他低声说。

“现在应该做什么？”母亲的手有些发抖，她擦一把脸上的汗，问道。

“先别忙，您不要害怕！”马森说着用那只好手抹了抹头发。

“可您自己害怕了！”母亲高声说。

“我？”他顿时脸红了，可却故作镇静地笑着说，“是啊，这些鬼东西……得赶快通知巴维尔。我这就让人去找他！您回去吧，不要紧！他们大概不至于动手打人吧？”

母亲回到家里，立刻把书籍统统收起来，抱在胸前，急得团团转，一会儿看看炉灶，一会儿看看盛着水的木桶。她觉得巴维尔会扔下工作马上回家，可是等了好久也不见他的踪影。后来她终于走累了，就在厨房里的长凳上坐下来，把书压在身子底下，就这样一动不动地坐着，直到巴维尔和霍霍尔从工厂回来。

“你们已经知道了？”母亲没有起身，高声问道。

“知道了！”巴维尔笑道，“你害怕了吧？”

“我的确害怕了，的确害怕了！”

“不要怕嘛！”霍霍尔说，“害怕是无济于事的。”

“吓得连茶也忘烧啦！”巴维尔说。

母亲站起来，指着长凳上的书，难为情地解释说：

“我一直看守书来着……”

看到儿子和霍霍尔哈哈大笑，母亲这才放下心来。巴维尔挑了几本书，去院子里藏起来。霍霍尔生着茶炉，说：

“其实一点儿也不可怕，阿姨。这些人小题大做，专干些无聊的事，我实在是替他们害臊。全是些成年男子，腰里挂着马刀，穿着带马刺的皮靴，闯进你家里到处乱翻。床底下、炉灶底下都要搜查，地窖和阁楼也不放过。在那里撞了一脸蜘蛛网，就大声哼哧鼻子。他们知道自己干的差事没意思，不光彩，所以才装出一副凶神恶煞的样子，对你大发脾气。这差事很肮脏，他们心里明白！有一回，他们到我家搜查了一遍，什么也没找到，他们觉得很难堪，就偷偷地溜走了。还有一回，他们干脆把我抓去了。我下了狱，蹲了近四个月班房，我在那里坐牢的时候，有时忽然要提审我，士兵就押着我穿街过巷去受审。这些人都很蠢，胡乱问几句，问过之后，又叫士兵把我送回监狱。就这样把我押来押去，他们总得有事干，不能白吃官饷啊！后来只好把我放了，这事也就完了。”

“安德留沙，您平常是怎么说来着？”母亲高声问。

霍霍尔正跪在茶炉前认真地用火筒吹火，但这时抬起憋得通红的脸，两手捋着胡子问道：

“我是怎么说的？”

“您不是说从来没人欺负过您吗？”

霍霍尔站起身，摇了摇头，笑道：

“在这个世界上，难道真有没受过欺负的人吗？我受的欺负数不清，我生气都生腻味了。人家就是要欺负你，你有什么办法呢？生气会影响工作的，老在这些小事上动脑筋，只能浪费时间。人生在世，什么样的委屈没有呢？我过去受人家欺负心里就生闷气，后来想了想，心里明白了，感觉不值得生气。人人都害怕挨邻居的打，所以就先动手去打邻居。生活就是如此啊，阿姨！”

霍霍尔娓娓而谈，语气很平静，母亲因等待搜查而产生的恐惧情绪也渐渐消释。霍霍尔那双有些突起的眼睛愉快地微笑着，他那笨拙的身子也显得柔韧自如。

母亲舒了口气，亲切地向他祝福：

“愿上帝保佑您平安无事，安德留沙！”

霍霍尔大步走到茶炉跟前，又蹲下来，低声嘟哝道：

“保佑我，我不会拒绝的；不保佑我，我也不去求他！”

巴维尔从院子里回来，满怀信心地说：

“这回他们找不到了！”他说罢就洗手去了。

洗过之后，他用力擦着手说：

“妈妈，您要是吓得胆战心惊的，他们看见您那副样子，准会以为家里藏着什么东西，否则你不会浑身打哆嗦。您知道，我们并不想做坏事，我们是为了维护真理，我们这辈子都要为真理工作。要说有罪，这就是我们的罪过！有什么可害怕的？”

“巴沙，我不害怕了。”母亲说。紧接着她又烦躁地说：“但愿他们能快点来！”

可是这天夜里没有人来搜查。第二天一早，母亲料想会有人嘲笑她胆怯，便自我解嘲地说：

“我是自己吓自己啊！”

十

那天夜里的虚惊之后，大约过了一个月，果然有人来搜查了。当时尼古拉·维索甫希科夫也在巴维尔家里，同霍霍尔一起讨论报纸的事。时间很晚了，大约在午夜前后，母亲躺在床上，似睡非睡，恍惚听见有人在低声交谈，谈话中充满忧虑。这时霍霍尔轻手轻脚地走动，穿过厨房，随手轻轻地掩上门。过道里有一只铁桶哗地一响。紧接着，门忽然打开了，霍霍尔闯进厨房，低声喊道：

“有马靴声！”

母亲从床上一跃而起，两手颤抖着去抓衣服，但巴维尔这时出现在门口，若无其事地说：

“您快躺下，您有病！”

过道里传来小心翼翼的脚步声。巴维尔走上前去，推了推门问道：

“谁呀？”

奇怪的是，话音未落，立刻有一个高高的穿灰色制服的人闯进来，紧接着又闯进来一个。两个宪兵把巴维尔单独挤到旁边，然后站在他两旁看守着他，一个宪兵用嘲笑的口吻高声说：

“你们不是在等我们吧？啊？”

问话的人是个军官，瘦高个儿，留两撇稀疏的黑胡子。这时镇子上的警察费佳金出现在母亲床前，他一只手举起来向那军官敬礼，另一只手指着母亲的脸，做出副可怕的表情说：

“这就是他母亲，长官！”

他说罢又挥手指了指巴维尔，补了一句：“这是他本人。”

“巴维尔·弗拉索夫？”军官眯缝着眼问道。他见巴维尔默默地点了点头，便捻着胡子说：“我要在你这里搜查一下。老太婆，起床吧！谁在那儿？”军官说着朝房间里望了望，疾步朝门口走去。

“你们都姓什么？”他大声问道。

这时走进来两个证人，一个是老铸工特维里亚科夫，另一个是他家的房客，锅炉工雷宾。雷宾身材魁梧，面孔黝黑。他用深沉的声音对母亲说：

“你好，尼洛夫娜！”

母亲开始穿衣服，为了掩饰内心的恐惧，她低声抱怨道：

“这是怎么回事呢！深更半夜来搜查，偏偏等人家睡觉了，他们才来搜查……”

屋里人挤得满满的，不知哪儿来的一股刺鼻的鞋油味儿。两名宪兵和镇子上的警察局长雷斯金踏着沉重的步子在房间里穿梭，正在把书籍从书架上抽下来，搬到军官面前的桌子上摆好。另外两人一会儿用拳头敲敲墙壁，一会儿朝椅子底下看看，其中一个笨头笨脑的家伙爬到了炉炕上。霍霍尔和维索甫希科夫站在墙角里，身子紧紧靠在一起。维索甫希科夫气得满脸通红，他那双灰色的小眼睛一直注视着军官。霍霍尔捻着胡须，看见母亲走进来，他微微一笑，关切地朝她点了点头。

母亲极力做出一副冷静沉着的样子，她走路不再像平时那样微微侧着身子，而是故意挺着胸，照直往前闯，这使得她的举止平添了一种滑稽可笑的傲慢神气。她脚步踏得咚咚响，眉毛颤抖着……

那军官的手白嫩，手指细细的。他匆匆拿起每一本书，草草地翻看一下，抖一抖，就扔到一边去了。他扔书的动作很敏捷。有时书扑的一声掉在地板上。大家都不说话，听得见大汗淋漓的宪兵们的喘气声和马靴声，时而有人低声问道：

“这里看过了吗？”

母亲和巴维尔并排站在墙根上，她仿照儿子的姿势，两手抱在胸前，眼睛注视着那个军官。她感觉小腿直发抖，眼前模模糊糊，仿佛笼罩着一片烟雾。

就在这时，尼古拉·维索甫希科夫忽然尖叫起来，刺耳的喊声打破了众人的沉默：

“你这是做什么，干吗把书扔在地上？”

母亲浑身哆嗦了一下。特维里亚科夫摇了一下头，仿佛有人在他后脑上猛击一拳，雷宾哼唧了一声，专注地望了望维索甫希科夫。

那军官眯起眼睛，尖锐的目光朝那张不露声色的麻脸上盯了一下，手指翻书的动作更快了。有时他那双灰色的大眼睛瞪得圆圆的，仿佛他剧疼难忍但又毫无办法而气得要大声喊叫似的。

“士兵！”维索甫希科夫又喊道，“把书捡起来……”

宪兵们立刻转脸望着他，又回头望望那军官。军官又抬起头，仔细看了看尼古拉宽大的身躯，无可奈何地说：

“快……捡起来……”

一个宪兵斜眼望着尼古拉，弯腰去捡扔在地上的书……

“尼古拉最好别多嘴！”母亲小声对巴维尔说。

巴维尔耸耸肩，霍霍尔垂下头。

“这本《圣经》是谁读的？”

“是我！”巴维尔说。

“这些书都是谁的？”

“是我的！”巴维尔答道。

“哼！”那军官哼了一声，把身子靠在椅背上。他把细长的手指捏得咯咯响，把两腿伸在桌子底下，捋了捋胡子，问尼古拉：

“你是安德烈·纳霍德卡？”

“是的！”尼古拉说着朝前走了几步。霍霍尔伸手揪住他的肩膀，把他拽回来。

“他说得不对！我是安德烈！……”

那军官用手指着维索甫希科夫，气势汹汹地威吓说：

“你要当心！”

他说罢就低头翻看文件去了。

街上静悄悄的，明亮的月光冷漠地探进窗口，窗外有人在缓缓地踱步，传来吱吱的踏雪声。

“纳霍德卡，你曾因政治罪受到审讯，对吗？”军官问道。

“在罗斯托夫受过审，在萨拉托夫也受过审，只是那里的宪兵跟我说话时很有礼貌……”

军官眨巴一下右眼，接着用手揉了揉眼，咧了咧嘴，露出一排细牙。他接着说：

“纳霍德卡，我问的是您，您知不知道，在工厂里散发犯罪的呼吁书的人是谁？这事都是哪些坏蛋干的？”

霍霍尔两腿摇晃一下，开朗地笑了笑，正要开口说话，忽然间尼古拉·维索甫希科夫又愤怒地喊起来：

“我们生来头一回见到坏蛋……”

大家不觉一愣，全场鸦雀无声。

母亲脸上的伤疤顿时变得苍白，右眉向上挑了挑。雷宾的黑胡子古怪地颤抖着，他垂下目光，手指轻轻地捋着胡子。

“把这个浑小子给我抓起来！”军官喊道。

两名宪兵立刻揪住尼古拉的胳膊，要把他拖到厨房里去。尼古拉叉开双脚牢牢地站在那里，喊道：

“等一下，我穿上衣服跟你们走！”

警察局长从院子里回来，报告说：

“全搜过了，什么也没找到。”

“哼，当然找不到啰！”军官冷笑道，“这些人是很有经验的……”

母亲感觉他的声音有气无力的，发颤而且嘶哑。她胆怯地望了望他那张蜡黄的面孔，感觉此人是个冷酷无情的恶魔，和那些贵族老爷一样，他心里充满了对人的仇视和轻蔑。她很少遇见这样的恶魔，有时几乎忘记了他们的存在。

“原来是惊动了这样的恶魔！”母亲暗想。

“私生子安德烈·奥尼西莫夫·纳霍德卡先生，现在我宣布，您被捕了！”

“我犯了什么罪？”霍霍尔平静地问。

“关于这一点，我以后会告诉您的！”军官故作谦恭地说。然后他朝弗拉索娃转过身来，问道：“你识字吗？”

“不识！”巴维尔答道。

“我没问你！”军官厉声说，又说一句，“老太婆，快回答！”

母亲仿佛一下子跳进冰河里，忽然感到浑身发冷，心中充满了对这个恶魔的憎恨。她直起腰来，脸上的伤疤变得通红，双眉紧锁着。

“您嚷嚷什么？”母亲指着那军官说，“您还年轻，还不知道什么叫倒霉……”

“妈妈，您别生气！”巴维尔连忙拦住她。

“你别拦我，巴维尔！”母亲说着朝桌子跟前冲去，“你们为什么抓人？”

“住口，这和您无关！”军官站起来叫道，“带人犯维索甫希科夫！”

他拿起一张公文放在面前，开始宣读。

尼古拉·维索甫希科夫被带进来。

“脱帽！”军官叫道。

雷宾凑到弗拉索娃身边，用肩头碰她一下，悄悄地说：

“别发火，大妈……”

“你们扭住我的胳膊，叫我怎么脱帽？”尼克拉高声喊道，喊声压倒了军官宣读公文的声音。

军官把公文扔在桌上，说：

“签字吧！”

看着大家在公文上签了字，母亲胸中的怨火才平息下来。此刻，她心里难过极了，委屈的泪水一下子涌上她的眼窝。这是无可奈何的泪水。结婚二十年来，这样的眼泪她流过不知多少，只是近几年她渐渐忘却了这种眼泪的痛苦滋味。军官瞥了她一眼，厌恶地皱了皱脸皮说：

“太太，您现在就哭未免早了点！等着吧，以后会有您哭的，怕您的泪水不够用！”

母亲又愤怒了，对军官说：

“做母亲的有的是眼泪，永远够用！您要是也有母亲，她会知道的！”

军官急忙把公文收起来，装在崭新的公文包里。公文包上的锁闪闪发亮。

“带走！”他下达了命令。

“再见啦，安德烈，再见，尼古拉！”巴维尔亲切地和同伴们握手道别。

“说得对，你们会再见的！”军官用嘲笑的口吻说。

尼古拉·维索甫希科夫气呼呼的，粗壮的脖颈气得通红，两眼闪着凶光。霍霍尔倒是满脸带笑，不停地点头，还安慰了母亲几句。母亲在他身上画了十字，说：

“上帝看得见谁是谁非……”

穿灰色军大衣的人都挤到过道里，马靴咚咚地响了一阵，便渐渐地平静下来。雷宾最后一个走出去，临走时他那双黑眼睛注视着巴维尔，他若有所思地说：

“喂，再见啦！”

他说罢在胡子里干咳了几声，从容不迫地走了。

巴维尔倒背着手在屋里缓缓地踱着，跨过乱扔在地上的书和衣服，忧虑地说：

“你瞧，这事是怎么搞的？……”

母亲呆呆地望着翻得乱七八糟的屋子，伤心地低声说：

“尼古拉不该冲那人发火……”

“他大概是心慌……”巴维尔低声说。

“他们是来搜查的，可没想到会抓人。”母亲摊了摊手说。

儿子侥幸留下来，母亲的心情渐渐平静些，但她的思想仍在考虑着刚刚发生的事，她感到无法理解。

“那个黄脸膛的家伙就是爱嘲笑人，一副凶恶的样子……”

“得了，母亲！”巴维尔忽然坚定地说，“我们快把房子收拾一下吧……”

巴维尔平常只有在向母亲表示亲近时，才使用“母亲”或“你”

这种称呼。这时母亲来到他面前，看了看他的脸，低声问：

“你心里不好受吧？”

“是啊。”巴维尔答道，“我很难过，还不如一起都抓走好……”

母亲觉得儿子马上要哭起来，知道他心里很难过，便叹了口气，安慰道：

“别着急，会把你抓去的！……”

“让他们来抓好了！”巴维尔说。

母亲不作声了。过了一会她抱怨说：

“唉，你这个巴沙，真是个死心眼！你哪怕是安慰我几句也好啊！你可好，我说得吓人，你反而说得更吓人。”

巴维尔走到母亲面前，望着她轻声说：

“妈妈，我不会安慰人！这得靠你慢慢习惯。”

母亲叹了口气，沉默了片刻，抑制住恐怖的战栗说：

“他们会用刑吗？会不会把人打伤打残？好孩子，一想到这些我就害怕！……”

“他们摧残人的灵魂……灵魂被恶人摧残更痛苦……”

十一

第二天有消息说，布金·萨莫伊洛夫和索莫夫也被捕了，此外还有五人被捕。晚上，费佳·马森跑来了。他家也遭到搜查，他却一副得意扬扬的样子，以为自己成了英雄。

“你当时害怕吗，费佳？”母亲问他。

费佳顿时面色苍白，脸拉得老长，鼻孔颤抖了一下。

“我怕那个军官打我！他留着黑胡子，长得膀大腰圆，手指上长满黑色的茸毛，鼻梁上架一副墨镜，看上去像个盲人似的。他大喊大叫，脚跺得咚咚响，还威吓说，要把我们统统关死在牢里。可我从未挨过打，父母亲都没打过我。他们就我一个儿子，向来都溺爱我。”

说到这里他闭了一下眼睛，绷紧嘴唇，两手飞快地在头上轻轻拍了拍，让头发蓬松起来，然后用布满血丝的眼睛盯着巴维尔说：

“要是有人敢打我，我就像飞刀似的向他扑过去。我要用牙咬他，让他们当场把我打死！”

“你这么瘦，还能跟人打架？”母亲高声说。

“我能！”费佳小声说。

费佳走后，母亲对巴维尔说：

“我看他这人最不顶用……”

巴维尔没说什么。

过了一会儿，厨房的门轻轻打开了，雷宾来了。

“你们好啊！”雷宾笑着说，“我又来了。昨天是陪别人来的，今天是主动来的！”他用力握了握巴维尔的手，然后拍着母亲的肩膀说：

“不给点茶喝吗？”

巴维尔默默地打量着他那黝黑的宽脸庞，打量着他那乌黑浓密的大胡子和那双深色的眼睛，发觉他那安静的目光里流露出某种寓意。

母亲立刻去厨房生茶炉。雷宾坐下来，捋了捋胡子，把胳膊肘支在桌边上，神色忧郁地望了望巴维尔。

“是这么回事！”他好像在同巴维尔长谈，话题被打断了，现在接着说下去，“我想同您当面谈一谈。我观察您好久了。我们住得不远，可以说是邻居。我发现经常有许多人来找你，但你们一不喝酒，二不胡闹，而一个人如果规规矩矩，安分守己，就马上会引起注意。人家会说：这人怎么回事？比如说我吧，我不爱与人来往，也引起了人家注意，因而就看我不顺眼。”

他说话很慢，却也流畅。他的手黝黑，不时地捋着大胡子，眼睛注视着巴维尔的脸。

“有人在背地里议论你。我的房东称你是异教徒，就因为你不上教堂。其实我也不上教堂。后来发现有人散发传单。这大概是你出的主意吧？”

“是我的主意！”巴维尔答道。

“你又逞能！”母亲从厨房里探了探头，不安地说，“不是你一个人的主意！”

巴维尔嘿嘿一笑，雷宾也忍不住笑了。

“很好嘛！”雷宾说。

母亲很响地抽了抽鼻子，气呼呼地走了，大概怪他俩没有重视她的话。

“散发传单是个很好的主意。传单可以唤起民众。一共印了十九次？”

“是的。”巴维尔答道。

“这么说来，我全看了。不过，有些传单让人看不懂，有些话说得多余，就像人说话一样，说得多了反而显得啰唆……”

说到这里他笑了笑，露出一口白牙。

“后来不久，就搜了你家。从那次搜查以后，我才真正佩服你们了。你和霍霍尔，还有维索甫希科夫，早就暴露了……”

他一时不知该如何措辞，便沉默了一会儿，朝窗外望了望，手指敲打着桌子。

“你们给人家摸到了底儿。就是说好吧，你有你的千条妙计，我们有办法对付你。霍霍尔也是个好样的。有一回，我在工厂里听他讲话，心想，这人可不好对付，宁死不屈。是条硬汉子！我说得对吗，巴维尔？”

“说得对！”巴维尔点点头答道。

“这就对啦。就说我吧，四十岁的人啦，年纪比你大一倍，可说是见多识广吧。在军队里当兵三年多，结过两次婚，前妻死了，第二个老婆被我扔了。我去过高加索，见过那些反仪式派[①] 信徒。不过，我告诉你，老弟，在生活中他们绝不可能免俗！”

雷宾的话坚定有力。母亲聚精会神地听着，看到这个老成持重的中年人与儿子推心置腹地交谈，她心里也暗暗高兴。但她觉得巴维尔对客人过于冷淡，便想帮助调和一下气氛，她问雷宾：

“你要吃点什么吗，米哈伊洛·伊凡诺维奇[②]？”

“谢谢你，大妈，我吃过饭了。巴维尔，你是否觉得这样生活下去不大合理呢？”

巴维尔站起来，背着手踱了一会儿。

“这样生活很正常！”他说，“正因为如此，你才来找我，同我倾心交谈。正是为了生活，我们这些劳动者才逐渐联合起来，将来有一天，所有的劳动者都会联合起来！生活对我们不公正，我们生活得很苦，但生活本身开阔了我们的眼界，使我们看清了它的痛苦的意义。生活本身告诉人们，应该怎样加快生活的步调！”

“说得对！”雷宾打断他的话，“人是需要改造的，洗心革面，变成新人。比如说，一个人生了疥疮，你领他到澡堂好好洗个澡，换一套新衣服，他的病就会慢慢好起来。这倒很好办。可是怎样清洗人们的内心呢？这才是关键问题！”

巴维尔谈到工厂主，谈到工厂，谈到国外的工人们怎样维护自己的权利，他言辞激烈，情绪颇为激动。雷宾有时用手指敲着桌子，仿佛给他的话加上标点符号。他不止一次喊道：

“是的！”

后来他终于忍无可忍，轻声说：

---

① 18世纪后期出现在俄国的一个教派，反对东正教的一切仪式，反对教会和政府，拒绝服兵役。

② 雷宾的名字和父名。

“哎呀，你还年轻！还不大会看人！”

巴维尔却不以为然，他在雷宾面前停下来，一本正经地说：

“我们不谈年长年轻的问题！最好看看谁的思想合乎情理。”

“这么说，依你看来，他们用上帝欺骗我们？是的，我也认为我们的宗教是虚假的。”

这时母亲说话了。儿子一提到上帝，提到与母亲的信仰有关的一切，她总是立刻注意起来，并且马上盯住儿子的眼睛。在她看来，与上帝有关的一切都是宝贵的、神圣的。她心里默默地央求儿子，求他不要拿那些刺耳的亵渎上帝的话来伤她的心。但她察觉到，儿子不信上帝，却有自己的信仰，这使她得到一些安慰。

“我哪里明白他的思想呢？”她心中暗想。

她以为，雷宾是个成年人，听了巴维尔那些不敬上帝的言论也会生气。没想到雷宾却心平气和地向巴维尔提问题，这时她实在忍不住了，毫不客气地断然说道：

“谈论上帝，你们最好留点神！你们可信可不信，随你们的便！”她喘了口气，激动地说，“不过，要是你们不让我信上帝，那么我这个老太婆遇到伤心事能向谁说呢？”

说到这里，她两眼泪汪汪的。她在洗餐具，手指不住地颤抖。

“妈妈，您误解我们了！”巴维尔低声安慰她。

“大妈，请原谅！”雷宾慢条斯理地补了一句，他声音低沉，微笑着望了望巴维尔，“怪我疏忽，你岁数大了，现在要去掉某些忌讳是不容易的……”

“我所指的，”巴维尔继续说下去，“不是您所信仰的那个善良仁慈的上帝，而是教士们当作棍子来威胁我们的上帝。他们以这个上帝的名义来欺压民众，让所有的人都服从他们少数人的罪恶意志……”

“说得对！”雷宾用手指敲一下桌子，高声说，“他们偷梁换柱，连上帝也给我们换了一个。他们利用种种手段来反对我们。你要记住，大妈，上帝按照自己的形象造人，也就是说，人和上帝相似，上帝也和人相似。可是我们和上帝并不相似，我们和野兽相似。教堂里的上帝是他们用来吓唬人的……应该把上帝再换回来，还他以真面目！他们为了摧残我们的灵魂，给上帝穿上虚伪和中伤的外衣，这实际上是歪曲了他的形象！……”

他的声音很轻，但母亲觉得他所说的每句话都像沉重的鞭子抽打在她头上。他那长着乌黑的连鬓胡子的大脸像吊丧似的，让母亲看着害怕。他那冷冰冰的目光也让人不堪忍受，整个人都让人望而生畏。

“不，我最好躲开！”母亲不赞成地摇着头说，“你们这些话让我受不了！”

她快步向厨房走去，这时雷宾又说：

“你听着，巴维尔！关键不在头脑，而在心灵！在人的灵魂中，心灵所处的位置是很特别的。在人的心灵中不可能滋生其他任何东西……”

“只有理智才能使人得到解脱！”巴维尔坚定地说。

“理智不能给人力量！”雷宾大声反驳道，语气很固执，“心灵才给人以力量，而不是头脑！”

母亲没做祈祷便脱衣就寝了。她感觉浑身发冷，心里有些不愉快。她原以为雷宾是个稳重有头脑的人，现在却对他产生了敌意。

“他也是异教徒，捣乱分子！”母亲倾听着他的说话声，心中暗想，“没有事他是不会登门的！”

他的语气充满着自信，心平气和地说：

“既然是神圣的地方，就不应该是空虚的。上帝在心灵中占据的位置是至关重要的。如果心灵中的上帝消失了，那么心灵就会受到伤害。巴维尔，应该想出一种新的信仰……应该创造一个新上帝，这个上帝是人们的知心朋友！”

“有了，有基督嘛！”巴维尔高声说。

“基督的精神不够坚定。他曾说过，求你把这杯酒撤去[①]！他承认了恺撒。作为上帝，他不应承认人统治人的权力，因为所有的权力归于上帝！他不应该把自己的灵魂分开，分为上帝的和人的……他承认了交易，承认了婚姻。他错误地诅咒无花果树[②]，难道无花果树自己不愿意结果子吗？灵魂不结善果也不是出自本意。难道是我自己在灵魂中播种了怨恨的种子？”

两人你一言我一语地争论起来，像激烈的角斗似的，互不相让，难解难分。巴维尔踱来踱去，脚下的地板不停地吱吱作响。他说话时嗓门很大，压倒了一切其他的响声。雷宾的声音低沉平缓，从容不迫，可以听见钟摆的滴答声和窗外严寒发出的轻轻的破裂声，像锋利的爪子在抓挠墙壁似的。

“我告诉你吧，用我们锅炉工的话来说，上帝好比一团火。的确如此！他活在人的心灵里。所以说：上帝是道，而道就是精神……”

“是理智！”巴维尔固执地说。

“说得对！上帝在人的心灵里，又在人的理智里，而不是在教堂里！教堂是上帝的坟墓。”

后来母亲就入睡了，没有听见雷宾是什么时候离去的。

但此后他便成了巴维尔家的常客。如果有别的朋友在场，雷宾就坐在屋角里，沉默不语，只是偶尔说一句：

“是啊。是的！”

有一次，他坐在屋角里，神色忧郁地望着大家，深沉地说：

“还是说现在的事吧。至于将来的事，我们说不清楚！等人们得到了解放，他们自己会明白怎样做才好。人们的头脑里被灌输的东

---

①② 这里的两个典故均出自《圣经》。

西相当多，全是他们不想知道的东西。得了！让他们自己去选择吧。也许他们会否定一切，否定全部生活和所有的科学，也许他们会看到，一切都在同他们作对，比如说，就像教堂里的上帝。你们只需把书籍统统交给他们，他们自己会得出结论的！”

然而，如果巴维尔家里没有别的客人，他们两人就马上没完没了地争论起来，不过这种争论一直是心平气和的。母亲在一旁不安地听着，不放过每一句话，总想弄明白他们在争论些什么。有时她觉得，这个蓄着乌黑大胡子的粗壮汉子和她那身材健美的儿子是两个盲人。两人摸索着寻找出路，东撞一下，西撞一下，用有力的双手盲目地抓住各种东西，胳膊颤抖着，把手里的东西搬来搬去，有时掉在地上，踩在脚下。他们对什么东西都要去触摸一下，然后把它抛开，却总是满怀着信心和希望……

虽然他们的谈话直率而又大胆，但她渐渐听惯了，也就不觉得可怕了。现在，听着他们谈话，已不像第一次那样震惊，像挨打似的，她已学会了对付的办法：听归听，但不放在心上。有时听见他们否定上帝，她感到自己更加坚定地信仰上帝。此时此刻，她悄悄地笑了，她以自己的微笑原谅了他们。她虽然不喜欢雷宾，但她内心里已不再讨厌他了。

她每礼拜都去探监，给霍霍尔送内衣和书。有一次，她得到允许，和霍霍尔见了面。回到家里，她感动地说：

“他在那牢房里也像在家里似的，对大伙儿很亲热，大伙儿都喜欢跟他说笑。他心里很痛苦，但不愿表露出来……”

“这是应该的！”雷宾说，“我们大家哪个不苦啊，我们大家都在遭受痛苦的煎熬。这没什么可夸耀的。并不是所有的人都被蒙蔽了，有些人长着眼睛，却视而不见！既然愚昧，就只好忍受啦！……”

十二

在这个镇子上，弗拉索夫家那座灰色的小屋愈来愈引人注目。在人们注意的目光里，既有许多疑虑、审慎和下意识的敌视，也渐渐流露出某种程度的信任和好奇。有时候，有人来找巴维尔，小心谨慎地朝四下里瞧瞧，说：

“喂，老弟，你现在成读书人啦，一定通晓法律。有件事想请教你……”

接着他便向巴维尔诉说警察或者工厂的头头如何蛮不讲理。如果他讲的事情比较复杂，巴维尔就给他写个条子，叫他进城去找律师。这个律师是巴维尔的熟人。如果事情简单，他就自己给他作解释。

他留心观察各种事物，注意倾听别人的意见，所以他对什么事情都解释得清楚明白，并且敢于发表自己的见解。他专心致志地钻研每一桩复杂的纠纷，每次都能在极端复杂的人事关系中找到线索和答案。久而久之，人们对这个不苟言笑的年轻人产生了敬意。

尤其是在“沼泽地的戈比”纠纷之后，巴维尔在人们心目中的威望更高了。

工厂后面有一大片沼泽地，里面长满了枞树和白桦树。沼泽地腐烂发臭，几乎把工厂包围起来。夏天，沼泽地上生出浓重的黄色气体，蚊虫像云雾一般，飞到镇子上去传播疟疾。这片沼泽地属工厂的私产，新厂主想利用它捞取好处，就打算把沼泽地里的水排干，顺便从中挖掘泥炭。厂主对工人们说，这项措施是为了搞好环境卫生，也为大家改善生活条件，所以他决定按照每卢布扣一戈比的标准扣工人们的工钱，作为治理沼泽地的费用。

工人们闻讯后都很生气。他们特别气愤的是，职员可以不交纳这项新的税款。

礼拜六工厂里贴出厂主的布告，宣布征收这笔税款。这天巴维尔生病没有上班，完全不知道这件事。第二天，仪表优雅的老铸工西佐夫和脾气古怪的高个子钳工马霍京在教堂做完午祷，来找他谈论厂主的决定。

“我们几个年长的碰过头了，”西佐夫郑重其事地说，“商量了这件事，现在派我们两人来问问你。你是我们这里有知识的人，你说说，有没有这样的法律，可以允许厂主征收我们的钱去消灭蚊子？”

“你可以想一想，”马霍京眨巴着小眼睛说，“四年前这帮骗子集资盖澡堂，募集了三千八百卢布。这笔钱哪里去了？反正没有盖澡堂！”

巴维尔对他们说，这种税收是不合理的，显然是厂主的花招儿，想从中捞取好处。两人觉得巴维尔说得有道理，便皱着眉头告辞了。送走了客人，母亲笑道：

“你真行啊，巴维尔，连老人也向你求教。”

巴维尔没有答话。他在想事情，坐在桌前匆匆地写着。过了一会儿，他对母亲说：

“我请你办一件事，你到城里去一趟，把这封信送给……”

“这危险吗？”

“当然。我们正在那里印报纸。要把戈比事件在这一期登出来……”

“明白了！”母亲说，“我这就去……”

这是儿子第一次委托她去办事。她高兴的是儿子向她吐露了真情。

“巴沙，这件事我明白！”母亲穿衣服的时候说，“他们这么做是敲诈勒索！那人叫什么名字，是叶戈尔·伊凡诺维奇？”

直到夜里她才回来。虽然很累，她却带着得意的表情。

“我见到萨申卡啦！”她对儿子说，“他向你问好。叶戈尔·伊凡诺维奇是个很憨厚的人，诙谐得很，喜欢说笑。”

“你喜欢他们，我也感到高兴啊！”巴维尔低声说。

“都是些厚道人，巴沙！为人厚道就好！他们都很尊敬你……”

礼拜一巴维尔又没去上班。他有些头疼，在家休息。中午时分，费佳·马森跑来了，兴冲冲的，情绪颇为激动，累得直喘。他对巴维尔说：

“快走吧，厂里闹翻天啦。我是来叫你的。西佐夫和马霍京说，大伙儿都不如你，只有你才能解释明白，有好戏看哪！”

巴维尔没有说话，立刻去穿衣服。

“连娘儿们也跑去了，吵吵嚷嚷的。”

“我也去！”母亲说，“他们在那里要做什么？我也去！”

“去吧！”巴维尔说。

他们急匆匆地向工厂走去，一路上谁也没有说话。母亲心里着急，气喘吁吁。她感觉着这回要出大事。工厂门口站着一群妇女，尖声叫骂着。他们三人一进大门，便立刻看见黑压压的一大群人。他们群情激奋，喧声震耳。母亲发现大家都面朝一个方向，望着铸工车间的墙壁。在这堵红砖墙前面有一堆废铁，只见西佐夫、马霍京和维亚洛夫站在那里挥舞着胳膊。除他们之外，还有五六个有威望的中年工人。

“弗拉索夫[①] 来了！”有人喊道。

“弗拉索夫？快把他叫来……”

“请安静点！”几个地方同时喊道。

这时，近处传来雷宾从容不迫的声音：

---

① 巴维尔姓弗拉索夫。

“我们争的不是几个戈比，我们是维护正义！我们珍视的并不是我们的戈比，我们的戈比并不比别的戈比更圆[1]，但我们的戈比分量重，比厂主的卢布分量还重，因为我们的每个戈比都包含着我们的血汗！我们看重的不是金钱，而是血汗、真理！”

他的话在人群中激起阵阵欢呼：

“讲得好，雷宾！”

“说得对，锅炉工！”

“弗拉索夫来了！”

喊声连成一片，像呼啸的旋风似的，压倒了机器的轰隆声、蒸汽的沉重的喘息声和电线发出的沙沙声。人们从四面跑过来，激烈地争论着，言辞尖刻，火气越来越大。往日积压在他们疲劳的胸中的愤怒，如今觉醒了，发泄出来了。激愤的情绪仿佛展开了黑色的翅膀，在空中飞旋着，紧紧地抓住人们的心，左右着他们。人们在怒火中燃烧着，彼此冲撞着。人群上空飘浮着煤烟和尘土。一些人在流汗，面孔涨得通红，腮边挂着黑色的泪珠。有些人瞪着炯炯有神的眼睛，乌黑的脸上露出洁白的牙齿。

巴维尔出现在西佐夫和马霍京身旁，他高声喊道：

“同志们！”

母亲发现他脸色苍白，嘴唇在发抖。这时她不顾一切地向人群里挤去。有人生气地冲她嚷道：

“你往哪儿挤！”

不时有人推她搡她，却没能使她止步不前。她用肩膀和臂肘推开两旁的人群，艰难地朝儿子挤过去。她心里有一个强烈的愿望，要和儿子站在一起。

巴维尔从心底喊出“同志们”这个词，他习惯于赋予它深刻的

---

① 俄国戈比为圆形铜钱，一百戈比为一卢布。

含义。此刻，他感到喉咙有些发紧，心中充满了战斗的喜悦。他只有一个愿望，那就是向人们掏出自己的心，一颗向往真理的火热的心。

“同志们！”他重复一遍，这个词使他感到兴奋和力量，“建筑了教堂和工厂的，是我们；铸造了锁链和金钱的，也是我们！我们是一支朝气蓬勃的力量，我们养活所有的人，不论是什么人，从生到死，生活娱乐都离不开我们！……”

“说得对！”雷宾喊道。

“不论在什么地方，干活总是靠我们，可是我们的地位最低，生活最穷。有谁关心过我们？有谁希望我们过上好日子？有谁把我们当人看？没有一个人！”

“没有一个人！”有人答应一声，像回声似的。

巴维尔克制住内心的激动，尽量把话说得清楚明白，语气也从容多了。人群渐渐地向他移动，黑压压的人群融成一体，数百只眼睛注视着他的脸，如饥似渴地听着他说的每一句话。

“我们只有把彼此当成同志，紧密团结在一个友好的大家庭里，怀着一个共同的愿望，为维护我们的权利而斗争，只有这样才能争取到好的命运！”

“快说正事儿！”母亲身边有人粗暴地嚷道。

“别打岔儿！”从不同的地方传来两个不大响亮的声音。

被煤烟熏黑了脸的人们忧郁地皱着眉头，时而露出不信任的神色；几十双眼睛严肃地盯着巴维尔的眼睛，若有所思。

“他是社会主义者，不是傻瓜！”有人说。

“唔，他胆子真大！”一个独眼的高个儿工人碰了碰母亲的肩膀说。

“同志们，我们该明白了，除了我们自己，谁也不能帮助我们！一人为大家，大家为一人，这就是我们的信条。如果我们想战胜敌人，就得遵守这个信条！”

“他说得有道理，弟兄们！”马霍京喊道。

接着他挥了挥胳膊，拳头在空中摇了一下。

“应该把厂主叫出来！”巴维尔继续说。

人群立刻动荡起来，恰如一阵旋风吹过。几十个人异口同声地喊道：

“把厂主叫到这里来！”

“派代表去把他叫来！”

母亲向前挤了挤，从下面望着儿子的脸，心里充满了自豪。巴维尔站在那些受人尊敬的长者中间，大家都认真听他讲话，并且附和他。她高兴的是，儿子不像别人那样怒气冲冲地开口骂人。

四周响起密集的呼喊声和恶毒的叫骂声，恰似一阵冰雹打在铁板上。巴维尔从高处望着人群，睁大眼睛在人群中寻找着什么。

“推选代表吧！”

“西佐夫！”

“弗拉索夫！”

“雷宾！雷宾那张嘴厉害！”

人群中忽然有人低声嚷起来：

“他来了……”

“厂主来了！……”

厂主个子很高，长脸，留着山羊胡子。人群中立刻给他闪开一条道。

“请让开！”厂主说着摆了摆手，把工人们从他面前轰开，但他并不拿手去碰他们。他微微眯起眼睛，摆出富有经验的老板的威严，以审视的目光扫视着工人们的脸。有人脱帽向他鞠躬，但他不予理睬，照直向前走去。这时人群安静下来，他的到来使一些人不知所措，有人感到难堪，脸上带着不自然的微笑，有人感到后悔，像做错了事的小孩似的低声叹气。

这时厂主走到母亲身边，用严厉的目光在她脸上扫了一下，最后在废铁前停下来。废铁堆上有人伸手要拉他一把，他没有理睬。他弹跳自如地纵身爬上废铁堆，站在巴维尔和西佐夫面前，厉声问道：

“这是什么聚会？为何不去上班？”

全场鸦雀无声。人们的脑袋像谷穗似的耷拉下来，微微摇摆着。西佐夫耸了耸肩，捏着帽子的手挥了一下，低下了头。

“听见没有？我在问你们！”厂主叫道。

站在他身旁的巴维尔指了指西佐夫和雷宾，高声说：

“同志们推选我们三人为全权代表，要求您取消扣戈比的决定……”

“这是为什么？”厂主没有抬眼看他，冷冷地问道。

“我们认为，这种税收是强加给我们的，不合理！”巴维尔响亮地答道。

“您说到哪里去了，难道您认为我要治理沼泽地仅仅是为了剥削工人，而不是为改善工人的生活条件着想？是吗？”

“是的！”巴维尔答道。

“您也这样看？”厂主问雷宾。

“大家都这样看！”雷宾答道。

“那么您老兄呢？”厂主转过身来问西佐夫。

“我也请求您不要这样做，不要扣这一个戈比啦！”

西佐夫说罢笑了笑，面带愧色地低下头。

厂主迟疑地朝人群扫了一眼，耸耸肩。接着他用审视的目光仔细看了看巴维尔，说道：

“看您的样子倒是像一位有识之士，难道您也看不出这项措施的好处？”

巴维尔高声回答他说：

“如果厂方出钱治理沼泽，那么大家自然会理解的！”

“工厂不是慈善机构！”厂主干巴巴地说，“我命令，大家立刻去上班！”

他说完就从废铁堆上走下来，只顾留心脚下，对谁也不理睬。

人群里喧嚷起来，显然对厂主不满。

“嚷什么？”厂主停下脚步问道。

大家又安静下来，只听见远处有人喊道：

“你自己上班去吧！……”

“过十五分钟你们再不上班，我就下令罚你们的款！”厂主冷冷地说，每个字都说得清楚明白。

他穿过人群往回走去，但这时人们在他背后低声抱怨着。他愈往前走，抱怨声就愈高。

“别让他走，再跟他谈谈！”

“这就是所谓的权利！唉，命该如此啊……”

人们把注意力转向巴维尔，冲他喊道：

“喂，你懂法律，你说现在该怎么办？”

“你说话没用，厂主一来，全傻啦！”

“喂，弗拉索夫，我们怎么办？”

喊声愈来愈激烈。巴维尔对大家说：

“我提议，同志们，他不放弃这一个戈比，我们就不去上班……”

立刻有不少人激动地喊叫起来：

“别把我们当傻瓜！”

“要罢工？”

“就为了这一个戈比？”

“那又怎么样？我们偏要罢工！”

“这不是要掐大伙儿的脖子吗……”

“谁愿意去上班？”

“会有人去的！”

“要去当叛徒？”

十三

巴维尔从高处走下来，站在母亲身边。

人们在四周喊叫着，争论着，情绪激动，喊声震耳。

“闹罢工怕组织不起来！”雷宾走过来说，“工人们怕扣钱，胆小怕事。最多不过有三百人响应你。只怕你们势单力薄闹不起来呀……”

巴维尔没有答话。黑压压的人群像一张乌黑的大脸在他眼前晃动，无数只眼睛望着他，希望他做出答复。他有些恐慌，心突突地跳着。他觉得，他说的那些话，无声无息地在人群中消失了，犹如稀疏的雨点落在久旱干裂的大地上。

他闷闷不乐地走回家去，显得很疲倦。母亲和西佐夫走在他后面，雷宾和他并排走着，在他耳边低声说：

“你讲得很有道理，可是工人们听不进去。要把话说到他们心里去，在他们心灵深处激起火花。单靠理智是抓不住人心的，就像穿鞋不合脚，不对号嘛！”

这时西佐夫对母亲说：

“尼洛夫娜，我们这些老年人活不了几年了！新一代人长大了。我们过的是什么日子？一辈子低三下四，直不起腰来。如今的年轻人可不像我们，不知是悟出了什么道理，还是走错了路，误入迷途了。你刚才瞧见了，年轻小伙子跟厂主说话，就好像自己也是厂主似的……真是的！再见啦，巴维尔·米哈伊洛维奇，老弟，你今天替大伙儿说话，这很好嘛！求上帝保佑你，说不定你真的会找到办法和出路，上帝保佑！”

他独自走了。

“是啊，您是该死了！”雷宾低声说，“就是现在您也不是人，您不过是油灰而已，只配抹墙缝。你都看见了，巴维尔，是谁喊叫着推选你当代表的？是那些骂你是社会主义者和捣乱分子的人！就是他们！他们说，厂主一定会开除你，活该开除。”

“他们这么说，也自有道理！”巴维尔说。

“狼群吃掉自己的伙伴也自有道理……”

雷宾沉着脸，声音古怪地颤抖着。

“人们是不会相信空话的，看来得吃点苦头，用血来证实自己的话……”

这一整天巴维尔闷闷不乐，满脸倦容，心里有一种说不出的烦躁。他两眼流露出焦虑，仿佛在急着寻找什么东西。母亲见他神色不对，小心翼翼地问道：

“你这是怎么啦，巴沙？”

“我头疼。”巴维尔若有所思地说。

“那你快躺下吧。我去请医生来……”

他抬头望了望母亲，连忙说：

“不，不必！”

接着他忽然自言自语地说：

“我太年轻，势单力薄，的确如此！我说的话他们不信，我讲的真理无人响应，看来我还没有把真理说明白！……我感到难受，心中有愧！”

母亲望着他闷闷不乐的样子，想安慰他几句，便轻声说：

“你用不着这样着急！今天他们不明白，明天就会明白的……”

“这有什么不明白的！”巴维尔高声说。

“是啊，就连我也明白了你讲的真理……”

他走到母亲面前，低声说：

“母亲，你真好……”

他说罢便转过身去。母亲哆嗦了一下，仿佛被这句话烧燎着似的，她把手按在心口上，将儿子的赞许珍藏在心里，回自己房里去了。

当天夜里，母亲已经睡了，他正躺在床上看书，宪兵们突然闯进来，气势汹汹，到处乱翻，把院子和阁楼也搜了一遍。那个脸色蜡黄的军官仍像第一次来搜查时那样，言语尖刻，带着嘲讽的口吻，并且老想激怒别人，看到别人受辱他心里特别高兴。母亲默默地坐在屋角里，留心注视着儿子的表情。巴维尔尽量保持镇静，克制着内心的激动，但听见那军官得意地大笑，就气得浑身发抖，手指古怪地微微动弹。母亲察觉到，那军官的嘲笑使他无法忍受，他不可能再保持沉默。不过现在她不像第一次搜查时那样害怕了。对这群穿着灰色军大衣、皮靴上套着马刺的不速之客，她更多的是憎恨，憎恨压倒了她心头的恐惧。

巴维尔悄悄对母亲说：

“他们是来抓我的……”

母亲低下头小声说：

“明白……”

她心里明白，这回儿子给他们抓去是要坐牢的，因为今天他给工人讲了话。但工人们拥护他，认为他讲的话有道理。他们一定会为巴维尔辩护，看来不会把他关很久……

想到这里，她想哭，想拥抱儿子。可是那军官就站在她身边，正眯着眼睛注视着她。他的嘴唇颤抖着，两撇胡子在微微动弹。母亲觉得，此人等待的正是她的眼泪，等着她的哀求。于是她克制住自己的感情，尽量少说话，握住儿子的手，镇静地低声说：

“再见吧，巴沙。该带的东西都带上了吗？”

“带上了。别惦记我……”

“上帝保佑你……”

儿子被带走的时候，母亲坐在长凳上，闭上眼睛低声痛哭起来。她像丈夫那样背靠墙坐着，悲伤和屈辱重重地压在她心头，她知道自己孤苦无依，只有伤心地哭泣。她仰着脸痛哭了很长时间，单调的哭声诉说着她那受了伤害的心灵的哀痛。她恍惚看见眼前有一个凝然不动的斑点。这是那个黄脸军官的面孔，留两撇稀疏的小胡子，一双微微眯起的眼睛得意地望着她。她心里乱糟糟的，怨恨和憎恶交织在一起，她憎恨那些蛮不讲理的宪兵。他们抓走了她的儿子，就因为他寻求真理。

屋里很冷，雨点敲打着窗户。她仿佛觉得那些灰色的身影还在房子四周走动。他们的胳膊很长，看不见他们的眼睛，只见一张张宽大的、红红的面孔在夜色中窥探着，隐隐听得见他们的皮靴上的马刺发出的叮叮声。

“把我也抓走吧。”母亲心想。

催人上班的汽笛吼叫起来。今天汽笛声显得沉闷、嘶哑，缺少生气。房门忽然打开了，原来是雷宾来了。他走到母亲面前，用手掌擦着被雨水淋湿的大胡子，问道：

“抓走了？”

“是的，这群豺狼！”母亲叹息道。

“果然不出所料！”雷宾苦笑着说，“我家也被搜查了。他们来势很猛，骂骂咧咧，但没有抓我。他们却抓了巴维尔！厂主使一个眼色，宪兵就动手抓人！他们互相配合，步调一致。一些人要压榨工人，另外一些人就当帮凶……”

“你们应该为巴维尔辩护才是啊！”母亲站起身来高声说，“他是为了大伙儿才坐牢的。”

“谁去辩护？”雷宾问。

“大伙儿呗！”

“你说到哪里去了！不成，这不可能！”

他苦笑着走了，步态很沉重的样子。他的话使母亲感到绝望，也更加重了她心中的痛苦。

“万一要动刑呢，说不定会打他……”

她恍惚看见儿子被打得遍体鳞伤，流着血。恐惧像一块冰冷的石头重重地压在她心头，她感到胸闷，两眼也疼痛起来。

这一整天她无心吃饭喝茶，也没有生炉子，直到夜晚才吃了一片面包。躺下睡觉时，她心想，她这辈子还从来没有这样孤独过。最近这几年，她经常在期待中度日，总盼着遇上某种有意义的美好的事情，也渐渐习惯了。她周围总有一帮年轻人，热闹，生气勃勃。儿子不苟言笑，总在她眼前转来转去，这虽然使她恐惧不安，但日子过得倒也愉快。可是现在他被抓走了，一切也都不存在了。

十四

这一天总算过去了，挨过一个不眠之夜，第二天就更难过了。她等待着，以为有人会来，可是谁也没有来。黄昏来临了，紧接着又是黑夜。寒冷的雨点沙沙地敲打着墙壁，好像在叹息。烟囱里发出呼啸声，地板下面不知什么东西在活动。雨水在房檐下滴滴答答地流着，单调的滴水声和钟摆声融成一片，发出奇怪的和声。似乎整个房子在轻轻地摇晃，周围的一切都显得多余，渐渐消失在哀痛之中……

有人轻轻地敲了敲窗户，接着又敲了两下……这种响动她早习惯了，并不觉得害怕。但这次她却打了个哆嗦，她心里仿佛被针扎了一下，骤然一阵狂喜。她恍惚看见了希望，急忙站起身来，披上围巾，开了门……

萨莫伊洛夫来了。他后面还跟着一个人，脸被大衣领子遮住了，帽檐盖住了眉毛。

“我们把您吵醒了吧？”萨莫伊洛夫没有问候她，便开口问道。今天他一反常态，显得忧心忡忡，脸色很不好。

“我还没睡！”母亲答道，然后不再说什么，却用期待的目光望着他们。

跟萨莫伊洛夫同来的那人沉重地喘了口气，摘下帽子，向母亲伸出手来（他的手很大，手指却很短），像老相识似的亲切地说：

“您好啊，大妈！没认出我吗？”

“是您呀？”母亲忽然高兴起来，喊道，“是叶戈尔·伊凡诺维奇！”

“正是我呀！”客人冲她点了点头，答道。此人大脑袋，留着长发，像教堂里的诵经士似的。他的脸又胖又圆，温和地微笑着，灰色的小眼睛炯炯有神，亲切地望着母亲的脸。他那副模样很像一只俄式茶炉，又圆又矮，粗壮的脖颈，胳膊很短。他的脸油光光的，喘气声很粗，呼哧呼哧的，嗓子眼里总发出嘶哑的声音……

“快进屋坐吧，我去穿衣服！”母亲说。

“我们有事要跟您说！”萨莫伊洛夫皱着眉头望着母亲，若有所思地说。

叶戈尔·伊凡诺维奇进了屋，对母亲说：

“好大妈，今天上午，您认识的那个尼古拉·伊凡诺维奇出狱了……”

“他也坐牢了？”母亲问。

“他坐了两个月零十一天牢。他在那里见到霍霍尔了，霍霍尔问您好呢，他还见到了您儿子。巴维尔也问候您，叫您不要为他担心，并且说，对选择了他这条道路的人来说，监狱是休养的好地方，这是长官们关怀我们，专门为我们安排的。大妈，现在我谈正题。您知道昨天抓了多少人吗？”

“不知道！除了巴沙，难道还抓了别人？”母亲高声说。

“他是被捕的第四十九人！”叶戈尔·伊凡诺维奇平静地说，“估计长官们不会就此罢休，还要抓十几人！这位先生也难免……”

“是的，我也逃不掉！”萨莫伊洛夫愁眉苦脸地说。

母亲觉得心里宽解一些。

“被捕的不止他一人！”她心中暗想。

她穿好衣服，来到客人面前，轻松地笑了笑。

“既然抓了这么多人，大概不会关很久……”

“说得对！”叶戈尔·伊凡诺维奇说，“要是我们想个巧妙的办法，搅乱他们的计划，那他们就傻眼啦。现在的情况是这样的：如果我们现在停止往工厂里送书籍，宪兵们就会抓住这个可悲的事实来做文章，折磨巴维尔以及和他一起坐牢的伙伴们……”

“这是为什么？”母亲不安地问道。

“非常简单！”叶戈尔·伊凡诺维奇温和地说，“宪兵们有时也会动脑子，做出正确的推断。您想想看：有巴维尔在，工厂里就有书籍和传单，现在巴维尔被关了起来，书籍和传单就没有了！就是说，这些东西是巴维尔散发的，对吗？这样一来，他们就开始逼供、拷问所有的人。宪兵们个个都是拷打人的能手，常常把人打得死去活来……”

“我懂了，懂了！”母亲伤心地说，“哎呀，上帝啊，现在该怎么办？”

萨莫伊洛夫在厨房里喊道：

“几乎全被抓去了，真他妈的见鬼！……现在我们得继续干下去，不仅是为了工作，而且也为了营救被捕的伙伴们。”

“可惜没有人去干呀！”叶戈尔苦笑着插话说，“书籍和传单我们都有，而且印刷质量特别好，是我亲手印的！……可是怎么送进工厂呢？问题就在这里呀！”

“现在进工厂的每个人都被搜身！”萨莫伊洛夫说。

母亲听出他们想要她做什么事，便急忙问道：

“那怎么办？有办法吗？”

萨莫伊洛夫站在门口，对母亲说：

“佩拉格娅·尼洛夫娜，您认识小商贩科尔苏诺娃吧……”

“我认识她，怎么啦？”

“您去问问她，可不可以托她带进去？”

母亲不赞成地摆摆手：

“唉，不行！她是个长舌妇，不行！马上就会有人知道是我让她带去的，是从我家里拿去的，绝对不行！”

说到这里，她忽然想出一个主意，便轻声说：

“这事交给我吧，交给我吧！这事由我来办，我会想出办法的！我去求玛丽亚[1]，求她收我做帮手！我也得吃饭呀，不干活儿怎么行。所以我就进厂去送饭！这样我也就业啦！”

她两手按着胸口，匆匆地说着，保证把这件事办好，并且不让人发觉。最后她兴高采烈地说：

“他们会看到，巴维尔不在，但他的手能从牢房里伸到工厂去。让他们等着瞧吧！”

三人都很高兴。叶戈尔用力搓着双手，笑道：

“这个办法太好啦，大妈！您要知道，这是最好的办法，简直妙不可言！”

“要是这事办成了，那么对我来说，坐牢就像坐安乐椅一样舒服！”萨莫伊洛夫搓着手说。

---

① 女商贩科尔苏诺娃的名字。

“您太可爱啦！”叶戈尔哑着嗓子说。

母亲微微一笑。她心里明白，如果现在工厂里又发现传单，那么官府会马上知道，这不是她儿子散发的。她自信能完成这个任务，心里特别高兴，禁不住身子微微颤抖起来。

“您见到巴维尔的时候，”叶戈尔对萨莫伊洛夫说，“告诉他，他有一个好母亲……”

“我很快就会见到他的！”萨莫伊洛夫笑道。

“您一定要告诉他，需要做的事我都能做！这一点让他放心！……”

“要是他不去坐牢呢？”叶戈尔指着萨莫伊洛夫问道。

“那该怎么办？”

叶戈尔和萨莫伊洛夫哈哈大笑。母亲知道自己说走了嘴，也低声笑起来，脸色有些尴尬，但却夹带着调皮的神气。

“为了自己儿子，让别人去受苦！”她不好意思地说。

“这可以理解！”叶戈尔说，“您不要挂念巴维尔，不要难过。坐牢对他有好处，他出狱后您会看到的。在那里既可以休养，又可以学习。平常我们这些人都很忙，没工夫学习和休养。我坐过三次牢，坐牢当然要吃点苦头，但确实能长见识，对锻炼意志大有好处。”

“您气喘得好厉害！”母亲望着他那张憨厚的脸，关切地说。

“这倒不是坐牢造成的。”他说着举起一个手指，“大妈，这件事就算说定了吧。明天我们把东西给您送来。好吧，为了打破千百年来的黑暗，我们的武器又要发挥作用了。自由言论万岁！慈母心万岁！再见！”

“再见！”萨莫伊洛夫紧握着她的手说，“这种事我不敢对自己母亲透露半点风声，的确！”

“她以后会明白的！”母亲安慰他说。

送走了客人，她立刻关上门，跪在房间中央祈祷起来。雨点沙沙地敲打着墙壁，她无声地祈祷着，祈求上帝保佑巴维尔的朋友们。巴维尔把他们领进了她的生活。此刻，他们从她眼前的圣像前面走过，全都是那样地朴实可爱，彼此亲密无间，却又显得非常孤独。

第二天一早她就去找玛丽亚·科尔苏诺娃。

科尔苏诺娃像平时一样，身上油渍麻花的，说话声音很大，一见面就向母亲表示同情。

“想儿子了吧？”她用肥胖的手拍了拍母亲的肩膀，问道，“没关系！不就是抓去坐牢吗，没什么了不起的！再说也不是干了什么坏事。过去偷东西得坐牢，可现在为了真理也得坐牢。也许巴维尔那天说的话不对，但他是为了大伙儿。大家都理解他，你不要担心！有的人虽然不说话，但大家都明白谁是好人！我一直想去看你，可是忙得很。整天做饭卖饭，看来到死还是个乞丐。情人们老来纠缠我，这些该死的！这个来吃我的，那个也要吃我的，像蟑螂啃面包。刚攒了十来个卢布，马上就有该死的找上门来，他们要把我的钱花光为止！做女人难哪！在世上做女人是最倒霉的！做单身女人难，两人过日子又没意思！”

“我是来求你，想给你当个帮手！”母亲打断了她的话，对她说。

“什么帮手？”玛丽亚愣了一下。她听女友说完之后，赞同地点了点头。

“行啊！还记得吧，过去我丈夫打我，你把我藏起来。现在你有了困难，我也该帮助你呀……大伙儿都应该帮助你，因为你儿子是为了公众的事坐牢的。他是个好小伙子，大家都这么说，异口同声，全都同情他。我敢说，这样抓人，对当官的也没什么好处。你瞧瞧，厂里情况怎么样了？都在发牢骚，亲爱的！那些当官的以为，咬坏了人的脚后跟，这个人就不能走远路了。结果怎样呢，他们打击十个人，得罪了几百人！”

就这样，两人谈妥了。第二天午饭前，母亲就把玛丽亚做好的两罐饭菜送进工厂，而玛丽亚本人便到市场上买东西去了。

十五

新来的卖饭婆立刻引起工人们的注意。有些人走过来称赞她：

“挣钱来啦，尼洛夫娜？”

也有一些人说些宽心的话，说巴维尔不久就会出狱；有些人向她表示同情和慰问，反倒使她那颗忧伤的心更加不安；还有一些人痛骂厂主和宪兵，她心里感觉畅快一些；也有些人见到她，脸上露出幸灾乐祸的神色。考勤员伊赛·戈尔鲍夫恶狠狠地说：

“假如我是省长，我就判处你儿子绞刑！让他不要胡言乱语，到处迷惑人！”

这恶毒的恫吓使她感到浑身发冷，心里凉森森的。她没有说什么，只是抬眼望了望伊赛那张布满雀斑的小脸，叹了口气，垂下眼睛。

工厂里并不安宁。一群群工人聚在一起，偷偷议论着什么。忧心忡忡的工头四处窥探，观察动静。有时可以听见他们的叫骂和嘲笑。

两名警察押着萨莫伊洛夫从母亲身边走过。萨莫伊洛夫一只手插在口袋里，用另一只手抚平他那棕红色的头发。

有上百名工人为萨莫伊洛夫送行，他们边走边咒骂和嘲笑那两个警察……

“格里沙[1]，好好散步吧！”有人朝他喊道。

---

[1] 萨莫伊洛夫的小名。

“咱哥儿们真行啊！”另一个人帮腔说，“出来散步还带了卫兵！”

他紧接着骂了一句脏话。

“大概抓小偷捞不到好处啦，”大高个儿独眼工人高声骂道，“所以现在就抓好人……”

“夜里抓人不更好吗？”人群中有人说，“偏偏要白天抓人，不知羞耻，狗杂种！”

那两个警察哭丧着脸，走得很快，对什么也不看一眼，仿佛没听见尾随其后的工人们的嘲骂。这时，三个工人抬着一块大铁板迎面走来。他们把铁板对着警察，高喊道：

“当心哪，抓鱼的！”

萨莫伊洛夫从母亲面前走过时，微笑着朝她点点头说：

“抓走啦！”

母亲默默地向他鞠了一躬。她大为感动的是，这些年轻人为人正派，从不酗酒，去坐牢的时候仍旧面带微笑。她打心眼里疼爱他们。

从工厂回来，母亲便待在玛丽亚家里，一边帮她干活，一边听她闲扯。天黑了她才回家。家里空落落的，又冷又寂寞。她在屋里转悠了好长时间，坐立不安，不知该做什么。她感到不安的是，眼看夜深了，叶戈尔·伊凡诺维奇却没有履约把书籍和传单送来。

窗外飘着雪，瓦灰色的雪花在秋天的夜色中闪烁着。雪花悄悄落在玻璃上，又悄悄地滑落下去，融化了，在玻璃上留下一道道湿痕。她在思念儿子……

有人轻轻地敲门。母亲快步跑过去，摘下门钩。原来是萨申卡来了。母亲好久没见她，头一眼就发现姑娘胖了许多。

“您好！”母亲说，她见有客人来，马上高兴起来。今天夜里她有人做伴了。“好久没看见您。出远门了吧？”

“没有。我坐牢去啦！”姑娘笑道，“跟尼古拉·伊凡诺维奇在一起。您还记得他吗？”

“怎么不记得！”母亲说，“昨天刚听叶戈尔·伊凡诺维奇说过，说他放出来了。但没有听到您的消息，谁也没说过您坐牢了……”

“这有什么好说的。……趁叶戈尔·伊凡诺维奇还没到，我得换一下衣服！”姑娘说着往四下里打量了一眼。

“您全身都淋湿了……”

“我把书籍和传单带来了……”

“快给我，快给我！”母亲着急地说。

姑娘急忙解开大衣，全身抖动一下，一沓沓纸片就像落叶似的从她身上沙沙地抖落下来。母亲笑着从地上捡起纸片，对姑娘说：

“我看您胖了许多，还以为您结婚了，快生孩子了呢。噢呀呀，带了这么多。是徒步走来的？”

“是的！”萨申卡说。此时她又变得苗条如初了。母亲发现她的面颊有些下陷，眼睛显得比过去更大了，眼睛下面有两块黑斑。

“刚出了狱，您应该好好休息才是。您也真是！”母亲说着，又是摇头，又是叹气。

“这也是工作需要啊！”姑娘打了个哆嗦，答道，“您快说说，巴维尔怎么样，还好吧？……他没有着急吧？”

萨申卡问话时并没有看母亲，而是歪着头整理头发，手指不住地颤抖着。

“他还好！”母亲说，“他即使着急也不会说出来的。”

“他身体还结实吧？”姑娘轻声问。

“没生过病，从来没有！”母亲答道，“您冻得直打哆嗦，我去给您烧茶，再吃点果酱。”

“那当然好！只是不该劳您的驾，天这么晚了，我自己来吧……”

“您还不累呀？”母亲用责备的口吻说，接着她便动手烧茶。萨申卡也走进厨房，在长凳上坐下来，两手放在脑后，对母亲说：

“坐牢毕竟是折磨人。闲待着无事可做，真要命！再没有比闲待着更磨人的了！明知有许多事情等着你，可是被困在牢里，像关在笼子里的野兽……”

“您吃尽苦头，有谁来报答您呢？”母亲问。

说罢她叹了口气，自言自语地说：

“除了上帝，谁也不会报答您。对啦，您也不信上帝吧？”

“是的！”姑娘摇了摇头，答道。

“那您说的话我也不信！”母亲突然激动起来，一本正经地说。她匆匆用围裙擦了擦手上的炭灰，坚定地说下去，“您还不明白自己信仰什么！您不信上帝，怎么可能过这种生活呢？”

过道里传来沉重的脚步声，好像有人说话。母亲打了个哆嗦。姑娘急忙站起来，匆匆地对母亲耳语道：

“不要开门！如果来的是宪兵，您就说压根儿不认识我！……我是找错了门，偶然闯到您家来的，一进门就晕倒了，您是给我脱衣服时才发现这些书籍的。明白了？”

“我的好孩子，干吗要这样说？”母亲大为感动地问。

“等一下！”萨申卡仔细听了听门外的动静，说，“好像是叶戈尔……”

的确是叶戈尔来了。他的衣服淋湿了，累得气喘吁吁。

“啊哈，茶烧好啦？”叶戈尔高声说，“大妈，茶炉可是生活中的宝贝啊！您早来啦，萨申卡？”

狭小的厨房里回荡着他嘶哑的声音。他慢吞吞地脱下沉重的大衣，匆匆地说：

“对那些当官儿的来说，这姑娘可不是好惹的！有一回，监狱长冒犯了她，她就对监狱长说，如果不向她赔礼道歉，她就绝食。她果然八天没吃东西，差点没把自己饿死。不简单吧？你们看，我的肚子怎么样？”

说到这里，他两手捧着凸得很不像样的肚子朝巴维尔住的房里走去，随手关上门，嘴里还在唠叨着。

"您八天不吃东西受得了吗？"母亲惊奇地问。

"这是逼他向我道歉！"姑娘答道。她好像怕冷似的耸耸肩。她的沉着和不达目的誓不罢休的顽强精神使母亲十分佩服。

"这姑娘真厉害！……"她心中暗想，接着她又问，"那您饿死了怎么办？"

"真饿死了也没办法！"姑娘轻声答道，"最后他还是道了歉。做人是不能逆来顺受的，受了欺负就不该原谅他。"

"是呀……"母亲迟疑地答道，"可是我们做女人的谁不受人欺负呢……"

"我终于轻松了！"叶戈尔推门走进厨房说，"茶烧好了吗？让我来端茶炉……"

他说着端起茶炉，说道：

"我的生父最爱喝茶，一天至少喝二十杯，所以他一辈子不生病，平平安安地活了七十三岁。他体重八普特[①]，在华斯克列森村教堂里当执事[②]……"

"您的父亲是神父伊凡？"母亲问。

"正是！您怎么知道的？"

"我娘家就在华斯克列森村呀！……"

"原来是同乡！您父亲是谁？"

"是您的老邻居，谢列庚。"

"是瘸腿尼尔吗？我认得他，我小时候耳朵给他拧过好几回哩……"

两人对面站着，从容对答，谈笑自如。萨申卡在一旁望着他们，

① 普特是旧俄重量单位，约合16.38千克。

② 执事是东正教堂里的勤杂工。

脸上也带着微笑。姑娘动手沏茶，茶杯的响声打断了母亲的遐思。

“哎呀，请原谅，瞧我，只顾说话了！见到同乡，高兴得什么都忘了……”

“我还得求您原谅呢，未经主人允许，我自己动手倒茶了！十点多了，我还得走很远的路……”

“您去哪儿？回城里去？”母亲吃惊地问。

“是的。”

“您疯啦？天这么黑，又下着雪，您不累呀？住下吧，叶戈尔·伊凡诺维奇住厨房，您同我住这间屋……”

“不行，我必须赶回去！”姑娘诚恳地说。

“的确如此，小姐必须在今天夜里赶回去。这里有人认识她。明天白天被人看见就不好了！”叶戈尔说。

“那她怎么办？一个人走？”

“一个人走！”叶戈尔苦笑着说。

姑娘给自己倒了一杯茶，拿了一片面包，在上面撒点盐，一边吃一边望着母亲，好像心里在想着什么。

“您和娜塔莎一样，深更半夜走这么远的路。这路您怎么走呢？我可不敢走，害怕呀！”母亲说。

“她也害怕！”叶戈尔说，“我说得对吗，萨莎[1]？”

“当然害怕啦！”姑娘说。

母亲望了望萨申卡，然后又望望叶戈尔，低声赞叹道：

“你们这些人呀……不要命！”

喝完了茶，萨申卡站起身来，默默地同叶戈尔握手告别，然后向外走去。母亲出来送她，经过厨房时，萨申卡对母亲说：

“您要是能见到巴维尔，就说我向他问好！请转告他！”

---

① 萨申卡的名字。俄罗斯人的名字都有各种叫法。

她握住门把手，忽然又转过身来，低声说：

“我想亲亲您行吗？”

母亲默默地拥抱她，热烈地同她亲吻。

“谢谢您！”姑娘低声说，然后点了点头，走出门去。

回屋以后，母亲仍不放心。她朝窗外望了望，只见窗外黑乎乎的，大雪纷飞。

“您还记得普罗佐洛夫一家吗？”叶戈尔问。叶戈尔叉开两腿坐着，端着茶杯大声吹着热茶。他满面红光，脸上直冒汗，一副怡然自得的样子。

“怎么不记得！”母亲侧身在桌旁坐下，心事重重地说。她两眼充满了忧伤，望着叶戈尔，迟疑地说：“哎呀，这个不要命的萨申卡！她这一路受得了吗？”

“反正够她累的！”叶戈尔说，“她坐牢把身子闹垮了，本来身体挺结实的……再说她从小娇生惯养……她好像生了肺病……”

“她是什么人？”母亲轻声问。

“她本来是地主家的小姐。她常说，她父亲是个大骗子。大妈，您知道吗，他们俩打算结婚啦。”

“她跟谁？”

“她和巴维尔……可是你瞧，一直没有合适的机会，前一段时间她在坐牢，现在她出狱了，巴维尔又进去了！”

“这事我还真不知道，”母亲沉默一会儿，答道，“巴维尔的事从不跟我说……”

这时，她更加觉得那姑娘可怜。她不由自主地瞟了客人一眼，生气地说：

“您真该去送她！……”

“不行啊！”叶戈尔心平气和地说，“我这里还有很多事情。明天一早我还要四处奔走，要奔波一整天呢。我有气喘病，这差事够我受哇……”

“她是个好姑娘。”母亲想着刚刚听到的儿子要结婚的消息，若有所思地说。她生气儿子没有把这事告诉她，倒是外人向她说起这件事。于是她紧皱双眉绷着嘴不再说什么。

“这姑娘是很好！”叶戈尔点点头，答道，“我看得出来，您可怜她。其实用不着！我们都是些反叛者，您要是可怜我们呀，只怕您心不够用，可怜不过来啊。老实说，我们这些人都很苦。前不久，我的一个朋友服流刑回来。他路过下新城的时候，他的老婆孩子在斯摩棱斯克城等他。可是等他回到家，老婆孩子都被抓走了，关在莫斯科的监狱里。现在他老婆也被流放到西伯利亚去了。我老婆也一样，是个非常好的女人，五年的流放，把她折磨死了……”

他一口气把杯里的茶喝干，继续讲下去。他谈到自己的监狱生活，谈到在流放地度过的岁月，谈到种种不幸事件，谈到监狱里的酷刑和西伯利亚的饥饿。母亲望着他的脸，静静地听他讲述着，她感到惊奇的是，叶戈尔在讲述这种苦难生活和遭受的种种迫害欺侮时，语气是那样平淡，不动声色……

“我们该谈正事了！”

他改换了语气，表情更加严肃。他先问母亲，这些书籍和传单她准备怎样带进工厂去。他问得很细，连一些细枝末节也不放过，母亲听了暗暗吃惊。

谈完正事，他们又去回忆故乡的人和事。叶戈尔谈笑风生，她则沉浸在对往事的回忆里。她觉得，过去的一切都非常古怪，好像是一片沼泽，沼泽地里布满了土丘，看上去很单调。细小的白杨树和矮小的云杉在风中颤抖着，土丘之间长着稀疏的白桦树。白桦树长得很慢，在沼泽的烂泥里生长五六年，就歪倒腐烂了。想象着这凄惨的情景，她忽然感觉到一股压抑不住的怜悯涌上心头。她仿佛看见一个姑娘的身影，这姑娘表情严厉，脾气固执，正冒着鹅毛大雪独自在旷野里行进，累得东倒西歪。儿子在坐牢。他大概现在还没有睡，他在想念谁呢……他不想念母亲，他有了比母亲更亲的心上人。沉重的思绪像彩云似的盘绕在她心头……

“您太累了，大妈！快睡觉吧！”叶戈尔笑着对她说。

她同叶戈尔道了晚安，轻手轻脚地回房安歇去了，心里依旧感到不大好受。

第二天喝早茶时，叶戈尔问她：

“如果您被抓了，他们问您这些宣传异端邪说的书是哪里来的，那时您该怎么说？”

“那时我就说，‘这事和你们没关系’！”母亲答道。

“这样说他们是不会放过您的！”叶戈尔说，“他们反而会坚信这事恰恰同他们有关系。他们会反复盘问您，抓住您不放！”

“我宁死不说。”

“那他们就把您关起来！”

“去坐牢？我也配坐牢，那就感谢上帝啦！”母亲激动地说，“谁要我这种人？谁也不需要。听说他们不打人……”

“哼！”叶戈尔注视着她说，“倒不至于动刑。不过好人也应该珍惜自己啊……”

“这一点向你们是学不到的！”母亲讥笑说。

叶戈尔没有说话。他踱了一会儿，然后走到母亲面前，说：

“难哪，同乡！我觉得您做这事是很困难的！”

“大家都困难！”她满不在乎地说，“大概只有内行的人才不困难……不过我也明白了一些，知道善良的人们想要什么……”

“大妈，既然明白了这个，对大家来说您就成为有用的人啦，大家都需要您！”叶戈尔一本正经地说。

母亲瞥了他一眼，默默地笑了。

这天中午，她把书籍和传单悄悄塞在自己胸前，伪装得巧妙而又舒适。叶戈尔看了，满意地咂着舌头说：

“好极了！德国小伙子痛饮了一桶啤酒之后喜欢这样说。大妈，您揣着这些书，可是模样并没有改变。瞧，您仍旧是个善良的中年妇女，高高胖胖的。这是您的初次尝试，诸神会保佑您……”

半小时后，母亲挑着饭菜来到工厂门口。这时她很沉着，自信不会出差错。两名门卫因遭到工人嘲笑心里窝火，对人很粗暴，对进门的人搜查很严，并且对他们骂骂咧咧。旁边站着一名警察和一个瘦瘦的男子。这瘦子赤红脸膛，眼珠贼溜溜地转来转去。母亲把扁担换到另一个肩上，皱着眉仔细打量他，感觉此人像个密探。

一个高个小伙子，留着鬈发，帽子戴在后脑壳上，向刚刚搜查过他的两个门卫大喊：

“鬼东西，有本事你们往脑袋里搜，不要搜口袋！”

一个门卫答道：

“你那脑袋上除了虱子一无所有……”

“你们只配捉虱子，不配做正经事！”那个工人反唇相讥。

密探恶狠狠地扫了他一眼，啐了一口。

“快让我过去！”母亲用请求的口吻对门卫说，“您瞧，我挑着担子，腰快压断了！”

“快进去吧，快点！”一个门卫气呼呼地冲她喊道，“少废话……”

母亲来到卖饭的摊位上，把盛着饭菜的罐子放在地上，擦一把脸上的汗，四下里瞧了瞧。

钳工古谢夫兄弟立刻走过来。老大瓦西里皱着眉头高声问：

“有馅饼吗？”

“我明天送来！”母亲答道。

这是约定的暗语，兄弟俩立刻露出笑容。老二伊凡忍不住大声说：

“好，你真是个好母亲……”

瓦西里蹲在地上，朝罐子里望了一下，就在这时，一沓传单塞进他怀里。

“伊凡，”他大声说，“我们不着急回家，就在这里吃午饭吧！”他说着把几本小册子塞进靴筒里。“大妈是新来的，应该帮她一把……”

“说得对！”伊凡赞同道，大声笑了起来。

母亲警惕地四下张望着，大声叫卖：

“有菜汤，热面条汤！”

她一边喊，一边悄悄地把书籍和传单塞给两兄弟。每次书一脱手，她眼前就闪现出那个宪兵军官的黄脸，像黑暗中的磷火似的。她想象自己正在把传单递给他，幸灾乐祸地暗中对他说：

“给你，老兄……”

她又拿出一沓传单塞给两兄弟，并且高兴地在心里说：

“给你……”

工人们拿着饭碗来买饭了。这时伊凡高声笑着，弗拉索娃不再传递书籍和传单，她若无其事地给大家盛菜汤和面条汤。古谢夫兄弟和她说笑着：

“尼洛夫娜卖饭真快！”

“逼到这份上啦，有什么办法呢！”一个锅炉工神色忧郁地说，“养活她的人被抓走了。这帮狗杂种！来，我买三戈比的面条汤。没关系，大妈，将就着过吧！”

“谢谢你的安慰！”母亲冲他笑了笑。

他走开时，自言自语地低声说：

“唉，这安慰又算得了什么……”

弗拉索娃又在叫卖：

“有热汤，菜汤，面条汤，稀粥……”

她心里想着该怎样向儿子描绘自己的初次体验，可是那个军官的黄脸老在她眼前晃动。这张脸很凶恶，表情让人捉摸不透。那两撇黑胡子不安地抖动着。他生气地张开嘴，露出一口白牙，似乎在咬牙切齿。这时母亲心花怒放，眉毛调皮地颤动着。她熟练地卖着饭，自言自语地说：

“瞧，又来一个！……”

十六

一天傍晚，母亲正在喝茶，窗外忽然传来马踏稀泥的声音，紧接着响起一个熟悉的声音。她一跃而起，跑到厨房门口，这时过道里有人急急忙忙地走来。她感到眼前发黑，连忙把身子靠在门框上，用脚踢开了门。

“晚安，阿姨！”她耳边响起一个熟悉的声音，紧接着一双瘦长的手放在她的肩头。

此刻她心里既有失望的烦恼，又有见到安德烈[①]的欢欣。两种情感交织着涌上她心头，化作一股热浪拥抱着她，把她抬起来。她把脸埋在安德烈胸前。安德烈紧紧地抱住她，他的手在颤抖。母亲什么话也没有说，低声哭了。安德烈抚摩着她的头发，像唱歌儿似的安慰她说：

“快别哭啦，阿姨，不要伤心！我向您保证，巴维尔很快就会回来的！他们没有找到任何证据，无法对付他，所有被捕的弟兄们都守口如瓶……”

安德烈搂着她的肩膀，扶她进了屋。母亲把身子靠在他怀里，匆匆地擦干脸上的泪水，屏息静气地专心听他说下去。

---

① 即霍霍尔。

“巴维尔叫我向您问好。他身体很结实，精神也很愉快。那次一共抓了一百多人，有我们镇子上的，也有城里人。监狱里关得满满的，每间牢房关三四个人。监狱的头头们不算太坏，还算客气。不过他们累得够呛，鬼宪兵一下子抓了这么多人，他们哪里忙得过来呢！所以他们看管得不算太严，总是客气地说：‘先生们，请你们安静些，不然我们没法交差呀！’总之，那里一切都好。可以谈话，可以交换书籍，还可以分吃食物。那是一所挺好的监狱！虽然房屋破旧，很脏，但看管得不严，很随便。那些刑事犯待人也很好，经常帮助我们。这次释放的除我和布金之外，还有四个人。巴维尔很快就会获释，这一点确凿无疑！维索甫希科夫恐怕要最后一个获释，人家都忌恨他。他把那些头头和看守们骂遍了，骂起人来凶得很！宪兵们都不敢接近他。说不定要把他交法庭审判，没准儿哪天会揍他一顿。巴维尔常常开导他，对他说：‘别发火嘛，尼古拉，你骂他们是没用的，他们这种人不会变高尚的！’可他不以为然，大声说：‘我要把这些坏蛋像割脓疮一样从地球上割掉！’巴维尔勇敢沉着，他总是不卑不亢。他很快就会获释的，我向您保证……”

“快了！”母亲不再为儿子担心，亲切地笑道，“快了，这我知道！”

“您既然知道了，那就更好了！好了，给我倒杯茶吧。告诉我，这些日子您过得怎么样？”

霍霍尔喜笑颜开，一副和蔼可亲的样子，一双圆圆的眼睛望着母亲，眼睛里闪烁着真挚的爱，同时又流露出些许忧愁。

“安德留沙，我非常喜欢您！”母亲长叹一口气说，一面打量着他那瘦瘦的长满了灌木丛一般的黑胡须的脸。

“这一点我是很满足的。我知道您疼爱我，您疼爱所有的人，您有一颗慈母的心！”霍霍尔坐在椅子上摇晃着身子说。

“不，我特别喜欢您！”母亲说，“要是您的母亲还健在，人们一定很羡慕她，夸她有这么个好儿子……”

霍霍尔摇了摇头，两手使劲揉搓着头发。

“我母亲还健在，只是无法找到她……”他低声说。

“您知道我今天干了一件什么事吗？”母亲问道。接着她便把给工厂送传单和书籍的事从头至尾讲了一遍。她讲得匆匆忙忙，情绪颇为激动，脸上带着得意的表情，有些细节还稍加渲染。

霍霍尔听了她的讲述，起初惊奇得两眼圆睁，后来忍不住大笑起来，摇着双脚，用手指敲打着脑袋，欢呼道：

“好样的！哎，这件事非同小可呀！这是件大事！巴维尔会高兴的！阿姨，您干得太好了，巴维尔和大伙儿都会高兴的！”

他高兴得手舞足蹈，又打响指，又吹口哨，脸上带着得意的表情。母亲受他的情绪感染，也兴奋起来。

“您是个好孩子，安德留沙！”母亲说，这时她好像敞开了心扉，贴心的话语像欢唱的溪水似的汩汩涌流。“我想过自己的一生，我主耶稣基督啊！我究竟为什么活着？挨打受气……吃苦受累……只知道有个丈夫，什么世面也没见过。除了知道担惊受怕，别的什么也不懂！儿子是怎么长大的，我没留心过。丈夫在世的时候，我是否疼爱过儿子，我不知道！那时我得一门心思地侍候我那野兽一般的丈夫，我操心，受累，就是为了让他吃得有滋有味，吃饱吃好，及时把饭菜端到他面前，免得他不高兴，免得他威吓我，打我，也为了他能可怜我。我不记得他是否可怜过我。他打我的时候，不像是打老婆，而像打他的仇人。就这样过了二十年，结婚前的事早忘啦！有时回想起来，也像瞎子一样，什么也看不见。叶戈尔·伊凡诺维奇到我家来过，我们俩是同村的。他回忆很多事情，可我只记得村里的房屋和乡亲们。至于他们是怎样生活的，谁说过什么话，谁家出过什么事，我全忘光了。闹过两次火灾我还记得。看来我的记性给打坏了，心被封闭了，什么也看不见，也听不见……”

她喘了口气，像捞上岸的鱼似的艰难地呼吸着，向前弓着腰，压低嗓门说下去：

“丈夫死后，我只能依靠儿子啦，可他又去做这种冒险的事。为此我心里也不好受，可怜他……他万一出了事，我这日子怎么过呢？我一天到晚担惊受怕，想想他将来的命运，我的心都碎了……”

她沉默下来，轻轻地摇了摇头，然后语重心长地说：

“我们这种女人的爱，掺杂着私心！……我们爱的是自己用得着的人。就拿您来说吧，您时常想念自己的母亲，可她对您有什么用呢？其他人就不同啦，他们为民众受苦受难，去坐牢，流放西伯利亚，去送死……城里的年轻姑娘们一个人摸黑行路，顶风冒雪，步行七俄里到我们家来。有人催她们吗？有人逼她们吗？她们是出自爱心！她们的爱才是纯洁的！他们有自己的信仰！有信仰，安德留沙！可是我却做不到！我只爱自家人，只爱亲近的人！”

“您可以做到！”霍霍尔说着转过脸去，习惯地揉搓着自己的头发、面颊和眼睛，“爱自己亲近的人，这是人之常情。但是只要心胸开阔，对人就没有远近之分了！您可以做许多事情。您心胸宽广，有一颗慈母心……”

“求主保佑！”她轻声说，“我已经感觉到了，这样生活就很好！我的确很喜欢您。我虽然也喜欢巴维尔，但相比之下我更喜欢您。他性格太内向了……就拿他和萨申卡的婚事来说吧，他还一直瞒着我这个当妈的呢……”

“您冤枉他啦！”霍霍尔说，“这件事我清楚。您说得不对。他们两人相爱是真的，但不会马上结婚，真的！萨申卡倒是想结婚，但巴维尔不想……”

“有这样的事？”母亲轻声说，她若有所思，两眼望着霍霍尔的脸，流露出淡淡的哀愁，“真有这样的事？真有人宁愿放弃自己的幸福……”

“巴维尔这种人是很少见的！”霍霍尔说，“他是个铁人……”

“现在他不是照样坐牢吗！”母亲若有所思地说，“这种事总是让人担惊受怕，不过现在毕竟不同了，生活和过去不同了，担惊受怕也和过去不同。现在是为大伙儿担心。现在心里开窍了，灵魂觉醒了，有时心里发愁，但同时也感到高兴。有许多事情我不明白，老实说，你们不信上帝，我是很生气的，我为你们伤心！唉，谁拿你们也没有办法呀！不过，我看出你们都是好人！你们为了民众，为了真理，甘愿自己去过苦日子，去受苦受难。你们的真理我也明白：世界上有了富人，老百姓就什么也得不到了，既得不到真理，也得不到欢乐，总之，一无所有！现在我同你们一起生活，有时夜里睡不着，就回想过去的生活。我的青春被糟蹋了，我那颗年轻的心受尽折磨，我好苦啊，我怜惜自己。不过，现在的日子毕竟比从前好过了。我自己也越活越明白了……”

霍霍尔站起来，小心翼翼地在屋里走了走，尽量使脚下不发出响声。这时他显得又高又瘦，一副沉思默想的样子。

“您说得很对！”他轻声赞叹道，“很对。刻赤城曾经有个年轻的犹太人，他喜欢写诗，在一首诗里他这样写道：

> 就连那些无辜的受害者，
>
> 真理的力量也能让他复活！……

“连他本人也被当地警方杀害了，不过这并不奇怪。因为他知道真理，在社会上传播了许多真理。比如您吧，您就是一个无辜的受害者……”

“现在我说这些话，”母亲接着说下去，“我是说给自己听的，我不敢相信这是真的。过去我是糊里糊涂混日子，心里只想着一件事：只要不挨打就行。可是现在我也想着大伙儿啦！也许，我对你们所做的事还不完全明白，但我知道，你们大家都是我的亲人，我心疼你们所有的人，我希望你们一切都好。特别是对您，安德留沙！……”

霍霍尔走到母亲面前，说：

“多谢！”

他说着拿起她的手，紧紧地握着摇着，然后迅速地转过身去。母亲因为过于激动，现在也有些累了。她不再说话，不慌不忙地洗着茶杯。她觉得心里热乎乎的，一种令人振奋的情感悄悄地拨动着她的心弦。

霍霍尔还在踱步，他对母亲说：

“对了，阿姨，您最好去探望一下尼古拉！他父亲也关在那所监狱里，老头儿的确令人讨厌。尼古拉从窗户里能看见他，常常骂他。这多不好啊！尼古拉心地善良，他爱狗，爱耗子一类的小动物，却不爱人！唉，他这人也是被毁坏了，竟变成这个样子！”

“他母亲下落不明，父亲是个惯偷，还是个酒鬼。”母亲若有所思地说。

霍霍尔去睡觉了。母亲望着他的背影，悄悄地替他画了十字。他躺下之后，大约过了半小时，母亲轻声问道：

“睡着了吗，安德留沙？”

“没有，有什么事？”

“晚安！”

“谢谢您，阿姨，谢谢！”他连声道谢。

十七

第二天，母亲挑着担子来到工厂门口，只见门卫样子很凶，他们粗暴地拦住她，命令她把盛着饭菜的瓦罐放在地上，对她进行严格搜查。

“你们这样对待我，饭菜都凉了！”当门卫蛮横地搜查她的衣服时，她沉着地说。

“住口！”一个门卫哭丧着脸说。

另一个门卫轻轻推一下她的肩膀，蛮有把握地说：

“我说过了，那是从围墙外面扔进去的！”

第一个朝她走来的，是老工人西佐夫。他四下里瞧了瞧，悄悄地问道：

“听说了吗，大妈？”

“什么事呀？”

“传单！又出现了传单！撒得到处都是，就好像往面包上撒盐似的。这不，又是逮捕，又是搜查，我外甥马森也给抓去坐牢了，可结果怎么样呢？你儿子也给抓去了，现在真相大白了吧，这事不是他们干的！”

他把大胡子攥在手里，望了她一眼，临走时又说：

“怎么不到我家去做客，一个人待着多没意思……”

母亲向他道了谢，便高声叫卖起来，一边留心观察着四周的动静。她发现工厂里气氛异常活跃，大家都显得很兴奋，有时三五成群地聚在一起，有时分散开来，有些人在车间之间串来串去。在弥漫着煤烟的空气里，可以感觉到一种令人振奋的大胆果敢的气息。赞叹声，嘲骂声，此起彼伏。中年以上的工人们脸上带着谨慎的笑容。厂方人员忧心忡忡，来回走动着。警察们四处乱窜。聚在一起的工人们发现警察来了，便不慌不忙地散开，或者原地不动，只是不再交谈，呆呆地望着他们怒冲冲的凶恶面孔，一言不发。

工人们的脸好像都洗得很干净。古谢夫家的老大高个子瓦西里朝母亲这边走来，他弟弟伊凡走路像小鸭，大摇大摆地走过来，边走边笑。

木工车间的工头瓦维洛夫和考勤员伊赛从母亲身旁走过，步态很从容。考勤员伊赛个子很矮，精瘦，他仰着脸，歪着脖子，望着工头瓦维洛夫那张怒气冲冲的呆板的面孔，抖动着山羊胡子急急忙忙地说：

“伊凡·伊凡诺维奇[①]，您瞧，这帮人还笑呢，他们还挺得意。不过厂主先生已经说了，这个案子涉嫌推翻国家呢。伊凡·伊凡诺维奇，我看这事只锄草不行，得斩草除根……”

瓦维洛夫倒背着手走着，捏紧了拳头……

“狗崽子，你们印什么东西我不管，”他高声说，“但要说我的坏话，那可要当心！”

瓦西里·古谢夫来到母亲面前，说：

“我今天还在你这里吃午饭，你做的饭菜真香！”

接着他眯起眼睛，压低嗓门悄悄地说：

“打中了要害……嘿，大妈，太棒了！”

母亲温柔地冲他点点头。她喜欢瓦西里。他是镇子上最调皮的小伙子，跟她说话时带着一副神秘的样子，还称呼她“您”。此外，今天工厂里的激动气氛也让她高兴。她心中暗想：

“要不是我——恐怕不会这样……”

离她不远站着三名杂工，其中一人很遗憾地低声说：

“我各处都找遍了，但没找到……”

“去听听别人是怎么说的！我不识字，但我看得出这回打中了他们的痛处！……”另一个杂工说。

第三个人四下里望了望，对伙伴们说：

“我们到锅炉房去……”

“起作用了！”古谢夫向她递了个眼色，悄悄地说。

---

① 工头瓦维洛夫的名字和父名。

母亲高高兴兴地回家了。

“有些工人在那里抱怨自己不认字！”她对霍霍尔说，“年轻的时候我本来也会念书，后来全忘了……”

“可以学嘛！”霍霍尔说。

“我这岁数？别让人耻笑啦……”

霍霍尔随手从书架上拿一本书，用裁纸刀尖指着书皮上的字母问：

“这是什么字母？”

“P！”母亲笑着答道。

“这个呢？”

“A……”

她觉得难为情，心里很不自在。她觉得霍霍尔的眼神不对，大概在暗中嘲笑她，所以她避开他的目光。但他的声音听来倒很温和，没有什么异样，脸上表情也很严肃。

“您真的想教我吗，安德留沙？”她忍不住笑了，问道。

“为什么不想教您呢？”霍霍尔说，“您以前会念书，现在回忆起来也不难。不出现奇迹也不碍事，出现了奇迹也不是坏事！”

“可是俗话说，看一眼圣像成不了圣徒！”

“嘿！”霍霍尔点头答道，“俗语多得很呢。知道得少，睡得好，这话有什么不对呢？没头脑的人才喜欢照俗理办事。他们按照俗理去思考问题，是为了管住自己的思想。这个字母怎么念？”

“п”母亲说。

“对了！这个字母就像一个人叉开两腿站着。还有，这个字母怎么念？”

她的视觉很紧张，睁大眼睛望着一个个陌生的字母，竭力回忆着，眉毛缓缓地颤动。由于精神高度集中，她不知不觉地陷入沉思默想之中。不过她的眼睛很快就疲倦了，泪水止不住流下来。开始流的是疲倦的泪，后来流的就是伤心的泪了。

“我还认字呢！”她哭着说，“四十岁了，我才开始学认字……”

“快别哭啦！”霍霍尔低声安慰她：“您过去是不可能改变自己的生活，好在您现在明白了，过去那种生活很不好！有很多人可以比您过得好，可实际上却像牲口一样活着，还吹嘘自己生活很好！这种人何止万千。他们的生活有什么好呢？无非是做工、吃饭，天天如此，年年如此，一辈子做工吃饭。除此之外就是生孩子，开始觉得孩子挺好玩儿，可是后来孩子吃得多了，养不起了，就生气，就骂他们贪吃，叫他们快点长大，早点出去做工。本想把孩子变成家畜来供自己驱使，可是孩子上班以后，挣的钱只够养活他自己。结果还是这样，孩子又过上了同样的生活！只有那些敢于打破思想枷锁的人，才算得上真正的人。比如说，您现在已经着手做这件事了。”

“我能做什么？”她叹息道，“我能起什么作用呢？”

“当然能起作用！这就如同下雨一样，每一滴雨都能滋润庄稼。再说您也开始识字……”

说到这里他笑了，又在屋里踱起步来。

“对，您好好学吧！……等巴维尔回来了，他会大吃一惊的。”

“您说得轻巧，安德留沙！”母亲说，“年轻人什么都好学，可是岁数大了，伤心的事多了，精力也不够用，头脑糊涂了……”

十八

天黑以后，霍霍尔有事出去了。母亲点上灯，坐在桌前织袜子。可是过了不大一会儿，她站起来，在屋里转了转，心中犹豫不决。然后她穿过厨房，去把门钩扣好，不自然地耸了耸眉毛，又回到里屋。她放下窗帘，从书架上拿一本书，重新坐在桌前，四下里瞧了瞧，便俯身念起书来。她的嘴唇在微微翕动。每当街上传来响声，她就哆嗦一下，连忙用手捂着书，仔细听着外面的动静……然后又念书去了，眼睛有时闭上，有时睁开，嘴里轻声念着：

“生活，大地，我们的……”

门外响起敲门声，母亲一跃而起，急忙把书放回书架上，吃惊地问：

“谁呀？”

“是我……”

原来是雷宾。他进了屋，庄重地捋了捋大胡子，说：

“以前有客人来，你不问一声就让人进来。你一个人在家？哎，我以为霍霍尔也在家呢。今天我见到他了……还是老样子，坐牢没把人折磨坏。”

说到这里他坐下来，又说：

“我想同您谈谈……”

他的目光有些异样，一副神秘的样子，母亲心里不免有些紧张。

“做什么都得花钱哪！”他语气深沉地说，“人不能白白地生，也不能白白地死。不论是那些书还是传单，统统得花钱。你可晓得印书的钱是哪里来的？”

“不晓得。”母亲小声说，她似乎感觉到有什么危险。

“是的，我也不晓得。还有，你知道那些书是谁编写的吗？”

“是学者们……”

“是老爷们！”雷宾说，他的表情很激动，长满大胡子的脸涨得通红，“这就是说，老爷们编写了这些书，再把它们散发给大家。可是这些书里写的，却是要反对老爷们。现在你给我说说，这对他们有什么好处呢？难道他们花了钱就为了让人们起来反对他们吗？啊？”

母亲眨巴一下眼睛，胆怯地问：

“这事你怎么看呢？……”

“啊哈！”雷宾说着笨重地在椅子上转动一下身子，“我也一样，一想到这些，心里就凉了。”

“你打听到什么了吗？”

“骗局！”雷宾答道，“我觉得这是骗局！我是个局外人，但我敢说这里面有鬼。这是老爷们耍的把戏。我需要的是真理。现在我已经明白了真理。我再不跟老爷们走了，他们需要我的时候，就拿我当枪使，把我当桥，他们好踩着我的骨头往前走……”

他的话听来阴森可怕，母亲感觉心口发紧。

“天哪！”她哀叹道，“难道巴沙也上当了？难道所有的人都不明白……”

这时，她脑海里闪现出叶戈尔、尼古拉和萨申卡的脸，他们一个个神色严厉、正气凛然。她心里颤抖了一下。

“不，不，”她否定地摇头说，“你说的这些我不能相信。他们是为了良心。”

“你指的是谁？”雷宾若有所思地问。

“指大家……指我见到的所有人！”

“不能只看这些，大妈，要往远处看！”雷宾说着垂下脑袋，“那些靠近我们的人，说不定自己还蒙在鼓里呢。他们轻信，以为必须这么干！说不定他们是受人操纵，得好处的是操纵他们的人。谁也不会平白无故地跟自己作对……”

说到这里，他又带着农民的顽固信念补了一句：

“老爷们是决不会行善的！”

“你打算怎么办？”母亲又犹豫起来，问道。

“我？”雷宾望了她一眼，没有答话，过了一会儿才说：“得离老爷们远一点。”

说到这里他又不作声了，可神色忧郁。

“我本想和青年们接近，和他们一起干。我做这事是很合适的，因为我知道该对群众说什么话。可是现在我不干了。我信不过他们，只好离开他们。”

他低下头思考一会儿，又说：

“我一个人到乡村去。去鼓动民众起来造反。必须让民众自发地行动起来。只要他们明白了一定的道理，他们是能够给自己找到出路的。我将尽自己的力量去说服他们，让他们明白，他们只有自己救自己，没有别的希望；他们只能依靠自己的智慧，没有比他们的智慧更好的智慧。就这样！”

母亲忽然觉得他挺可怜，不禁替他担心起来。虽然她一向不喜欢他，可是现在不知怎么回事，一下子和他亲近起来。她小声说：

“会抓你的！”

雷宾望了她一眼，镇静地说：

“让他们抓吧，放出来我再干……”

“农民们会把你绑起来交给官府。那时你就得坐牢了……”

“那我就去坐牢，出了狱再干。至于农民嘛，他们绑我一次、两次，最终会明白，不应该绑我，而应该听我讲道理。我会对他们说：‘你们不相信没关系，只要你们听就行。’他们听了，会慢慢相信的！”

他说话很慢，好像使用每个词都要先斟酌一番似的。

“近来我好好琢磨了一下，明白了一些道理……”

“你会碰壁的，米哈伊洛·伊凡诺维奇！”母亲忧虑地摇头说。

他那双深陷的黑眼睛望着她，流露出询问和期待的神情。他那健壮的身躯向前倾着，两手支撑着椅子两侧，长着连鬓胡子的黝黑的面孔显得有些惨白。

“你听说过基督谈论种子[①] 的那段话吗？一粒麦子不死，是不会结出新的子粒来的。我不会很快就死的。我很有心计的！”

① 这个典故出自《圣经》。

他活动一下身子，不慌不忙地站起来。

“我到酒馆去坐坐，那里人多。霍霍尔怎么还不回来，他又忙活起来了？”

“是啊！”母亲微笑道。

“这样也好。你告诉他，我来过，并把我的话转告他……”

两人并肩走过厨房，步态迟缓，彼此都不看对方，只是匆匆交谈几句。

“好，再见吧！”

“再见。什么时候去领工钱？……”

“领过了。”

“什么时候动身？”

“明天早晨。再见。”

雷宾弓着腰，动作很蠢笨，他闷闷不乐地走了。母亲在门前停留片刻，谛听着他那沉重的脚步声，她感觉自己心里仍旧有一个疑团。这时她悄悄地转身回屋去。她掀起窗帘望了望窗外，只见夜色深沉，周围的一切都凝滞不动。

“我生活在黑夜里！”她心中暗想。

她可怜那个老成持重、魁梧健壮的男子汉。

霍霍尔愉快地归来，显得很兴奋。

母亲把雷宾来这里说的话给他讲了一遍，霍霍尔说：

“好，让他到乡下去吧，去宣传真理，鼓动民众。他很难同我们相处。他头脑里有自己的一套，农民意识很重，同我们的思想格格不入……”

“还有，他谈到那些老爷，说是有什么把戏！”母亲小心翼翼地说，“老爷们会骗人吗？”

“把您吓住了，是不是？”霍霍尔高声笑道，“哎呀，阿姨，不就是钱吗！我们要是有钱该多好啊！不过我们暂时只能靠别人赞助。

比如说，尼古拉·伊凡诺维奇每月工钱七十五卢布，他拿出五十卢布支援我们。其他人也一样，就连那些吃不饱饭的大学生有时也凑点钱寄给我们。当然啦，对那些老爷也要区别看待。他们中间有骗子、恶棍，也有掉队落伍者，但跟我们走的是他们中间的优秀分子……”

他两手一拍，坚定地说下去：

“现在，距离我们成功的日子还很遥远，但‘五一’节我们还是要庆祝一下，规模不搞很大，不过肯定会很高兴的！”

瞧着他那副兴奋的样子，母亲心头的疑惧也就渐渐消释了。霍霍尔来回踱着步，一只手搔着头发，望着地板说：

“您知道吧，我心里有时会产生一种奇怪的感觉！我觉得，不管走到哪里，都有自己的同志，大家都像火一样的热情，达观快活，善良可爱。彼此不说话也能互相理解……大家和睦相处，齐心协力，每人心里都唱着自己的歌。这些歌曲像一条条欢腾的小溪，汇成一条大河，宽阔的大河奔流不息，流入光明欢乐的新生活的海洋。”

母亲纹丝不动地坐在那里，生怕妨碍他，打断了他的话。她觉得霍霍尔讲的话比别人的好懂，也更能打动她的心，所以每次听他讲话，总比听别人讲话专心。巴维尔从未提到过未来的事。但她觉得，霍霍尔心中始终不忘未来。他在言谈话语中流露出对未来普天同庆的光辉节日的美妙幻想。有了这种美妙的幻想，母亲才渐渐明白了儿子和他的伙伴们的生活和工作的意义。

“可是当你冷静下来，”霍霍尔抖了抖头发说，“向四周看一看，到处是冷漠、肮脏！人们疲倦，凶狠……”

他深为痛心地说下去：

“彼此之间没有信任，反倒要处处提防着，甚至互相憎恨，这是最让人讨厌的！人都变成了两面派。你一片好心，只想去爱别人，可这怎么可能呢？他像野兽般地朝你扑过来，不承认你是个活人，还拿脚踹你的脸，那么你怎么能原谅他呢？不应该原谅他！这倒不是为了个人去赌气，为了个人，我一切屈辱都不在乎，但我不能纵容这些凶残的恶人，不能让他觉得我好欺负，打了我，他还可以去打别人。”

说到这里，他眼睛一亮，闪烁着逼人的光芒。他固执地低下头，更坚定地说：

“我不能原谅任何恶人，即便他并不伤害我。这人世间，不是只有我一个人。今天有人欺负我，我不在乎，因为他没有真正伤害我，我甚至可以付之一笑；可是明天呢，他在我身上尝试过了，以为自己有力量，他就会更猖狂，就会去扒别人的皮。不过对人也要区别看待，不能随心所欲，要看清楚他是自己人还是外人。要做到公正是很不容易的哩！”

这时，母亲不知为什么忽然想起那个军官和萨申卡。她叹息道：

“面粉不过筛子，怎么好做面包呢！……”

“难就难在这里呀！……”霍霍尔说。

“是啊！”母亲说。这时她脑海里浮现出丈夫的身影，阴沉、笨重，像一块长满了青苔的大石头似的。她想象霍霍尔成了娜塔莎的丈夫，巴维尔娶了萨申卡。

“这一切是怎么造成的呢？”霍霍尔兴奋地问道，“这是不言而喻的，说来甚至可笑。原因只有一个，那就是人们所处的地位有高有低。我们的目的就是要让大家一律平等！我们要平均分配人们用智慧和双手创造的一切！我们不再相互恐吓和相互妒忌，不再做贪心和愚昧的俘虏！……”

他俩常常谈论这样的话题。

工厂重新录用了霍霍尔。他每月都把工钱全部交给母亲。母亲收下他的钱，也不说什么，像收下巴维尔的钱一样。

有时霍霍尔朝母亲笑着，建议说：

“阿姨，我们再念会儿书好吗？”

母亲婉言谢绝了，虽然她说的像是开玩笑，但口气是不容商量的。他的笑容让她难为情，甚至有点气恼。她心想：

“你既然嘲笑我，还念书做什么？”

不过她提的问题却多起来，常常问他某个陌生的书面语是什么意思。她问问题的时候眼睛望着一旁，语气显得很平淡，似乎对这个问题并不十分关心。霍霍尔猜出她在偷偷自学，知道她爱面子，也就不再提帮她识字的事了。时过不久，她对霍霍尔说：

“安德留沙，我视力不行了，得配副眼镜啦。”

“有道理！”霍霍尔说，“礼拜天我陪您进城，请医生给您瞧瞧，配副眼镜就好了……”

十九

她请求看望巴维尔，一连去了三趟，每次都被宪兵少将挡回来。那少将是个须发花白的小老头，赤红脸，大鼻子，客客气气地对她说：

“再等一个礼拜吧，大婶，至少要过一个礼拜，我们商量一下，现在不行……”

他生得像圆球似的，母亲觉得他的模样像一只熟透的李子，因为存放太久，表皮生出一层毛茸茸的霉霜。他老是拿一根尖尖的黄牙签剔牙。他的牙齿又小又白，那双浅绿色的小眼睛总是笑眯眯的，显得很和善，声音也很和蔼可亲。

“这人很有礼貌！”她若有所思地对霍霍尔说，“总是满脸堆笑……”

“是的！”霍霍尔说，“这种人是很不错，待人和气，笑嘻嘻的。

要是对他们说：‘喂，有这么一个人，聪明，忠厚，但对我们来说是个危险分子，去把他绞死吧！’他们会微微一笑，立刻去把他绞死，然后又满脸堆笑了。”

“相比之下，来我们家搜查的那个军官单纯一些，”母亲说，“一眼就看出是条狗……”

“其实他们都不是人，而是工具，是用来打人的铁锤。官府就是利用他们来对付我们这帮穷哥儿们，好让我们俯首听命。他们本身就被统治者训得服服帖帖，叫他们做什么，他们就做什么，从不考虑也不问为什么要这么做。”

她最终得到允许，可以同儿子会面了。礼拜天，她来到监狱接待室，规规矩矩地坐在屋角里等着。房间又小又矮，脏乎乎的，除她以外，还有几个人等候探监。大概他们以前来过，相互都很熟，所以彼此之间很随便，懒洋洋地低声交谈着。

“听说了吗？”一个脸皮松弛、两手抱着手提包的胖女人说，“今天在教堂里做午祷的时候，唱诗班的指挥把一个小伙子的耳朵撕烂了……”

一个穿制服的退伍军人看样子已过中年，他大声咳嗽着说：

“唱诗班那帮小子，就是瞎胡闹！”

一个矮个子秃脑袋的男人急急忙忙地在接待室里踱着步，他的腿很短，胳膊却很长，下巴颏向前突起，说话的语气显得很急躁，一副惴惴不安的样子，哑着嗓子嚷道：

“吃的东西越来越贵，人们都憋着一肚子气，二等牛肉十四戈比一磅，面包又卖两个半戈比一个了……”

不时有囚犯走进来，他们穿着清一色的灰色号衣，笨重的皮鞋。来到光线昏暗的房子里，他们不住地眨巴眼睛。有个囚犯脚上戴着镣铐，走路时哗哗作响。

奇怪的是，这里的一切都很平静，单调得让人难受，似乎大家早已习惯了，人人都安守本分。一些人安心坐牢，另一些人懒洋洋地看守着他们，还有的人按照规定的时间不厌其烦地来探监。母亲焦急地等待着，心里不住地颤抖，望着周围单调得令人难堪的情景，她感到惊讶，迷惑不解。

她身边坐着一个小老太婆，脸上布满了皱纹，眼睛却显得很年轻。小老太婆不时地转动细细的脖颈，留心听着别人谈些什么，两眼流露出异常兴奋的神情。

“您来探望谁？”母亲小声问她。

“探望儿子。是大学生，”老太婆立刻大声说，“您呢？”

“我也是探望儿子。他是工人。”

“姓什么？”

“弗拉索夫。”

“没听说过。关了很久了？”

“已经是第七个礼拜了……”

“我儿子都关了九个多月了！”老太婆说，母亲觉得她的声音有些古怪，好像感到自豪似的。

“是啊！”秃脑袋老头儿急忙接着说，“人们的忍耐是有限的……大家都很气愤，发牢骚，物价越来越贵。与此同时，人却变得不值钱了。过去还有人说忍着点，不必计较，现在却听不到这种话了。”

“说得对！”那个退伍军人说，“太不像话了！干脆下一道坚决的命令：住嘴！非下命令不可。坚决的命令……”

在场的人都开口了，谈得很热烈。大家争先恐后，急于说出对生活的看法，不过说话声音很低。母亲感到这些人有些古怪，同她不大一样。在家里人们不会这样低声说话，谈话也不会这么含糊，让人似懂非懂。

看守是个胖子，留着四方形棕色大胡子，走路有点瘸。他喊到母亲的姓，并且把她从头到脚打量一番，然后说：

“跟我来……”

母亲跟着看守向前走去。瘸子看守走路很慢，母亲真想从背后推他一把，让他走快点。过了一会儿，来到一间小屋里，只见巴维尔已站在那里等候。他微笑着向母亲伸出手来。母亲握住他的手，笑着，不停地眨巴眼睛，一时不知说什么才好，过了一会儿才低声说：

“你好……你好……”

“妈妈，你不要激动！”巴维尔握着她的手说。

“没关系。”

“大婶！”看守叹息道，“请注意，不要挨得太近，要保持距离……”

看守说着高声打了个哈欠。巴维尔问母亲身体可好，家里情况怎样……她以为儿子会问些别的事情，便望着他的眼睛，却没有发现疑问的神色。巴维尔还是老样子，神色安详，只是脸色不好，显得苍白，眼睛似乎变得大一些了。

“萨申卡向你问好呢！”母亲说。

巴维尔的眼睑颤抖了一下，表情柔和了一些，他莞尔一笑。母亲感到心里一阵刺痛。

“他们会很快释放你吗？”母亲气愤地说，脸上露出急躁的表情，“他们为什么关押你？那些传单现在又出现了……”

巴维尔眼睛一亮，立刻高兴起来。

“又出现了？”

“不准谈这些事情！”看守无精打采地说，“只能谈家事……”

“难道这不是家事？”母亲顶了一句。

“我不知道。反正不准谈。”看守冷冰冰地强调说。

“说说家里的事吧，妈妈。”巴维尔说，“你最近做些什么？”

母亲感觉自己有一股年轻人的热情，兴奋地答道：

“我在给工厂里送东西……”

说到这里她停顿一下，笑了笑说：

“菜汤啦，稀粥啦，玛丽亚做的饭菜，还有其他食品……”

巴维尔明白了。他竭力忍住笑，脸微微颤抖着，撩了撩头发，声音变得异常温柔，母亲还从未听到过他这样说话：

“这很好嘛，现在你有事做了，也就不寂寞啦！”

“出现那些传单以后，我也被搜查了！”她用夸耀的口气说。

“又说这事啦！”看守不高兴地说，“我说过了，不准说这些！把人关起来，就是要向他封锁消息。可你偏不听！要知道，不能乱说。”

“算了，妈妈，别说了！”巴维尔道，“马特维·伊凡诺维奇[①]是个好人，别让他不高兴。我同他处得很好。今天恰好是他值班，平常会面的时候值班的是监狱长的助手。”

“会见结束啦！”看守看了看表说。

“好吧，谢谢你，妈妈！”巴维尔说，“谢谢啦，亲爱的。你放心吧，我很快会出狱的……”

他紧紧地抱着妈妈亲了亲，母亲感动得哭了。她很幸福。

“快走吧！”看守说着把她送出来，嘴里还唠叨着，“不要哭，会放他出去的！会统统放出去的……这里太挤啦……”

回到家里，她乐得合不上嘴，兴奋地挑着眉毛对霍霍尔说：

“我巧妙地给他说了，他听明白了！”

接着她悲伤地叹了口气，又说：

“他明白了！不然他不会对我那么亲。他平常不是这样子的。”

“您呀！”霍霍尔笑道，“这不过是您的感觉罢了，母亲总是觉得儿子亲……”

“不，安德留沙，我是说那些探监的人！”她忽然惊奇地说，“他

① 看守的名字和父称。

们适应得可真快呀！孩子被抓去坐牢，可他们好像没这回事似的，坐在那里等着，闲聊天。既然有教养的人都适应得这么快，更不用说那些无知无识的贱民啦……”

“这是可以理解的，”霍霍尔用讥笑的口吻说，“法律对我们严，但对他们总是要温和一些，他们比我们更需要法律。因此，法律打在他们头上，他们不过皱皱眉罢了，不大在乎。用手杖打自己，是打不疼的……”

二十

有一天，天刚黑下来，母亲坐在桌前织袜子，霍霍尔在念一本写罗马奴隶暴动的书，忽然传来沉重的敲门声。等霍霍尔把门打开，只见维索甫希科夫走进来，夹着一包行李，帽子戴在后脑壳上，裤腿上沾着烂泥。

“我路过这里，看见你们家亮着灯，就顺便来问个好。我是从监狱里来的！”他的声音有些古怪。他握着弗拉索娃的手用力摇了摇，说：

“巴维尔问候您……”

然后他坐下来，有点犹豫，又四下里瞧了瞧，他的目光有些忧郁，好像有什么疑虑似的。

母亲一向不喜欢他。他剃着光头，脑袋带有棱角似的，还有那双小眼睛，母亲又有点怕他。不过现在她却高兴起来，对他很亲热，满脸带笑，兴奋地说：

“你瘦多了！安德留沙，快给他沏茶……”

“我正烧茶呢！”霍霍尔在厨房里答应道。

“巴维尔怎么样了？就放你一个人吗？还放了什么人？”

尼古拉低下头答道：

“巴维尔还在那里忍着。只放出我一个！”他抬起头望了母亲一眼，咬着牙说，“我对看守们说，放我出去！……不然我就杀人，然后自杀。他们就把我放了。”

“啊！”母亲吃惊地后退一步，她看见尼古拉那双小眼睛闪着凶光，便不由得眨巴一下眼睛。

“费佳·马森怎么样？”霍霍尔在厨房里问道，“在牢房里还写诗吗？”

“还在写。我真不理解他！”尼古拉摇了摇头说，“他算什么，难道是只黄雀？关进笼子里还要唱！我只知道我自己不想回家……”

“你家里还有什么呢？”母亲同情地说，“家里没人住，没生炉子，冷得很……”

尼古拉没有作声。他微眯着眼睛，从口袋里掏出一包纸烟，不慌不忙地点着一支烟，望着一缕青烟在他眼前渐渐消散。他笑了笑，像丧气的狗发出的唔唔声。

“是很冷的。满地是冻死的蟑螂。老鼠也会冻死的。佩拉格娅·尼洛夫娜，我想在你这里住一宿，行吗？”他避开母亲的视线，哑着嗓子问道。

“当然可以，孩子！”母亲立刻答道，尽管她感到不大方便。

“现在这世道，让孩子替父母害臊……”

“什么？”母亲打个哆嗦，问道。

尼古拉望了她一眼，然后闭上眼睛，他那布满麻斑的脸变得像盲人的脸。

“我是说，父母不正经，孩子感到丢脸！”他说罢长叹一声，“你任何时候也不会让巴维尔感到丢脸的。可是我父亲让我丢尽了脸。我再不回他那个家了……我没有父亲，也没有家！现在案子没有了结，我受警方监视，否则我要离家出走，到西伯利亚去……我去那里把流刑犯们放出来，帮他们逃跑……”

母亲很敏感，她心里明白，尼古拉眼下的处境很可怜，但他的痛苦却没有引起她的同情。

“是的。如果是这样的话……那也许出走更好些！”母亲怕他见怪，说她爱理不理，便敷衍了一句。

这时霍霍尔走出厨房，笑道：

“你在神吹些什么？”

母亲站起来，说：

“我去做点吃的……”

尼古拉·维索甫希科夫注视了霍霍尔一眼，冷不丁地说：

“我认为有些人该杀！”

“噢哟！为什么要杀他们呢？”霍霍尔问。

“为了消灭这种人……”

霍霍尔站在房子中央，两手插在衣袋里，显得又高又瘦。他两腿不时地摇晃着，俯身注视着尼古拉。尼古拉端坐在椅子上吞云吐雾，他那灰白的面孔气得通红。

“伊赛·戈尔鲍夫这混蛋，我非干掉他不可，你等着瞧！”

“为什么呢？”霍霍尔问。

“让这家伙再也当不了密探，告不了密。我父亲上了他的当，毁了自己，现在又想去投靠他，当密探。”尼古拉神色阴郁地望着霍霍尔，痛恨地说。

“原来是这么回事！”霍霍尔叫道，“你父亲的事也怪不得你呀！只有傻瓜才会责怪你！……”

“傻瓜也好，聪明人也好，全都是一路货！”尼古拉固执地说，“就拿你和巴维尔来说吧，你们都是聪明人，可是你们会把我和费佳·马森或者萨莫伊洛夫同等看待吗？换句话说，你们会把我看成同你们一样的人吗？不要骗我啦，你说破大天我也不会相信的……

你们全都瞧不起我，孤立我，排斥我……”

“尼古拉，你心里有病！”霍霍尔在他身边坐下来，温和地对他说。

“是有病。你们心里也有病……只不过你们把自己的病看得比我的病高贵。我们彼此都把对方看得一钱不值，这就是我的看法。你还想对我说什么？啊？”

说到这里，尼古拉两眼凶狠地盯着霍霍尔的脸，龇着牙等他答话，他那布满麻斑的脸凝然不动，厚嘴唇颤抖着，仿佛被烫着了似的。

“我什么也不想对你说！”霍霍尔答道，望着尼古拉充满敌意的眼睛，霍霍尔苦笑着，蔚蓝的眼睛里略带忧郁，他想以此安慰尼古拉，“我知道，一个人心灵的创伤还在流血，在这样的时刻，同他争论只能惹他生气。这我明白，老兄！”

“不值得同我争论，我也不会争论！”尼古拉垂下眼帘嘟哝道。

“我认为，”霍霍尔接着说，“我们这些人，谁没有遇到过倒霉的事呢，人在落魄的时候，都会像你一样，心里难受……”

“你安慰不了我！”尼古拉迟疑地说，“我心里有苦说不出来，我想大喊大叫！……”

“我也不想再对你说什么了！不过我知道，你的心情会好起来的，也许不会马上就好，但一定会好起来的！”

说到这里他微微一笑，拍了拍尼古拉的肩膀，接着说：

“这是一种幼稚病，老兄，就像孩子出麻疹。我们大家都要出麻疹的，只是身体强壮的人出得少些，体弱者出得多些。我们这种人，开始去寻找自我，但尚未洞察人生，尚未找到自己在生活中的位置，这时候是最容易患这种幼稚病的。这时候，你往往自命清高，以为你是世界上最好吃的嫩黄瓜，人人都想吃你。后来过了一段时间，你会发现，别人的心灵也和你一样美好，一点不比你差，那时你心里会轻松一些。那时你甚至会感到有点后悔，因为你的铃铛本来就小得很，在节日鸣钟的时候根本听不见你的铃声，你为何要爬到钟楼上去炫耀一番呢？渐渐地你会明白，你的铃铛只有和别的铃铛一齐鸣响，才能让人听见响声。它单独鸣响的时候，响声被那些古钟的钟声淹没了，像一只苍蝇掉在油锅里一样。你明白我的意思吗？”

“好像明白了！”尼古拉点了点头说，“但我不相信！”

霍霍尔笑起来。他站起身来在屋里走了走，踏得地板咚咚响。

“我过去也不相信。你呀，真是个大货车！”

“为什么是大货车？”尼古拉望着霍霍尔，苦笑着问道。

“你很像大货车嘛！”

尼古拉忽然咧嘴大笑。

“你笑什么？”霍霍尔停下脚步，惊奇地问道。

“我心里琢磨，谁要是敢惹你，那他一定是个傻瓜！”尼古拉摇头晃脑地说。

“他为什么要惹我呢？”霍霍尔耸了耸肩说。

“我也说不清楚！”尼古拉温和地、也许是宽容地笑了笑说，“我的意思是说，谁要是惹了你，他事后一定会很后悔。”

“你真会胡思乱想！”霍霍尔笑道。

“安德留沙！”母亲在厨房里喊道。

霍霍尔到厨房里去了。

尼古拉独自留在屋里，四下里瞧了瞧，然后伸开腿，看了看穿着笨重的靴子的脚，又俯身摸摸粗壮的小腿。然后抬起手，仔细看了看手心和手背。他的手胖乎乎的，短粗的手指上长满了黄毛。这时他挥了一下手，站起身来。

尼古拉照镜子的时候，看见霍霍尔端着茶炉走进来，便对他说：

“我好久没有照镜子了……”

他说着摇了摇头，嘿嘿一笑，又说：

“我这张脸真难看！”

“你还有心思去照镜子？”霍霍尔好奇地望了他一眼，问道。

“萨申卡总说：脸是心灵的镜子！”尼古拉迟疑地说。

“不对！”霍霍尔说，“你瞧她那张脸，弯钩鼻子，颧骨像剪刀似的，可她的心灵却非常美好！”

尼古拉抬眼望了望他，嘿嘿一笑。

两人都坐下来，开始喝茶。

尼古拉拿起一块土豆，又往一片面包上撒了些盐，便安静地咀嚼起来。他吃东西很慢，像牛似的不慌不忙地嚼着。

“最近情况怎么样？”他嘴里嚼着东西问道。

霍霍尔兴奋地告诉他，工厂里的宣传工作有进展，形势很好。他听了仍旧愁眉不展，瓮声瓮气地说：

“这些事情进展太慢，不知要磨蹭多久！得快点才行……”

母亲望了他一眼，心里颇为不快，渐渐地她感到这人有点讨厌。

“现实生活不像是马，不能拿鞭子抽它，让它快点跑！”霍霍尔说。

尼古拉不以为然地摇了摇头，说：

“拖得太久！我都等急了！我该去做什么？”

他无可奈何地摊了摊手，不再说什么，两眼盯着霍霍尔的脸，等待他回答。

“我们这些人都需要好好学习，并且去教育别人，这就是我们该做的事！”霍霍尔说着垂下头。

尼古拉问道：

“我们什么时候才能去拼杀呢？”

“在拼杀之前我们还会遭到打击，而且不止一次，这我预见得到！”霍霍尔笑道，“至于我们什么时候开始拼杀，这我可不知道！要知道，首先得武装头脑，然后武装双手，我想……”

尼古拉又埋头吃东西。母亲偷偷打量他那宽大的面孔，竭力在他脸上寻找点什么。她觉得，他这张脸与他那笨重的四方身材不大协调。

他那双小眼睛闪着凶光。母亲同他的目光相遇时，胆怯地耸了耸眉毛。霍霍尔有些心神不定，忽而谈笑风生，忽而沉默不语而轻轻地吹起口哨。

母亲感觉自己对霍霍尔很了解，知道他为何心神不定。尼古拉呆坐在那里，一言不发，霍霍尔问他话时，他只是敷衍几句，显然不愿多谈。

在这间小屋里，空气很沉闷，两位主人感到很不自在。这时，他们不时地朝客人瞥上一眼。

最后客人站起来，说：

“我得睡觉了。关了那么长时间，一放出来我就来这里。太累了。”

他说罢就到厨房去了，在那里匆匆铺了床，很快就睡着了，像死了似的。母亲仔细听听隔壁的动静，悄悄对霍霍尔说：

“他的想法真吓人……”

“这小伙子很苦闷，同谁都合不来！”霍霍尔点点头说，“不过他会好的！我过去也有过类似的情况。心里缺少一盏灯，看什么东西都朦朦胧胧的，难受得很。阿姨，您去睡吧，我再坐一会儿，看会儿书。”

母亲的床摆在屋角里，床上罩着印花布帐子。母亲走到床前去了。霍霍尔坐在桌前，听见她久久地轻声祈祷着，并且不停地叹息。他漫不经心地翻着书，情绪有些激动，忽而揉揉前额，忽而捻捻胡须，两脚在地板上蹭得沙沙作响。钟摆嗒嗒地摆动着，窗外传来低微的风声。

听得见母亲轻轻的祈祷声：

“上帝啊！世间有多少受苦人，他们叫苦连天，各有各的不幸。

快活的人哪里去了？”

“有快活的人，已经有了！很快就会出现许多快活的人，啊，会有很多的！”霍霍尔安慰她说。

二十一

生活的节奏加快了，日子一天天变得多彩多姿。每天都听到一些新鲜事，母亲不再感到疑惧不安。每天晚上都有一些陌生人到她家里来，并且来得越来越勤，他们忧心忡忡地和霍霍尔密谈到深夜。临走的时候他们生怕被人看见，总是竖起大衣领子，把帽子压得很低，悄无声息地消失在黑暗的夜色里。他们人人都显得很兴奋，却都尽量克制自己，仿佛他们都想放声歌唱和欢笑，可是没有时间，因为他们总是很忙。有些人好嘲笑人，表情很严肃；有些人性格开朗，焕发着青春的活力；还有些人城府很深，沉默寡言。在母亲眼里，他们有一个共同的特点，那就是顽强自信，虽然每人都有自己的面孔，但在母亲看来，他们的面貌是一样的，瘦瘦的面孔，从容不迫的，坚毅而又开朗的表情，深色的眼睛，目光深沉、温和、严厉，恰如前往以马忤斯途中的耶稣的目光。

母亲暗中计算他们的人数。她想象巴维尔周围有这样一大群人掩护着，敌人肯定是很难发现他的。

有一天，城里来了一位大胆泼辣的姑娘，留着鬈发。她给霍霍尔送来一包东西。临走的时候，姑娘笑呵呵地对母亲说：

“再见，同志！”

“再见啦！”母亲差点儿笑出来，答道。

送走了那姑娘之后，她来到窗前，不由得笑了笑。目送着她的同志向远方走去。那姑娘步履轻盈，走得很快，像春天的花朵似的美丽动人，像蝴蝶似的飘飘欲飞。

“同志！”那姑娘的身影消失以后，母亲说，“嘿，你这姑娘真可爱！愿上帝保佑你找到一个忠实可靠的同志，一辈子都对你好！”

她发现城里来的那些人往往都很幼稚，所以她总是对他们很宽容，面带微笑。但是，真正使她感动和惊喜的，是他们的信仰。她逐渐明白了这种信仰的深度。他们坚信正义必胜，向往着胜利的未来。想到这些，母亲就得到安慰，心里热乎乎的。有时听着他们谈话，她不由自主地叹息起来，心里有一种莫名的忧伤。但是，最使她感动的是他们的朴实、宽厚大度以及从不关心自己的那种善良的品性。

现在听他们谈论生活，她心里明白多了。她感觉他们发现了人们不幸的真正根源，便暗暗佩服他们，觉得他们的想法有道理。但在灵魂深处她还有些怀疑，以为他们没有能力按照自己的想法去重建新生活，也没有力量去动员全体工人同他们一起干。现在人人只顾眼前吃得饱，谁也不愿把现成的饭菜推迟到明天再吃。只有少数人愿走这条漫长的路，去忍受种种折磨。只有少数人能看到，这条道路通往一个自由博爱的美好王国。正因为这样，这些善良的人们，虽然都留着胡子，有时满脸倦容，但在她看来，还像孩子一样幼稚。

“你们呀，真是好人！”她常常摇着头，心中想道。

然而，他们现在已经过上了美好的生活。他们的生活严谨而又理智，经常谈论美好的事情，希望把自己的知识教给别人。他们教给别人知识时，也从不怜惜自己。她心里明白。这种生活是值得爱的，虽然它充满了艰难险阻。她回顾过去的生活，不禁连连叹息，她的过去像一狭窄而又黑暗的胡同。她不知不觉地渐渐意识到，这种新生活也需要她这样的人。过去，她从未想过有谁需要她，现在她却清楚地看到，很多人都需要她，这使她感到新鲜、愉快。每当想到这些，她便有些扬眉吐气了……

她每次都准时把传单带进工厂，并且把这视为自己的义务。密探们见她常来常往，也就不再注意她了。她被搜过几次身，但她发现，这往往发生在工厂里出现传单的第二天。有时她身上不带传单，却故意装做可疑的样子，让密探和门卫搜查她。结果他们搜遍了她的全身，什么也没搜到，她便假装很受委屈的样子，同他们争吵，骂他们一顿，然后骄傲地走开。她为自己的机智感到自豪，她经常这样捉弄他们。

工厂不再录用尼古拉·维索甫希科夫，他便去给一个木材商人打工，在镇子上搬运圆木、木板和劈柴。母亲几乎每天都见到他。他赶着两匹又老又瘦的黑马，拉着不断滚动的长长的湿圆木或者噼啪作响的木板艰难地行进；老马拼命向前拉着，腿不住地颤抖，不时地摇着头，显得疲惫不堪，一副惨相，浑浊的眼睛无力地眨巴着。尼古拉放松了缰绳，跟在旁边。他穿得破破烂烂，脏乎乎的，穿一双笨重的皮靴，帽子戴在后脑壳上，那副笨拙的样子活像地里拔出的木桩。他也摇着脑袋，眼睛老盯着脚下。有时他的马糊里糊涂地撞在迎面驶来的马车上，或者朝人群冲去，立刻招来一阵怒骂，恶狠狠的叫骂声劈头盖脸地冲他飞来。这时他低着头，也不理睬他们，只是吹几声刺耳的口哨，哑着嗓子冲马低声喝道：

“嘿，走好啦！”

同伴们每次去霍霍尔那里读新来的外国报纸或小册子，尼古拉也去听。他坐在屋角里，默默地听一两个钟头。每次读完之后，小伙子们总要争论很久，可尼古拉却一言不发。等大家都走了，他便单独留下来同霍霍尔聊一会儿。有一次他沉着脸问道：

“到底谁的罪过大？”

“依我看，谁第一个说出‘这是我的’，那么他的罪过就是最大的！不过，这个人已经死了几千年了，不值得去责怪他！”霍霍尔诙谐地说，但他的眼神却显得有些烦躁。

“那些富人呢？还有他们的后台老板！”

霍霍尔两手抱着头，时而揪揪胡子，用通俗易懂的语言解释着生活中的人和事，谈论了很久。但他每次都得出同样的结论，似乎所有的人都有过错。这一点让尼古拉大为不满。他那厚厚的嘴唇紧绷着，否定地摇了摇头，疑虑重重地说，事情并非如此，然后沉着脸走了，显得很不高兴。

有一次，尼古拉说：

“不，肯定有罪人，并且就在我们身边！我敢说，我们就是要收拾他们，并且要斩草除根，决不手软！”

“有一回，考勤员伊赛也这样说你们呢！”母亲回忆道。

“伊赛？”尼古拉沉默片刻，问道。

“是的。这人坏透了！他专干些盯梢儿偷听的勾当，监视所有的人，现在跑到我们这条街上来了，还朝我们家窗户里偷看呢……”

“偷看？”尼古拉问道。

母亲已经睡下了，看不见尼古拉的表情，但她马上明白自己说了句多余的话。霍霍尔连忙拦住她的话，温和地说：

“他愿意来偷看，就随便看吧！他有时间，就让他转悠嘛……”

“不，让他走着瞧！”尼古拉声音嘶哑地说，“他小子就是个罪人！”

“他有什么罪过？”霍霍尔马上问道，“难道他愚蠢是罪过？”

尼古拉没说什么，默默地走了。

霍霍尔在屋里缓缓地踱着，显得很疲倦，瘦瘦的赤脚踏在地板上，发出微弱的沙沙声。他每次踱步时都脱掉靴子，以免发出响声妨碍母亲睡觉。但她没有睡着，尼古拉走后她不安地说：

“我对他不放心！”

“是的！”霍霍尔慢吞吞地说，“这小伙子脾气暴躁。阿姨，您以后不要在他面前说伊赛，伊赛真的是密探！”

“这有什么关系？他的教父还是宪兵呢！”母亲说。

“说不定尼古拉会杀了他！”霍霍尔担心地说，“您瞧瞧，在我们的生活中，老爷们在平民心里激发了什么样的感情？像尼古拉这种人，一旦感觉自己受了侮辱，又不甘忍受，那时会出现什么事情？他们会动刀杀人，鲜血溅在地上，会像肥皂似的冒泡……”

“真吓人啊，安德留沙！”母亲低声叫道。

“吃了苍蝇，肯定是要吐的！”霍霍尔沉默一会儿，又说，“阿姨，不管怎样，老百姓的眼泪流成了河，这点血又算得了什么……”

他忽然轻声笑起来，又说：

“这很公道，却不能给人安慰！”

二十二

这天是假日，母亲从店铺里回来，推开门正要进屋，忽然听见巴维尔洪亮的声音，她止不住心头一阵狂喜，恰如一阵夏日的暖雨浇在她身上。

“瞧，她回来啦！”霍霍尔叫道。

母亲看着儿子猛然转过身来，看着他的脸豁然开朗，知道他心里很激动。

“你回来啦……终于回来啦！”由于感到意外，她有些不知所措地坐下来说。

巴维尔脸色苍白，向母亲俯下身来，眼角湿润了，闪着泪花，嘴唇颤抖着。他不知说什么才好，母亲望着他，也说不出话来。

霍霍尔走过来，轻声吹着口哨，低着头到院子里去了。

“谢谢你，妈妈！”巴维尔深沉地低声说，他紧握着母亲的手，他自己的手指也在颤抖，“谢谢你，亲爱的妈妈！”

儿子的表情和声音使她大为感动，她高兴地抚摩着他的头，抑制住急促的心跳，低声说：

“基督保佑你！谢什么？……”

“你在帮我们做一件大事，怎能不感谢你！”巴维尔说，“如果一个人能够拥有一位在精神上支持自己的母亲，这是多么难得的幸福啊！”

她没有答话。她全神贯注地听着儿子的话，不觉心花怒放，默默地欣赏着儿子的表情。此刻巴维尔站在母亲面前，喜气洋洋，和蔼可亲。

“妈妈，我知道，有很多事情是很让你伤心的，你为我吃了很多苦。我想过，你永远不会理解我们，不会接受我们的思想，你只是不吭声，默默地忍受着，像过去一样。想到这些，我是很难受的！……”

“安德留沙常开导我，我明白了许多道理！”母亲插话说。

“他已经给我说了！”巴维尔笑道。

“叶戈尔也开导我。他是我的同乡。安德留沙还想教我识字呢……”

“可你爱面子，怕难为情，就偷偷自学了，对吗？”

“让他发现啦！”母亲尴尬地说。这时，洋溢在心头的欣喜使她有些不知所措，她对巴维尔说：“快叫他进来！他故意回避，怕妨碍我们俩说话。他母亲失踪了……”

“安德烈！……”巴维尔打开房门，向过道里喊了一声，“你在哪儿？”

“在这儿。我正要劈劈柴呢。”

“快来！”

霍霍尔没有马上走进来。他先到厨房里瞧了瞧，用主人的口吻说：

“劈柴剩下不多了，告诉尼古拉，叫他送点劈柴来。瞧见了吧，阿姨，巴维尔不是很好吗？官府没有制住这些叛逆者，反而把他们养胖啦……”

母亲高兴地笑了。这时她仍旧觉得心里甜蜜蜜的，陶醉在欢乐里，但她又稍稍克制自己，提醒自己要小心点，看看儿子有没有变化，是否像往常那样沉着冷静。她心里高兴极了，有生以来第一次这么高兴，她希望把这种欣喜若狂的感觉永远藏在心里，随时能够感觉到它，就像它突然来临时那样。她害怕自己的幸福会渐渐消失，急于把它珍藏起来，恰如捕鸟人偶尔捉到一只珍奇的鸟似的。

“该吃饭了！巴沙，你还没吃东西吧？”母亲关切地提醒说。

“没有。昨天就听看守说要放我，今天我就激动得不饿了……”

“我回来的时候，路上碰见的头一个熟人是西佐夫老头，”巴维尔接着说，“他老远看见我，就从街对面走来向我问好。我对他说：‘您跟我说话可要小心呀，我是危险分子，警方盯着我呢。’他说：‘没关系。’原来他要打听他外甥的情况。他说：‘费佳表现好吗？’我说：‘他在坐牢，怎样才算表现好呢？’他说：‘噢，就是说，他有没有出卖同志？’我对他说，费佳表现很正派，人也聪明，于是老头儿捋着胡子得意地说：‘我们西佐夫家的人，个个都是好样的！’”

“这老头有头脑！”霍霍尔点点头说，“我常同他聊天。我觉得他是好人。费佳快出来了吧？”

“我想会全部放出来！他们没有拿到任何证据，仅凭伊赛的告发，他能说出些什么呢？”

母亲忙着端饭，在房里走来走去，不时打量儿子一眼。霍霍尔站在窗前，倒背着手，默默地听着。巴维尔缓缓地踱着步。他的胡子长得很长，腮边长满稠密的拳曲的茸毛，黑乎乎的，把他那黝黑的脸色衬托得柔和一些了。

“坐下吃饭吧！”母亲把热汤摆在桌上，提醒说。

霍霍尔在餐桌上谈到雷宾出走的事。他讲完之后，巴维尔惋惜地说：

“我要是在家，说什么也不让他走！他带走的是什么？是愤怒和糊涂思想。”

“嘿，”霍霍尔笑了笑说，“一个四十岁的人，思想像熊一样顽固，他自己心里也很矛盾，想要克服那些糊涂观念。但要让他改变过来是很难的……”

两人又争论起来。母亲听不懂他们争论些什么。吃过饭之后，两人仍旧争论不休，而且愈争愈激烈，一些令人莫名其妙的字眼儿像下冰雹似的劈头盖脸地向对方甩去。有时他们也说些好懂的话。

“我们应该走自己的路，决不能偏离方向！”巴维尔坚定地说。

“在前进的道路上，我们会遇到很多反对我们的人，也就是敌人，这种人有几千万……”

母亲仔细听了听两人的争论，渐渐明白，巴维尔不喜欢农民，可霍霍尔却为他们辩护，说农民经过教育可以学好。她觉得霍霍尔说的话比较好懂，而且说得很对。可是每当他对巴维尔说些什么，她都凝神听着，屏住呼吸，等候儿子答话，想尽快知道霍霍尔的话会不会刺伤他。但他们不过是相互吵嚷，谁也不曾生气。

母亲有时问巴维尔：

“这是真的，巴沙？”

他总是笑着答道：

“是真的！”

“先生，”霍霍尔亲切地挖苦说，“人吃饱了，就懒得嚼了，我看您是吃得太饱了，嗓子眼堵上了。喝点水冲冲嗓子吧！”

“别胡闹！”巴维尔严肃地说。

“我严肃得很呢，像给人送葬似的……”

母亲窃笑，摇了摇头……

二十三

春天快到了，积雪开始融化，埋在雪下的污泥和煤灰渐渐显露出来。随着冰化雪消，污泥一天天露出得多了，整个镇子也就变得破破烂烂，就像穿着又脏又破的衣服似的。白天，屋檐滴着雪水，房屋的灰色板壁变得湿漉漉的，慢慢地冒着水汽，夜里房檐下滴水成冰，到处是白花花的冰柱。晴天多了，太阳经常当空照着。溪水解冻了，哗哗地向沼泽地流去。

人们着手准备庆祝“五一”节。

在工厂里和镇子上。出现了很多解释“五一”节意义的传单。就连一向对宣传漠不关心的青年们看了传单，也在议论此事：

“的确应该庆祝一下！”

尼古拉·维索甫希科夫苦笑着说：

“到时候啦！用不着躲躲闪闪啦！”

费佳·马森高兴起来。他明显地瘦了，像关在笼子里的云雀，举止言谈显得焦躁不安，易于冲动。沉默寡言的雅科夫·索莫夫常常同他形影不离。雅科夫显得很老成，整天绷着脸，表情很严肃，现在他在城里上班了。萨莫伊洛夫坐过牢之后，头发变得更红了。他和瓦西里·古谢夫、布金、德拉古诺夫等人认为，游行时应携带武器，但巴维尔、霍霍尔、索莫夫等人同他们发生了争执。

叶戈尔来了。他总是一副倦容，满头大汗，气喘吁吁，用开玩笑的口气说：

“改变现行的社会制度，这是件大事，同志们。但是，为了让这项工作进展得顺利些，我得给自己买双新靴子才是！”说到这里他指了指自己脚上的湿乎乎的破皮鞋。“我的套鞋也不可救药，破烂不堪了，我的两只脚每天都是湿的。在我们公开宣布脱离旧世界以前，我还不想下地狱。因此我不接受萨莫伊洛夫同志的武装游行的提议，我建议买一双结实可靠的新靴子，把我自己武装起来。我深信，这甚至比痛打他们一顿更有利于夺取社会主义的胜利！……”

他喜欢使用这种别具一格的语言，给工人们讲述各国人民为改善自己的处境而斗争的故事。母亲对他的讲话很感兴趣。听了他的讲话，她渐渐形成一个古怪的印象：人民的敌人往往是一些身材矮小、大腹便便、赤红脸的卑鄙小人。这帮人最狡猾，最残忍，经常欺骗人民，他们丧尽天良，贪得无厌，心狠手辣，一肚子坏水。当他们感觉在沙皇统治下不得意的时候，他们就挑动贱民造反。等老百姓都起来了，从沙皇手里夺取了政权，这帮家伙就把政权骗到自己手里，把老百姓打进地狱。如果老百姓不服气，当权者就杀掉他们，成百成千地杀人。

有一次，母亲鼓起勇气，把叶戈尔描述的现实生活的情景给他讲了一遍，并且拘谨地笑着问：

“我说得对吗，叶戈尔·伊凡内奇？”

叶戈尔转动着眼珠听了一会儿，不禁哈哈大笑，笑得上气不接下气，两手揉着胸口说：

“您理解得太对啦，大妈！您算是抓住了问题的要害。在这个阴暗的背景下，还会出现一些新花样，那不过是做做样子而已，改变不了事情的实质！正是那些大腹便便的卑鄙小人，他们是最大的祸害，是坑害老百姓的最凶恶的毒蛇。法国人巧妙地称他们为资产阶级。您要记住，大妈，资产阶级。他们专门坑害我们，是吸血鬼……”

“你指的是那些富人？”母亲问道。

“正是！他们的不幸就在于此。您知道，假如在婴儿的食物里加一些铜，就会影响婴儿的骨骼发育，长大了他就成了侏儒。一个人要是迷上了金钱，中了毒，那他的灵魂就会变得渺小起来，就会变得卑鄙无耻，一钱不值，就像一只仅值五戈比的皮球……”

有一次，巴维尔同霍霍尔谈起叶戈尔，说：

“安德烈，我以为，心情郁闷的人最喜欢开玩笑……”

霍霍尔没有答话，过了一会儿才眯起眼睛说：

“照你这么说，全俄罗斯的人还不都笑死了……”

娜塔莎来了。她也被捕坐了牢，是在外地一个城市里，但她没什么变化。母亲发现，有她在场，霍霍尔就高兴，谈笑风生，与人说话时总是带着善意的挖苦口气，逗得娜塔莎哈哈大笑。可是她一走，他马上就不作声了，而是神色阴郁地吹起了口哨，久久地踱着步，无精打采的，脚下发出沙沙的响声。

萨申卡也是常客，但她每次都来去匆匆，闷闷不乐。不知为什么，她的脾气越来越坏，待人也很不随和。

有一次，巴维尔出去送她，没有关上门，母亲听见他俩在过道里匆匆地交谈：

“您去当旗手呀？”姑娘轻声问。

“是的。”

“决定了吗？”

“是的。我有权这么做。”

“又想坐牢了？！”

巴维尔沉默不语。

“您不能……”萨申卡欲言又止。

“您说什么？”巴维尔问。

“不能让给别人……”

“不行！”巴维尔大声说。

“您好好想一想，您是个举足轻重的人物，大伙儿都听您的！……您和纳霍德卡在这里最有号召力，要是不去坐牢，您可以做更多的事情，您考虑一下吧！要知道，这回您要是再被捕了，会把您流放到很远的地方去，而且时间很长。”

母亲感觉姑娘的声音带着忧伤和恐惧，这种感情母亲是很熟悉的。萨申卡的话像冰水似的滴在她的心头，打动着她的心。

“不，我决定要这么做！”巴维尔说，“我决不会放弃的！”

“我求您也不行吗？……”

巴维尔的口气忽然变得非常严厉，急促地说：

“您不应该这样说话，您是谁？您不该这么说！”

“我是人！”姑娘小声说。

“是好人！”巴维尔也小声说，可他的声音有点异常，好像有些气短似的，“是我亲爱的人。正因为如此……正因为如此您才不应该这么说……”

“再见吧！”萨申卡说。

听见她咚咚的脚步声，母亲知道她走得很急，几乎是跑出去的。巴维尔追她到院子里。

母亲感到心口发紧，一种令人压抑的恐惧袭上她心头。她不明白儿子和萨申卡谈的是什么事，但她预感到即将有不幸的事情等待着她。

“他到底要做什么？”

这时巴维尔同霍霍尔一起回到屋里。霍霍尔摇着头说：

“唉，伊赛呀，伊赛，我们该怎么对付这个伊赛呢？”

“应该劝他不要再搞阴谋诡计！”巴维尔沉下脸说。

“巴沙，你打算做什么？”母亲垂下头问。

“什么时候？现在？”

“五月一日？……”

“啊哈！”巴维尔压低了声音说，“我来打我们的旗，走在队伍前列。为了这件事，我很可能又要被捕入狱。”

母亲觉得两眼发热，嘴里干得难受。儿子拿起她的手，轻轻地抚摸着。

“你要理解我，我必须这么做！”

“我没有阻拦你呀！”她说罢慢慢抬起头来。当她的眼睛与巴维尔固执的目光相遇时，她又垂下了头。

他放下母亲的手，叹了口气，用责怪的口吻说：

“不要伤心，你应该为我高兴才是。到什么时候母亲才会高兴孩子去送死呢？……”

“跳呀，跳呀！”霍霍尔在一旁说风凉话，“我们的老爷掖起长衫，快马加鞭跳得欢！……”

“我阻拦你了吗？”母亲重复一句，“我不会妨碍你。即便是心疼你，这也是母亲的心呀！……”

他从母亲身边走开了。母亲听见他说了句刺耳的话：

“有的爱简直让人没法活……”

母亲打了个哆嗦。她怕儿子再说出让人伤心的话，连忙打断了他：

“别说了，巴沙！我明白，你也是不得不这么做，为了同志们……”

“不！”巴维尔说，“我这样做，是为了自己。”

霍霍尔站在门口。他个子比门高，只好古怪地屈着膝，把一个肩膀抵住门框，另一个肩膀和脖子脑袋向前伸着，像镶在框子里似的。

“先生，你别再说啦！”他面色阴郁地盯着巴维尔的脸说，那双鼓鼓的眼睛恰似爬在石缝里的蜥蜴。

母亲心里直想哭，但又不愿让儿子看见她流泪，便突然低声说：

“啊呀，天哪，我全忘了……”

她说罢跑进过道里，头倚着墙角，任凭委屈的泪水扑簌簌地流下来。她无声地哭着，眼泪默默地流着，她感到浑身无力，好像她心里的血和着泪水一起流了出来。

门没有关严。她听见儿子和霍霍尔在闷声闷气地争论。

“你怎么啦？折磨自己的母亲，你还觉得光荣呀？”霍霍尔问他。

“你无权这样对我说话！”巴维尔叫道。

“眼看着你在这里发疯，说蠢话，我保持沉默，这的确是你的好同志！但你何必说这些呢？糊涂啦？”

“任何时候都应该直抒己见，不能含糊！”

“对母亲也不例外？”

“对任何人都一样！我不要这种爱、这种友情，婆婆妈妈的，只会碍事……”

“了不起！揩揩你的鼻涕吧，揩干净了再去找萨申卡，到她那里去充好汉吧。这种话你应该说给她听……”

“我说过了！……”

“真的？你蒙我！你跟她说话是那样亲热、那样温柔，我虽然没听见，但我想象得到！可在母亲面前逞起英雄来了……别犯傻啦，小子，你的英雄主义是一钱不值的！”

母亲听见霍霍尔狠狠地挖苦巴维尔，她吓了一跳，连忙擦干脸上的泪水，赶紧打开门，走进厨房，全身颤抖着，心头充满了悲伤和恐惧，高声说：

“哦，好冷哪！瞧这春天……”

她故意把厨房里的东西搬来搬去，发出种种响声，以便扰乱房间里的悄悄的谈话声，接着她又提高嗓门大声说：

“如今一切都变了。人变狂热了，天气倒变冷了。往常在这个季节已经暖和了，天气晴好，太阳当空照……”

房间里的谈话停下来。她站在厨房中间谛听着。

“听见了吧？”霍霍尔低声问，“你应该明白这里的意思，傻瓜！在这方面，你还太嫩了……”

“喝点茶吧？”母亲的声音有些颤抖，为了掩饰这一点，不等他们回答，她又大声说：

“这是怎么回事，我冻得发抖！”

巴维尔慢慢地朝她走过来。他皱着眉，嘴唇颤抖着，嘴角挂着负疚的微笑。

“原谅我吧，母亲！”他低声说，“我还是个孩子，不明事理……”

“你不要管我！”她把儿子的头紧紧搂在怀里，伤心地说，“别再说了！上帝保佑你。你愿怎样生活，这是你自己的事。但是，你不要伤我的心！哪个母亲不心疼孩子？都心疼……我心疼你们大家。你们全是我的亲人，全是真正的好人！我不心疼你们，那么谁还心疼你们呢？……你去吧，你后面还有很多人，他们一定能够抛开一切跟上来的……巴沙！”

这时她心潮起伏。高尚的思想在她心中热情地涌动着，忧愁、悲痛和喜悦交织着，使她的心振奋起来，但她找不到适当的词句。她恨自己不会说话，只好挥着手，望着儿子的脸，眼睛闪亮着，流露出深深的痛苦……

“别再生气啦，妈妈！原谅我吧，我都明白了！”巴维尔垂下头低声说，接着他又抬起头来瞥了母亲一眼，笑了笑转过身去，他有点不好意思，但却很高兴，又说：

“我不会忘记这些的，我保证！”

母亲推开他，朝房间里望了望，用恳求的口气对霍霍尔说：

“安德留沙！您不要冲他嚷嚷了！不用说，您比他年长……”

霍霍尔背朝她站着，没有转身，而是用开玩笑的口气大声说：

“哦！我要使劲嚷嚷他！我还要打他呢！”

她慢慢走到他跟前，伸着手说：

“您真好……”

霍霍尔转过身来，像牛似的垂着头，倒背着双手，经过她身边向厨房走去。接着，他在厨房里用嘲笑的口吻说：

“快走开吧，巴维尔，当心我揪掉你的脑袋！阿姨，您别当真，我这是开玩笑！我现在去生茶炉。是啊，我们家的木炭是湿的……真他妈的见鬼！”

他不作声了。母亲到厨房来瞧了瞧，发现他正趴在地板上吹火呢。他没有抬头，又说：

“您不要担心，我不会动他的！我这人好脾气，心肠软！其实我……喂，英雄，你别偷听。我心里挺喜欢他的！但我看不上他那件坎肩。您瞧瞧，他穿上那件新坎肩，可神气啦，他非常喜欢这件衣服，连走路也挺起肚子，唯恐人家瞧不见似的，时不时地碰人一下，意思是说，你们快看哟，看我这坎肩多漂亮！坎肩漂亮是真的，可是何必碰人呢？大街上本来人就很挤。”

巴维尔嘿嘿一笑，问道：

“你还要唠叨多久啊？骂了我一顿，还不满足！”

霍霍尔坐在地板上，伸开两腿，望着眼前的茶炉。母亲在门口站着，望着霍霍尔圆圆的后脑壳和弯弯的长脖儿，她的目光是那样的慈祥，同时流露几分忧郁。这时他把身子向后一仰，胳膊肘撑在地板上，仰脸望了望母亲和巴维尔，眨巴着稍稍发红的眼睛低声说：

“你们都是善良的人，真的！”

巴维尔俯下身，抓住他一只手。

“别拉我！”霍霍尔声音嘶哑地说，“你这样会把我拉倒的……”

“别不好意思啦！”母亲闷闷不乐地说，“你们俩应该亲一亲，紧紧拥抱一下……”

“你愿意吗？”巴维尔问。

“行啊！”霍霍尔站起身来，答道。

两人紧紧拥抱，凝然不动，在这一瞬间，炽烈的友情将他们融为一体。他们的灵魂在燃烧。

泪水顺着母亲的面颊流下来，但已不是痛苦的泪。她揩干了泪水，不好意思地说：

“女人爱哭，伤心的时候哭，高兴了也哭！……”

霍霍尔轻轻推开巴维尔，也用手指揉了揉眼睛，说：

“得啦！现在开心啦，该做事了！唉，这些木炭真糟糕，吹它不着火，反倒吹到眼里去了……”

巴维尔垂下头，在窗前坐下来，小声说：

“这样的眼泪，没什么不好意思的……”

母亲走过来，在他身边坐下，这时她心里暖洋洋的，一种令人振奋的情绪笼罩在她心头。她虽然还有些忧郁，但毕竟平静了下来，心里舒畅多了。

“我去拿茶具，阿姨，您坐下歇一会儿吧，”霍霍尔说着走进房间，“您好好歇着。我们惹您生气了……”

这时房间里响起霍霍尔悦耳的声音：

“我们现在已经感觉到生活是美好的，这才是真正的人的生活！……”

“说得对！”巴维尔朝母亲望一眼，附和说。

“一切都和过去不同啦！”母亲说，“悲伤和过去不同，快乐也和过去不同……”

“这是应该的！”霍霍尔说，“因为心情不一样啦，我亲爱的阿姨，在我们的生活中，人们正在洗心革面，新的精神在成长。有一个人用理智的火焰照亮了生活，他边走边喊：‘喂，世界各国的人们，你们要联合起来，组成一个大家庭！’于是所有的心都听从他的召唤，各自都把健康的心奉献出来，聚在一起，形成一颗巨大的心，它坚强、响亮，像一口银铸的大钟似的……”

为了不让嘴唇颤抖，母亲绷紧了嘴。同时她紧紧地闭上眼睛，以免泪水流下来。

巴维尔抬了抬手，大概想说点什么，但母亲拉住他另一只手，拦住了他，并低声说：

“不要打断他的话……”

“您知道吗？”站在门口的霍霍尔又说，“今后人们还会有许多不幸，他们还要流很多血，但是所有这一切，所有的不幸，也包括我个人流的血，都是很小的代价，因为在我的心中，在我的头脑里已经有了更珍贵的东西……我很富有了，像一颗闪闪发光的明星，我可以忍受一切不幸，经得起任何考验，因为我心里很乐观。不论是谁，也不论是什么事情，都永远影响不了我的乐观情绪！这种乐观包含着力量！”

他们围坐在桌旁，一边喝茶，一边推心置腹地谈论人生，谈论不同的人物和未来。

母亲心里渐渐亮堂起来，她不时地叹息着，回想自己过去遭受的种种痛苦和虐待，这些东西像石块似的压在她心头。想到这些，她心里似乎轻松一些，思想也就更加明确了。

这次长谈像一股暖流温暖着她，她心头的恐惧渐渐消释。现在她已经不害怕了。她回想在出嫁之前，有一天，父亲严厉地对她说：

“用不着愁眉苦脸的！既然有这么个傻瓜愿娶你，你就去吧！谁家的闺女都得出嫁，谁家的老婆都得生孩子，父母生孩子，活该倒霉！难道你不是人？”

听了父亲这番话之后，她知道自己面前只有一条路。这是一条狭窄的路，周围空空荡荡，一片黑暗。她知道这条路是非走不可，于是心里也就平静下来，盲目的平静。现在她的心情也是这样。不同的是现在她有一种预感，预感到新的不幸即将来临，她好像在心里对某人说：

“得了，随你的便吧！”

本来她心中隐隐作痛，好像有一根绷紧的琴弦时时在颤动着，鸣响着，但是现在这种隐痛却渐渐减轻了。

而且，在她的心灵深处还有忧伤，这是因为她预料到未来的不幸，但她心里还抱有一线希望：总不能把她的一切都抢光吧，总会留下点什么……

二十四

早晨，巴维尔和霍霍尔刚刚出门，科尔苏诺娃就来敲窗户，一副惊慌失措的样子，着急地喊道：

“伊赛被杀了！快去看吧……”

母亲打了个哆嗦，她头脑里立刻闪现出杀手的名字。

“谁干的？”母亲连忙披上围巾，匆匆问道。

“他不会守在伊赛身边的，杀了人就跑了！”科尔苏诺娃答道。

来到街上，她又对母亲说：

“现在又要搜查了，捉拿凶手啊。幸好你家的人夜里没出门，我可以做证。半夜过后我路过你家门口，朝你家窗户里瞧了瞧，看见你们的人都坐在桌旁……”

“你想到哪儿去了，玛丽亚？难道能怀疑他们？”母亲害怕地喊道。

“那会是谁杀的呢？很可能是你家的人！”科尔苏诺娃有把握地说，“谁都知道伊赛在监视他们……”

母亲急得喘不过气来，手按住胸口，停下脚步。

“你这是怎么啦？不要害怕嘛！贼人活该受罪！快点走吧，不然尸体就拉走了！……”

母亲脚步蹒跚，她想到尼古拉·维索甫希科夫，心里更加沉重。

“他终于下手了！”她呆呆地想道。

在距离工厂的院墙不远的地方，有一所不久前失火烧毁的房子。就在这座废墟上，现在聚集了一大群人。人们踏在木炭上面，把灰烬扬起来，乱哄哄的，像一窝蜂似的吵嚷着。这里有不少妇女，更多的是孩子。一些店铺的掌柜、酒馆里的伙计，都跑来看热闹。警察们也来了，还有宪兵彼特林，他是个高个儿老头，胸前飘着银白的胡须，佩戴着各种奖章。

伊赛歪倒在地上，背靠着烧焦的圆木，脑袋耷拉在右肩上，没戴帽子。他的右手还插在裤兜里，左手的手指抠进松软的泥土里。

母亲看了看伊赛的脸，只见他睁着一只眼，呆呆地瞅着掉在两腿中间的帽子。他的两条腿疲倦地岔开着，嘴巴半张半闭，露出吃惊的样子，棕红色的胡子向一旁翘着。他生就一颗尖脑瓜，瘦小的脸上长满雀斑，本来就瘦小的身子死后显得更小。母亲连忙在胸前画了个十字，叹息着。她怜悯死者，尽管他活着的时候让她感到讨厌。

“没有血！”有人小声说，“大概是用拳头打死的……”

有人恶狠狠地大声说：

“告密员的嘴巴给堵上啦……”

宪兵吓一跳，用手推开站在他面前的妇女们，气势汹汹地问道：

“这是谁在胡说八道，嗯？”

看热闹的人们被他赶跑了，有些人跑回家去，有的人还在那里幸灾乐祸地笑着。

母亲回家去了。

“谁也不可怜他！”她心中暗想。

这时，尼古拉那宽大的身躯不时地浮现在她眼前，像影子似的晃动着，那双小眼睛闪着凶光，显得冷酷无情，右手摇晃着，好像受了伤……

巴维尔和霍霍尔回来吃午饭时，她急不可待地问：

“情况怎么样？没有人被捕吧——为伊赛的案子？”

“没听说！”霍霍尔答道。

她看出两人都闷闷不乐。

“没有人议论尼古拉吧？”母亲小心翼翼地问。

儿子望着她的脸，神色严厉，口齿清楚地说：

“没人议论。未必有人会想到他。他不在家。昨天中午他到河边去办事，到现在还没回来呢。我问过他的情况……”

“啊，谢天谢地！”母亲舒了一口气说，“谢天谢地！”

霍霍尔望了她一眼，垂下了头。

“他躺在那里，”母亲若有所思地说，“看他脸上的表情，好像当时他很惊奇。谁也不可怜他，没有一个人替他说好话。他长得又小又丑，像一块碎片似的，掉下来就躺在那儿……”

吃午饭的时候，巴维尔突然放下汤匙，高声说：

“这件事我不明白！”

“什么事？”霍霍尔问。

“猎杀动物是为了吃它的肉，这种行为是很恶劣的。打死野兽和猛兽……这可以理解！对那种像野兽一样危害人的家伙，我愿意亲手去杀死他。可是杀死这样一个可怜虫，怎么忍心下手呢？……”

霍霍尔耸了耸肩，然后说：

“他对人的危害不比野兽小。蚊子吸了我们一点点血，我们还不放过它呢！”霍霍尔又补了一句。

“你说得对！但我指的不是这个……我是说，这件事叫人心里别扭！”

“这有什么办法？”霍霍尔又耸了耸肩说。

“你会去杀死这种人吗？”巴维尔沉思良久，然后问道。

霍霍尔瞪着那双圆鼓鼓的眼睛望了望巴维尔，然后瞟了母亲一眼，沉痛但却坚定地说：

“为了同志们，为了工作，我什么事情都可以做！我可以杀人，哪怕是自己儿子……”

“啊呀，安德留沙！”母亲低声叫道。

他冲母亲微微一笑，又说：

“不得不这么做！这就是生活！……”

“是啊！……”巴维尔拉长了声音说，“这就是生活……”

霍霍尔不知为什么忽然冲动起来，他抽身站起，挥舞着两手兴奋地说：

“你们打算怎么办？我们之所以憎恨一些人，是为了让人们友好相处的时代尽快到来。谁妨碍我们的生活，谁为了金钱去出卖别人，以换取安宁和荣耀，我们就消灭他。如果有人要当叛徒，要阻挡正直的人们前进，伺机出卖他们，那么在这种情况下，我不去消灭他，我自己就是叛徒！我无权消灭他吗？可是我们的主人们怎么样呢？他们有权养兵，养刽子手，开妓院，设监狱和苦刑，以保护他们的安乐。他们这样做不是很卑鄙吗？有时我不得不拿他们的棍子来对付他们，这是他们逼出来的！只要有这样的机会，我不会放弃的！他们成百上千地杀害我们，逼着我去反抗，去打击敌人，对冲在前面的敌人，对危害我的毕生事业的人，我决不手软。这就是生活。我反对这样生活，我不愿这样生活。我知道，他们的血，是肮脏的血，是一钱不值、毫无用途的血！……只有我们的血才能像春雨那样滋润大地，培育真理的花朵。我清楚地知道，他们的臭血是白流的，不会留下任何影响。如果我认为有必要，我会杀人，并且主动承担罪过。我的意思是，我只对我个人负责。我的罪过会同我一起消灭，不会给未来留下污点。它只玷污我自己，决不会玷污其他任何人！”

他在屋里踱着步，不时地在自己面前挥舞胳膊，仿佛在砍什么东西，以发泄心中的愤懑。瞧着他这副模样，母亲感到疑惧不安。她觉得他有什么伤心事，心里很痛苦。她不再去想那桩人命案了，不再为此担惊受怕了。“既然不是尼古拉干的，那么巴维尔的同志们就再没有能干这事的了。”她心中暗想。这时巴维尔低着头听霍霍尔说话，而霍霍尔谈兴十足，坚定有力地说下去：

“我们既然要走这条路，就不得不克服自我。要学会奉献一切，奉献整个心灵。牺牲生命，为了事业去死，这是很简单的！要奉献更多的东西，要献出在你看来比生命还要宝贵的东西，到那时候，你最珍爱的东西，你的真理，就会很快成长起来！……”

说到这里，他在房子中间停下来，脸色苍白，微微闭上眼睛，抬起一只手，庄严地说：

“我知道，迟早会有那么一天，人们会互敬互爱，人人都把别人当成明星！到那时候，人人都成了大人物，无拘无束，自由自在，所有的人都襟怀坦白，心灵纯洁，不再嫉妒别人，也不再相互敌视。到那时候，人们不仅要日子过得好，而且要为人服务，人的形象也会变得高大起来。人有了自由，什么样的高度都能达到！到那时候，人间处处是真理，人们自由自在地生活，去追求美。谁以心待人，全心全意地去拥抱世界，谁就是好样的；谁最自由，谁就是好样的。总之，他们就是最美好的人！人们过上了这样的生活，也就不再低三下四了……”

他沉默一会儿，挺起胸，带着胸音深沉地说：

“所以，为了这种生活，什么样的事情我都愿意去做……”

他的脸颤抖了一下，泪水止不住夺眶而出，大颗的泪珠扑簌簌地流下来。

巴维尔抬起头，瞪大眼睛望着他。母亲发觉儿子脸色苍白，便不安地欠了欠身子，她觉得心里发怵，渐渐害怕起来。

“你这是怎么啦，安德烈？”巴维尔轻声问道。

霍霍尔使劲抖了抖脑袋，然后挺直身子，望着母亲说：

“我的确看见了……我知道……”

她连忙站起来，向他扑过去，紧握着他的双手。他想抽出右手，但母亲紧攥着它，急切地低声说：

“小点声，孩子！我亲爱的……”

“您别着急！”霍霍尔瓮声瓮气地说，“我告诉您是怎么回事……”

“别说了！”母亲望着他说，泪水在她眼窝里转动着，“别说了，安德留沙……”

巴维尔悄悄地走过来，同情地望着自己的伙伴，眼睛也湿润了。他脸色苍白，勉强笑了笑，压低嗓门缓缓地说：

“母亲怕这事是你……”

“我没有这样想！我不信！我就是看见了也不信！”

“你们先别急！”霍霍尔说着背过脸去，摇着头，一直想挣脱右手，“不是我干的，但我当时没有制止……”

“别说了，安德烈！”巴维尔说。

巴维尔一只手握住他的手，另一只手按住他的肩膀，好像要制止他全身的颤抖似的。这时霍霍尔俯下高大的身躯，低垂着头，断断续续地低声说：

“我是不愿干这种事的，这你知道，巴维尔，可偏偏遇到了这样的情况：你自己先走了，我和德拉古诺夫在街角停了一下，就在这时，伊赛从街角后面溜出来，显然在盯我们的梢儿。他望着我们俩，不怀好意地笑了笑……德拉古诺夫对我说：‘你瞧见没有？就是这家伙，整夜盯我的梢儿。我得给他点厉害瞧瞧。’他说罢就走了，我想他是回家去了……这时伊赛朝我走过来……”

霍霍尔缓了一口气，说：

“这狗东西，还从来没有人敢像他那样侮辱我！”

母亲没说什么，只是把霍霍尔拉到桌前坐下。她自己也在他身旁的椅子上坐下来。巴维尔站在霍霍尔面前，沉着脸，不时地揪一下自己的大胡子。

“伊赛对我说，他们掌握了我们所有人的情况。我们这些人全都在宪兵们的监视之下，‘五一’之前要把我们全抓起来。我没说什么，只是笑了笑，但我心里很生气。他又说，我这个小伙子是聪明人，应该走正道，最好是……”

霍霍尔停顿一下，用左手抹了一把脸，眼睛一亮，目光很冷淡。

“我明白！”巴维尔说。

“他劝你去为官府效力，对吗？”

霍霍尔抬起手来，挥了挥紧握的拳头。

“这可恶的东西，叫我替官府效力！”霍霍尔切齿道，“他还不如打我的脸……挨打我心里会好受些。打了我他大概也会好受些。可是他这样朝我心里吐唾沫恶心我，我实在受不了。”

霍霍尔猛然把手从巴维尔手里抽出来，厌恶地低声说：

“我抽了他一个嘴巴，就转身走开了。这时只听见德拉古诺夫在我后面低声说：‘这回让你撞上了吧？’他大概在街角等着伊赛……”

霍霍尔沉默一会儿，又说：

“我没有转身，虽然我感觉着……我听见打人的响声……但没有回头，什么也没有想，照旧走我的路，好像抬脚把一只癞蛤蟆踢开了。早起上班的路上，听见有人嚷嚷：‘伊赛给人打死啦！’我不相信自己的耳朵。可是我觉得胳膊直发酸，有点不听使唤，虽说不痛，但好像变短了似的……”

他斜眼望望自己的胳膊，又说：

“我这辈子恐怕是洗不掉这污点啦……”

“你是问心无愧的，好孩子！”母亲低声说。

“我不是自责，不是！”霍霍尔肯定地说，“不过，这种事令人厌恶！我以为这是多此一举。”

“我真不理解你！”巴维尔耸了耸肩说，“人不是你打死的，就是退一步说……”

“老兄，知道有人要行凶，又不去阻拦他……”

巴维尔坚定地说：

“你这话把我闹糊涂了……”

说到这里他沉思片刻，又说：

“我可以明白你的话，但是没有直接的感受。”

传来汽笛的吼叫声。霍霍尔低下头听了听威严的汽笛声，然后身子抽搐了一下，说：

“我今天不去干活了……”

“我也不去了。”巴维尔说。

“我去洗个澡！”霍霍尔苦笑了一下。他没有再说什么，收拾一下东西，就沉着脸匆匆地出去了。

母亲目送霍霍尔离去，目光流露出怜爱的神色。她对儿子说：

“巴沙，不管你怎么想，把人家打死都是不对的，这我心里明白，但我不认为谁有罪过。我可怜伊赛，他这人是个小人物，无足轻重。我一看见他，就想起他说的那句话，说要把你绞死。我并不恨他，他死了我也不感到高兴。我只是可怜他，这会儿我甚至不觉得他可怜了……”

她不作声了，思索片刻，古怪地笑了笑说：

“上帝啊，巴沙，你听见我说的话了吗？”

巴维尔低着头，缓缓地踱着步，大概没听见母亲说些什么。他沉着脸若有所思地说：

“生活就是如此！现在你明白人们是怎样互相敌视了吧？你不想去打人，可又不得不打人！挨你打的是什么人？同样是无权势的人。这种人比你还惨，因为他们是些蠢人。那些警察、宪兵、密探，全是我们的冤家对头，但他们同我们一样，也是人。同样有人吸他们的血，不把他们当人。一切都是如此！有人指使一些人去敌视另一些人。这些人因为愚蠢胆小而被蒙蔽，被捆住手脚，受人压榨，他们相互争斗、厮打。有人把人变成了枪支，变成木棍和石块，并且说：‘这就是国家！’……”

说到这里，他朝母亲面前靠近一些。

“他们这样做是犯罪，母亲！这是对千百万人的扼杀行为，是扼杀人的灵魂，卑鄙无耻……你明白吗？这是扼杀灵魂。你看，我们这种人与他们是不同的。我们这些人打了人，就会感到心里不好受，感到羞愧、痛苦。心里不好受，这很重要。他们屠杀成千上万的人，却感到心安理得，既不怜悯，也不心疼。他们杀人时感到高兴！为了保住他们的金银，保住他们那些可怜的证券，保住他们借以统治人的那些乱七八糟的东西，仅仅为了这些，他们就可以摧残所有的人，对什么都毫不留情。你好好想一想，他们这种人屠杀人民，摧残人的灵魂，不是为了保护自己。他们干这种事不是为了自身，而是为了财产。他们珍视的不是自己的内心，而是身外的东西……”

他拿起母亲的手摇晃看，俯下身来对她说：

“你要是能感觉到这里的卑鄙无耻和腐败，你就会明白我们的真理，就会看出它的伟大和光彩！……”

母亲站起身来，心情激动，她多么希望自己的心能和儿子的心熔成一团火焰啊。

“你等一等，巴沙，等一等！”她激动地低声说，“我已经感觉到了……你等一等！……”

二十五

门厅里传来沉重的脚步声。母亲和巴维尔吃了一惊，彼此交换了一个眼色。

房门缓缓地推开，雷宾慢吞吞地走进来。

“瞧！”雷宾抬起头，笑眯眯地说，“咱们的福玛什么都想要，喜欢美酒和面包，他大驾光临快接待！……”[①]

他穿一件短皮袄，身上沾满了木焦油，穿一双树皮鞋，粗笨的黑手套掖在腰带上，头戴一顶毛茸茸的皮帽子。

“你们还好吗？你获释啦，巴维尔？嗯，过得怎么样，尼洛夫娜？”他咧嘴大笑，露出一口白牙。他的声音显得比过去温和一些。脸上的大胡子更加浓密了。

母亲为客人的到来感到高兴。她走上前去，握着他那只黝黑的大手，闻到他身上有一股浓烈的木焦油味。母亲说：

“啊，你来了……我很高兴！……”

巴维尔微笑着打量雷宾。

“好一个乡巴佬！”

雷宾慢吞吞地脱下外套，说：

“是的，又变成乡巴佬啦，你们有出息，都变成老爷绅士，我是往回变……是的！”

他整了整花粗布衬衣的衣领，来到里屋，抬眼朝屋子仔细打量一番，然后说：

“看得出来，你们的家产没添什么，书倒是多起来，好的！说说吧，近来情况如何？”

他叉开两腿坐下，手按着膝盖，一双深色的眼睛疑问地打量着巴维尔，脸上带着温和的笑容。他等待着答话。

“一切都很好。”巴维尔答道。

“咱们不会夸海口，只会耕田播种和秋收。收了庄稼酿美酒，咱们一醉方休。对吗？”雷宾打趣地说。

---

① 这是一句玩笑话。

“您过得好吗，米哈伊洛·伊凡内奇？”巴维尔在雷宾面前坐下来，问道。

“还好。还算过得去。暂时住在叶格尔杰沃村。听说过这个村子吗？这是个很好的镇子，每年办两次交易会，人口有两千多人。当地人都很凶！穷人没有地，就租富人的地种。土地贫瘠。我给一个恶霸地主当雇工。在那里，这种吸血鬼很多，就像死尸上的苍蝇似的。我们给他馏木焦油，烧炭。工钱很少，只有这里的四分之一，可是干的活要比这里辛苦一倍，就这样！我们一共是七个雇工，都给那个吸血鬼干活。好在大家都很年轻，除我之外，都是本村的，又都识字。有个叫叶菲姆的小伙子，脾气很不好，凶极了！”

“您同他们谈过话吗？”巴维尔高兴地问。

“我不会沉默的。我把这里的传单全带去了，一共三十四份。不过，我多半是使用《圣经》。《圣经》里面有好多有用的东西，厚厚的一本书，又是东正教会印的官方的书，他们觉得可信！”

他朝巴维尔挤挤眼，笑了笑又说：

“只是这些还不够用。我到你这里来是借书的。我们是两人一起出来的，叶菲姆跟我同行，是为运木焦油来的，绕了个弯儿，顺便来看您。叶菲姆暂时还没来，你先给我几本书，有些事情得背着他……”

母亲望着雷宾，感觉着他不仅脱掉一件西服，而且还脱掉了什么东西。他变得不那么严厉了，眼睛里带着复杂的神气，以往那种开朗的神气不见了。

“妈妈，”巴维尔说，“您去一趟吧，去拿些书。他们知道给您什么书。您就说是给乡下人用的。”

“好的！”母亲说，“茶炉眼看就烧开了，我这就去。”

“你也能做这些事，尼洛夫娜？”雷宾笑道，“我们那儿喜欢读书的人不少，是受了一个教师的影响，听说他是个很好的小伙子，虽说是神父出身。还有一位女教师，住在离我们七俄里的地方。不过，他们从来不教我们读禁书。他们是公职人员，怕出事儿。我要的就是禁书，是带刺的禁书。我把这些书偷偷地放在他们手边上……如果区里警察局长发现是禁书，他们会以为是教师们散发的。我可以暂时避一避嫌疑。”

雷宾自以为很聪明，得意扬扬地龇着牙笑了。

“你这家伙真行！”母亲心想，“看上去笨得像狗熊，心里鬼主意却不少……”

“您觉得这么做怎么样？”巴维尔问道，“那两位教师要是被怀疑散发禁书，会不会被抓去坐牢呢？”

“会坐牢的，这又怎么啦？”雷宾问道。

“禁书是您散发的，而不是他们！该去坐牢的是您……”

“你这人真怪！”雷宾拍着膝盖讥笑说，“谁会怀疑我呢？一个普普通通的乡巴佬做这种事，谁会相信呢？读书是老爷先生们的事，该受怀疑的是他们……”

母亲察觉到儿子没有明白雷宾的意思，她看见儿子不屑地眯起眼睛，知道他在生气，便小心地劝他，声音柔和地说：

“米哈伊洛·伊凡诺维奇的想法是自己做完了事，由别人代他去受过……”

“说得对！”雷宾捋着胡子说，“暂时只好这么做。”

“妈妈！”巴维尔不满地喊道，“假如我们中间有谁，比如安德烈假冒我的名义去做了什么事，当局抓我去坐牢，那时你会说什么呢？”

母亲颤抖了一下，迷惑不解地望了儿子一眼，不赞成地摇摇头说：

“难道能这样对待自己的伙伴？”

“啊！”雷宾拉长了声音说，“我明白您的意思啦，巴维尔！”

说到这里，他讥讽地挤了挤眼，转身对母亲说：

“大婶，这种事是很复杂的。”

接着他又开导巴维尔，说：

“你老兄考虑问题太天真啦！做秘密工作是不能讲诚实的。你好好想一想。首先，如果从某个小伙子那里搜出了禁书，那么被抓去坐牢的首先是这个小伙子，而不是那些教师，这是其一；其次，教员们散发的书不是禁书，但书的实质内容和禁书没什么差别，只是词句不同，真话少些罢了，这是其二。也就是说，教师们的追求同我是一样的，只是他们走的是乡间土道，我走的是大道而已。在长官们看来，我们同样有罪，对吗？再说啦，老兄，我同他们教师毫不相干，步行骑马不同路，各走各的道。坑害庄稼人的事我是不会去做的。可他们两人呢，一个出身神父家庭，另一个是地主家的千金小姐。至于他们为什么要鼓动民众，我就不得而知啦。我是个乡巴佬，不明白他们老爷先生们的想法。我自己做什么，我心里明白，而他们到底做什么，我就不知道了。千百年来，他们这种人都一本正经地做老爷，吸的是我们种田人的血，可是忽然之间，他们觉醒了，劝种田人擦亮眼睛。老兄，我这人不喜欢童话，可是这就像童话里讲的一样。所有的老爷们都离我很远。就像冬天走在田野上，看见有个活的东西在前方闪动，它到底是什么东西？是狼、狐狸还是一条狗，我看不见！离得太远啦。”

母亲望了望儿子，发觉他脸色不大好看。

雷宾却一副眉飞色舞的样子，得意扬扬地望着巴维尔，用手指梳理着自己的大胡子，兴奋地说：

“我没有工夫去讨人喜欢。生活本身是很严厉的。为人做事各有各的做法，是狗是羊叫声不同……”

“也有一些老爷先生，”母亲回忆起一些熟悉的面孔，插话说，“甘愿为老百姓受苦，坐一辈子牢……”

“他们是特殊情况，这另当别论！”雷宾说，“种田人也可以发家致富，变成老爷，老爷也可以变穷，成为种田人。钱包里没有钱，人心自然就变纯洁啦。巴维尔，你还记得吗，你曾对我说过，人们的生活有差别，他们的想法也就大不一样。比如说，当工人说'对'的时候，老板就一定说'不对'，那么当工人说'不对'的时候，老板出自他的本性，就一定会大叫'对的'！由此看来，农民和老爷的本性是不一样的。农民日子过好了，老爷夜里就睡不着觉。当然啦，不管什么出身的人中间都有败类，我也不赞成说所有的农民都是好人……"

说到这里，他站起身来，显得又黑又壮。此刻他面色阴沉，大胡子颤抖了一下，仿佛他无声地磕打了一下牙齿。他压低了嗓门说下去：

"我在工厂里干了五年，对乡下的生活感到不习惯了，真的！我回到乡下，在村里看了看，发现自己已无法适应那种生活了。你明白吗？我无法适应！您住在城里，看不见农民遭受的苦难。在乡下，饥饿像鬼影一样盯着人们，他们根本没希望吃上面包！人们饿得像丢了魂儿似的，面黄肌瘦，在极度的穷困中挣扎，度日如年……可是官府还不放过他们，官差们像一群群乌鸦似的盯着他们，看他们还有什么东西。一旦发现他们还有点东西，就立刻抢走，临走还揍你一顿……"

雷宾四下里瞧了瞧，一手按着桌子，俯下身来对巴维尔说：

"这回我重新看到这种生活，简直是烦透啦。我知道我无法适应，但我还是克制了自己，我以为在这种时候不能胡闹。我得留在乡下。我没有办法给他们弄到面包，但我会作乱，老兄，我要把那里搅乱！我为农民的处境生气，同时也生那些农民的气。我心里老想着这些事，心神不安。"

他缓缓地走到巴维尔面前，额头微微冒汗，发抖的手搭着巴维尔的肩膀。

"帮我一把吧！给我一些书吧，让人们读了这些书就坐立不安。

要刺激一下人们的头脑了，让他们头脑里有个刺猬。你转告给你们写文章的那些城里人，叫他们给乡下人也写点文章！让他们用文章去唤醒农民，让农民去拼命！”

他说着举起手来，一字一顿地低声说：

“要以死亡来对付死亡！这就是说，人要为拯救他人而牺牲。为了拯救地球上的无数的民众，就是以成千上万人的生命去换取也值得。死亡并不可怕。只要能拯救他人！只要能唤起民众！”

母亲端着茶炉走进来，斜眼望了望雷宾。他的话沉重有力，使她感到压抑。他有点像她的丈夫。她丈夫活着的时候，说起话来也喜欢龇着牙，手舞足蹈，挽着袖子。他心里有一种急躁的怨恨情绪，虽然很着急，却说不出来。这个雷宾表达了怨恨，却不像她丈夫那样吓人。

“需要这么做！”巴维尔摇晃着脑袋说，“给我们提供材料吧，我们给您在报纸上发表……”

母亲笑吟吟地望了儿子一眼，摇了摇头，一声不响地穿上外套出去了。

“你就干吧！我们什么材料都能提供。写得通俗一些，让那些没文化的人也看得懂！”雷宾高声说。

厨房的门推开了，走进来一个人。

“是叶菲姆！”雷宾说着朝厨房里瞧了一眼，“叶菲姆，你过来！这是叶菲姆，这位叫巴维尔，就是我常向你提起的那个巴维尔。”

小伙子生着浅褐色头发，宽宽的脸庞，一双灰眼睛，微皱着眉头，穿一件短皮袄，手里拿着帽子，站在巴维尔面前，显得体格匀称、健壮有力。

“您好！”叶菲姆握了握巴维尔的手，声音沙哑地说，接着他用手抿了抿竖起的头发，朝房里瞅了瞅，马上就悄悄地凑到书架前面去了。

“他找着了！”雷宾向巴维尔挤了挤眼说。叶菲姆回头望了他一眼，就专心看书去了，还不时地感叹说：

“您这里这么多书啊！您大概没时间看这些书吧。要是在乡下，读书时间可多呢……”

“乡下人不大喜欢读书吧？”巴维尔问道。

“怎么不喜欢？！”小伙子揉了揉下巴说，“乡下人也开始思考问题了。《地质学》是一本什么书？”

巴维尔给他做了解释。

“这种书我们用不着！”小伙子说着把书放回原处。

雷宾重重地叹了口气说：

“种田人关心的不是地球的来源，而是土地是怎样分配的，也就是老爷们怎样从农民手中剥夺土地的。至于地球是否在转动，这无关紧要，你就是用绳子把地球吊起来也不要紧，老百姓只要有饭吃就行。你就是用钉子把地球钉在半空中也无妨，只要它能养活老百姓！……”

“《奴隶制度史》，”叶菲姆又念了一个书名，问道，“这是讲我们的吧？”

“这里有一本讲农奴制的书！”巴维尔说着把另一本书递给他。叶菲姆接过书翻看了一下，就放下来，平静地说：

“这过时了！”

“您家有份地吗？”巴维尔问道。

“我们？有啊！我们兄弟三人，一共有四俄亩份地。地里尽是沙子，用来擦拭铜器倒是很好的，可是不能种庄稼啊！”

说到这里，他沉默了片刻，又说：

“我不再种地了，土地有什么用呢？要说养家糊口，种地不行，反而被它给捆住了手脚。我外出当雇工三年多了。秋天我就去当兵，米哈伊洛大叔不让我去，说现在当兵的尽欺侮老百姓，可我想去当兵。在斯杰潘·拉辛[1]和普加乔夫[2]时代，当兵的欺侮老百姓。现在该不会那么做了吧。您说对吗？”他两眼盯着巴维尔问道。

“该不会那么做了！”巴维尔笑着说，“可是要废止很难。要懂得如何教育士兵……”

“我们学了就会教育的！”叶菲姆说。

“要是当官的发现你在鼓动士兵，是要枪毙你的！”巴维尔惊奇地望着叶菲姆说。

“当官的不会发善心！”小伙子平静地答道，然后又去翻看书了。

“快喝点茶吧，叶菲姆，过会儿我们就走了！”雷宾说。

“我这就喝！”小伙子应声道，接着又问，“革命是造反吗？”

霍霍尔回来了，满脸通红，脸上挂着汗珠，看样子有点不高兴。他握了握叶菲姆的手，没说什么，在雷宾身边坐下来，打量着他，微微一笑。

“沉着脸做什么？”雷宾在霍霍尔膝上拍了一下，问道。

“没事儿。”霍霍尔说。

“您也是工人？”叶菲姆朝霍霍尔点点头，问道。

“是的！”霍霍尔答道，“怎么啦？”

“他头一回看见工人！”雷宾解释说，“他说工人不是一般人……”

“有什么特别的？”巴维尔问道。

叶菲姆仔细望了望霍霍尔，说：

“您的骨头是尖的，农民的骨头圆一些……”

“农民的生活稳定一些！”雷宾补充说，“他们感到自己有立身之地，即使他们没有土地，他们也能感觉到故乡的存在！工人就不同啦，他们像鸟儿似的，没有故乡，四海为家，今天飞到这里，明

①② 俄国历史上的农民起义领袖。

天飞到那里！就是有一个女人，他也不会老待在一个地方，稍不如意，他就会说：‘亲爱的，再见吧！’然后一走了之，去找更好的地方。农民都不愿离开乡土，总想把自己的家园弄得好些。瞧，大婶回来了！”

叶菲姆走到巴维尔面前，问道：

“可以借给我一本书看吗？”

“可以！”巴维尔答应了。

小伙子眼睛一亮，露出渴望的神色，连忙解释说：

“我会还您的！我们有人在这附近运木焦油，我托他们把书带给您。”

雷宾这时已经穿上外套，扎紧了腰带，对叶菲姆说：

“走吧，该走啦！”

“这下我有书看啦！”叶菲姆指着书高声说，咧着嘴笑着。

他们走后，巴维尔兴奋地对霍霍尔说：

“看见这些怪人了吧？……”

“是啊！”霍霍尔缓缓地说，“这种人很危险……”

“是说米哈伊洛吧？”母亲插话说，“就好像没在工厂里干过，成了地地道道的农民啦！他这人真可怕！”

“可惜你不在家！”巴维尔对霍霍尔说。这时霍霍尔沉着脸坐在桌前，两眼盯着自己的茶杯。“没有看到他表露心迹，你是最喜欢谈论人的心迹的！雷宾在这里发了一通议论，他驳倒了我，弄得我无言以对！……我无力反驳他。他对农民和工人很不信任，瞧不起他们！还是母亲说得对，他这人有一种可怕的力量！”

“这我看得出来！”霍霍尔闷闷不乐地说，“农民被引入了歧途！他们要是闹起来，会把一切都砸个稀巴烂！他们只知道要土地，他们会毁掉地里的庄稼，毁掉一切！”

他说话慢条斯理的，大概心里在想别的事。母亲轻轻地推了他一下，说：

“别愁眉苦脸的，安德留沙！”

“您先别着急，好妈妈！”霍霍尔和蔼地低声说。

说到这里，他忽然兴奋起来，拍了一下桌子，大声说：

“的确，巴维尔，农民一旦闹起来，会把地上的一切都毁掉，就像一场瘟疫似的。他们会把一切都烧光，为了彻底发泄他们心中的怨恨……”

“然后就来挡我们的道！”巴维尔轻声说。

“我们的任务，就是不让他们这样做。巴维尔，我们的任务就是阻止他们！我们同农民最接近，他们信得过我们，会跟我们走的！”

“知道吧，雷宾建议我们办一份农民报！”巴维尔说。

“要办！”

巴维尔笑了笑说：

“可惜我没有同他争论！”

霍霍尔抹了抹脑袋，心平气和地说：

“我们会同他争论的！只要你的笛子吹得好，那些尚未扎根农村的人，就会随着你的音乐跳舞。雷宾说得对，我们没有农民那种乡土感情，其实也不应该有那种情感。因此改天换地的责任才交给我们。我们撼动一次大地，农民就会离开乡土，摇撼两下，他们就会离得更远。”

母亲笑着说：

“你呀，安德留沙，把什么都看得很简单。”

“是的！”霍霍尔说，“是很简单！生活本来如此嘛！”

过了一会儿，他说：

“我到外面去散散步……”

“刚洗过澡就出去？外面有风，别吹着啦！”母亲提醒道。

“我就是出去吹吹风！”霍霍尔答道。

“当心感冒！”巴维尔关心地说，“你还是躺一会儿吧。”

“不，我要去走走！”

他说着穿上了外套，默默地出去了。

“他心情不好！”母亲叹息道。

“你知道吧，”巴维尔对她说，“伊赛出事后你对他说话更亲热了，这很好。”

“我倒没有感觉出来！我只知道他对我更亲近了，这话我真不知该怎么说才好！”

“你心眼好，妈妈！”巴维尔轻声说。

“我要是能帮上你的忙，帮你们大家做点事就好了！我要是有这个本事该多好！……”

“别害怕，你做得到！……”

母亲轻声笑了，说：

“我就是有点害怕啊！”

“算了，不说这些啦，妈妈！”巴维尔说，“要知道，我心里对你充满感激啊！”

她不愿让儿子看见自己流泪，就躲到厨房里去了。

霍霍尔很晚才回来，他很疲倦，马上就躺下睡觉了，一边说：

“我在野外走了十多里路，我想……”

“散散步心里好受些吧？”巴维尔问。

“别说了，我想睡觉！”

他说罢就不作声了，仿佛立刻入睡了。

过了不大一会儿，维索甫希科夫来了。他还像往常那样，穿得破破烂烂，身上脏乎乎的，一副闷闷不乐的样子。

“你听说是谁打死的伊赛吗？”他咚咚地在屋里踱着步，问巴维尔。

“没听说！”巴维尔答道。

“果然有人愿意干这种事，也不怕弄脏了自己的手！我一直想亲自收拾他。这件事由我来干最合适！”

“尼古拉，别这么说话！”巴维尔善意地劝他。

“你这是怎么啦？”母亲亲切地插话说，“你的心软得很，偏偏要装出凶狠的样子，干吗要这样呢？”

这时，母亲觉得看尼古拉顺眼了，连他那张麻脸也仿佛变漂亮了。

“我干什么都不行，就干这种事还成！”尼古拉说着耸了耸肩，“我想来想去，到底我能做什么呢？没有我可干的事！需要向老百姓做宣传工作，可我干不了！我什么事都看得清清楚楚，人们遭受的各种屈辱我也有同感，可是我说不出来！我是心里明白，嘴巴不行啊！”

他走到巴维尔面前，垂下头，手指抠着桌面，一反常态，像孩子似的可怜巴巴地说：

“你们让我干点粗活吧，弟兄们！我不能这样糊里糊涂地混日子啦！大家都在干工作，我看得出我们的事业在发展，可我却袖手旁观！我就会搬木头、运木板。难道我这辈子只配做这些事？让我干点粗活吧！”

巴维尔拉着他的手，把他拉到自己身边。

“我们会给你工作干的！”

这时，布幔后面忽然传来霍霍尔的声音：

“尼古拉，我教你排版，你以后就当我们的排版工，好吗？”

尼古拉向床前靠了靠，说：

“你要是能教会我，我就把这把刀送给你……”

“你滚蛋吧，我要你的刀做什么！”霍霍尔说罢笑起来。

“这是一把好刀啊！”尼古拉认真地说。巴维尔也笑了。

这时尼古拉站在房子中央，问道：

“他们都嘲笑我？”

“是啊！”霍霍尔说着跳下床，“喂，我们到野外去散散步吧。今晚有月亮，好得很呢。走吧？”

“好的！”巴维尔说。

“我也去！”尼古拉说，“霍霍尔，我喜欢看你笑……”

“我喜欢看你许诺送我礼物时那副傻样！”霍霍尔笑着说。

他在厨房里穿衣服时，母亲又唠叨说：

“多穿点衣服……”

三人到野外去了，母亲从窗户里望着他们的背影，然后面对着圣像轻声说：

“上帝啊，保佑他们吧！……”

二十六

日子过得飞快，母亲天天忙碌着，还没有静下心来想想“五一”节的事。白天她东奔西走，喧闹而又纷繁的琐事累得她筋疲力尽，只是夜晚躺下睡觉时，她感觉心里有点发闷。

“快点来临吧……”

每天黎明时分，工厂的汽笛就吼叫起来，儿子和霍霍尔匆匆喝了早茶，吃点东西就上班去了，把许多事情交给母亲去办。她又是做午饭，又是调印传单用的紫油墨和熬贴传单用的糨糊，一整天都忙得团团转。有时来人找巴维尔，匆匆忙忙地把留言条塞在她手里，然后就告辞了，那种激昂的情绪也使她受了感染。

几乎每天夜里都出现一些传单，号召工人们行动起来庆祝“五一”节。传单贴到了各家的围墙上，甚至贴在警察局的大门口，工厂里也天天发现传单。一到早晨，警察们就出动了，在镇子上转来转去，把紫色传单从围墙上揭下来或刮下来，边撕边骂，可是到了中午，街上又撒满了传单，在行人脚下飞来飞去。于是城里派来了密探。他们躲在街道角落里，留心观察那些回家吃午饭和饭后回工厂上班的工人们。这些工人都乐呵呵的，兴奋不已，看着警察们那副愚蠢的样子，他们暗暗高兴，就连那些上了年纪的老工人也嘲笑说：

“他们这是在做什么呀，啊？”

到处都有人三五成群地聚在一起，兴奋地谈论着那个激动人心的召唤。镇子上热闹起来。这年春天，沸腾的生活给工人们带来了乐趣，所有的人都感受到某种新东西：一种人肝火更大了，怒骂有人要谋反；另一种人产生了隐隐的不安和希望；第三种人为数不多，他们因意识到自己是一支能唤起民众的力量而欣喜若狂。

每天夜里，巴维尔和霍霍尔几乎都不睡觉，他们直到天亮时才回家，满脸倦容，嗓子也熬哑了，脸色灰白。母亲知道，他们常在树林中的沼泽地里开会。她听说夜间镇子上有警方的骑兵巡逻队，密探们也在暗中活动。他们抓走或搜查个别工人，驱散人群，有时也逮捕一些人。她知道，儿子和霍霍尔每天夜里都有可能被捕，有时她甚至盼着他俩被捕，因为她觉得这样对他俩来说结局会更好些。

令人奇怪的是，记工员被杀案无声无息地了结了。镇上的警察局就这个案子查问了两天，审问了十多个人，就不了了之。

有一次，玛丽亚·科尔苏诺娃同母亲闲聊，言谈之中流露出警方对此案的看法。她跟警察也像跟一般人一样，关系很融洽。她说：

“你以为真的能抓到凶手？那天早晨见过伊赛的人说不定有上百人，这里面至少有九十人恨透了他。这七年来他把大家都坑苦啦……”

霍霍尔的模样明显地变了。他的脸瘦多了，眼皮老耷拉着，几乎遮住了他那鼓鼓的眼珠。从鼻孔两侧到嘴角布满了细小的皱纹。他很少谈论日常生活中的琐事，却越来越容易激动，常常陶醉在狂喜之中，使大家也受到感染。他谈到未来，谈到自由和理智获得胜利的美好光辉的节日。

伊赛被杀案平息后，霍霍尔厌恶地沉着脸嘲笑说：

“他们不把老百姓当人看待，而且对自己的走狗也不当回事。他们不爱惜忠实的犹大，而是爱财……”

“别再说这些了，安德烈！”巴维尔认真地说。母亲又低声补了一句：

“既是烂木头，就活该被扔掉！”

“你这话说得对，可是并不能让人得到安慰！”霍霍尔沉着脸说。

他常说这句话。经他一说，这句话就带有一种特别的无所不包的苦涩辛辣的意味……

五月一日这天终于来临了。

汽笛像往常一样吼叫起来，气势逼人。母亲一夜没有合眼，连忙下了床，点着昨晚准备好的茶炉。她本想像往常那样去敲儿子和霍霍尔的门，可是转念一想，她便改了主意，在窗前坐下来，一手托着腮，像患了牙病似的。

在淡蓝的天空里，一片片白色的和绯红色的云彩匆匆掠过，像一群被汽笛的吼叫惊飞的大鸟似的。母亲望着窗外的浮云，一边凝神注意自己的感觉。她感到头脑昏昏沉沉，不眠之夜熬得她两眼发干，布满了血丝。奇怪的是，她心里极为平静，心脏均匀地跳着，心里想的也是一些平淡无奇的事情……

“茶炉烧得太早了，水早开了！今天得让他们多睡会儿。两人都累坏了……”

晨曦欢乐地跳跃着射进窗户。她把手伸到阳光下，耀眼的阳光立刻照亮了她的手；她伸出另一只手，轻轻抚弄着阳光，沉思地微笑着，脸上露出温和的表情。然后她站起身来，取下茶炉上的拔火筒，尽量不弄出声响，洗了脸就开始做祷告了。她虔诚地在胸前画着十字，嘴唇无声地动着，脸色渐渐开朗，右眉时而缓缓抬起，时而又突然垂下……

第二遍汽笛响了，笛声略为低沉，也不如第一遍汽笛自信，显得沉闷、发颤。母亲觉得，今天的汽笛似乎比往日拉得长一些。

房间里传来霍霍尔洪亮的声音。

“巴维尔！听见了吗？”

他俩不知是谁赤着脚走在地板上，发出扑扑的声响，也不知谁打了个哈欠……

“茶烧好啦！”母亲高声说。

“我们起床啦！”巴维尔快活地答道。

“太阳出来啦！”霍霍尔说，“天上有浮云。这云彩今天不作美……”

他来到厨房里，头发没有梳理，脸上带着睡痕，但情绪极佳。

“早上好，阿姨！睡得好吗？”

母亲走到他面前，悄悄地说：

“安德留沙，在队伍里你要跟他走在一起啊！”

“当然啦！”霍霍尔也低声说，“只要我们两人一起去，走到哪里都是肩并肩，这您就放心吧！”

“你们在小声说什么？”巴维尔问。

“我们没说什么，巴沙！”

“她对我说，脸要洗干净，姑娘们看了高兴！”霍霍尔说罢就到门厅里洗脸去了。

“工人们，起来，起来！”巴维尔小声唱起歌来。

天空渐渐晴朗起来，风儿吹散了浮云。母亲在准备茶具，不时地摇摇头，心想，事情总是这么古怪，他们俩早晨起来有说有笑，可是中午他们会发生什么事，这谁料得到呢？不过她今天不知怎的特别镇静，心里乐滋滋的。

他们慢慢地喝着早茶，以便消磨这段等待的时间。巴维尔像往日一样，用茶匙慢慢地一丝不苟地把茶杯里的糖搅开，又认真仔细地把盐末撒在一片面包上。他喜欢吃这种面包头。霍霍尔在桌子底下挪动着双脚，他一向如此，总是半天找不到一个合适的地方放脚。这时，他望着茶水反射的光影在天花板和墙壁上浮动，就说：

“我小时候，大约有十来岁吧，有一天我心血来潮，想用茶杯捉住阳光。这时我拿起茶杯，轻手轻脚地走到墙根上，啪的一声把茶杯扣在墙上！一下子把手割破了，为此挨了顿打。挨过打之后，我来到院子里，发现太阳就在水洼里，我就拿脚去踩它。结果溅了我一身脏水，我又挨了一顿打……这时我该怎么办呢？我就冲着太阳大喊起来：‘我不疼，红毛鬼，我不疼！’然后我又朝太阳伸了伸舌头。这算是自我安慰吧。”

“你为什么管太阳叫红毛鬼呢？”巴维尔笑道。

“我家对门住着一个铁匠，是个红脸汉子，满脸火红的大胡子，性格开朗，心眼好，我觉得太阳就像他……”

母亲忍不住插话道：

“你们最好还是说说游行的事吧！”

“事情已经安排好了，再谈论它怕搅乱了！”霍霍尔温和地说，“阿姨，要是我们都被捕了，尼古拉·伊凡诺维奇会来找您。他会告诉您该怎么办的。”

“好吧！”母亲叹气道。

“真想上街去走一走！”巴维尔幻想说。

“不行，现在最好是待在家里！”霍霍尔说，“何必白白地往警察眼皮底下钻呢？他们对你够熟悉的啦！”

这时，费佳·马森来了，只见他满面红光，喜气洋洋，一副兴高采烈的样子。他的到来驱散了大伙儿心头的寂寞情绪。

“游行开始了！”马森说，“工人们出动了！群众队伍上街啦，游行的人个个脸色严厉，杀气腾腾！维索甫希科夫和古谢夫、萨莫伊洛夫一直站在工厂门口发表演说。很多人都回家去了！我们该出发啦！已经十点钟了！……”

“我这就去！”巴维尔坚定地说。

“你们瞧吧，”马森预言道，“午饭后全厂都会闹起来的！”

他说罢就匆匆地走了。

“瞧他那风风火火的样子，像风里的蜡烛似的！”母亲目送着马森，低声说。她来到厨房里，开始穿外套。

“阿姨，你去哪儿？”

“同你们一起去！”她说。

霍霍尔捋了捋胡子，瞟了巴维尔一眼。巴维尔连忙抿了抿头发，走到母亲面前，说：

“妈妈，我对你什么也不说了……你也不要对我说什么！好吗？”

“好，好，求上帝保佑你们！”母亲低声说。

二十七

母亲来到街道上，便听见四周人声嘈杂，喊声中充满着不安和期待。她发现，家家户户的窗外和门口都聚着一群群的人，人们用好奇的目光打量着她的儿子和霍霍尔。这时她眼前模糊了，仿佛有一团云雾在她眼前浮动，色彩变幻不定，忽而变成淡绿色，忽而变成深灰色。

人们不断地向他们致意，在问候的话语里有一种特别的意味。她断断续续地听到有人在小声谈论着：

“就是他们，带头闹事的……”

“我们不晓得谁带的头……”

“我是从来不说人坏话的！……”

在另一个地方，有人在院子里愤怒地大喊：

“让警察把他们统统抓走，他们的末日来临啦！……”

“警察抓过他们！”

一个女人在屋里大吵大闹，惊叫声从窗口飞到街上：

“你别犯糊涂啦！难道你是单身汉？”

他们路过伤残工人佐西莫夫家门口。佐西莫夫断了双腿，每月从厂里领取抚恤金，这时他从窗户探出身子大声喊：

“巴什卡[①]！干这种事是要杀头的，混账东西！你等着瞧！”

母亲哆嗦了一下，立刻站住了。这喊叫声使她怒不可遏。她气愤地朝着残废人虚胖的脸上瞪了一眼，佐西莫夫连忙缩回脑袋，嘴里还在不停地骂着。这时母亲急走几步追上了儿子，紧跟在他后面，尽量不离开他。

巴维尔和霍霍尔似乎对什么都不注意，好像根本没听见沿途的喊叫声。他们神态自如，不慌不忙地走着。这时，中年工人米罗诺夫叫住了他们。米罗诺夫一向为人谦虚，不喝酒，安分守己，深受大伙儿敬重。

“您今天也没去上班呀，达尼洛·伊凡诺维奇？”巴维尔问道。

“我老婆快临产啦。再说遇上这动乱的日子！”米罗诺夫答道，这时他两眼注视着两位同事，小声问道：

“小伙子们，听说你们要找厂主的麻烦，要砸碎他的窗户？”

“难道我们是酒鬼吗？”巴维尔大声说。

“我们不过是在街上走走，打着旗子，唱唱歌儿！”霍霍尔说，“您来听听我们的歌儿吧，我们的信仰就在这歌儿里面哪！”

“我了解你们的信仰！”米罗诺夫若有所思地说，“我看过那些传单。哟，尼洛夫娜！”他惊叫起来，一双富有智慧的眼睛朝母亲

---

① 巴维尔的小名。

微笑着，“连你也来参加暴动啦？”

“能够满怀正义出来走一走，就是死了也没有遗憾啦！”

“瞧你说的！”米罗诺夫说，“有人说你把禁书带进了工厂，看来没说错哟！”

“这是谁说的？”巴维尔问道。

“大伙儿说的呗！好啦，再见。你们可要稳重点儿！”

母亲低声笑了。听到有人这样议论她，她心里暗暗高兴。巴维尔笑着对她说：

“妈妈，你会为这事坐牢的！”

太阳渐渐升起来，春日的空气格外清新，暖融融的阳光普照大地。云彩飘浮得慢了，渐渐变得稀薄透明。云影悄悄地在街道上和屋顶上浮动，不时地从人们身上掠过，仿佛要把整个镇子清洗一番，拭去墙壁和屋顶上的污垢和尘土，拂去人们脸上的忧虑。人们渐渐地活跃起来，嗓门越来越高，嘈杂的谈话声压住了远处机器的响声。

这时母亲又听见各种各样的话语。声音是从四面八方的窗户和院子里传来的，她听得出来，说话的人有的惊恐不安，有的怒气冲冲，有的若有所思，有的乐呵呵的。可是她现在很想与人争论，或者向人表示感谢，或者做些解释，今天她很想投身到这格外丰富的生活中去。

拐过街角有一条狭窄的小巷，巷子里聚集了上百人，人群当中传来维索甫希科夫的声音。

“他们榨我们的血，就像榨果汁一样！”他在拙笨地向人群演讲。

“说得对！”立刻有几个人大声呼应着。

“小伙子真卖力！”霍霍尔说，“我去帮他一把！……”

他说罢就弓身跑过去，瘦长而又灵活的身子像螺旋钻扎进软木塞似的钻进人群，巴维尔没有拦得住他。人群里响起他那悦耳的声音：

“伙伴们！有人说，普天下有各种不同的民族，有犹太人，德国人，英国人和鞑靼人。我不信服这种说法。我认为只有两种人，两种势不两立的人，就是富人和穷人！人们穿的衣服不同，使用不同的语言，可是你们留心观察一下，法国的富人，德国的富人，英国的富人是怎样同工人打交道的，你会发现，对工人来说，这些富人全是强盗，他们都该被骨头卡死！”

人群里有人笑起来。

“我们再从另一方面看，我们会发现，法国工人、鞑靼工人和土耳其的工人，同我们俄国工人一样，都过着猪狗不如的生活！”

越来越多的人从街上悄悄挤进这条小巷，他们一个接一个地默默走过来，伸长了脖子，踮起了脚尖。

霍霍尔提高了嗓门。

“在国外，工人们已经明白了这个朴素的道理。今天，在‘五一’节这个光辉的日子里……”

“警察来啦！”有人惊叫道。

四名警察骑着马从街上拐进小巷，朝着人群冲过来，他们挥舞着马鞭大声吼道：

“快散开！”

人们沉下脸，闷闷不乐地给警察让开路。有几个人爬上了围墙。

“猪猡骑在马背上，冒充将军耍威风！”不知是谁冲着警察大声嘲笑说。

霍霍尔一个人挺立在巷子中央，两名警察催马朝他冲来。霍霍尔连忙闪开。这时母亲抓住他的胳膊，一把把他拉过来，埋怨说：

“你答应过要和巴沙走在一起的，现在又一个人逞能！”

“是我不对！”霍霍尔笑道。

这时母亲心里感到一阵慌乱，浑身酸软无力。她头昏脑涨，悲喜交集，这忽然出现的古怪情绪使她感到纳闷。她盼着午休的汽笛早些拉响。

她跟儿子和霍霍尔一起向广场上的教堂走去。这时，教堂四周的围墙里面已挤满了人，五百来个青年小伙子兴高采烈地聚在这里，有的站着，有的坐着。人群中不时有人骚动不安地抬起头，向远处和四周张望着，焦急地等待着。可以感觉到一种激昂的情绪。一些人神色有些紧张，四下里观望着，另一些人故意装出一副无所畏惧的样子。妇女们在窃窃私语，男人们厌烦地避开她们，有时可以听到有人低声叫骂。在这闹哄哄的五颜六色的人群里，不时响起带有敌意的喧哗声。

“米坚卡！”一个女人低声喊道，声音有些发颤，“你要爱护自己……”

“你别管我！”米坚卡答道。

这时响起西佐夫老成持重的声音，他镇定自若，令人信服地说：

“不对，我们不应该丢下年轻人不管！年轻人比我们有头脑，比我们有胆量。是谁在‘沼泽地的戈比’事件中维护了我们的利益？是他们！我们不能忘了这件事。他们为这件事坐了牢，而受益的是我们大家……”

工厂的汽笛拉响了，恶狠狠的吼叫声压住了人们的谈话声。人群中出现骚动，坐在地上的人站立起来，刹那间全场一片肃静，充满了紧张气氛，不少人顿时脸色变得灰白。

“伙伴们！”巴维尔洪亮有力的声音传了过来。母亲感到眼睛发热，火辣辣的，仿佛有一团云雾模糊了她的视线。她忽然挺起身来，坚定地站在了儿子身后。大家都向巴维尔转过身来，像被磁铁吸引着似的向他四周聚集过来。

母亲望着儿子的脸，只看得见他那双高傲的眼睛闪着勇敢炽热的光芒……

“伙伴们！我们决定公开告诉大家，我们是些什么人，今天我们要打出自己的旗帜，象征着理智、真理和自由的旗帜！”

那根长长的白色旗杆在空中划过，旋即倒在人丛中。过了一会儿，人们翘首仰望，只见一面工人的大旗像一只红色的鸟儿似的飞向空中。

巴维尔举起一只胳膊，旗杆晃动了一下，立刻有十多只手扶住了光滑的旗杆，母亲的手也抓住了旗杆。

“工人万岁！”巴维尔高喊一声。

数百人随之高呼。

“伙伴们，我们的党，我们精神的源泉。社会民主工党[①] 万岁！”

人群欢腾起来，理解旗帜含义的人纷纷拥到旗杆下。马森、萨莫伊洛夫和古谢夫兄弟并排站在巴维尔身边，尼古拉也躬身分开人群，朝大旗下挤过来。还有母亲不认识的一些人，他们都很年轻，眼睛闪烁着热烈的光芒，在母亲身边挤来挤去……

“全世界的工人万岁！”巴维尔高声呼喊。上千人随之高呼，震撼人心的呼声回荡着，变得越来越欢快有力。

母亲有些气喘，眼睛里闪动着泪花，但她没有哭。她抓住尼古拉和另一个人的胳膊，两腿颤抖着，嘴唇哆嗦着说：

“亲人啊……”

尼古拉那张带麻斑的脸上绽开了笑容。他伸出一只手，眼望着红旗，含糊地说着什么，然后忽然抱着母亲的脖子，亲了亲她，高兴地笑起来。

“同事们！”霍霍尔和气地说，他那柔和的声音盖住了人群的喧哗，“现在我们就开始神圣的进军，为了新的上帝。我们的上帝是光明和真理，是理智和善良！我们的目标还很遥远，荆冠[②] 却近在身边。谁不相信真理的力量，他就没有勇气去为真理而斗争到底，视

① 社会民主工党是苏联共产党的前身，1917 年改称俄国社会民主党，1918 年改称俄国共产党（布）。

② 荆冠源自《圣经》，耶稣被钉死于十字架时，刽子手给他戴上荆棘编的冠冕。后来荆冠一词即作为蒙难、殉教的象征。

死如归；谁缺少自信，害怕苦难，就请他离开我们！我们已发出号召，相信我们必胜的人跟我们走，看不到我们目标的人，就不要跟我们一起走，因为等待着他们的只能是痛苦。站好队啦，伙伴们！自由工人的节日万岁！‘五一’节万岁！”

人们朝大旗聚拢过来。巴维尔挥了挥旗子，大旗在空中展开，在阳光下飘舞着，仿佛绽开了鲜红的笑脸……

我们要抛弃旧世界……

响起了费佳·马森嘹亮的歌声，立刻有数十人随他唱起来，歌声柔和、有力：

我们要同旧世界决裂！……

母亲走在马森身后，开心地笑着，从他头顶上望着儿子和旗帜。一张张笑脸和一双双颜色不同的眼睛在她四周闪动，巴维尔和霍霍尔走在队伍前面，她听得见他们的声音。霍霍尔柔和圆润的嗓音和巴维尔浑厚低沉的嗓音和谐地交织在一起。

工人们，起来，行动起来，
起来斗争吧，饥饿的人们！……

前方有一群人迎着红旗跑来，一边跑一边呼喊着，同正在行进的人们汇合起来，继续向前走去。喊叫声淹没在雄壮的歌声里了。人们在家里唱这支歌，总是稍稍压低嗓门，而在街上唱这支歌时，却是那样流畅、大胆，带有一股可怕的力量。歌声流露出钢铁般的英雄气概，它号召人们不畏艰险奔向未来，并如实地告诉人们，这条道路充满艰难险阻。这支歌像一团巨大的烈焰，熔化着往昔艰苦生活的沉渣，各种习以为常的沉重的感觉，以及对新事物的可憎的惧怕心理，也都化为乌有了……

有人从母亲身旁走过，脸上带着惧怕而又高兴的表情。这时又有人大喊了一声，声音有些发颤：

“米佳，你去哪儿？”

母亲没有停下脚步，对那人说：

“您不要担心，让他去吧！起初我也很害怕，我儿子走在最前面，打旗的就是我儿子！”

“不要命的！你们去往哪里？当兵的在那里等着你们！”

这时一个瘦高个儿女人用那骨瘦如柴的手突然拉住母亲的手，大声说：

“我亲爱的，他们唱得真好！米佳也在唱呢……”

“您不要担心！”母亲低声安慰她，“这是神圣的事业……您想想，要是人们不为基督去牺牲自己，也就压根儿没有基督了！”

这个想法忽然闪现在她的脑海里，表达了一个明确而又朴素的真理，这使她感到不胜惊讶。于是她望了望那个紧握着她的手的妇女，惊奇地微笑着把这句话又重复一遍：

“要是人们不为基督去牺牲自己，也就压根儿没有基督了。”

西佐夫来到她身边。他摘下帽子，和着歌曲的节拍挥动着，说：

“大妈，你公开出来活动啊！人们编了一支歌。这歌太好了，对吗，大妈？”

> 皇上的军队里需要兵，
> 快送儿子去效忠……

“他们什么也不怕！”西佐夫说，“可惜我儿子死得早哇……”

母亲的心剧烈地跳着，她渐渐掉队了。人们很快把她挤到街道旁的围墙边上。拥挤的人流从她身边涌过，这使她感到高兴。

起来，行动起来，工人们！……

仿佛有一只巨大的铜号在空中吹奏着，激励着人们，人们听见这号角声，有的人立刻在心中做好了战斗准备，有的人暗暗高兴，预感到即将出现的新事物，产生了强烈的好奇心。在一些地方，人们在这号角的激励之下产生了隐隐的不安和希望，在另一些地方，人们郁积多年的怨恨在这号角的诱导下得以宣泄。所有的人都仰望着在空中迎风飘扬的红旗。

“前进！”有人兴奋地大喊了一声，“光荣啊，弟兄们！”

这时，大概有人感觉到某种难以用言语表达的大的威胁，就破口大骂起来。然而这种憎恨是奴仆的憎恨，阴暗而且盲目，有如一条受阳光惊扰的毒蛇，在恶毒的话语中缠绕着，咝咝地叫着。

“异教徒！”有人从窗户里面伸出拳头威胁着，哑着嗓子喊道。

这时母亲身边响起一个刺耳的声音，令人讨厌地大喊：

“你们反对国君吗？反对沙皇陛下吗？想造反吗？”

母亲身边闪过一张张兴奋的面孔，一群群男人和女人连蹦带跳地跑过去。黑压压的人群被这歌声吸引着，汇成一股巨大的潮流。嘹亮的歌声和人流一起向前奔流着，仿佛要冲垮前方的一切，为人们扫清道路。母亲望着远处的红旗，仿佛看见了儿子的面孔，看见了他那古铜色的前额和那双燃烧着信仰之火的明亮的眼睛。

然而这时她掉队了，走在人群后面。周围的人都不慌不忙地走着，冷漠地朝前方观望着，因为早已料到事情的结局，才怀着冷淡的好奇心等待看热闹。他们一边走一边低声议论，语气中流露着自信：

“学校旁边驻扎了一个连，另一个连驻扎在工厂附近……”

“省长来了……”

“真的？”

“我亲眼看见的，真来了！”

有人高兴地骂了一句，又说：

“他们到底是怕我们啊！军队出动了，省长也出动了。”

“亲人们啊！”母亲的心在剧跳着。

然而她周围的谈话毫无生气，冷冰冰的。她不愿同这些人走在一起，便加快脚步，很快就摆脱了这群步态缓慢的懒洋洋的人们。

突然，队伍的前锋似乎撞上了什么东西，人们还在向前走着，但却发生了轻微的骚动，身体不由自主地向后晃动了一下。歌声也颤抖了一下，接着又嘹亮地唱起来。不一会儿，浑厚的歌声又低落下来，人们一个接一个地退出了合唱。有几个人在高声呼喊着，想把歌声拉向高潮，让人们继续唱下去：

起来，工人们，行动起来！
去和敌人搏斗，饥饿的人们！……

可是这召唤失去了团结一致的信心，流露出恐惧不安的情绪。

母亲什么也看不见，不知前面出了什么事。她分开人群，急步向前冲去，很快就遇上退下来的人们，只见他们有的耷拉着脑袋，皱着眉头，有的尴尬地苦笑着，还有的人嘲弄地吹着口哨。她伤心地打量着他们的脸色，用目光默默地询问着，请求着，呼唤着……

“伙伴们！”响起巴维尔的声音，“当兵的跟我们一样，也是穷人。他们不会打我们。他们为什么要打我们？就因为我们传播大家需要的真理吗？可是他们自己也需要这种真理。不过现在他们还不明白这一点，但是他们最终会同我们站在一起，站在我们自由的旗帜下，他们是不会拥护掠夺和屠杀的。这样的时刻已经不远了。为了尽快让他们明白我们的真理，我们应该继续前进。前进啊，伙伴们！永远向前进！”

巴维尔的声音坚定有力，他的话讲得清楚明白，但是游行的队伍还是散开了，人们一个接一个地向街道两旁的房屋跑去，靠在围墙上。这时队伍变成了楔形，巴维尔站在楔子的顶端，那面工人的红旗在他头上飘扬着。游行的队伍像一只黑鸟似的展开了翅膀；这只鸟受惊了，随时准备飞走，巴维尔是这只鸟的尖喙……

二十八

母亲看见街道尽头站着一排穿灰衣服的人，这些人像一堵墙似的挡住通向广场的去路。他们的模样彼此差不多，但看不清他们的脸。他们每人都扛着闪闪发光的刺刀。这堵人墙沉默着，一动不动，一种吓人的气势让人不寒而栗。母亲感觉到了这种气势，心里有些发紧。

她挤进人群，一直向红旗下挤去，红旗下有她熟悉的人们。那里还有许多她不认识的人，这些陌生人似乎是她的熟人的依靠。她侧过身来紧靠在一个身材高高的工人身上。此人是独眼，脸刮得光光的，为了看清她是谁，便朝她转过脸来。

“你怎么啦？你是谁家的？……”他问道。

“我是巴维尔·弗拉索夫的母亲！”她答道，这时她感到自己的小腿直打哆嗦，下嘴唇也不由自主地垂下来。

“噢！”独眼工人说。

“伙伴们！”巴维尔说，“永远向前进，我们没有别的出路！”

人们静下来，听得见轻微的响动。这时红旗突然举高了，在空中摇晃一下，若有所思地在人们头顶上飘着，缓缓地向那道灰色的人墙移动。母亲哆嗦了一下，惊叫了一声，连忙闭上了眼睛。她看见巴维尔、霍霍尔、萨莫伊洛夫和马森四个人离开人群向前走去。

空中响起费佳·马森嘹亮的歌声，他的声音有些颤抖：

在殊死的斗争中
你们倒下去[1]……

人们压低嗓门应和着，浑厚的歌声有如深沉的叹息。他们踏着碎步继续前进。这支坚定有力的新歌缓缓地回荡着：

你们献出了一切，为人民……
为自由……

费佳嘹亮的歌声有如一条鲜艳彩带在空中飘荡，伙伴们和谐地同他一起唱着。

“啊哈！”有人在一旁幸灾乐祸地喊道，“狗崽子们，唱起送葬的歌儿来啦！……”

“揍他！”有人愤怒地喊道。

母亲两手捂住胸口，四下里瞧了瞧，她发现刚才挤满街道的人群现在都停在那里，犹豫不决地观望着，眼看着几个打旗的人向前走去。只有几十个人跟在旗帜后面，而且每前进一步都有人躲向一边，仿佛街心的路烧红了，烫伤了他的脚掌似的。

专制要垮台……

---

① 这是俄国革命前流行的一支革命者葬礼进行曲。

费佳唱着这支预示未来的歌曲，伙伴们满怀信心地高声应和着：

人民要起来！……

但是，透过这整齐的歌声，可以听见有人低声说：

“正在指挥队伍……”

“端枪！”前方响起一声尖叫。

一排刺刀在空中晃了一下，平放下来，对准红旗狡猾地冷笑着。

“齐步走！”

“他们来了！”独眼工人说着，把手插进衣袋里，迈开大步躲到一旁去了。

母亲注视着前方，连眼睛也不眨一下。士兵们排着横队走过来，占满了整个街道，像灰色的波浪起伏着。他们端着刺刀，像拿着一把银光闪闪的钢齿梳子。他们迈着整齐的步伐，毫无表情地朝人们逼近。母亲连忙朝儿子走过去，她看见霍霍尔也扑到巴维尔前面，用自己瘦长的身体掩护着他。

“并排走，同志！”巴维尔厉声喊道。

霍霍尔唱着歌，两手背在身后，高昂着头。巴维尔用肩膀顶了他一下，又喊道：

“并排走！你无权走在这里！打旗的要走在前面！”

“快散开！”一个矮个子军官挥舞着明晃晃的军刀，尖着嗓子叫道。他迈着正步，腿抬得很高，膝部不打弯，皮靴重重地叩着地面。母亲感到，他那双擦得锃亮的皮鞋格外刺眼。

在这军官身旁略微靠后的地方，走着一个大个子军官，这人刚刮过脸，留着两撇浓密的花白的唇髭，身穿一件红里子的灰色军大衣，肥大的军裤上带有黄色镶条。他迈着沉重的步子，也像霍霍尔那样把两手背在身后，高高地扬起两道花白的浓眉，眼睛盯着巴维尔。

母亲看着眼前的情景，心中十分着急，她想大声喊叫。她胸中的呼喊眼看要随着呼吸迸发出来，她感到胸闷，但她极力克制自己，两手使劲按住胸口。周围不时有人挤她，她的身子摇晃着，恍恍惚惚地向前走着，几乎失去了知觉。她知道，跟在她身后的人越来越少了，盛气凌人的士兵们排着横队向他们迎面走来，正在驱散他们。

打旗的人们距离士兵的横队愈来愈近了，已能看清士兵们的面孔，这些面孔都很丑陋，像压扁了似的排成一溜儿，连成一条土黄色的带子横挂在街道上。这条带子上高低不齐地点缀着各种颜色的眼睛，带子前面是端起的一排刺刀，冷酷地闪着寒光。刺刀指向人们的胸膛，还没有接触到他们，人群就渐渐地溃散了。

母亲听见身后溃逃的人群的脚步声。他们惊慌失措，压低嗓门喊着：

“快散开，弟兄们……”

“弗拉索夫，快跑！……”

“往回跑，巴维尔！”

“巴维尔，扔掉手里的旗子！”维索甫希科夫沮丧地说，“把旗子给我，我把它藏起来！”

他说着一只手抓住了旗杆，旗子向后歪了一下。

“快放开！”巴维尔叫道。

维索甫希科夫把手缩回去，好像被烫了似的。歌声停止了。人们不再前进，紧紧地围着巴维尔，但他推开人群向前走去。这时全场突然沉默下来，这沉默仿佛自天而降，像一团透明的云彩似的悄悄地把人们笼罩起来。

这时红旗下只有二十来个人了，但他们坚定地站在那时。这情景牵动着母亲的心，她替他们担心，不知该对他们说些什么……

“中尉，把他手里的东西夺下来！”年老的大个子军官平静地说。

他说罢伸手指了指旗子。

矮个子军官立刻朝巴维尔扑过来。一只手抓住旗杆，尖着嗓子叫道：

“放下！”

“把手拿开！”巴维尔大声说。

红旗在空中颤抖了一下，左右摇晃了一阵，又笔直地竖起来。矮个子军官踉跄着后退了几步，摔倒在地上。维索甫希科夫伸出胳膊，握着拳头，从母亲身边飞步扑上去。

“把他们抓起来！”年老的军官跺着脚喊道。

几个士兵扑上来，其中一个挥起枪托往前砸去，旗子颤抖了一下就歪倒了，消失在这群士兵中间。

“哎呀！”有人惨叫了一声。

母亲也拼命地喊叫起来。但是巴维尔从那群士兵中间清晰地回答她说：

“再见了，妈妈！再见，亲爱的……”

“他还活着，还想着我！”母亲的心颤抖了两下。

“阿姨，再见啦！”

她踮起脚尖，挥着双手，想看清他们的脸。在士兵们的头顶上方，她看见了安德烈的圆脸，安德烈微笑着向她致意。

“亲人啊……安德留沙！……巴沙……”母亲喊道。

“再见了，伙伴们！”他们在士兵中间向人们呼喊着。

回答他们的是断断续续的反复的回声。回声是从窗户上、屋顶上和高空中的某个地方传过来的。

二十九

有人在母亲胸前推了一下。她眼睛模糊了，看见那个矮个子军官站在她面前。这人赤红脸，绷着脸冲她喊道：

“快滚吧，臭娘儿们！”

她从头到脚打量着这军官，发现旗杆就扔在他脚下，已经被折成两段，其中一段旗杆上还带有一块红布。她弯下身子，把旗杆捡起来。那军官立刻夺过她手中的旗杆，扔在道旁，跺着脚大声喊道：

“听见没有，快滚开！”

这时，士兵们中间又传来歌声：

工人们，起来，行动起来……

周围的一切都在旋转，在摇荡，在颤抖。这里听得见低沉的喧闹声，夹带着惶惶不安的情绪，喧闹声像电线发出的嗡嗡声，在空中经久不息。那军官朝士兵那边跑过去，气急败坏地尖声叫道：

“不准他们唱，克拉依诺夫上士……”

母亲摇摇晃晃地走到被军官扔掉的断旗杆跟前，又把它捡起来。

“堵上他们的嘴！……”

歌声乱了，忽高忽低，断断续续，终于停止了。有人揪住母亲的肩膀扭了一下，接着又在她背上猛推一掌……

“快走开……”

“净街啦！”军官喊道。

这时，母亲看见离她十来步远的地方，又聚集了一大群人。人群中有人在高喊，有人在低声埋怨，有人在吹口哨。这群人慢慢地顺着街道向远处退去，然后分散躲到院子里去了。

“快走开，鬼东西！”一个留着小胡子的年轻士兵走到母亲跟前，直冲着她的耳朵大喊一声，猛地把她推到人行道上。

她拄着旗杆向前走去，两腿有些发软。她怕跌倒在地上，就用另一只手扶着墙壁或者栅栏。她前方的人们纷纷退去，在她身旁和身后的士兵正在净街，边走边叫：

“快走，快走……”

士兵们冲到她前面去了。她停下来，四下里瞧了瞧。在街道尽头，稀稀拉拉地站着一排士兵，拦住了通往广场的街口。广场上空无一人。再往远处看，只见一些穿灰色军装的人在走动，他们正慢慢地向人群进逼……

她想转身往回走，可是又不由自主地向前走去，走到一条胡同的入口，就拐进去。这条胡同很窄，静悄悄的。

她又停下来，深深地喘了一口气，仔细听听四周的动静。前方不知什么地方有人群在喧哗。

她拄着旗杆继续往前走，不时地耸动着眉毛，嘴唇哆嗦着，摆动着一只胳膊。她忽然出汗了，觉得心里涌出许多话语，像火花似的闪动着，充塞着她的胸膛，她要把这些话说出来，喊出来，这愿望是如此强烈……

胡同向左拐一个急弯儿，母亲看见拐弯处有一大群人挤在一起，有人激动地大声说：

“弟兄们，这是闹着玩吗？他们硬是往刺刀上撞啊！”

“真了不起，对吗？军队朝他们开过来，他们都不后退！面不改色地站在那里……”

“人家巴沙·弗拉索夫就是好样的！”

“还有霍霍尔吧？”

“这家伙背着手，没事儿似的，还笑呢……”

“亲爱的，好人啊！”母亲挤进人群，高声喊道。人们恭敬地给她让开一条路，有人笑着说：

“快看，她拿着旗子！手里还拿着旗子呢！”

“别说了！”另一个严厉地说。

母亲宽宽地摊开了双手……

“你们听我说几句，看在上帝分上！你们都是我的亲人……你们全是好心人……你们不要害怕，仔细看一看，到底发生了什么事？这些孩子们，我们的亲骨肉，在世界上寻找真理……是为了大家！为了你们大家，为了你们的孩子们，他们给自己选择了一条通向十字架的道路……去寻求光明的未来。他们追求的是另一种生活，是真理和正义的生活……他们想为大家谋幸福！”

她的心跳得厉害。她感到心口发紧，喉咙发干，火辣辣的。她心里要说的话很多，贴心的话语充满着对一切事物和对所有人的无限热爱。这时她越说越想说，语气越来越有力，越来越自如了。

她看见，大家都在认真地听，谁也不说话，都紧紧地围绕着她。她知道，人们此刻在思考。于是，她心里产生了一个愿望，她觉得现在这个愿望已非常明确，那就是鼓动人们去追随她的儿子，追随安德烈，追随那些被士兵们抓去的、现在孤独无依的人。

望着一张张神情专注的忧郁的面孔，她又亲切而且有力地说下去：

“我们的孩子们四处奔波，寻找快乐的生活。为了大家，为了基督的真理，他们反对那些凶恶、虚伪和贪婪的人，不让这些人愚弄我们，不让这些人束缚和扼杀我们！好心的人们，我们年轻的孩子们是为了全体人民才行动起来的，是为了全世界，为了普天下的工人才去干的！请你们不要离开他们，不要扔下他们不管，不要让他们太孤单了。你们要爱惜自己……相信孩子们的良心吧，他们传播真理，为了真理他们不怕死。相信他们吧！”

说到这里她声音嘶哑，身子摇晃了一下，险些跌倒。有人马上搀住她的胳膊……

“她说的是实话！”有人激动地低声喊道，“全是实话，好心的人们！听她说吧！”

又有人同情地说：

“唉，她心里不好受啊！”

有人用责备的口吻反驳说：

“你说得不对，她是在开导我们这些傻瓜，你要听明白！”

人群中有人提高嗓门激动地说：

“同胞们！我的米佳为人正派，他做了些什么呢？他跟同事们一起，跟要好的伙伴们一起参加了游行……她说得对，我们为什么要扔下这些孩子们不管呢？他们有什么地方对不住我们呢？”

听了这番话，母亲感动得颤抖起来，眼泪止不住夺眶而出。

“快回家吧，尼洛夫娜！快走吧，大妈！你太辛苦啦！”西佐夫高声对她说。

西佐夫面色灰白，凌乱的胡子哆嗦着。他忽然皱紧了眉头，挺起身来，郑重地说：

“我儿子马特维在工厂里被压死了，这事你们知道。要是他还活着，我会主动送他去游行，让他同别的孩子们一起去。我会对他说：‘你去吧，马特维！你应该去，这是光荣的事！’”

他突然停下来，不作声了。大家都沉着脸，一言不发，但他们已不再害怕。这时，一种前所未有的庄重气氛笼罩着周围。西佐夫抬起手来摇了摇，继续说下去：

“我是个老人，你们都了解我！我在这里工作了三十九年，已经是五十三岁的人啦。我的外甥是个好孩子，为人正派、聪明，可今天也被抓走了。游行的时候他也走在最前面，跟巴维尔在一起，在旗子旁边……”

他挥了挥手，缩着身子，握着母亲的手说：

“这女人说得对，我们的孩子都希望正正派派地做人，做有思想有理智的人。可是我们丢下他们不管，都躲开了。唉，走吧，尼洛夫娜……”

“你们都是我的亲人！”母亲眼睛含着泪看了看大家，说，“生活是为了孩子们，世界是属于他们的！……”

“走吧，尼洛夫娜！拿着，拿着这根棍子。”西佐夫说着把折断的旗杆递给她。

人们以忧伤和尊敬的目光望着母亲，对她说了许多同情的话，都要送她回家。西佐夫默默地推开人群，大家一声不响地给她让路。这时，仿佛有一种莫名其妙的力量左右着他们，他们悄悄地跟在母亲身后慢慢地走着，低声交谈着。

到了家门口，她转过身来，拄着那根折断的旗杆向大家鞠了一躬，深表感激地低声说：

“谢谢你们啦……”

这时她又想起自己那句话，她觉得这是发自心灵深处的新思想，于是她把这句话又重复一遍：

“要是人们不愿为了我主耶稣的荣耀去牺牲自己，那就压根不会有我主耶稣了……”

人们都默默地望着她。

她又向人们鞠了一躬，然后走进家门。西佐夫低下头，跟着她走了进去。

人们还在门外谈论着什么。

后来人群就慢慢地散去了。

第二部

第二部

一

这天余下的时间，她是在迷雾般的各色各样的回忆中度过的。她疲劳极了，身心交瘁。那个矮个子军官化成一个灰色的斑点在她眼前跳动着，巴维尔那张古铜色的脸以及安德烈那双含笑的眼睛不时地出现在她面前。

她有时在屋里踱一会儿，有时坐在窗前，望着窗外的街道。有时她身子一震，又走动起来，扬起眉毛四处张望着，神思恍惚地在寻找什么。她喝了几次水，却不能解渴，也不能浇灭她心中的隐痛和屈辱。这一天被分割成了两半，开始还是那样的充实，可现在一切都流逝了，在她面前只剩下凄凉和空虚。一个令人困惑的问题不时地闪现在她面前：

“现在该怎么办？”

科尔苏诺娃来了。她挥舞着两手，又是喊叫，又是流泪，又是兴奋，又是跺脚；她出了几个主意，答应帮忙，还说要收拾什么人。这一切都没有感动母亲。

“啊哈！”她听见玛丽亚[1]刺耳的声音，“这回终于把大家惹恼了！工厂里闹事啦，整个工厂都起来啦！”

---

① 科尔苏诺娃的名字。

“嗯，嗯！”母亲摇着头低声说，但她的眼睛却呆呆盯着一个地方，心里老想着过去的事情，想着那些随安德烈和巴维尔一起离去的东西。她哭不出来，因为她心里直发紧，口干舌燥。她两手不时地颤抖，背上的皮肤也在微微地抽搐着。

晚上，来了几名宪兵。母亲显得格外坦然。她既不觉得奇怪，也没有害怕。宪兵们迈着沉重的步子闯进来，看样子很高兴，一副得意的神气。为首的是那个黄脸军官，他龇着牙说：

“怎么样，过得好吗？我们是第三次见面了，对吗？”

母亲没有答话，只是用发干的舌头舔了舔嘴唇。那军官继续说下去，用训人的口气讲了一通。母亲觉得他这人喜欢说话。他的话母亲一句也没有听，所以也没有受到干扰。那军官又说：“这就是你自己的错啦，大妈，你没有教会儿子尊敬上帝和沙皇啊……”直到这时，一直站在门口对他不加理睬的母亲才低声回答说：

“嗯，到底我们有没有错，我们的孩子们才有权评判。我们听任他们走上这条路，是对是错他们会做出公正的判断。”

“你说什么？”那军官喊道，“大声点。”

“我说孩子们才有权评判！”母亲叹息着回答说。

那军官又怒气冲冲地说了一通，母亲没有理睬他，只当他的话全是耳边风。

这时，玛丽亚·科尔苏诺娃在场，正好充当见证人。她站在母亲身边，但她并不看母亲，每当军官向她提问时，她总是连忙向军官深深地鞠一躬，每次都回答同样的话：

“我不知道，大人。我是个没有文化的女人，只会做点小买卖，瞧我这笨样，能知道什么……”

“得啦，别说了！”这时军官不耐烦地翘着两撇小胡子说。科尔苏诺娃又鞠一躬，悄悄地冲着那军官做了一个嘲弄的手势，低声对母亲说：

“他什么也捞不着！”

军官命令她搜母亲的身，她眨巴了几下眼睛，瞪着那军官，吃惊地说：

“大人，这我可不会！”

那军官气得直跺脚，冲她吼叫起来。玛丽亚垂下眼帘，低声请求母亲：

“算啦，佩拉格娅·尼洛夫娜，解开衣服吧……”

玛丽亚气得满脸通红，只好在母亲的上衣里摸索着。她低声对母亲说：

“唉，真是一群狗，对吧？”

“你在那儿说什么？”军官朝她正在搜身的屋角里望了望，厉声喝道。

“我说的是女人家的事，大人。”玛丽亚连忙低声答道。

军官命令母亲在搜查记录上签字，母亲抬起不习惯写字的手，用粗大显眼的印刷体写道：

“工人的寡妻佩拉格娅·弗拉索娃。”

“你写的什么呀？为什么要这样写？”军官厌恶地皱着眉头大声问道，然后他又冷笑着说，“没教养的东西……”

宪兵们走了。母亲站在窗前，两手捂住胸口，两眼发直，久久地望着面前的一个地方。她高耸着眉毛，紧闭嘴唇，狠狠地咬着牙，不一会儿，她就咬得牙疼起来。油灯里的煤油耗尽了，灯芯不时发出轻轻的哔剥声，渐渐暗下来。母亲吹灭了灯，屋里一片黑暗。她什么也不想，一团愁绪像黑云似的笼罩在她心头，她感到心跳得慢了。她久久地站在黑暗中，两腿和眼睛都疲倦得很。这时，她听见玛丽亚站在窗外，醉醺醺地喊道：

“佩拉格娅，你睡了吧？多灾多难的苦命人，快睡吧！”

母亲没脱衣服，躺在床上很快就进入深沉的梦乡，仿佛掉进一个深深的旋涡似的。

她梦见一座黄色的沙丘，在沼泽地后面通向城里的那条大路旁。巴维尔站在沙丘边缘上的一个悬崖上，悬崖下面是人们挖沙子留下的一片深坑。巴维尔在低声唱歌，但他的声音却是安德烈的，歌声清晰嘹亮：

起来，工人们，行动起来……

她顺着沙丘旁的大路往前走去，一边手搭凉棚望着儿子。儿子的身影映在蓝蓝的天幕上，显得异常清晰。她不好意思走近巴维尔，因为她怀孕了，而且手里还抱着一个婴儿。她继续往前走。野地里有一群孩子在打球，那球是红色的。婴儿从她怀里向前探着身子，大声哭着要到孩子们那里去。她把乳头塞进他嘴里，转身往回走去。这时沙丘上已站满士兵，端着刺刀对准她。她拔脚就跑，向田野里的教堂跑去。那是一座白色的教堂，高耸入云，仿佛是用云朵砌成的，显得轻飘飘的。教堂里正在举行葬礼，棺材很大，是黑色的，棺盖已封死。可是神父和一名教堂执事都穿着白色法衣，在教堂里走来走去，嘴里唱着：

基督复活啦……

教堂执事摇着手提香炉，向她鞠一躬，笑了笑。他的头发是棕红色的，像萨莫伊洛夫那样，脸上带着愉快的表情。阳光从教堂的圆顶上射下来，一缕缕光线像毛巾一样宽。两旁唱诗班里的小伙子们在低声唱着：

基督复活了……

“把他们抓起来！”忽然间，那个神父在教堂中央站住了，大声喊道。这时他身上的法衣不见了，脸上长出两撇严厉的花白的胡子。大家撒腿就跑。教堂执事也扔掉了手中的香炉，两手抱着头跑掉了，他的样子很像霍霍尔。母亲手里的婴儿掉在地上，就在人们脚旁，逃跑的人们从婴儿身边绕过去，小心翼翼地回头望着赤裸的小身体。母亲跪在地上，向人们喊道：

“不要扔掉孩子！收下他吧……”

这时，霍霍尔把手放在背后，微笑着唱道：

基督复活了……

母亲俯下身来，抱起婴儿，把他放在一辆拉木板的大车上。尼古拉在大车旁慢慢走着，哈哈大笑了一阵，对她说：

“他们让我干这粗活……”

街上泥泞不堪。人们从窗口探出身子，有人在吹口哨，有人在大喊，有人在挥手。天气晴朗，阳光明媚，哪里都见不到阴影。

“唱吧，阿姨！”霍霍尔说，“生活多么美好！”

他说罢就唱起来，歌声压倒了所有的声响。母亲跟着他往前走，忽然，她一脚踩空，飞快地掉进一个无底深渊。她听见这深渊里发出吓人的呼啸声……

她惊醒了，身子还在发抖。好像有一只粗大的手揪住了她的心，恶狠狠地玩弄着，然后又轻轻地挤压着。催人上班的汽笛又吼叫起来，她断定这已是第二遍汽笛了。房间里翻得乱七八糟，一切都挪动了位置，书籍和衣服扔得满地都是，地板也踩脏了。

她起了床，没顾上洗脸和做晨祷，就动手收拾房间，一进厨房，就看见那根断旗杆，她生气地捡起旗杆，要把它扔进炉膛烧了。但她又叹了口气，从旗杆上取下那块残留的红布，仔细把它叠好，放在自己衣袋里，然后拿起旗杆，用膝头把它折成两段，扔到炉台上，接着她又擦窗户，用凉水洗了地板，点着茶炉，穿好了衣服。她刚刚在厨房里的窗户前坐下来，那个问题又浮现在她眼前。

“现在该怎么办？”

这时她才想起还没有做晨祷，就面对圣像站好。站了几秒钟之后，她又坐下来，因为她心里空落落的。

四周静得出奇，大概昨天人们在街上呼喊够了，今天都躲在了家里，在默默思考那不平凡的一天。

她忽然回想起年轻时见到的一幕情景：在查乌赛洛夫老爷家的古老的花园里，有一个大池塘，池塘里长满稠密的睡莲。秋后的一天，天空布满阴云，她从那池塘边走过，看见池塘里有一只小船。这时池水很平静，黑魆魆的水面上漂浮着一片片枯黄的落叶，显示出几分悲凉。那只小船似乎粘在了水面上。池水暗淡无光，孤零零的小船没有船桨，静静地停在漂浮的枯叶中央，令人感到一种深深的无可名状的悲伤气氛。当时她在池边站了很久，一直想着，是什么人把小船从岸边推开的呢？为什么要把它推开呢？当天晚上她就听说，是查乌赛洛夫老爷的管家的妻子投水自尽了，那是一个身材矮小的女人，走路很快，满头黑发总是乱蓬蓬的。

母亲用手摸了摸脸，她的思绪很不稳定，昨天发生的那一幕幕情景又浮现在她眼前。她沉浸在回忆里，坐了很久，两眼呆呆地望着茶碗，其实碗里的茶早凉了。这时，她多么希望能够遇见一个聪明朴实的人，好向他请教许多问题。

午饭后，尼古拉·伊凡诺维奇来了，仿佛故意要满足她的愿望似的。可是母亲一见到他，马上又惶恐不安。还没有顾上回答他的问候，她就低声说：

“哎呀，我的老兄，您真是不该来呀！您太不小心啦！要是给他们发现了，会把您抓走的……”

尼古拉·伊凡诺维奇紧紧地握住她的手，然后扶了扶眼镜，俯下身来在母亲耳边匆匆地说：

“您要知道，我是同巴维尔和安德烈说好的，如果他俩被捕，第二天我就来接您到城里去住。”他的话很亲切，同时也流露出担心，“他们来搜查过吗？”

“搜查过，都搜遍了。这些没良心的家伙，一点羞耻心也没有！”

“他们要羞耻做什么？”尼古拉耸了耸肩说。接着，他解释了接她到城里去住的原因。

尼古拉的话语使她感到亲切的关怀。望着他，她那苍白的脸上露出了笑容。虽然不大明白他讲的那些道理，但她对这人有了信任感，觉得这人特别亲切。

“要是巴沙愿意这么做，”母亲说，“要是我不给您添麻烦……”

尼古拉打断她的话，说：

“这一点您不必担心。我单身一人，姐姐偶尔来一趟。”

“我也不愿闲待着。”母亲若有所思地说。

“您要是愿意，可以找到事做！”尼古拉说。

她以为，尼古拉所说的“找到事做”是同儿子和安德烈那些伙伴们所说的工作分不开的。于是她凑到尼古拉面前，望着他的眼睛问道：

“能找到事做？”

“我单身一人，家务活儿不多……”

“我指的不是家务活儿！”母亲轻声说。

她伤心地叹了口气，感到有些委屈，因为尼古拉不理解她的心思。尼古拉的近视眼带着笑，若有所思地说：

“对了，您要是能见到巴维尔，就问问他，那些需要报纸的农民住什么地方……”

“我认识他们！”母亲高兴地叫起来，“您把这事交给我，我能找到他们，我会把这事办妥的。谁会以为我身上带有违禁品呢？工厂里的传单就是我带进去的，感谢上帝保佑！”

说到这里，她想马上就出发，背上行囊，拄着拐棍，穿过树林和村庄向远方走去。

“亲爱的，您就把这事交给我吧，我求求您！”母亲说，“您让我去哪儿都行，去哪个省都行，所有的路我都能找到！不管是冬天还是夏天，我就四处流浪，就这样干一辈子，这对我来说难道不是一份美差吗？”

当她想象自己成了一个无家可归的流浪者，站在农舍的窗下讨饭时，便禁不住伤心起来。

尼古拉小心翼翼地拿起她的手，用自己温暖的手轻轻抚摩着。然后他看了看表，说：

“这事以后再说吧！”

“亲爱的！”母亲高声说，“孩子是最宝贵的，是我们的亲骨肉，他们不怕坐牢，愿意献出生命，毫不吝惜地牺牲自己，我这做母亲的，还有什么可说的呢？”

尼古拉的脸色有些发白，他亲切地注视着母亲，低声说：

“我头一回听见这样的话……”

“我有什么可说的呢？”母亲悲伤地摇着头，无力地摊了摊手说，“我找不到适当的话来表达母亲的心……”

她站起来，浑身突然充满了力量，激动的话语充塞着她的喉咙，她的头脑微微有些发胀。

“我这些话说出来，很多人听了都会哭的，哪怕他是狠心人，没良心的人……”

尼古拉也站起来，又看了看表。

“就这么说定了，您搬到城里去，住在我家里。”

母亲点点头，没说什么。

“什么时候搬？最好快点！”他恳求道，接着他又温和地说，“再说我也不放心呀，真的！”

她惊奇地望了他一眼，心想，这和他有什么关系呢？尼古拉低下头，脸上带着腼腆的微笑，躬着腰站在她面前。这个近视眼穿一件普通的黑上衣，他的外表同他的为人多么不相称啊……

“您还有钱吗？”他垂下眼帘问道。

“没有了！”

他立刻从衣袋里掏出钱包，打开来递给母亲。

“给，您拿着用吧……”

母亲不由自主地笑了笑，摇着头说：

“真新鲜，一切都变了！连钱也不算什么了。有些人为了钱去出卖灵魂，可是在您看来，钱算不了什么！好像您攒钱是专门为了接济别人似的……”

尼古拉不禁笑起来：

“钱不是什么好东西，有时候它让人很难堪，不论是拿人家的钱，还是给别人钱，心里总是不舒服……”

他紧握着母亲的手，再次请求她：

“您早点搬过来吧！”

说到这里，他像往常一样，悄悄地走了。

送走了尼古拉，母亲心想：

“真是个好人，一点也不吝惜……”

连她自己也弄不明白，她到底是感到不快呢，还是仅仅感到惊奇？

二

尼古拉来访后的第四天，母亲就搬到城里去了。当马车载着她的两只箱子驶出镇子的时候，她回头望了一眼，忽然意识到，她就要永远离开这个地方了。在这里，她度过一生中黑暗而且沉痛的一段时光，开始了充满着痛苦和欢乐的飞快流逝着的新生活。

在这块被煤烟熏黑的土地上，工厂像一只棕红色的大蜘蛛趴在那里，一根根高大的烟囱直插云端。工人们居住的平房紧挨着工厂，一排排低矮的灰色木屋拥挤在沼泽地边上，昏暗的小窗户寒酸地互相张望着。教堂和工厂一样，也是棕红色的，它们高高地耸立在这些小屋之上，只是教堂的钟楼比工厂的烟囱矮一些。母亲叹了口气，解开了紧箍着喉咙的衣领。

“驾！”马车夫不时地挥动缰绳打马，一边低声喊着。这人是个罗圈腿，看不出他有多大岁数，脸上和头上长着稀疏的淡白色须发，眼睛的色泽也很平淡。他走在马车旁边，身子不时地摇晃着，看得出来，不管马车往哪儿走，是向左还是向右，他都无所谓。

“驾！”马车夫无精打采地喊道，他穿一双沾满干泥巴的沉重的皮靴，可笑地拐着两条罗圈腿。母亲四下里瞧了瞧，旷野和她的内心一样空落落的……

那匹马吃力地走在被太阳晒热的厚厚的沙土上，不时沮丧地摇着头。沙土发出轻微的嚓嚓声。破旧的马车好久没有上油，一路上吱吱嘎嘎地响着，这声响随着飞扬的尘土消失在马车后面……

尼古拉·伊凡诺维奇住在城边一条偏僻的街上。他的住所是一座绿色的小厢房，厢房紧挨着一座年久失修的黑魆魆的二层楼房。厢房前面是一座草木繁茂的小花园。花园里长着丁香树、槐树和细小的白杨树，树木的枝叶朝住所的三个窗户亲切地窥探着。房间里安静整洁，树荫在地板上无声地摇晃着，绘出各种花纹图案。靠墙摆着几排书架，书架上摆满了各种书籍。墙上挂着一些神色严厉的人物肖像。

“您住这间屋子好吗？”尼古拉把她领进一个小房间，问道。这间屋子一扇窗子对着花园，另一扇对着长满野草的后院。房间的四面墙根上也摆着书橱和书架。

“最好让我住厨房里！”母亲说，“厨房里又亮堂，又干净……”

她觉得，尼古拉似乎被她的话吓了一跳。他有些难为情，颇为不安地劝了她一番。母亲同意之后，他马上就高兴起来。

这三个房间的气氛也与别处不同，令人感到轻松愉快。不过说话时你会不由自主地压低嗓门，以免妨碍墙上那些神情专注的人物安静的沉思。

“这花该浇水啦！”母亲摸摸窗台上花盆里的泥土，对尼古拉说。

“是啊，是啊！”尼古拉不好意思地说，“我爱花，可又没时间养花……”

母亲仔细打量这位房东，发现尼古拉在自己家里举止也小心翼翼，对周围的一切都很陌生、疏远。他要看什么东西，总是把脸凑上去，然后抬起右手，用细小的手指扶正眼镜，微微眯起眼睛，带着疑问的神色，默默地盯着他要看的东西。有时他把东西拿起来，放在眼前，仔细察看，仿佛他跟母亲一样，也是初次走进这个房间，对这里的一切都很陌生，很不习惯。瞧着他这副模样，母亲也就打消了自己的局促不安，放心地在这间屋子里住下来。她跟在尼古拉身后，留心各种东西摆放的位置，询问他的起居时间。尼古拉答话时总是带有几分歉意，仿佛他知道自己一切都做得不甚得体，可又毫无办法。

浇过花之后，她又把钢琴上散乱的乐谱摆放整齐，然后看看茶炉，对尼古拉说：

“该擦洗了……”

尼古拉伸出手指在发黑的茶炉上抹了一下，又把手指放在鼻尖跟前仔细瞧了瞧。母亲和蔼地笑了。

躺下睡觉时，她又回想这天见到的一切，不禁暗暗吃惊。她从枕头上稍稍抬起头，四下里望了望。有生以来头一回住在别人家里，她并没有感到拘束。想到尼古拉，她很想多关心他，把家里的一切尽量料理得好些，让他享受生活的温暖和亲切。尼古拉的拘谨和那副可笑的笨样引起她的同情，他对日常生活的茫然无知，以及那双明亮的眼睛里流露出的聪明和幼稚，都使她大为感动。后来她的思绪又转到儿子身上，于是“五一”节那天的情景又展现在她眼前。那是一个充满着新的声音、受到新思想鼓舞的日子。那天遭受的痛苦也和那个日子一样，不同寻常。这种痛苦不像往常那样，挨一闷拳，头昏眼花栽倒在地，而是有如乱针穿心，在心中激起无言的愤怒，使人挺直弯曲的脊背。

“普天下的孩子们都行动起来。”母亲心想。这时她仔细听听这陌生的城市里夜间发出的各种声响：喧闹声从远方传来，显得疲惫无力，懒洋洋的，伴着花园里簌簌的树叶声飘进敞开的窗户，然后悄悄地消失在房间里。

次日早晨，她擦洗好茶炉，烧好茶水，又准备好餐具，没弄出一点声响，然后就坐在厨房里，等候尼古拉醒来。直到传来尼古拉的咳嗽声，紧接着尼古拉走了进来，一手拿着眼镜，另一只手捂着喉咙。母亲回答了他的问候，就把茶炉端进房间。尼古拉开始刷牙，溅得满地是水，肥皂和牙刷都掉在了地上，他哼哧几下鼻子，对自己表示不满。

喝早茶的时候，尼古拉对她说：

“我近来在地方自治局找了一份工作，说来可悲得很，就是观察我们的农民怎样破产……”

说到这里，他负疚地笑了笑，又说：

“农民们饿得虚弱不堪，早早地就死了。孩子们生下来就营养不良，像秋后的苍蝇似的，很快就死了。这些情况我们全知道，对发生这些不幸的原因也很清楚。我们的工作就是研究这些原因，凭这个领薪水。可是弄清了原因又怎么样呢，老实说，毫无结果……”

“您原来是干什么的，是大学生？”母亲问道。

“不，我是教师。我父亲是维亚特卡城一家工厂的厂主，我却当了教师。但是，在乡下我向农民们散发禁书，就为这件事，我被抓去坐了牢。出狱后在一家书店里当店员，可是因为办事不小心，再次进了监狱。后来被流放到阿尔汉格尔斯克。在那里，我又多次得罪省长，又被流放到白海岸边的一个小村庄，在那里住了五年。”

房间里很亮堂，充满了阳光。尼古拉平静地讲述着自己的经历，语气很安详。类似的经历母亲听到不少，但她一直弄不明白，为什么他们讲述自己的遭遇时总是这么平静。在他们看来，这种事似乎是不可避免的。

“今天姐姐要来看我！”尼古拉说。

“她出嫁了吗？”

“是个寡妇。姐夫被流放到西伯利亚，又从那里逃出来，两年前患肺病死在国外……”

“她比您大几岁？”

“比我大六岁。有很多事情都是她帮助我做的。她的钢琴弹得很好，您可以听一听！这是她的钢琴……这里的东西多半是她的。我只有这些书……”

“她住在什么地方？”

“她哪儿都能住！”尼古拉笑着说，“哪里需要勇敢的人，她就到哪里去。”

“也是做这种事？”母亲又问。

“当然！”他说。

他很快就上班去了。母亲还在想着“这种事”。许多人都在做这种事，他们日复一日顽强地工作着，沉着镇静。她感到，与他们相比，自己是何等渺小。

快到中午的时候，来了一位穿黑衣的太太，这位太太个子很高，很苗条。母亲开门让她进来，她把一只黄色的小皮箱扔在地板上，连忙握住弗拉索娃的手问道：

“您就是巴维尔·米哈伊洛维奇的妈妈，对吗？”

“是的。”母亲见她穿着华贵的衣服，不好意思地答道。

“我想象您就是这个样子！弟弟在信中提到过，说您要搬到这里来住。”太太说着在镜子跟前摘下帽子，“我同您儿子巴维尔是老朋友啦，他常谈起您。”

她说话很慢，嗓子有些嘶哑，但她的举止却很敏捷。她的眼睛是灰色的，眼睛很大，常带着笑意，显得年轻开朗，但她的眼角旁已有许多细小的皱纹，耳朵上方露出一绺绺银白色的鬓发。

“我想吃点东西！”她说，“最好能喝一杯咖啡……”

“我这就去煮！”母亲说罢就从橱柜里取出咖啡壶，然后低声问：

“巴沙向你提到过我？”

“常提到您……”

她说着掏出一只小巧玲珑的皮烟盒，点着一支烟，踱着步问道：

“您常常为他担惊受怕吧？”

望着咖啡壶下酒精灯颤动着蓝莹莹的火苗，母亲轻轻地笑着。在这位太太面前，她感到由衷地高兴，起初那种拘束感马上消失了。

“这孩子常常谈到我，真是我的好儿子！”母亲心想，于是她也慢条斯理地说："当然，是担惊受怕，以前更叫人担心呢。不过现在我知道了，他还有不少伙伴……"

说到这里，她望着太太的脸，问道：

"您叫什么名字？"

"索菲娅！"太太答道。

母亲敏锐的目光在她身上打量着。她发现这个女人有一种豪放的气概，显得过于泼辣，还有点毛躁。

索菲娅急匆匆地呷着咖啡，满怀信心地说：

"主要的是不能让他们在监狱里关得太久，要让他们争取早些判决！只要把他们判了流放，我们马上就设法让您儿子从流放地逃回来。这里离不开他。"

母亲疑惑地望了望索菲娅。索菲娅东张西望，看看把烟蒂扔在什么地方，最后把它插在花盆的泥土里。

"这样花会死掉的。"母亲随口说。

"请原谅！"索菲娅说，"尼古拉也总提醒我！"她说着从花盆里拔出烟蒂，从窗口扔了出去。

母亲不安地望了望她的脸，抱歉地说：

"真对不起！我就这么一说，没过脑子，我怎么敢教训您呢？"

"我这么邋遢，为什么不能教训呢？"索菲娅耸了耸肩说，"咖啡煮好了吗？谢谢！为什么只摆一只杯子？您不喝？"

索菲娅忽然抱住母亲的肩膀，把她拉过来，望着她的眼睛，吃惊地问：

"难道您不好意思？"

母亲笑着说：

"刚才为烟头的事，我已经说过您了，您现在还说我不好意思！"

接着，母亲并不掩饰自己的惊奇，用探问的口气说：

"昨天来到您家，就像回到自己家里一样，一点也不怯生，想说什么就说什么……”

“这就对啦！”索菲娅高声说。

“我有些晕头转向了，跟过去相比，我好像换了一个人似的，”母亲继续说下去，“过去不敢跟人说心里话，总要绕半天弯子，最后才把心里话说出来。现在可痛快了，直来直去，过去连想也不敢想的，现在随口就说出来……”

索菲娅又点着一支烟，不再说话，那双灰眼睛亲切地望着母亲的脸。

“您说设法让他逃回来？可是一个逃跑的犯人，在这里怎么居住呢？”母亲对这个问题很担心。

“这好办！”索菲娅说着又给自己倒了一杯咖啡，“可以居住，这里逃亡的人有几十个呢……我刚接待过一个人，把他送走了，是个很有价值的人。判了五年流放，而他只在流放地住了三个半月……”

母亲注视了她一眼，然后笑了笑，摇摇头小声说：

“不，您知道，‘五一’节这一天就把我折磨坏了！我心里很不舒服，就好像同时走在两条路上，一会儿觉得自己什么都明白，可是一会儿又糊涂了，好像一下子掉进云雾里。现在我看到，像您这样尊贵的太太也在做这种事……您认识巴沙，又那么看重他，真该谢谢您……”

“哎，应该感谢您才是！”索菲娅笑了。

“我算什么？我也没有教他做这些事！”母亲叹了口气说。

索菲娅把烟蒂放在自己的茶碟里，把头一甩，一缕缕浓密的金发披散在她肩后，她对母亲说：

“好了，我该脱掉这身华贵的衣服了……”

说到这里，她就走开了。

三

这天傍晚，尼古拉回来了。三人一同吃晚饭。吃饭时，索菲娅讲起那个从流放地逃回来的人，她边说边笑，讲她怎样接待他，然后又把他藏起来，讲那个逃亡者表现得如何可笑。他害怕碰上密探，结果把所有的人都当成了密探。母亲觉得，她的口气好像很得意，像一个喜欢吹牛的工人，在夸耀自己如何出色地完成了一项艰巨的任务。

这时，索菲娅穿一件银灰色的宽大的薄连衣裙，个子显得高一些，眼睛似乎变成深灰色，举止显得稳重一些。

“索菲娅，有件事情还得你去做，”晚饭后，尼古拉对她说，“你知道，我们打算办一份供乡下人看的报纸，可是因为最近多次搜捕，同乡下的联系中断了。现在，只有佩拉格娅·尼洛夫娜知道怎样找到负责散发这些报纸的人。你跟她去一趟吧。事不宜迟。”

“好的！”索菲娅抽了一口烟说，“我们去一趟吧，佩拉格娅·尼洛夫娜？”

“行，咱们去一趟……”

“远吗？”

“八十俄里左右……”

“好极了！……现在我想弹一会琴。佩拉格娅·尼洛夫娜，听听音乐您不反对吧？”

“您不必问我，只当我不在这里！”母亲说着，在长沙发角上坐下。她发现，姐弟俩似乎不再注意她，结果她还是不知不觉地被他们吸引过去，情不自禁地参与他们的谈话。

“你听，尼古拉，这是格里格的乐曲。我今天刚拿来的……请关上窗户。”

她打开乐谱，左手轻轻地敲打一下琴键。钢琴发出圆润浑厚的音响。接着，又出现一段华丽的旋律，仿佛有人在深深地叹息。她的右手在琴键上飞舞着，奏出一段清脆的高音，异常明快的旋律犹如一群受惊的鸟儿，忽而冲天而起，在隐隐约约的低音衬托之下，拍打着翅膀，上下翻飞着。

母亲听着琴声，起初并没有被打动，她只听见一阵阵杂乱音响。她的听觉辨别不出这复杂曲折的乐曲的美妙之处。她好像在打瞌睡，一会儿抬眼望望盘腿坐在长沙发另一头的尼古拉，一会儿望望索菲娅严厉的侧影和她那浓密的金发。温暖的阳光起初照在索菲娅头上和肩上，然后落在钢琴的键盘上，在她的手指下晃动着。音乐在整个房间里回荡，渐渐地打动了母亲的心。

不知为什么，她忽然想起往昔暗无天日的生活中一桩屈辱的往事。这件事本来早已忘却了，现在却异常清晰地浮现在她面前。

一天夜里，她那当时还未过世的丈夫从外面回来，喝得烂醉，他揪住她的胳膊，把她从床上拖下来，在她腰里踢了一脚，说：

“滚出去，贱货，你让我讨厌了！”

为了免遭毒打，她连忙抱起两岁的儿子，跪在地上，用儿子的身体护住自己。孩子没穿衣服，热乎乎的身子在她怀里挣扎着，吓得哇哇直叫。

“快滚！”米哈伊尔吼叫着。

她急忙站起来，冲进厨房，拿起一件上衣披在肩上，又急忙用围巾包住孩子，然后悄悄地走了出去。她光着脚在街上走着，既不叫喊，也不抱怨，只穿一件衬衫，披着一件上衣。那是在五月里，夜里还很冷，走在布满尘土的街道上，脚下凉丝丝的，尘土塞满了她的脚趾缝。孩子在她怀里挣扎着，哭叫着。她解开衣服，让孩子紧贴在她胸前，沿着大街继续向前走去，她心里害怕，一边往前走，一边低声哄孩子：

“噢——噢——噢……噢——噢——噢！”

这时天快亮了。她心里又害怕又羞愧，生怕万一有人从家里走出来，会看见她下身没穿衣服。她朝沼泽地走去，走进一片稠密的小白杨树林，在地上坐下来。就这样，她在夜色笼罩的小树林里坐了很久，睁大眼睛呆呆地望着黑暗的夜色。孩子已经入睡，她还在噢噢地哼着，哄着他快睡觉，同时也在安慰着自己饱受欺凌的心……

她坐在那里，有那么一分钟，忽然有一只黑色的鸟儿悄悄从她头顶上掠过，然后向远方飞去。那鸟儿惊醒了她，她站起身来，冻得浑身发抖，她只有胆战心惊地走回家去。她知道，回到家里还要遭受毒打和侮辱……

这时乐曲已经弹奏到结尾部分，深沉的和弦发出冷漠的叹息声，然后就静下来。

索菲娅转过身来，低声问尼古拉：

“喜欢吗？”

“非常喜欢！”尼古拉说着身子颤抖了一下，如梦初醒，“非常喜欢……”

往事的回忆像回声似的，还在母亲心中回响着。这时，她心中不知怎么忽然又冒出一个念头：

“瞧，这些人多好啊，日子过得和和美美，从不吵架，不发酒疯，也不会为了一片面包去生气……不像那些穷苦人……”

索菲娅在抽烟。她烟瘾大，几乎是一支接一支地抽着。

“这是科斯佳生前爱听的乐曲！”她急急地吸了一口烟，说道。接着她又弹奏出低沉悲伤的和音。“我特别喜欢给他弹奏。他是一个敏感的人，对什么都会动情，他感情太丰富啦……”

“她大概在怀念丈夫，”母亲心想，“瞧她那笑眯眯的样子……”

“他给了我多少幸福啊……”索菲娅自言自语，思绪随着轻快的琴声飞舞着，“他知道该怎样生活……”

“是啊！”尼古拉捋着胡子说，“他善解人意！……”

索菲娅把刚点燃的烟卷扔到一旁，转过身来问母亲：

“我弹这些东西不妨碍您吧？”

母亲听了她的问话，心里有些不快，连忙答道：

“您不要问我，我什么也不懂。我坐在这里听着，心里在想别的事……”

“不对，您懂！”索菲娅说，“女人怎能不懂音乐呢，尤其是在她伤感的时候……”

索菲娅用力敲打了一下琴键，钢琴立刻发出一声尖叫，仿佛某人听到一个可怕的消息，忽然受到惊吓，发出这惊心动魄的呼喊似的。接着是一些年轻人的声音，好像是害怕似的，颤抖着，马上就慌慌张张地向远处跑去；接着又响起一个刺耳的声音，带着愤怒，镇压了各种响声。大概是发生了某种不幸，但它引起的不是哀怨，而是愤怒。后来仿佛出现一个坚强的人，声音和蔼可亲，他唱一支朴素而优美的歌儿，劝人们不必愤怒，要人们跟他走。

母亲听到这里，心中充满了渴望，她很想对这些人说几句感谢的话。音乐使她感到兴奋，她微笑着，感觉自己有能力为这姐弟两人做些有用的事。

她抬起头来四下里瞧了瞧，看看需要做什么事，于是她就悄悄地到厨房烧茶去了。

烧好了茶，她仍旧想对这姐弟两人说说心里的话。倒茶的时候，她不好意思地笑着，好像要用些温暖亲切的话语来安慰自己，同时使这姐弟两人也得到安慰，她说：

“我们穷苦人什么都明白，可就是说不出来，这也真叫人难为情。你看，心里明白了，可就是说不出来。因为难为情，我们还常常感到苦恼，恼恨自己不该胡思乱想，为了生活四处碰钉子，受尽了压迫，有时很想喘口气，歇一歇，可是这种种想法老是缠着你，让人不得安宁。”

尼古拉一边听着母亲谈话，一边在擦拭着他的眼镜。索菲娅望着母亲，一双大眼睛不时地闪动着，忘了去吸那支快要熄灭的烟卷。她侧身坐在钢琴前，面对着尼古拉，右手偶尔在琴键上轻轻弹奏着。和谐的琴声悄悄地为母亲伴奏着，母亲的话语朴素、真诚、急切地倾吐着自己的感受。

“现在总算好些了，我也能说说自己的事。说说别人的事，因为现在我心里明白了，能够比较了。过去糊里糊涂过日子，也没有什么可对比的。往常我们大家日子过得都一样。现在我看到别人过着另外一种生活，回想自己过去的生活，我就特别伤心、难受！”

她压低嗓门说下去：

“有些话也许是我瞎说，也许压根儿不该说这些话，因为你们什么都明白……”

听她的声音好像在哭诉，但她的眼睛却带着微笑。她说：

“我真想把我的心掏给你们，好让你们看一看，我是打心眼儿里希望你们过得好，得到幸福！”

“这些我们都知道！”尼古拉低声说。

说到这里，母亲觉得还没有把话说完，她又给他们讲起一些往事。在她看来，这些事情不仅新鲜，而且是极为重要的。她谈到自己屈辱的生活和遭受的苦难，但她的语气是和善的，唇边挂着一丝惋惜的苦笑。她回顾那些暗无天日的悲伤的岁月，谈到自己一次次遭受丈夫毒打。她感到奇怪的是，她每次挨打都是因为一点微不足道的小事，而且每次她都默默地忍受着，不会逃避那种毒打……

尼古拉和索菲娅默默地听着，这个女人的平凡经历使他们深为感动。别人不把她当人看待，而她长期以来也默默地忍受着，毫无怨言。她仿佛讲述了成千上万人的生活经历，她的生活看似平凡、单调，但世界上有千千万万的人，过着这种平凡而单调的生活，可见她的经历具有象征意义。尼古拉把胳膊支撑在桌子上，两手抱着头，身子纹丝不动，眯起眼睛透过镜片注视着母亲。索菲娅靠在椅背上，身子偶尔颤动一下，否定地摇摇头。这时她不再抽烟，脸孔显得更加消瘦、苍白。

“有一回，我感觉自己特别倒霉，我觉得自己的生活特别坎坷。”索菲娅低下头轻声说，“那时我遭到流放，住在一个小县城里。我一个人闲待着，头脑空空，就思索自己的事情。因为无事可做，我就回顾了自己所遭受的种种不幸，反复琢磨着。比如说，我本来是爱父亲的，却和他吵架翻脸不相认，后来被学校开除了，受尽屈辱，后来又被捕入狱，一个很要好的同志出卖了我。之后丈夫被捕，再次入狱和流放，最后被病魔夺走生命。当时我便觉得自己是世界上最不幸的人。可是现在看来，我的全部不幸加在一起，再加重十倍，也抵不上您在一个月内所受的苦，佩格拉娅·尼洛夫娜……您长年累月天天受苦……人哪儿有力量忍受这种苦难呢？”

“会慢慢习惯的！”母亲叹了口气说。

“过去我自以为了解人们的生活，”尼古拉若有所思地说，“可是当我真正接触到生活本身，就像现在，不再是从书本上了解生活，不再是凭自己的点滴印象，我才发觉人们的生活极端可怕！生活中的一切都是可怕的，就连一些细小的、微不足道的事情也很可怕，而生活也正是由这些可怕的琐事积累起来的，日积月累……”

谈话在继续，并且越谈越深，涉及穷苦人生活的方方面面。母亲回顾以往的岁月，列举她有生以来所经常遭受的种种屈辱，勾画出一幅充满了无声恐惧的可怕的图景，而她的青春岁月就是在这种无声的恐惧中度过的。最后她说：

“哎呀，我说得太多了，你们也听腻了，该休息了。这些事情不是一下子能说完的……”

姐弟俩默默地送她回房安歇。母亲感到，尼古拉向她鞠躬时似乎比往常更恭敬了，握手也更加有力。索菲娅送她到房门口，停下来低声说：

“您歇息吧，晚安！”

她的声音洋溢着温情，她那双灰色的眼睛亲切地望着母亲的脸……

母亲紧握着索菲娅的手，答道：

“谢谢您！……”

四

过了几天，母亲和索菲娅打扮成贫苦市民来见尼古拉。她俩都穿着破旧的印花布连衣裙和短上衣，背着挎包，手里拿着拐棍。索菲娅穿着这种衣服个子显得矮一些，苍白的脸显得更严厉了。

尼古拉同姐姐告别时，只是紧紧地握了握她的手。母亲再次发现这姐弟两人相处得朴素自然。他们不亲吻，也不说亲热的话，彼此之间却很真挚、关切。在她居住的镇子上，人们喜欢亲吻，表面上说话十足亲昵，可是打起架来又总是像疯狗似的狠命地撕咬。

母亲和索菲娅默默地走着，穿街过巷，来到城外的旷野上，然后肩并肩地沿着一条宽阔的驿道向前走去。道路坎坷不平，路旁长着两排老白桦树。

“您累了吧？”母亲问索菲娅。

“您以为我很少走路？这对我来说是常事……”

索菲娅兴致勃勃地向母亲讲起她的革命活动，像夸耀儿童时代的恶作剧似的。为了逃避暗探搜捕，她曾经改名换姓，使用假身份证，化装，有时带着许多禁书到各个城市去散发，有时帮助被流放的同志们逃跑，并护送他们到国外去。她的住所曾是秘密印刷所。有一次，宪兵们发现了他们的活动，前来搜查，她在宪兵们到来之前的一分钟之内化装成女仆，在家门口和宪兵相遇，然后从容不迫地走出去。那是在冬天，她没有穿外套，头上系一条薄头巾，提着打煤油用的铁盒子，冒着刺骨的严寒穿过城市的大街小巷。还有一次，她到一个陌生的城市去做秘密联络，刚刚登上朋友住所的楼梯，就发现这所住宅正在遭受搜查，转身逃走已来不及了。这时她大胆地按了楼下一家住户的门铃，提着箱子走进了这个陌生人家，坦率地向他们解释了自己的困难处境。

"如果你们愿意，随时可以出卖我。但我相信你们不会这么做。"她满怀信心地说。

这家人吓坏了，一整夜没有睡觉，随时等待宪兵们前来敲门，但他们最终也没有出卖她，第二天早晨，还和她一起嘲笑那些愚蠢的宪兵。还有一次，她装扮成一个修女，追踪她的一名暗探跟她坐在同一节车厢里的同一排座位上，居然没有认出她，还向她吹嘘自己如何机智，讲述他如何追踪人。他坚信她坐在这趟车的二等车厢里，所以火车每到一站他就到站台上去看看，回来对索菲娅说：

"没看见，她一定是睡觉了。他们这种人也会累的。他们的生活跟我们一样，也很苦！"

母亲听她讲这些故事，不住地发出笑声，一面用那双和蔼的眼睛打量着她。索菲娅个子很高，瘦瘦的，两腿很匀称，走起路来敏捷而又坚定。索菲娅是个性情开朗、大胆泼辣的女子，她的步态、谈吐，她那略为嘶哑却充满朝气的嗓音以及她那苗条的身材，都时时流露出热情、健美以及快乐和勇气。在她看来，一切都充满着青春朝气。她到处都能看到充满青春欢乐的令人兴奋的东西。

"快看，那棵松树多好看啊！"索菲娅指着路旁一棵树，高声对母亲说。母亲停下来仔细瞧瞧，其实这松树长得并不高，枝叶也不比别的树木茂密。

“是棵好树！”母亲笑了笑答道。这时她看见索菲娅的鬓发已经花白，它们被风吹拂着轻轻飘动。

“那是一只云雀！”索菲娅那双灰色的眼睛立刻闪现出柔和的光芒，她的身子仿佛要飞起来，去迎接那只在晴朗的高空中啼叫的看不见的小鸟。有时她灵活地俯下身子，去采摘一朵野花，然后用她那纤细灵巧的手指轻轻触摸着，爱抚着，欣赏着颤抖的花瓣。有时，她低声唱起歌来，歌声优美动听。

这一切使得母亲的心同索菲娅更贴近了。母亲不由自主地靠索菲娅近一些，紧跟着她，尽量做到步调一致。不过，索菲娅有时说话相当严厉，有时会突然冒出一些个刺耳的字眼，母亲觉得她完全不需要那么说，于是不免有些担心，心想：

“米哈伊洛大概不会喜欢她……”

可是过了一会儿，索菲娅又改换了语气，变得和蔼可亲。这时母亲也笑了，慈祥地望着她的眼睛。

“您还很年轻啊！”母亲叹了口气说。

“哎，我三十二岁啦！”索菲娅高声说。

母亲微微一笑。

“我指的不是这个，看您的面相，还以为您年岁更大呢。可是仔细看看您的眼睛，听听您的声音，就会感到惊奇，您还像个年轻姑娘呢。您的生活很不稳定，艰苦，危险，可您心里总是乐呵呵的。”

“我并不觉得生活艰苦，我觉得再没有比这更好更有意义的生活了……以后我称呼您尼洛夫娜吧，叫您佩拉格娅不合适。”

“您怎么叫都行！”母亲若有所思地说，“您喜欢怎么叫就怎么叫吧。我一直留心观察您，注意听您说话，心里琢磨着。我发现您很会体贴人，会揣摩人心里想些什么，这使我感到高兴。在您面前，人们会把心里话统统讲出来，既不胆怯，也不顾虑什么，自然而然地把心交给您。我考虑过了，知道你们这些人很不简单，你们能战胜生活中的邪恶，一定能战胜！”

“我们会战胜的，因为我们有广大的工人群众！”索菲娅信心十足地大声说，“工人群众有无穷的潜力，有了工人群众，我们就能无往而不胜！但是必须激发他们尽快觉醒，目前他们还处在蒙昧之中……”

听了索菲娅一番话，母亲心里萌生出一种复杂的情绪。不知为什么，她有些可怜索菲娅，这种可怜是善意的，包含着疼爱，同时她又希望索菲娅说点别的，说些家常话。

“你们付出这些劳动，有谁奖赏你们呢？”母亲轻声问道，语气中流露出悲伤。

“我们已经得到奖赏了。是生活本身给我们的奖赏。这种生活使我们感到满足，我们的精神很充实，对生活充满信心。除此之外还能有什么要求呢？”

母亲望了她一眼，低下头，又想道：“米哈伊洛大概不会喜欢她……”

她们从容不迫地走着，步子轻快，尽情呼吸着甜蜜的空气。母亲觉得自己现在好像去朝圣。此刻，她回忆起童年时代，她常常离开村子到远方的修道院去朝拜显灵的圣像，那种快乐的心情使她终身难忘。

索菲娅有时低声唱起歌儿。这些歌曲是歌颂天空和爱情的，她唱得很优美。有时她忽然朗诵起赞美田野、森林和伏尔加河的诗篇。母亲微笑着，听着，不由自主地轻轻点着头，合着诗歌的节奏，陶醉在优美的诗意之中。

此刻，她仿佛在一个夏天的夜晚，在一个古老的小花园里漫步，心里热乎乎的，充满着宁静和遐思。

五

她们是第三天来到乡村的。在村头，母亲向一个正在田里干活的农民打听了木焦油工厂的位置，然后她们沿着一条陡峭的林间小道走下去（粗大的树根横在小道上，像阶梯似的），很快就来到一片圆圆的林中空地上。这里堆着木炭和沾着木焦油的碎木片。

“终于找到了！”母亲不安地四下打量着说。

雷宾正坐在用木板和树枝搭起的窝棚外面吃午饭。桌子是用三块没有刨平的木板拼凑的，下面用几根埋在土里的木桩支撑着。他全身黑黢黢的，穿一件衬衫，敞着怀。同桌吃饭的除叶菲姆以外，还有两个年轻小伙子。雷宾第一个发现了她们，他手搭凉棚眺望着，默默地等待着。

“您好啊，米哈伊洛老兄！”母亲离老远就喊起来。

雷宾站起来，不慌不忙地迎上去。他认出了母亲，就停下脚步，笑嘻嘻地捋了捋大胡子。他的手也是黑黢黢的。

“我们这是去朝圣！”母亲走过来，说道，“想顺便看望一下您老兄！这是我的同伴，她叫安娜……”

母亲撒了个谎儿，自以为很得意，斜眼望了望索菲娅那副严肃认真的面孔。

“你好！”雷宾说着笑了笑，面色有些阴郁。他握了握母亲的手，向索菲娅点头致意，又说：“不要说谎嘛。这不是在城里，在这里用不着说谎。全是自己人……”

坐在桌前的叶菲姆，机灵地瞅着两个朝圣的女人，一边跟同伴们低声说着什么。等到两个女人来到桌前，他便站起来，默默地向她们鞠了一躬。那两个小伙子坐着没有动弹，好像没看见客人。

“我们这些人像修士，过着与世隔绝的生活！”雷宾轻轻拍了拍母亲的肩膀说，“谁也不到我们这里来。老板不在村子里，老板娘生病住进医院，只好由我来充当管家啦。快请坐吧。饿了吧？叶菲姆，快拿牛奶来！”

叶菲姆不慌不忙地朝窝棚里走去。母亲和索菲娅从肩上取下挎包。那个瘦高个儿小伙子站起身来，走过来给她们帮忙。另一个留长发的矮个小伙子没有动弹，双肘支撑在桌子上，沉思地望着她们，时而搔搔头发，低声哼着歌曲。

木焦油散发出呛人的气味，夹杂着腐烂的树叶的臭味，熏得人头晕。

“他叫雅科夫，”雷宾指着高个儿小伙子说，“那位叫伊格纳季。对啦，你儿子怎么样？”

“他在坐牢！”母亲叹气说。

“又坐牢啦？”雷宾吃惊地说，“他喜欢坐牢还是怎么的……”

伊格纳季不再哼歌曲。雅科夫接过母亲手中的拐棍，对她说：

“快坐吧！……”

“您老站着做什么？快坐下吧！”雷宾对索菲娅说。索菲娅没说什么，默默地在一段木头上坐下，仔细望了望雷宾。

“什么时候被捕的？”雷宾在母亲对面坐下来，问道。接着，他又摇了摇头，高声说：“你真倒霉啊，尼洛夫娜！”

“没事儿！”母亲答道。

“怎么？你会挺得住？”

“不是我挺得住，而是我知道不这么做不行啊！”

“那好，”雷宾说，“那你就说说吧……”

叶菲姆拿来一罐牛奶，从桌上拿一只茶碗，用水涮了涮，倒了一碗牛奶，放在索菲娅面前，同时注意听母亲在说些什么。他走路和倒牛奶都格外小心，不发出一点声响。母亲把事情的经过简要说了一遍，大家听了都沉默不语。在最初的一分钟，彼此之间谁也不看谁。伊格纳季坐在桌旁，用指甲在木板上画了一幅图案。叶菲姆站在雷宾身后，双肘支在雷宾肩上。雅科夫倚在一棵树上，两手抱在胸前，低垂着头。索菲娅紧锁双眉，打量着这些农民……

“好啊！”雷宾拉长声音，阴郁地说，“原来是这样，公开游行！”

“要是我们也组织一次这样的游行，”叶菲姆说着苦笑了一下，“农民们会打死我们！”

“的确如此！”伊格纳季点点头说，“算啦，我到工厂里做工去，那里比乡下好……”

“照你这么说，他们会审判巴维尔？”雷宾问道，“那么你听说了吗，他们会怎样处罚他呢？”

“罚他做苦役，或者终身流放西伯利亚……”母亲低声答道。

三个年轻人立刻抬眼望了望母亲，雷宾垂下头，迟疑地问道：

“他策划这件事的时候，知道自己面临什么样的危险吗？”

“他知道！”索菲娅高声说。

大家都不作声了，安静地坐在那里，纹丝不动，仿佛在沉思默想的时候被冻僵了似的。

“是的！”雷宾严厉而又郑重地说下去，“我也认为他是知道的。他是个很认真的人，不经过反复考虑，他是不会去做的。喂，伙计们，看见了吧？人家明知干这种事要挨刺刀，要服苦役，可还是要去干。就是亲妈躺在路上拦住他，他也会跨过去。尼洛夫娜，他会从你身上跨过去吗？”

“他会这么做的！”母亲哆嗦了一下说，然后朝四下里瞧了瞧，重重地叹了口气。索菲娅默默地抚摩着她的手，并且紧皱双眉，狠狠地盯了雷宾一眼。

“这才像个人样儿！”雷宾低声说，然后用那双深色的眼睛扫了扫大家。在场的六个人又沉默了。一束金色的阳光像彩带似的悬挂在空中。一只乌鸦在附近不住地叫着。母亲不时地东张西望，她想起“五一”节那天发生的事情，心里乱糟糟的，想到儿子和安德烈，就更加伤心了。在这片不大的林间空地上，杂乱无章地堆放着木焦油桶和连根刨出的树墩。橡树和白桦树紧紧地把这片空地包围起来，仿佛在悄悄地从四面八方向空地中央推进。四周一片沉寂，凝然不动的树木在地面上投下一片片温暖的阴影。

雅科夫忽然离开他倚着的树干，走到一旁，停下来，猛然抬起头来，厉声问道：

“我和叶菲姆去当兵，就是去对付这些人吗？”

“你以为是去对付谁？”雷宾沉下脸反问道，“他们要我们自相残杀，这是他们的诡计！”

“我反正是要去当兵的！”叶菲姆固执地低声说。

“谁说不让你去当兵啦？”伊格纳季高声说，“你走吧！”

说到这里，他两眼紧盯着叶菲姆，冷笑说：

“只是到了那时候，你要瞄准我的脑袋开枪，不要把我打成残废，要一枪打死我！”

“这种话我听腻了！”叶菲姆尖声叫道。

“别着急嘛，伙计们！”雷宾审视着他们，缓缓地抬起一只手，劝解说：“你们看看这位妇女！”他指着母亲说，“现在她儿子很可能没什么希望了……”

“你说这些做什么？”母亲伤心地低声说。

“应当说！”雷宾沉着脸答道，“要让他们知道，不能让你的心血白白耗费了。结果怎么样呢，她被这一切吓倒了吗？尼洛夫娜，那些书你带来了吗？”

母亲望了他一眼，沉默片刻，答道：

“带来了……”

“好的！”雷宾一拍桌子，兴奋地说，“我看见你来了，心里马上就明白了。要不是为了这事，你来这里做什么？你们都看见了吧？儿子被打倒了，母亲就站到他的队伍里来！”

说到这里，他气势汹汹地挥舞着手臂，做出示威的样子，骂了几句脏话。

雷宾的叫骂使得母亲大为吃惊。母亲望着他的脸，发觉他明显地变了，脸上消瘦了许多，胡子没有修饰，长短不齐的大胡子下面露出了颧骨。淡蓝色的眼白上布满血丝，大概很久没睡好觉了。鼻梁骨更瘦了，鼻尖凶狠地向下弯着。衬衣本来是红色的，却给木焦油染成了黑色，敞开的衣领露出干巴巴的锁骨和胸前浓密的黑毛。现在他整个人显得更加阴沉、沮丧。布满血丝的眼睛闪烁着严厉的光芒，黢黑的脸显得怒冲冲的。这时索菲娅面色苍白，一声不响地望着这些农民。伊格纳季不时地摇晃着脑袋，眼睛微眯着。雅科夫又回到窝棚前面，一副愤愤不平的样子，他用乌黑的手指剥着木板条上的树皮。叶菲姆在母亲身后的桌旁缓缓地踱步。

“不久前，”雷宾接着说下去，“一位地方长官把我叫去了，对我说：‘混账东西，你对神父说了些什么？’我回答说：‘为什么骂我是混账东西？我凭自己的本事吃饭，从来没干过坑害人的事！’他火了，恶狠狠地打了我一个嘴巴……还关了我三天禁闭。你们就这样跟老百姓谈话，是吗?！魔鬼，我饶不了你！我也许不会报复你，但别人肯定会替我报仇的，你逃掉了，就报复你的子女，你要记住！你用凶狠的铁爪撕开老百姓的胸膛，在他们心里播种邪恶。老百姓饶不了你们，魔鬼们！”

他压抑不住满腔的愤恨，暴怒的声音颤抖着。母亲听了吓一跳。

“我对神父说了些什么呢？”他平静了一些，又说，“那天刚开过村民大会，神父坐在街上和一些农民谈话。他说，平民百姓好比牛羊，一刻也离不开牧人。我开玩笑说：‘要是任命狐狸到森林里去当总督，那么森林里就会出现许多羽毛，也就不会有鸟儿啦！’神父斜眼看着我，又说，教民们应该忍耐，应该多祈求上帝，求上帝赐予他们力量，以便更好地忍受。我对他说，教民们祈祷得太多啦，大概上帝没工夫听，也就听不见啦！他就缠住我，问我念哪些祷文，我说，我和所有教民一样，终身都念这样的祷文：‘上帝啊，请教会我们给地主老爷搬运砖头，吃石头，吐劈柴吧！’他没有让我把话说完。您是贵族吧？”雷宾突然把话头一转，问索菲娅。

“为什么说我是贵族？”索菲娅没料到他会提这样的问题，身子哆嗦一下，急急地反问道。

“为什么！”雷宾冷笑道，“这是命运，生来如此！您以为，扎一条印花布头巾，就能隐藏贵族的罪恶，外人就看不见啦？神父就是披上破麻袋片，我们也能认出来。您刚才把胳膊放在桌上，沾了点水，您就打哆嗦，皱眉头。您的身子直挺挺的，不像干粗活的人……”

母亲怕他语气粗鲁、冷嘲热讽伤害了索菲娅，连忙严厉地说：

“她是我的同伴，米哈伊洛·伊凡内奇，她可是个好人，为了这些工作她累白了头。你不要太……”

雷宾重重地叹了口气：

“难道我说伤人的话了？”

索菲娅看了他一眼，冷冷地问道：

“您有什么话要对我说吗？”

“我？是的！前些天，这里新来了一个小伙子，是雅科夫的表兄，身体有病，患了肺痨。可以把他叫来吗？”

“当然可以，去叫他吧！”索菲娅说。

雷宾眯起眼睛望了望她，然后压低嗓门说：

“叶菲姆，你去找他吧。叫他天黑之后到这里来。”

叶菲姆戴上帽子，一声不响，对谁也不瞧一眼，便不慌不忙地进了树林。雷宾朝他的背影点点头，低声说：

“他正苦恼呢！他和雅科夫都得去服兵役。雅科夫明确表示不能去。其实他叶菲姆也不能去，但他却很想去……他以为到军队里可以鼓动士兵暴动。我认为，这是拿鸡蛋去碰石头……等他们拿起枪，也得服从命令的。是啊，他心里不好受。伊格纳季还讽刺他，火上浇油，真不应该！”

“完全应该！”伊格纳季不理会雷宾，沉着脸说，“到了那里一受训，他就会像别的士兵一样朝我们开枪……”

“这倒不见得！”雷宾若有所思地说，“不过，要是能不去当兵，那当然好啊。俄罗斯国土大得很，到哪儿去找你呢？搞一张身份证，就在农村流浪……”

“我就这么做！”伊格纳季用一块小木片轻轻敲打着自己的脚，对雷宾说，“既然下决心要反抗，就毫不犹豫地干下去！”

谈话中断了。忙碌的蜜蜂和黄蜂在四周旋转着，在静谧中发出嗡嗡声，更显出这里的寂静气氛。鸟儿在啼叫，远处有人在唱歌，歌声在田野上回荡着。雷宾沉默了一会儿说：

“喂，我们还得干活呢……你们歇一会儿吧？窝棚里有床铺，雅科夫，你去给她们弄点干树叶来……大婶，快把书给我吧……”

母亲和索菲娅动手解开挎包。雷宾俯下身来，得意地说：

“带来这么多书，真是好样的！做这种事看来您也是内行啦，叫什么名字？”他转身问索菲娅。

“安娜·伊凡诺夫娜！”索菲娅答道，“干了十二年啦……怎么？”

“没什么。大概坐过牢吧？”

“坐过几次牢。”

“明白了吧？”母亲带着责备的口吻低声说，“你还当着她的面说粗话呢……”

他没有说什么，顺手拿起一摞书，龇牙笑了笑说：

“请您不要见怪！农民和贵族很难相处，就像树脂滴在水里，很难融合在一起。”

“我不是贵族，我是平民！”索菲娅和气地笑笑说。

“您这话也许是对的！”雷宾说，“据说狗就是由狼变来的。我去把这些书藏起来。”

伊格纳季和雅科夫走过来，伸手向他要书。

“给我们几本书吧！”伊格纳季说。

“这些书全是同样的吗？”雷宾问索菲娅。

“不一样，里面还有报纸呢……”

“哦？”

他们三人急忙朝窝棚里走去。

“这个农民是个急性子！”母亲若有所思地望着他们的背影说。

“是的，”索菲娅低声说，“我还从未见到过像他这样的面孔，像个受苦受难的圣徒！我们也进屋吧，我想看看他们……”

“您不要生他的气，他过于严厉……”母亲低声央求道。

索菲娅微微一笑：

“您心眼真好，尼洛夫娜……”

她俩来到窝棚门口，伊格纳季抬起头来，瞟了她们一眼，就把手指伸进鬈发里，低头看膝盖上的报纸去了。雷宾手里拿着报纸，迎着从窝棚缝隙里透进的阳光，站在那里看报，嘴唇不时地蠕动着。雅科夫也在看报，他跪在地上，胸脯靠在床沿上。

母亲在窝棚角落里坐下，索菲娅搂着她的肩膀，一声不响地观望着。

雅科夫没有转身，却小声说：“米哈伊洛大叔，这里骂我们农民哩！”雷宾回头望了他一眼，笑了笑说：

“那是爱我们！”

伊格纳季吸了一口气，抬起头来，闭了一下眼睛，说：

“这里写道：‘农民不再是人。’当然啦，不再是人！”

他那憨厚而又开朗的脸上露出气愤的神色。

“哼，你要是处在我的位置试试看，我要看看你会是什么东西。别自作聪明！”

“我睡一会儿！”母亲轻声对索菲娅说，“到底是累了。这里的气味熏得我头晕。”

“我不想睡。”

母亲在铺板上躺好，马上就昏昏入睡了。索菲娅坐在她身旁，留心观察着正在看报的人。她发现黄蜂或者野蜂在母亲脸上盘旋，就关切地把它们赶开。母亲微闭着眼睛，她察觉到索菲娅这样关心她，心里暗暗高兴。

雷宾走过来，闷声闷气地低声问：

“她睡了？”

“是的。”

他沉思了一会儿，仔细望了望母亲的脸，叹了口气，轻声说：

“她大概是第一个追随儿子，走这种道路的人。她是第一个！”

“不要妨碍她，我们出去吧！”索菲娅提议说。

“是啊，我们还得干活去。很想同您谈谈，只好等到晚上了。走吧，伙计们……”

他们三人都走了。索菲娅独自留在窝棚外面。母亲心想：

“谢天谢地！还算不错，他们终于交上朋友了……”

母亲闻着树林的芳香和木焦油的气味，安心入睡了。

六

炼木焦油的人们回来了。因为干完了活，个个都带着得意的神情。

母亲被他们吵醒了，她打着哈欠，微笑着从窝棚里走出来。

“你们干活，我睡觉，简直成了贵妇啦！”她亲切地看了看大家说道。

“你休息一下是应该的！”雷宾说。他变得和气多了。因为劳累，他那种过度兴奋的情绪已荡然无存。

“伊格纳季，”他说，“快去烧茶！我们这里是轮流主持家务。今天该伊格纳季给我们烧茶做饭了。”

“我宁愿把这个权利让出来！”伊格纳季说着就动手捡生火的木片和树枝，一面留心听大家说话。

“大家对客人们都很欢迎！”叶菲姆在索菲娅身旁坐下说。

“我来帮你的忙，伊格纳季！”雅科夫低声说。他走进窝棚，拿出一个大圆面包，一片片地切开，摆在大家的位子上。

“听着！”叶菲姆低声说，“有人咳嗽……”

雷宾仔细听了听，点点头说：

“是他，是他来了……”

他转身向索菲娅解释说：

“现在一位证人来了。如果有可能，我想带他到各个城市去讲演，让他站在广场上给平民百姓讲一讲。尽管他讲的都是同样的内容，但人民需要了解这些……”

四周静下来，暮色渐浓。人们的声音显得柔和些。索菲娅和母亲留心观察这些农民，发现他们举止缓慢、笨拙，还异常地小心谨慎。他们也在留心观察两位女客人。

这时，从树林里走来一个满脸病容的男人，瘦高个儿，驼背，吃力地拄着拐杖，走路很慢，听得见他那咝咝的喘息声。

“我来了！”他说着又咳了起来。

他穿一件拖到脚跟的旧大衣，戴一顶皱巴巴的圆帽，一绺绺稀疏的淡黄头发软绵绵地垂下来。一张瘦得皮包骨的蜡黄的脸上，长着浅色的胡须。他的嘴半张半闭，眼睛深深地陷下去，只见黑眼窝里闪烁着急躁不安的光芒。

雷宾给他介绍索菲娅时，他立刻问道：

“听说您带书来了？”

“是的。”

“谢谢您……为了人民！……现在人民还不能明白真理……所以我这个明白真理的人……要替他们向您致谢。”

他气喘得很厉害，急促而又贪婪地吸着空气，说话断断续续，两手瘦得皮包骨，手指无力地在胸前抖动着，想扣上大衣的纽扣。

“天这么晚了，待在树林里对您的身体有害。这里都是阔叶树，潮湿，憋闷！”索菲娅说。

“对我来说，有害有益都无所谓啦！”他喘息着回答说，“只有死亡是对我有益的……”

听他说话令人觉得难受，他的整个身体都使人怜悯，但又无可奈何，想到自己不能帮助他，只会引起忧愁和懊丧。他在一只小木桶上坐下，小心翼翼地弯下膝盖，好像害怕腿会折断似的。坐下之后连忙擦了擦额头上的汗。他的头发干枯，像死人的一样。

篝火突然燃烧起来，周围的一切颤动了一下，微微摇动着。人影好像被烧伤了似的，胆怯地向树林里奔去。伊格纳季鼓鼓的圆脸在篝火旁边闪动了一下。篝火熄灭时，散发出一股烟味。林间空地上又静了下来。在黑暗中，病人那嘶哑的声音显得特别清楚。

“我还能为人民做点事情，就是作为一种罪恶的见证人……你们看看我这副样子……我才二十八岁，可已经离死不远了！十年前我不费劲就能扛一百多公斤重的东西，轻松得很。我原以为，凭我那么强壮的身体，活过七十岁没问题。可是才过了十年我就不行了。老板们夺去了我的一切，剥夺了我四十年寿命，四十年啊！”

“这就是他要说的，这是他的歌儿！”雷宾低声说。

篝火又燃起来，但此刻烧得更旺了，火光更加明亮。人影又匆匆奔向树林，一会儿又折回到篝火旁，在篝火四周无声地颤抖，仿佛怀有敌意似的飞舞着。潮湿的树枝在火堆里嗞嗞叫着，低声呻吟着。炽热的气浪鼓动树叶，不时地发出沙沙声，仿佛在窃窃私语。欢快活泼的火舌在跳跃着、拥抱着。黄色的和红色的火舌向上蹿起，溅起一簇簇火星，一片燃着的树叶飞起来，而天空的星星在朝着篝火微笑、招手。

“这不是我一个人的歌儿，千千万万的人都唱这支歌儿，但他们还不明白，这对生活在苦难中的人是多么有益的教训。有多少人做工成为残废，最后被饿死，无声无息……”他咳着，弓下腰，身子激烈地抽动着。

雅科夫把一桶格瓦斯饮料放在桌上，随手扔过来一把大葱，对病人说：

“我给你拿牛奶来了，萨维利，快去吃吧……”

萨维利推辞地摇摇头，但雅科夫架着胳膊把他搀起来，扶他来到桌前。

“您听着，”索菲娅低声责备雷宾说，“您何必把他弄到这里来呢？他随时都会死的……”

“他会死的！”雷宾附和说，“趁着他还能说话，就让他说吧。他为了毫无意义的事情，毁坏了自己的一生。现在为了民众的事，让他再忍耐一下，没关系的！”

“您好像是拿人家取乐！”索菲娅大声说。

雷宾瞟了她一眼，沉下脸说：

“贵族老爷们才拿耶稣取乐，看他如何在十字架上呻吟。而我们是在向这个人学习，也希望有所收获……”

母亲怯生生地抬了抬眉毛，对他说：

“你别再说了……”

病人在桌前坐下来，又说：

“用繁重的劳动来残害人，这是为什么？他们剥夺人的寿命，为了什么？我是在涅费多夫工厂干活时得病的，几乎送了命。可是我们的老板为了取悦一个歌女，却送给她一套金制的盥洗用具，还送她一只金尿盆！这只金尿盆就包含着我的血汗、我的生命。此人榨取我的血汗，就是为了换取他情妇的欢心。我的生命也就是这样给他剥夺去的，他是用我的血汗给情妇买的金尿盆！”

“人是照上帝的模样造出来的，”叶菲姆笑了笑说，“你看他们把人用到哪儿去啦……”

“再不能沉默了！”雷宾拍着桌子大声说。

“再不能忍耐了！”雅科夫低声说。

伊格纳季嘿嘿一笑。

母亲发现，三个小伙子听得出神，并且如饥似渴。雷宾一开口说话，他们就紧张地望着他的脸，唯恐漏掉他说的每一句话。萨维利说话时，他们却听得很不认真，脸上不时露出古怪的讥笑。从他们的表情里，看不出对病人的怜悯。

母亲俯下身低声问索菲娅：

“他说的这些是真的吗？”

索菲娅大声说：

“是的，是真的！这件事报纸上登过，就发生在莫斯科……”

“可是那个老板并没有受到任何谴责，”雷宾低声说，“本应该把他处死，把他交给民众千刀万剐，用他的臭肉喂狗。等民众们起来了，会严厉惩办这种人的。民众要洗刷自己的耻辱，会向他们讨还血债。他们从民众的血管里吸走了大量的鲜血，血债要用血来还。”

“好冷啊！”病人说。

雅科夫把他搀起来，把他扶到篝火跟前。

篝火烧得很旺，模模糊糊的人影在篝火四周晃动着。人们惊讶地观望着欢跳的火舌。萨维利坐在树墩上，向篝火伸出手去，他的手干瘦透亮。雷宾向他那边点了点头，对索菲娅说：

“这比书里写得更深刻！机器轧掉了工人的手，或者轧死了工人，可以说怪工人自己。可是如果把一个人的血吸干了，再把他当死牲口一样扔掉，这是无论如何也解释不通的。任何一种谋杀我都能理解，可是为了取乐去折磨人，这我无法理解！为什么要折磨人呢，为什么要折磨我们大家？就是为了他们取乐、开心，为了他们在人世间能过快活日子，为了他们能随心所欲地拿人民的血汗去购买一切，去买歌女、买马匹、买银餐刀、买金餐具，给孩子们买贵重的玩具。你干活吧，再多干些，我要靠你的劳动赚钱，买金尿盆送给情妇。”

母亲一边听，一边四下里打量着。在黑暗中，她觉得眼前一亮，巴维尔和他的同志们所走的那条光明的道路又展现在她面前。

吃过晚饭，大家围着篝火坐下来。篝火在他们面前燃烧着，木柴很快就被火焰吞没了。低垂的夜幕遮住了他们身后的森林和天空。病人睁大眼睛望着篝火，不停地咳嗽，身子哆嗦着，仿佛他的生命就要结束，残余的活力正在他的胸中挣扎着，急于离开他那虚弱的病体。篝火的反光在他脸上跳动，但他那张死人一般的脸上仍旧没有显出生气。只有他的眼睛里还有一点微弱的亮光。

“你还是到窝棚里去吧，萨维利？”雅科夫俯身问他。

“去窝棚里做什么？”萨维利吃力地说，“我在这里待会儿，和大家在一起的时光不多啦！……”

他望了望大家，沉默片刻，苍白的脸上露出一丝苦笑。接着他又说：

“我喜欢同你们在一起。看着你们，我心想，你们这些人也许会替那些被掠夺的人报仇，替那些被贪婪的人残杀的民众报仇……”

没有人回答他，他很快就昏昏欲睡了，脑袋无力地垂在胸前。雷宾看了看他，轻声说：

“他是我们这里的常客，讲来讲去总是这些内容，讲老板欺负人的事。他全心全意地琢磨这些事情，仿佛这种事情遮住了他的眼睛，他再看不见别的东西了。”

“还要他看见什么东西呢？”母亲若有所思地说，“为了供老板寻欢作乐，千千万万的民众天天在做苦工，遭受折磨。还要他看见什么东西呢？”

“听他讲这些东西没意思！”伊格纳季低声说，“这些事情听一遍就记住了，可他讲来讲去总是这些事情！”

“可是你要明白，这些事浓缩了一切……它包含了整个人生！”雷宾沉下脸说，“他的遭遇我听了十遍，可是有时仍然觉得无法相信。当我一切顺利的时候，我不愿意相信人会这样坏，这样丧失理智……我自己走运的时候，我是很富有怜悯心的，我可怜所有的人，像可怜穷人一样可怜富人……富人也是误入迷途！穷人是饿昏了头，富人是财迷心窍。唉，人们好好想一想，唉，弟兄们啊！振作起来，认真想一想，不要只顾自己，用心想一想吧！”

病人的身子摇动了一下，睁开眼睛，歪倒在地上。雅科夫不声不响地站起身来，去窝棚里取来一件短皮袄，盖在病人身上，然后在索菲娅身边坐下来。

殷红的火苗欢笑着，照亮了围坐在篝火旁边的人们。人们在低声交谈着，火焰悄悄的爆裂声、咝咝声与人们的低语若有所思地交融着。

索菲娅谈到，全世界人民正在为争取生存的权利而斗争，谈到德国人民在很久以前举行的暴动，还谈到爱尔兰人的不幸，谈到法国工人为争取自由不断斗争，战绩卓著……

天鹅绒般的夜色挂在树梢。在黑沉沉的夜幕之下，在这片树木环绕的不大的林中空地上，人们围坐在篝火四周，长长的身影仿佛带有敌意，又仿佛在吃惊似的。在这样的氛围里，那些曾使贪得无厌的富人为之震惊的重大事件又重新展现在人们眼前，久经战火洗礼的世界各国人民拖着疲倦的身子，带着满身的血迹从这里走过，为自由和真理而斗争的战士们的名字，又浮上人们心头。

索菲娅的声音很轻，有点嘶哑，仿佛是遥远的往事的回声。她的声音激发着人们的希望，给人以信心。人们一声不响地听她讲述着志同道合的兄弟们的故事。望着她那张消瘦的苍白面孔，他们感到，全世界人民的神圣事业——为争取自由进行的漫长的斗争，已愈来愈鲜明地展现在自己面前。从那些血腥的黑幕遮掩着的遥远的往事中，从素昧平生的异国人民身上，他们看到了自己的希望和思索，因此深受感动，决心全身心地投入这个行列中去。他们把这些异国兄弟视为朋友，而这些朋友早就齐心协力，坚决要在这个世界上追求真理。为了实现这一神圣的理想，这些朋友经受了种种磨难；为了赢得光明幸福的新生活，这些朋友曾血流成河。听着索菲娅讲述的故事，人们逐渐产生了一种愿望，希望和所有的人团结一致的愿望，以及一种新的追求，热切希望了解一切事物的追求。

“将来会有一天，所有国家的工人都抬起头来，坚定地说：够了，我们再不要过这种日子啦！”索菲娅的声音充满自信，“到那时，那些贪得无厌、外强中干的人们一定会垮台，他们会失去立足之地，变得无依无靠……”

“会有这么一天！”雷宾点点头说，“只要不怜惜自己，就能克服一切困难。”

母亲静静地听着，眉头很快就舒展开了，她脸上始终带着笑容，并时时流露出惊喜。她发现，原先她以为在索菲娅身上是多余的东西，诸如言语尖刻、高谈阔论、不拘小节，现在却消失了，被她那热烈而又从容的谈笑淹没了。她喜欢这黑夜的寂静，喜欢这跳动的火焰和索菲娅的面容，但她最喜欢的还是农民们严肃专注的表情。他们坐在那里一动不动，生怕妨碍索菲娅平心静气的叙述，生怕打断了那条光明的线索，从而失去了同各国工人的联系。只是偶尔有人小心翼翼地往篝火里添些木柴，当篝火中飞出火星和冒烟时，他们就不停地挥手，把火星和烟雾从两位妇女面前赶走。

有一次，雅科夫站起来，低声请求道：

"请您等一会儿再讲……"

他说罢立刻跑进窝棚，拿出两件衣服，同伊格纳季一起默默地用衣服裹住两位妇女的腿和肩膀。索菲娅又开始描述取得胜利的那一天，让人们相信自身的力量，以此来启发他们的觉悟，使他们懂得，那些为了富人的荒唐享乐而白白付出一生辛劳的人们都是他们的朋友。索菲娅的言辞并没有打动母亲，但她讲述的故事却在大家心中唤起深切的同情。母亲心中也有同感，她对那些冒着危险去接近劳苦大众的人们怀有虔诚的感激之情，因为他们给劳苦大众带来了真正的智慧和对真理的热爱。

"愿上帝帮助他们！"母亲闭上眼睛默默地祈祷。

黎明时分，索菲娅终于疲倦了，停止了讲述。她微笑着环顾四周，望了望一张张若有所思的、兴奋的面孔。

"我们俩该走了！"母亲说。

"是该走了！"索菲娅疲倦地说。

年轻人中有人大声叹息。

"可惜你们不能久留！"雷宾异常温和地说，"您讲得太好了！让民众相互亲近，这的确是一件大事！一旦知道千百万民众和我们一样，都有一个同样的追求，我们的心就会变得更加善良。善良本身就是一种巨大的力量！"

"你对他善良，他对你仇恨！"叶菲姆轻声笑了笑说，这时他立刻站起身来，对雷宾说："米哈伊洛大叔，趁着没有人发现，让她们快些走吧。不然那些书散发出去，当官的追查书的来源，说不定会有人想起两个朝圣的女人……"

“多谢您啦，老妈妈，让您辛苦一趟！”雷宾打断了叶菲姆的话，对母亲说，“看见你，我就想起了巴维尔，你这一趟来得好哇！”

他态度格外温和，脸上带着开朗而和善的笑容。天气很凉，可他只穿一件衬衣，敞着怀，袒露着胸脯。母亲打量着他那高大的身躯，关切地说：

“你得穿件衣服，天冷了！”

“我心里暖和！”雷宾说。

三个小伙子站在篝火旁，低声谈论着什么，病人盖着短皮袄躺在他们脚旁。天空微微泛白，阴影渐渐消失了，树叶在轻轻摇曳着，等待着太阳升起。

“好吧，再见啦！”雷宾握着索菲娅的手说，“在城里怎么找到您呢？”

“你就找我吧！”母亲说。

小伙子们挤成一团，慢慢走到索菲娅面前，默默地和她握了手，显得有些拘束，但却很亲切。从他们的表情可以看出，他们心里都很满意，都很感谢她，对她怀有友好情谊。大概正是因为有了这种感情，他们才显得局促不安。由于一夜没睡，他们眼睛发干，但却微笑着，默默地望着索菲娅的脸。他们站在那里，不时地倒换着双脚。

“要不要喝点牛奶再上路？”雅科夫问道。

“还有牛奶吗？”叶菲姆问。

伊格纳季不好意思地抿了抿头发，说：

“牛奶没啦，给我不小心倒掉了……”

三人都笑了。

他们说的是牛奶，可母亲觉得，他们心里的话没有说出来，他们在默默地祝愿索菲娅和她本人一路平安。索菲娅显然大为感动，她也有些局促不安，不知该说些什么，最后她真挚而又谦逊地低声说：

“谢谢你们，同志们！”

三人彼此对视了一眼，仿佛索菲娅这句话触动了他们的心。

病人嘶哑地咳嗽一声。篝火的余烬渐渐熄灭了。

“再见啦！”农民们低声说，这句感伤的话语久久地伴随着两位妇女。

天亮之前，天色昏暗。两人不慌不忙地走在林间小路上，母亲跟在索菲娅身后，边走边说：

“这一切简直像做梦似的，没想到会这么顺利，这太好啦！农民们都想知道真理，我亲爱的，都想知道！这情形就像在教堂里，每逢盛大节日，在早祷以前……神父还没露面，圣堂里黑乎乎的，鸦雀无声，怪吓人的。等教民们陆续来到……开始有人在圣像前点着蜡烛，接着大家都点着了蜡烛，赶走了黑暗，照亮了整个圣堂……”

“说得对！”索菲娅愉快地说，“只是现在我们的圣堂是整个世界！”

“是整个世界！”母亲若有所思地点着头，重复道，“这太好了，简直让人无法相信……您说得太好啦，我亲爱的，太好啦！开始我还怕他们不喜欢您呢……”

索菲娅沉默片刻，然后闷闷不乐地低声说：

“同他们相处，你会变得朴实一些……”

她们边走边谈，谈到雷宾和那个病人，谈到那几个神情专注、沉默寡言的小伙子。他们虽然腼腆、笨拙，但对两位妇女却关怀备至，巧妙地表达了自己的感激和友情。她们来到田野上，这时旭日迎着她们冉冉升起。虽然还看不见整个太阳，但殷红的霞光像一把透明的扇子在天际展开。露珠在草叶上颤动，闪烁着五颜六色的亮光，充满着朝气和春天的欢乐。鸟儿睡醒了，活跃起来，为清晨唱起欢快响亮的歌儿。几只肥大的乌鸦从空中飞过，扇动沉重的翅膀，不安分地聒噪着。一只黄鹂不知在什么地方吃惊地啼叫着。远方的景色愈来愈清晰，山峦上的阴影也在阳光的照耀下渐渐退去。

“有时候一个人反复地对你讲，可你怎么也不明白他的意思，到后来他对你说一句简单的话，你才终于恍然大悟！”母亲若有所思地说，“那个病人就是这样的。过去我听说过在工厂里和别的地方到处压迫工人，这些情况我自己也知道。可是这种事你从小就见怪不怪，也就不觉得受触动了。忽然听他讲了那件丑事，真是让人气愤。天哪，工人辛辛苦苦劳动一辈子，难道就是为了让老板耍着玩儿吗？这太不讲理了！”

母亲一直在思考这件事，由这件厚颜无耻的丑事联想到许多类似的荒唐行为。有些事情她已经忘记了，现在又清楚地展现在她眼前。

“可见他们什么好东西都享受够了，玩腻了！据我所知，有一个地方官员，牵着马从村里走过，就强迫农民们向他的马鞠躬行礼。谁要是不鞠躬行礼，他就逮捕谁，送去坐牢。唉，这个长官为什么要这么做呢？让人无法理解，无法理解！”

索菲娅低声唱起歌来，这是一支像清晨一样令人振奋的歌……

七

说来也怪，母亲的日子过得非常平静，有时连她自己也为此感到惊奇。儿子在坐牢，她知道，等待他的是严厉的惩罚，可是每当想到这些，她就不由自主地联想到安德烈、费佳和其他许多人。在她看来，儿子的形象和那些与他命运相同的人一样，渐渐变得高大起来，这使她常常沉思默想。每当她想到巴维尔，她就不知不觉、自然而然地联想到其他人。这种思念像一道道强弱不同的光线向四面八方扩展着，想要照亮一切，把一切都集中到一个画面上。这样一来，她就无法集中思想老想一件事，也就不能老惦念儿子和为他担忧了。

索菲娅很快就出远门去了，过了四五天才回来，她倒是很高兴，一副生动活泼的样子。可是刚待了几个小时，她又不见影儿了，大约过了两个星期才回来。看来她交际广，四处周旋。不过她偶尔也来看望弟弟。她的到来，给弟弟的寓所里带来了音乐，带来了朝气。

现在母亲爱听音乐了。每当索菲娅弹钢琴时，她就感到有一股热浪在她胸中激荡，一直流入她的心田，使她的心跳得更均匀了。这时，她的思潮像播撒在雨水充分、深耕细作的沃土里的种子，迅速地生长起来，在音乐感染下，化作千言万语涌上她心头。

母亲最不喜欢的是索菲娅的邋遢习气，东西到处乱扔，烟蒂和烟灰满地都是，尤其是她那毫无顾忌的谈吐，和尼古拉平稳自信、一向温和严肃的言谈举止相比，就更显得让人看不惯了。母亲觉得，索菲娅还是个孩子，可她偏要装做大人的样子，反而把大人都看作好玩的玩具。她常说劳动如何神圣，可她又不爱整洁，害得母亲替她收拾，多做不少事情；她崇尚自由，可是在母亲看来，她待人粗暴，爱着急，喜欢与人争吵，这显然是压制别人。母亲看出，她有许多自相矛盾的地方，因此对她特别谨慎，处处留心。母亲知道，索菲娅不如尼古拉，不会给她带来那种始终如一的亲切和温暖。

尼古拉总是心事重重，他的生活很单调，但却有条不紊：每天早上八点钟，他一边喝茶，一边看报，同时给母亲讲点新闻。母亲听他讲着，仿佛亲眼看见生活这部沉重的机器正在无情地压榨着人们，把他们变成金钱。在母亲看来，他和安德烈有某种共同之处，和安德烈一样，他待人厚道，不说人坏话。他认为，在这种龌龊的社会里，人人都有过错。但他对待新生活，却不像安德烈那样信心十足，态度明朗。他说话时语气很冷静，像个正直严厉的法官，就是讲述可怕的事情，脸上也总是带着安静的笑容，微笑中透露着遗憾，但他眼神是冷淡而又坚定的。望着他那双眼睛，母亲知道他这种人对任何人任何事都不会宽恕，也不可能宽恕。同时她又觉得，这种刚直不阿的性格对他本人也没有好处。她可怜尼古拉，愈来愈喜欢他了。

九点钟，尼古拉去上班了，她就动手收拾房间，准备午饭，然后把手洗干净，穿上整洁的衣服，坐在自己房间里看书里的插图。她已经能够读书识字，不过看起书来还很吃力。拿起书来看一会儿，她很快就觉得疲倦，再也看不懂字句的连贯意思了。可是那些插图却使她像孩子似的为之着迷，因为这些插图在她面前展现了一个奇妙的新世界，而这个世界里的一切她都看得懂，且具体可感。如庞大的城市，漂亮的楼房，机器、轮船、纪念碑，人类创造的无数财富，还有大自然创造的令人赞叹的千姿百态的杰作等等。显然，生活变得丰富多彩了，它每天都展现出一些巨大的美妙神奇的东西，而生活中的这些无穷的财富和不可胜数的美景，则越来越强烈地吸引着母亲已觉醒的饥渴的心。她特别喜欢看大型的动物画册，虽然这些画册的说明文字是外文，但她仍能从中理解世界的美丽、富饶和辽阔。

“大地真辽阔啊！”她对尼古拉说。

她最喜爱各种昆虫，特别是各种蝴蝶。她常常惊讶地望着画册里的昆虫，感慨地说：

“真美啊，尼古拉·伊凡诺维奇，对吗？这些好看的小东西多得很，到处都有。可是它们都躲着我们，还没有等我们看见，它们就从旁边飞走了。人们东奔西忙，糊里糊涂混日子，什么也不能欣赏。他们没有时间去欣赏这些东西，也没有这个兴趣。他们要是知道世界这么丰富，有这么多奇妙的东西，那么他们将享受多少快乐啊。这一切都是为了大家，每个人都是为了全体，对吗？”

“正是这样！”尼古拉笑着说。他又给她拿来一些带插图的书。

晚上，尼古拉家里常有客人们聚会。客人中有美男子阿列克赛·瓦西里耶维奇，此人面色白嫩，留着乌黑的大胡子，气派十足，不爱说话；有罗曼·彼得罗维奇，此人满脸粉刺，圆脑袋，总是遗憾地咂巴着嘴唇；有伊凡·达尼洛维奇，此人又瘦又小，留着尖尖的山羊胡子，尖嗓门，急性子，喜欢大声喊叫，说话爱带刺儿；有玩笑大师叶戈尔，他喜欢取笑自己，也取笑同志们，还拿自己日益加重的疾病开玩笑。还有一些客人来自几个远方的城市。尼古拉同他们低声交谈，每次都谈很长时间。话题只有一个，就是世界各国工人的事。他们喜欢争论，好激动，常常是手舞足蹈，然后喝许多茶。有时候尼古拉趁着大家在高声谈话，则一声不响地起草传单，然后再念给同志们听，并且当场用印刷体誊写清楚，母亲把撕碎的手稿认真收拾好了烧掉。

母亲给大家倒茶的时候，见他们热烈地谈论工人的生活和命运，谈论着如何迅速有效地在工人中传播真理，提高工人的斗志，她心里暗暗感到惊奇。他们时常争得面红耳赤，谁也说服不了谁，有时还互相指责，气哼哼的，然后又争论起来。

母亲觉得，她比这些人了解工人的生活。她认为，对他们所担负的任务的艰巨，她比他们看得更清楚。正因为如此，她对他们很宽容，有时候甚至有些为他们担忧，正如大人看见孩子们假扮夫妻又不知这种关系的悲剧性质时的心情一样。有时她无意中把他们的言论跟儿子和安德烈的言论相比较。相比之下，她感到两者之间有差别，只是起初她不能理解这种差别。有时她觉得，这些人喊叫起来比镇子上的工人的嗓门还高，不过这时她就对自己解释说：

“知道得越多，嗓门就越高……”

可是母亲经常看到，这些人好像故意在相互鼓劲，表面上激动万分，好像每人都想向同志们证明，他比别人更接近和珍视真理。别人听了不服气，也来证明自己接近真理，就争论起来，态度激烈而粗暴。她觉得，人人都想显示自己高明，这使她感到恐慌和忧虑。

她耸动眉头，用哀求的目光望着大家，心想：

“巴维尔和他的伙伴们被人忘掉啦……”

他们争论的时候，母亲总是聚精会神地听着，她当然听不懂，但她仔细琢磨争论者的情绪。她看出，在镇子上，人们在谈论“善”的时候，说得比较含糊，是把它当作一个笼统的说法来使用的。这里的人却把它加以分析，仔细琢磨它的各种含义。镇子上的人感情色彩较为强烈，而这里的人思想敏锐，喜欢分析问题。这里谈论的多半是如何打碎旧世界，镇子上谈论的是向往新事物。因此，母亲觉得，儿子和安德烈的言论亲切易懂……

她发现，当某个工人来找尼古拉的时候，他就摆出一副随随便便的样子，脸上带着甜蜜的微笑，说话的语调也和往日不同，不知是更加粗鲁，还是更加随便。

“他这是为了让工人听懂他的话！”母亲心想。

但是这种想法并没有使她得到安慰。她发现，来做客的工人仍旧很紧张，好像心里很别扭，谈话时拘束得很，不像同她这样一个普通妇女谈话那样轻松自然。有一回，趁着尼古拉不在，她对一个年轻工人说：

“你干吗这么紧张呀？又不是小学生考试……”

那工人咧嘴笑了笑：

“因为不习惯，脸也会变红的……毕竟不是亲兄弟……”

萨申卡有时也到这里来，但她每次都不久留，说话总是绷着脸，一本正经的，每次临走时都问问母亲：

“巴维尔·米哈伊洛维奇怎么样，身体好吗？”

“多亏上帝保佑！”母亲说，“还算好，他情绪很好！”

“代我向他致意！”姑娘说完就不见了。

有时母亲也向她诉苦，说巴维尔还要关押很久，开庭受审的日子还没有定下来。这时萨申卡沉下脸，静默不语，只见她的手指在微微颤抖。

这时母亲真想对她说：

“亲爱的，我知道你爱他……”

但她始终没敢开口。姑娘那严厉的面孔、紧绷的嘴唇、严肃认真的谈吐，使她不敢轻易流露出这种爱抚。于是她叹一口气，默默地握着姑娘的手，心想：

“你也太不幸啦……”

有一天，娜塔莎来了。看见母亲在这里，她高兴极了，于是久久地亲吻着母亲，忽然，她停下来，轻声说：

“我母亲去世了，去世了，我可怜的妈妈！……”

说到这里，她使劲摇了摇头，连忙擦擦眼睛，接着说：

“我真可怜她，还不满五十岁呢，她本来还能活很久。不过从另一方面看，你也许会认为，对她来说，死了比活着更好些！她成天一个人待着，同什么都格格不入，谁也不去理她。她整天担惊受怕，怕父亲骂她。难道她这样也算生活？人家活着都怀着美好的希望，可她活着没有任何希望，只有遭受欺侮……”

“您说得对，娜塔莎！”母亲思索片刻说，“人活着就是要怀着美好的希望，要是没有希望，那活着还有什么意思呢？”说到这里，她亲切地抚摸着姑娘的手，问道：“就剩下您一个人了？”

“是的！”姑娘轻声说。

母亲沉默一会儿，忽然笑着说：

“不要紧！好人是不会孤单的，总会有人来帮助他的……”

八

娜塔莎到县里的一家纺织厂去当教师，母亲经常给她送去一些禁书、传单和报纸。

这件事成了母亲的工作。每月她都要去好几次，有时化装成修女、卖花边和家织布的小贩，有时化装成富裕的小市民或者朝圣的女人。她有时背着布袋，有时手提皮箱，有时乘车乘船，有时徒步跋涉，在省里奔波着。不论是在火车上、轮船上，在旅馆里还是在简陋的大车店里，她处处平易近人，沉着冷静，主动和陌生人攀谈。她像那种阅历丰富、见多识广的人一样，待人和蔼，谈吐举止从容不迫，落落大方。这一切都很引人注目，她却满不在乎。

她喜欢跟人聊天，喜欢听他们讲述自己的生活，也喜欢听他们发牢骚，讲他们不明白的事。每当她发现有人满腹牢骚，她就打心眼儿里高兴，因为心怀不满的人为了反抗命运的打击，正在紧张地寻求答案，以便解答他头脑中的疑问。这样一来，人类生活的画卷就在她眼前展开了，并且展现得愈来愈广，愈来愈纷繁多样。人们为了饱腹而奔波着，过着惶恐不安的生活。欺骗、掠夺、为谋求私利而压榨人，吸干人血的行为随处可见，暴露着明目张胆的、赤裸裸的、无耻的贪欲。她看到，大地的资源是很丰富的，可是老百姓却很贫穷，尽管周围有取之不尽的财富，他们的生活却很悲惨。每个城市里都有不少教堂，那里有无数上帝用不着的金银财宝，可是在教堂前的台阶上，乞丐们冻得发抖，苦苦等待着人们往他们手里塞一枚小小的铜板。富丽堂皇的教堂、神父的绣金法衣、穷苦人家的茅屋和破衣烂衫，这些东西她过去也曾看见过，但那时她觉得这是很自然的事情，不足为奇，可现在她却认为这是对穷人的侮辱，是不可容忍的事。她知道，穷人比富人更亲近教堂，也更需要教堂。

她看过一些描绘耶稣的图画，也听到过有关耶稣的故事，由此得知耶稣是穷人的朋友，穿着很朴素。可是在教堂里，当穷人来向他祈求安慰的时候，他却被禁锢在令人感到耻辱的黄金之中，披挂着窸窣作响的绸缎，仿佛对穷人不屑一顾似的。这时她不由得想起雷宾的话：

“他们用上帝来欺骗我们！”

连她自己也没有发觉，现在她祈祷得少了，但她更多地想到耶稣，想那些从来不提耶稣名字的人。这些人好像连耶稣都不知道，但她认为，他们是按照耶稣的训诫生活的，和耶稣一样，他们也认为世界是穷人的天下，希望把世上的财富平分给所有人。这个问题她想得很多，逐渐形成了她自己的看法。这种看法不断加深，涉及她的各种见闻，渐渐地在她心中化作一篇光辉的祷文，以其平静的光芒照亮黑暗的世界，照亮全部人生和所有的人。她觉得，她一向爱耶稣，但这种爱是一种模糊的复杂的情感，它包含着恐惧、希望，夹杂着感动和悲伤。现在她觉得耶稣对她更亲近了，和过去的耶稣不一样了。现在的耶稣更高大、更清晰，他的脸变得更和悦、更明亮了。人们为他不惜洒尽热血，坚贞不屈，不说出这个不幸的朋友的名字；他好像受到人们热血的洗礼，真的复活了。母亲每次出远门回来，总是高兴地回到尼古拉那里，一路上的见闻使她激动不已，兴冲冲的，为完成了任务而感到满足。

“这样四处旅行好极了，可以增长见识！”晚上，她常对尼古拉说，“可以了解生活的方方面面。老百姓走投无路，受尽欺凌，在那里苦苦挣扎，但他们自然而然地就会思考，这到底为什么？为什么要这样压榨我？世上的财富这么多，为什么我在挨饿？知识和智慧到处都有，为什么我愚昧无知？上帝很仁慈，不论穷人还是富人，在上帝面前没有分别，都是上帝心爱的孩子。可是上帝在哪里呢？老百姓对自己的生活不满意，渐渐发怒了，因为他们察觉到，要是他们不为自己找出路，就会被这种不合理的制度吃掉！”

母亲常常感到自己有一种热切的愿望，想亲口告诉人们，生活中有种种不平。有时她觉得这种愿望难以克制……

尼古拉每次见到她在看书中的插图，就微笑着给她讲些神奇的故事。母亲惊异于人们大无畏的牺牲精神，半信半疑地问道：

“这可能吗？”

尼古拉对自己的预言坚信不疑，他透过眼镜用和善的目光望着她的脸，坚定地讲述着童话般的未来：

“人的愿望是无止境的，人的力量是无穷尽的。可是世界上的精神财富发展还很缓慢，因为现在每个人都想独立自主，不依赖于他人，于是就拼命攒钱，而不是积累知识。不过，当人们克服了贪欲，当他们摆脱了奴役性的劳动……”

母亲对尼古拉的话不大理解，但对他那种沉着、自信和活泼的语气倍感亲切。

“世界上自由的人太少，它的不幸就在于此！”尼古拉说。

这句话她听懂了。她认识一些完全摆脱了贪婪和仇恶的人，她心想，要是这种人多了，阴暗可怕的生活就会改观，就会变得和蔼可亲而充满着善良和光明。

“人变残忍往往也是迫不得已！”尼古拉忧伤地说。

母亲联想到霍霍尔对她说过的话，就赞同地点了点头。

九

有一天，一向准时下班的尼古拉却很晚才回家来。进门之后，没有来得及脱下外套，他就兴奋地搓着手，急匆匆地说：

“尼洛夫娜，您知道吗，我们那些坐牢的同志们当中，有一人越狱逃跑，到底这人是谁呢？目前还不清楚……”

母亲一时激动，身子摇晃了一下，跌坐在椅子上，小声问：

“有可能是巴沙吗？”

“有可能！”尼古拉耸耸肩，答道，“可是到哪里去找他呢？帮他躲在什么地方？刚才我在街上转了一会儿，以为也许能在街上碰见他。这样做也太愚蠢了，可总不能干坐着吧！我再出去一趟……”

“我也去！”母亲大声说。

“您去找叶戈尔，看他是否了解情况。”尼古拉说完，就匆匆出去了。

她披上头巾，满怀着希望跟着尼古拉快步来到街上。因为走得太急，她两眼直冒金星，心跳得很厉害。她低着头一路小跑，对周围的一切都不管不顾了，一心想着越狱出来的儿子。

“等我赶到叶戈尔家，说不定他正坐在那儿！”头脑里闪现着希望，她不由得加快了脚步。

天气很热。当她来到叶戈尔楼下的时候，已累得上气不接下气了。她没有力气上楼，就在楼梯口停下来；这时她回头一看，不禁吃惊地低声叫起来，连忙眨巴一下眼睛。她好像看见尼古拉·维索甫希科夫站在院子门口，两手插在衣袋里。可是她再定睛一看，什么人也没有……

“是幻觉！”她心想，一边上楼，一边留心听着院子里的动静。这时，楼下的院子里隐约传来迟缓的脚步声。她在楼梯转弯处停下来，弓身往下一看，只见一张麻脸正在朝她笑呢。

“尼古拉！尼古拉……”她喊叫起来，迎着尼古拉走下楼去，但她很失望，心里隐隐作痛。

“你快上楼吧，上楼吧！”尼古拉朝她挥了挥手，低声说。

母亲一口气爬上楼去，走进叶戈尔的房间，看见叶戈尔正躺在长沙发上。她气喘吁吁地低声说：

“尼古拉……从监狱逃回来了！……”

“是哪个尼古拉？”叶戈尔抬起头来，声音嘶哑地问，“有两个名叫尼古拉的……”

“是维索甫希科夫……瞧，他来了！……”

“这太好了！”

维索甫希科夫这时已走进来。他插上门，摘下帽子，抿了抿头发，低声笑起来。叶戈尔连忙欠起身子，咳嗽一声，朝他点了点头说：

“快请吧……”

尼古拉咧着嘴笑着，走到母亲身边，握住她的手说：

“要不是遇上您，我就只好再回去坐牢了！在城里我谁也不认识，回镇子里去，马上就会被他们捉住。我一边走一边想，我真是个傻瓜！我何必要逃出来呢？这时我忽然看见您匆匆忙忙地走过来，就跟着您……”

“你是怎么逃出来的？”母亲问。

维索甫希科夫有点不好意思，耸了耸肩膀，局促地在沙发上坐下来，答道：

“偶然碰到这么个机会！放风的时候，我看见几个刑事犯正在殴打一名看守。那看守原先是个宪兵，因为偷东西被开除了。他来监狱当看守，喜欢盯梢儿、告密，搞得大家不得安生。犯人们殴打他的时候，监狱里乱作一团，别的看守们都吓坏了，跑来跑去，吹响了警笛。这时我发现，监狱的大门是开着的，能看见外面的广场和市区。我就乘着混乱，不慌不忙地走出来……这简直像一场梦。出了监狱之后，没走多远，我就清醒过来。到哪儿去呢？回身一看，监狱的大门已经关上了……”

“哼！”叶戈尔对他说，“先生，您应该走回去，有礼貌地敲敲监狱的门，请求他们放您进去。您就说，请原谅，我有点走神儿了……”

“是啊，”尼古拉·维索甫希科夫笑了笑说，“逃出来的确不妥。再说在同志们面前也不好交代呀，因为我对谁都没说过要逃跑……我就这样往前走，看见送葬的队伍走过来，死者是个孩子。我就跟在棺材后面，垂着头，不敢抬头看人。在公墓里待了一会儿，被风一吹，我就清醒了，头脑里冒出一个想法……”

“就一个想法？”叶戈尔问道，然后他叹了口气，又说，“我想，你头脑里能有一个想法就很不错啦……”

维索甫希科夫把头一甩，满不在乎地笑了。

“是啊，现在我也不像过去那样没头脑啦。可你怎么搞的，叶戈尔·伊凡诺维奇，一直在生病……”

“每个人都在做他力所能及的事！”叶戈尔吃力地咳嗽着，答道，“你往下讲吧！”

“后来我去了城里的博物馆。在那里转了转，也无心参观，心里一直在考虑着该怎么办，躲到哪里去。实在想不出办法，我又恨自己无能！这时我饿得肚子直叫。出了博物馆，我在街上走着，情绪坏透了……我发现，警察在仔细察看每个行人。我心想，这下坏了，就凭我这张脸，很快就会被捉去受审的！……就在这时，尼洛夫娜忽然迎面走过来，我就朝路旁靠了靠，悄悄跟在她后面。就这些！”

“可我没有看见你呀！”母亲内疚地说。她仔细看了看维索甫希科夫，觉得他好像比以前瘦了。

“同志们一定会为我担心……”尼古拉搔着头说。

“还是可怜可怜那些当官儿的吧！他们也很担心呀！”叶戈尔说着张开嘴，使劲动着嘴唇，好像在咀嚼空气似的，“好啦，不开玩笑啦！现在得把你藏起来，这虽然是件好事，可也很不好办啊。要是我能起床就好了……”他喘不过气来，把两手放在胸前，有气无力地揉着。

“叶戈尔·伊凡诺维奇，你的病不轻啊！”

尼古拉说着，低下头。母亲叹了口气，不安地望了望这间狭小的房子。

“生病是我个人的事！”叶戈尔说，“大妈，你快问问巴维尔的情况，用不着装得没事似的！”

维索甫希科夫开朗地笑了笑：

“巴维尔挺好的！身体也很好。在狱中，他成了我们的领头人啦。有事都由他出面同官方去谈，总之，大家都听他指挥，尊重他……”

母亲一边听，一边点头，有时斜眼望望叶戈尔有些浮肿的、发青的面容。他的脸毫无表情，木呆呆的，扁平得有些失常，只有眼睛是亮亮的，显得活泼愉快。

“最好给我弄点吃的，我饿得实在受不了了！”尼古拉忽然高声说。

“大妈，面包就在架子上，麻烦您到走廊上去一趟，去敲左边第二个房门。那里住着一个妇女，您请她来一趟，叫她把吃的东西都拿来。”

“干吗全拿来呢？”尼古拉阻止说。

“你不要着急，没多少……”

母亲来到走廊上，敲了敲那位妇女的房门。屋里静悄悄的。她心里还惦念着叶戈尔，不禁暗暗伤心：

“他活不了多久了……”

“谁呀？”屋里有人问道。

“是叶戈尔·伊凡诺维奇叫我来的！”母亲低声说，“他请您去一趟……”

“我这就来！”那位妇女答应一声，但没有开门。母亲等了一会儿，又敲了敲门。这时房门很快就打开了，走出一个戴眼镜的高个儿女人。她连忙拉平皱巴巴的衣袖，严肃地问道：

“您有什么事吗？”

“是叶戈尔·伊凡诺维奇叫我来的……”

“啊哈！那就走吧。哦，我认出您了！”那女人兴奋地低声说，“您好！这楼道里很暗……”

母亲仔细望了她一眼，立刻想起来了，原来这女人到尼古拉家里去过。

“都是自己人！”母亲心想。

那女人差点儿踩着母亲的脚，只好让母亲走在前面。她跟在后面问道：

“他难受啦？”

“是的，正躺着呢。他请您拿点吃的……”

“不，吃东西是没用的……”

她们来到叶戈尔门口，就听见他用嘶哑的声音说：

“我就要去见祖先了，我的朋友。柳德米拉·瓦西里耶夫娜，这位好汉未经长官允许私自从监狱出走，好大的胆量！请您先给他弄点吃的，然后再帮他躲起来。”

那女人点了点头，然后仔细看了看病人的气色，严厉地说：

“叶戈尔，他们一来，您就应该立刻让人去叫我！我看出来了，您有两次没有吃药，也太马虎了！同志，您到我家去！医院马上就来人接叶戈尔。”

“一定要送我去医院？”叶戈尔问道。

“是的。我在那里陪您。”

“非住院不可？唉，天哪！”

“别固执啦……”

她说话时整了整叶戈尔胸前的毯子，仔细看了看维索甫希科夫，然后又看看玻璃瓶，估量着还剩多少药水。她说话语气很沉着，声音不高，举止也很从容。她的脸色苍白，眉毛很黑，几乎在鼻梁上方连在了一起。母亲不喜欢她这张脸，因为它流露出一股傲气，两眼直直地瞪着人，没有一丝笑意，而且很呆板。她说话的口气好像在下达命令。

“我们走啦！”她又说道，“我很快就回来！您把这药水倒一小勺给叶戈尔。不要让他说话……”

她说到这里，就把维索甫希科夫领走了。

“她是个出色的女人！”叶戈尔叹息道，“是一个不可多得的好人……大妈，您要是能住在她这里就好了，她太累……”

“别说话了，给，快把药喝了！……”母亲温和地说。

叶戈尔喝了药，眯起一只眼睛，又说：

“我就是不说话，也活不了多久……”

他用另一只眼睛望着母亲的脸，嘴唇慢慢地颤抖着，露出了笑容。母亲低下头，一股深深的怜悯涌上她心头，泪水止不住夺眶而出。

“没关系，死亡是很自然的，人生在世，有欢乐，就必定有死亡……”

母亲抚摸着他的头，又低声提醒他：

“快别说了，啊？”

叶戈尔闭上眼睛，好像要仔细听听自己胸中的咝咝声，然后又固执地说下去：

“大妈，沉默对我是毫无意义的！我凭着沉默能得到什么？不过是在临死前多活几秒钟，可是为此我不能跟好人聊天了。同好人聊天也是乐趣啊。我想，到了阴间，就不会有这么好的人了……”

母亲着急地打断他的话：

“那位夫人马上就来，你再说话，她会骂我的……”

“她不是什么夫人。她是一位革命家，是同志，是一个很杰出的人物。大妈，她责骂你是难免的。她爱责怪人，总是……”

叶戈尔讲起这位女邻居的生活经历。他说得很慢，嘴唇吃力地动弹着，但眼睛却带着笑容。母亲看出，他是故意逗她开心。望着他那铁青的脸上冒出的虚汗，母亲大为吃惊，心想：

“他快不行了……”

这时柳德米拉走进来，小心地关好门，对母亲说：

“您那个熟人必须化装，并且要尽快离开我家。因此，佩拉格娅·尼洛夫娜，您马上去给他弄一身衣服来。可惜索菲娅不在这里，帮人化装躲起来，她是个行家哩……”

“她明天来！”母亲说着把围巾披在肩上。

她每次接受任务都满怀热情，一心要把任务尽快完成好。这时，除了担负的任务之外，她不会去想别的。现在，她又皱起眉头，仿佛有什么心事似的，严肃地问：

“您打算让他穿什么衣服？”

“什么衣服都无所谓！他夜里走……”

“夜里走不行，街上行人比白天少，盘查得也严，再说他又不很机灵……”

叶戈尔笑起来，笑声是嘶哑的。

“可以到医院里去照看你吗？”母亲问。

他咳嗽着点了点头。柳德米拉望了望母亲的脸，又说：

“您想跟我轮班照看他？对吗？太好了！不过您现在快去取衣服吧……”

说到这里，她亲热地挽着母亲的胳膊，使劲把她拉到门外，低声对她说：

“我把您拉出来，请您不要生气。可是说话对他很有害……我还希望……”

柳德米拉握紧了拳头，手指发出清脆的响声。她疲倦地垂下眼帘……

听了她的解释，母亲有些不好意思，低声说：

“您太客气啦。”

“您要留心看看有没有人盯梢儿！”柳德米拉轻声说。她抬起两手，轻轻地揉揉太阳穴。她的嘴唇不时地颤抖着，脸色变得温和了些。

“我懂！”母亲答道，语气中流露出自豪。

出了院子，她停留片刻，整了整头巾，机警地四下里瞧了瞧。她的举止很自然，却能准确无误地判断街上的人群里有没有暗探。她熟悉他们那种故作自如的步态，极不自然的手势，疲倦而又寂寞的表情。在她看来，这一切都无法掩饰他们那种小心谨慎、做贼心虚的眼神儿，无法掩饰那锐利的眼睛闪现的凶光。

这回她没有发现那种熟悉的面孔，就不慌不忙地朝街上走去。后来她干脆叫了辆马车，吩咐车夫送她去市场。给尼古拉买衣服时，她还当真讨价还价，还不断地骂丈夫是酒鬼，几乎每个月都要她买一套新衣服。商贩们并不在乎她骂些什么，但她自己却对这番谎话很满意。她路上已经盘算过，警方肯定会预料到尼古拉要化装，肯定会派暗探到市场上来。她怀着同样天真的想法警惕地回到叶戈尔的住所，然后送尼古拉·维索甫希科夫到城外去。她和尼古拉分别走在街道两侧。尼古拉迈着沉重的步子，低着头，那件深咖啡色的外套的下襟不时地绊住他的脚。帽子滑到鼻梁上，他就抬手把它扶正。看着他这副狼狈相，母亲觉得既可笑又可乐。萨申卡在一条僻静的街道上接应他们。母亲向尼古拉·维索甫希科夫点头告别，就回家去了。

“巴沙还在坐牢……还有安德留沙……”想到这里，她未免伤心。

十

尼古拉[1] 一见到母亲，就着急地喊道：

“您知道吗，叶戈尔病得很重，很重啊！已经住进医院。柳德米

① 即尼古拉·伊凡诺维奇。

拉来过一趟，叫您到那里去找她……”

“去医院？”

尼古拉不安地扶了扶眼镜，然后帮她披上一件上衣，用热乎乎的干瘦的手握住她的手，声音有些颤抖地说：

“是去医院。带上这包东西。维索甫希科夫安顿好了吗？”

“都安顿好了……”

“我也去看看叶戈尔……”

因为劳累，母亲有点头晕。尼古拉的紧张情绪使她有一种不祥的预感。

“他快不行了。”这个可怕的念头不时地闪现在她的脑际。

可是，当她来到医院，走进一间狭小但却整洁明亮的病房时，只见叶戈尔坐在病床上，背靠着几个洁白的枕头，正在嘶哑地放声大笑。看见这一切，她马上就放心了。她乐呵呵地站在门口，听见病人对医生说：

“治疗只是一种改良……”

“别耍贫嘴啦，叶戈尔！”医生的嗓子很细，关切地喊道。

“我是革命者，我恨改良……”

医生小心地把叶戈尔的手放在他膝盖上，站起身来，若有所思地捋着胡子，然后用手指触摸病人浮肿的脸。

母亲认识这位医生。他跟尼古拉很要好，也是他的同志，名叫伊凡·达尼洛维奇。她来到病人跟前，叶戈尔朝她伸了伸舌头。这时医生转过身来。

“啊，是尼洛夫娜！您好啊！手里拿的什么东西？”

“可能是书。”

“他不能看书！”小个子医生提醒说。

“他是想把我变成白痴！”叶戈尔抱怨道。

叶戈尔胸中不断发出急促而又沉闷的喘息，夹带着嘶哑的呼噜声，脸上冒出细小的汗珠。他慢慢抬起双手，他的手已不听使唤，显得很沉重，他用手掌擦了擦额头上的汗。这时，他那张宽宽的和善的面孔因浮肿而显得异常呆板，看上去像一副僵死的面具，已分辨不出他的五官，只有那双深陷的眼睛还很明亮，不时地露出温和的笑容。

“哎，科学家！我很累，可以躺下吗？”叶戈尔问。

“不行！”医生简短地说。

“那好，你走了我再躺下……”

“尼洛夫娜，您可不要迁就他！请把枕头给他垫好。还有，请您不要同他谈话，说话对他很有害……”

母亲点了点头。医生迈着小碎步匆匆地走出去了。叶戈尔把头靠在枕头上，闭上眼睛，然后安静下来，只有手指在轻轻动弹着。狭小的病房里，洁白的墙壁给人一种阴冷的感觉，令人悲伤。从宽大的窗户里，看得见枝叶繁茂的椴树的树梢，在落着尘埃的深绿色的树叶之间，闪烁着几片枯黄的叶子，显然是即将到来的秋天的初寒留下的痕迹。

“死神正在慢慢朝我靠近……它好像在犹豫……”叶戈尔闭着眼睛说，身子没有动弹，“它大概有点怜悯我，看我是个和气的小伙子……”

“别说了，叶戈尔·伊凡诺维奇！”母亲轻轻地抚摩着他的手，对他说。

“过一会儿我就不说了……”

他气喘得很厉害，说话非常吃力。因为虚弱，有时需要停顿很长时间。他说下去：

“您和我们在一起，我感觉好多了。一看见您的脸，我就感到愉快。有时我问自己，她的结局会是怎样的？一想到您和大家一样，难免要坐牢，受各种虐待，我心里就难受啊。您不怕坐牢？”

“不怕！”母亲毫不犹豫地说。

“是的，当然不怕。可是坐牢毕竟不好受啊！瞧，我的身体就是让坐牢给折磨垮的。说心里话，我不想死啊……”

“看来，你还不至于死！”她想这样对他说，但她望了望他的脸，就不吭声了。

“我本来还能工作……可是，如果不能工作，也就没有必要再活着，没意思嘛……”

“说得很对，可是不能给人以安慰！”母亲不由得想起安德烈说过的话，沉重地叹了口气。这天她感到特别累，肚子饿得发慌。病房里只有病人单调的低语，嘶哑的声音在光滑的墙壁上发出微弱的回声。窗外，茂密的椴树像低垂的乌云，黑压压一片，流露着忧伤，怪吓人的。四周的一切都蒙上一层暮色，寂然不动，悲哀地等待着黑夜来临。

“我浑身难受！”叶戈尔说着闭上了眼睛，不作声了。

“快点睡吧！”母亲安慰他说，“睡着就好了。”

她说罢仔细听听病人的呼吸，四下里望了望，安静地坐了一会儿；她感到心头发冷，有些伤心，不知不觉地打起盹来。

门口传来轻轻的响动。她惊醒了，身子颤抖了一下，看见叶戈尔睁着眼睛。

“我睡着了，请原谅！”母亲低声说。

“也请您原谅……”叶戈尔也低声说。

窗外，暮色早已降临，寒气袭人。一切都隐没在昏暗中，病人的脸也变得黑乎乎的。

门口响起轻轻的脚步声，接着传来柳德米拉的声音：

“摸黑坐着说悄悄话。电灯开关在哪儿？”

忽然，刺眼的灯光照亮了整个房间。柳德米拉站在病房中央，穿一身黑衣服，显得又高又直。

叶戈尔全身抽搐一下，一只手按住胸部。

“怎么啦？”柳德米拉向他扑去，喊道。

叶戈尔两眼呆呆地望着母亲，眼睛睁得很大，闪着古怪的亮光。

他的嘴张得很大，向上昂着头，一只手伸向前方。母亲小心地握住他这只手，屏住呼吸，仔细望着他的脸。他的脖子抽搐了一下，头向后一仰，大声说：

“我不行了，结束了！……”

他的身子轻轻颤抖了一下，头无力地垂在肩上，睁大的眼睛呆呆地反射着悬在床上的电灯的寒光。

“我亲爱的！”母亲低声说。

柳德米拉慢慢离开病床，站在窗前，朝窗外望着，用母亲感到陌生的异常响亮的声音说：

“他死了……”

她俯下身子，胳膊肘支在窗台上，突然，像头部被人猛击一拳似的，无力地跪在地上，两手捂着脸低声哭起来。

母亲把叶戈尔沉甸甸的两手放在他胸前，又将他那异常沉重的头在枕头上放好，然后擦了擦眼泪，来到柳德米拉身旁，俯下身来，默默地抚摩着她浓密的头发。柳德米拉慢慢转过身来，她那双呆滞的眼睛睁得很大，看上去有些不正常。她站起来，嘴唇颤抖着说：

“我们一起流放，一起到达那里，一起坐过牢……吃过不少苦头，有时候，实在忍受不住，不少人灰心了……”

说到这里，她大声哽咽着，欲哭无泪。她忍住悲痛，把脸贴近母亲的脸。带着温情和悲哀，她的脸显得和善、年轻。她继续低声哭诉着：

“他一向很乐观，不知疲倦，爱开玩笑，整天乐呵呵的。他很顽强，从不流露自己的痛苦……总是鼓励弱者。他心眼好，待人热情，和蔼可亲……在西伯利亚，因为生活无聊，人很容易堕落，产生悲观厌世等恶劣的情绪，但他善于克服这些情绪！……您不知道，他是一个多好的同志啊！他个人的生活很不幸，吃过不少苦，但他对谁都没有流露过一句怨言，他从不抱怨！我是他的好朋友，我欠他的情很多，他把一切都毫无保留地给了我，想尽办法帮助我。他孤独、劳累，但从不要求我体贴他，关怀他，他不要报答……”

她走到叶戈尔床前，俯身吻着他的手，悲痛地低声说：

“同志，我亲爱的，谢谢你，衷心地感谢你。永别了！我要像你一样，不倦地工作，坚定地工作，奋斗一辈子！……永别了！”

她俯在叶戈尔床头放声大哭，身子颤抖着，上气不接下气。母亲默默地哭了，泪流满面。不知为什么，她想强忍住眼泪，用一种特别的感情来安慰柳德米拉，爱抚她，想用美好的言辞来表达她的悲伤和对叶戈尔的怜爱。她眼泪汪汪地望着叶戈尔消瘦的脸，望着他那沉睡般的眼睛，望着他那含着微笑的发黑的嘴唇。病房里很安静，亮着平淡的灯光。

伊凡·达尼洛维奇走进来，像往常一样，迈着急匆匆的小碎步。他忽然在病房中央停下来，两手往衣袋里一插，着急地大声问：

“很久了吗？”

谁也没有答话。医生的身子轻轻摇晃了一下。他搓着额头，来到叶戈尔面前，握了握死者的手，然后走到一旁。

“这并不奇怪，像他这样的心脏，半年前就该出事的，至少是半年前……”

他的嗓门很大，响亮得出奇，而且故作镇静。这声音突然中断了。他倚在墙壁上，手指灵活地捻着胡子，不住地眨巴着眼睛望着床前的两个女人。

“又是一个！”他低声说。

柳德米拉站起来，走过去打开窗户。过了一会儿，他们三人都来到窗前，彼此紧挨在一起，望着秋天阴暗的夜色。群星在黑黢黢的椴树上空闪烁，天空显得无限遥远……

柳德米拉挽着母亲的胳膊，紧紧地靠在她肩上，一声不响地站着。医生低着头，在用手绢擦拭夹鼻眼镜。窗外一片沉寂，听得见市内夜间的低沉的喧哗，像是在懒懒地叹息。寒风迎面吹来，拂动着他们的头发。柳德米拉泪流满面，身子不时地颤抖着。医院的走廊里，传来无精打采的吃惊的谈话声，有人急匆匆地走过，接着又传来呻吟和沉闷的低语声。他们三人呆呆地站在窗前，望着黑暗的夜色，沉默着。

母亲觉得，她没有必要在此处久留，便小心翼翼地抽出自己的手臂，向叶戈尔鞠了躬，转身向门口走去。

“您回去呀？”医生没有回头，低声问。

“是的……”

回家的路上，她想起柳德米拉，想起她那吝啬的眼泪。

“她连哭也不会……”

叶戈尔临终前的遗言又回响在她脑际，她不禁轻轻地叹了口气。她缓缓地走在街上，回想着他那双灵活的眼睛，他的幽默和他讲述的生活的故事。

十一

第二天，母亲一整天都在四处奔走，忙着给叶戈尔办葬礼。晚上，她正跟尼古拉和索菲娅一起喝茶，萨申卡来了，一副兴冲冲的样子，说话嗓门特别高。她红光满面，眼睛闪烁着快乐的光芒。母亲觉得，从她这副喜气洋洋的样子看来，她心里一定充满了某种希望。她的欢乐情绪同大家悼念死者的哀痛气氛很不协调，就像黑暗中骤然出现的火光，弄得大家心神不定，困惑莫解。尼古拉若有所思地用手指敲着桌子说：

“萨莎，您今天怎么有点反常……”

“真的？也许是吧！”萨莎答道，接着就得意地笑起来。

母亲没有作声，只是责备地望了她一眼，而索菲娅提醒她说：

“我们在说叶戈尔·伊凡诺维奇……”

“他真是一位奇人，不是吗？”萨申卡大声说，“我从没见他阴沉过脸，他总是那么乐观，爱开玩笑。他的工作是那样出色！他是一位天才的革命家，是一位掌握了革命思想的大师。他一向善于简明而有力地揭露虚伪、暴力和谬误。”

她说话声音不高，眼睛含着若有所思的微笑，可她的目光仍旧闪烁着欢乐的火焰。她这种眼神虽然令人费解，但大家清楚地看出她内心的喜悦。

他们不想让萨申卡带来的喜悦心情干扰他们对同志的哀思，不自觉地保持着自己内心的哀痛，不知不觉地在用自己的悲哀来感染姑娘……

“他已经死啦……”索菲娅注视着她，毫不客气地说。

萨申卡立刻用询问的目光看了看大家，皱起了眉头。她低下头，沉默了一会儿，慢慢地整理着头发。

“他死了？”停顿之后她大声问道，又抬眼望了望大家，目光里含有挑战的意味，“死了意味着什么？是什么死了？难道我对叶戈尔的尊重死了？难道我对他的爱，对同志的爱，对他的思想工作的怀念都死了？难道他的思想影响也死了？难道他在我心中激发的那些情感都不存在了？难道他在我心目中的勇敢正直的形象破灭了？难道这一切都死了？我认为，这一切是永远不会死的，这我知道。我觉得，我们不必急于说一个人死了。‘他的嘴不再说话，但他说过的话将永远活在人们心中！’”

她情绪很激动，又在桌前坐下来，双肘支在桌子上，含笑望着同伴们，眼睛有些模糊了。她压低声音，更加深沉地说下去：

“也许我说这些很愚蠢，但是我相信，同志们，正直的人是永生的，那些给了我幸福、使我过上美好生活的人是永生的。这种生活使我感到欣喜、陶醉，就因为它是极其复杂的，因为它充满了各种奇妙的现象，因为它使我在思想上有所提高，我像珍视自己的心灵一样珍视这些思想。也许我们太珍惜自己的感情，不愿过多地流露，而在许多方面又过于理智，因此我们有时候显得有些反常，我们往往是对某种事情做出评价，但却不动感情……”

“莫非您最近有什么好事？”索菲娅笑着问道。

“是的！”萨申卡点了点头，答道，“我觉得这是一件好事！我同维索甫希科夫彻夜长谈了一次。我过去不喜欢他，认为他粗暴，没有知识，他过去也的确是这样的。他这个人心胸狭窄，忌恨所有的人，不管对待什么事情，他总是以自我为中心，开口闭口我我我，态度粗暴，怒冲冲的。这说明他的小市民习气，爱惹是生非……”

说到这里，她笑了笑，又用欣喜的目光看了看大家。

“现在他会使用‘同志们’这个称呼啦！应该留心听听他是怎样使用这个称呼的。他称呼同志的时候，有些难为情，带着温柔的爱，这是一种难以言传的东西！总之，他变得非常随和、真诚，一心想着要尽快投入工作。他真正找到了自我，认清了自身的力量，看到了自己的缺陷，主要的是他产生了真正的同志感情……”

母亲听着萨申卡这一番话，看到这位严肃的姑娘变得如此温柔可爱，她心里暗暗高兴。但是与此同时，她心里也生出一个嫉妒的念头：

“巴沙到底怎么样了？”

“他一心想着狱中的同志们。”萨申卡继续说，“你们知道他要说服我做什么吗？他劝我立即组织同志们越狱，真的！他说这是一件轻而易举的事……”

索菲娅抬起头来，兴奋地说：

“您以为怎么样，萨莎？这倒是个好主意！”

母亲手里的茶杯颤抖了一下。萨申卡皱了皱眉头，抑制住内心的兴奋，沉默了一会儿，然后以严厉的口吻，脸上带着愉快的微笑，慌乱地说：

“如果事情真像他说的那样，我们就应该去试一试！这是我们分内的事情！……”

说到这里，她脸红了，往椅子上一坐，不吭声了。

“我亲爱的，亲爱的！”母亲露出了笑容，内心里喊道。索菲娅也嘿嘿一笑，尼古拉温和地望着萨申卡的脸，轻声笑起来。这时，姑娘抬起头，严厉地看了看大家的表情，她脸色变得苍白，眼睛亮闪闪的，用委屈的声音严肃地说：

“你们在嘲笑我，这我明白……你们是不是认为这件事与我个人有牵连？”

“这是为什么，萨莎？”索菲娅站起身来，走到她面前，调皮地问道。母亲觉得这个问题是多余的，只会让姑娘生气。她叹了口气，扬起眉毛，责怪地望了索菲娅一眼。

“不过，我不参与意见！”萨申卡高声说，“如果你们研究这个问题，我不参加表决……”

“别这样，萨莎！”尼古拉平静地说。

母亲也走过来，俯下身来，轻轻地抚摩着她的头。萨申卡抓住母亲的手，仰起涨红的脸，难为情地望了望母亲。母亲笑了笑，不知该对她说些什么，只是伤心地叹了口气。索菲娅也在萨申卡旁边的椅子上坐下来，搂着她的双肩，好奇地微笑着，望着她的眼睛，对她说：

“您这个怪人哟！……”

“是的，我是说了些蠢话……”

"您怎么能认为……"索菲娅接着说下去，但尼古拉打断了她的话，严肃认真地说：

"关于组织越狱的问题，如果事情能办成，是不会有什么异议的。可是我们首先要弄清楚，狱中的同志们愿不愿意这么做……"

萨申卡低头不语。

索菲娅点燃一支烟，望了望弟弟尼古拉，把火柴往屋角里使劲一扔。

"他们怎能不愿意！"母亲叹了口气说，"只是我不相信这事能够办成……"

大家都没有说什么，可是母亲却想再听一听越狱是否真有把握。

"我需要同维索甫希科夫见一次面。"索菲娅说。

"明天我通知您会面的时间和地点。"萨申卡低声答道。

"他该做些什么呢？"索菲娅在房间里踱着步，问道。

"这事已经说定了，让他到新的印刷所当排字工。动身之前，他暂住在守林人那里。"

萨申卡的眉头又皱紧了，脸上又恢复了往常的严肃表情，语气也变得严厉起来。尼古拉走过来，对正在洗茶杯的母亲说：

"您后天去探监的时候，给巴维尔带一张字条。您明白吧，需要了解……"

"我懂，我懂！"母亲连忙回答说，"我会送到的……"

"我走了！"萨申卡说完，匆匆地同大家握了手，一言不发，然后挺直身子，表情严肃地走了，步伐显得特别坚定。

索菲娅把两手放在母亲肩上，摇晃着她的身子，微笑着问道：

"尼洛夫娜，要是有这样一个女儿，您喜欢她吗？……"

"天哪！要是能看见他们在一起该多好啊，哪怕是一天也好！"母亲高声说，几乎要哭了。

"是啊，能有一点点幸福就觉得很好了，每个人都是这样的！……”尼古拉低声说，“可是只满足于一点点幸福的人是不存在的。幸福太多了，人们又不珍视它……”

索菲娅在钢琴前坐下来，弹奏出一支忧伤的乐曲。

十二

第二天一大早，医院门口聚集了几十个男人和女人，等待着他们同志的棺材从里面抬出来。有几个密探在他们四周小心翼翼地溜达着，竖起耳朵偷听人们在议论什么，同时记下他们的面孔、举止和言论。街对面站着一队警察，腰里挎着左轮手枪，密切注视着医院门口的人群。密探们的丑态，警察们的嘲笑和随时准备动武的气势，不断地激起人们的愤怒。有些人在开玩笑，以便抑制心中的怒气，有些人沉下脸，两眼盯住地面，避而不看那种令人感到屈辱的场面，还有的人压抑不住心中的怒火，嘲讽当局无能，对群众的言论如此害怕。秋日淡蓝色的天空格外晴朗，俯视着铺着灰色卵石的街道。街道上落着枯黄的树叶，秋风不时地把枯叶吹卷到人们脚下。

母亲站在人群里。望着一张张熟悉的面孔，她有些发愁，心想：“你们的人太少，太少！几乎没有工人……”

医院的大门打开了，棺材抬出来，只见棺盖上放着几只系着红色缎带的花圈。人们一齐脱帽，仿佛一群黑鸟从他们头上飞起。这时，一个赤红脸、留着浓密的黑胡子的高个子警官闯进人群，紧接着，士兵们走过来，迈着沉重的步伐，皮靴在石子路上踏得咚咚响。他们蛮横地推开人群。那警官声音嘶哑地下达了命令：

“快把那些缎带取下来！”

一群男女把警官紧紧地包围起来，挥舞胳膊同他讲理，他们推推搡搡，情绪颇为激动。有几张苍白的脸在母亲眼前晃动，他们满脸的怒气，嘴唇颤抖着，有个女人脸上流着委屈的泪水……

“打倒暴力！”响起一个年轻人的声音，可立刻就被杂乱的争吵声淹没了。

母亲心里也很不好受，她转向身旁一个衣着寒碜的青年，气愤地说：

“他们不准按照同伴们的心愿给人送葬，真不像话！”

敌对情绪越来越大，棺盖在人们头顶上晃动，微风吹拂着花圈的缎带，在人们头上和脸上飘舞着，发出断断续续的沙沙声。

母亲害怕人们与警察发生冲突，就急忙对身边的人小声说：

“别理他们！既然这样，最好把缎带取下来！让他们一步也没关系！……”

有个尖嗓门高声喊叫起来，压倒了喧闹声：

“他是被你们折磨死的，我们强烈要求，不许干扰我们给他送葬……”

一个尖细的声音高声唱起来：

你们在斗争中倒下去……

“快把缎带取下来！雅科夫列夫，把它割掉！”

只听见唰的一声，士兵抽出军刀。母亲连忙闭上眼睛，她以为会有人大喊大叫。可是吵嚷声反倒小了，人们低声埋怨着，像被追捕的狼群似的唔唔地叫着。后来大家都沉默下来，低着头，缓缓地向前走去，街道上响起一片沙沙的脚步声。

棺盖遭到士兵们洗劫之后，只剩下几只被挤扁的花圈。棺盖在人群前面慢慢移动；警察们骑在马上，身子左右摇晃着。母亲走在人行道上，看不见灵柩在什么地方。这时，密集的人群把灵柩紧紧围住，送葬的人越来越多，不知不觉地挤满了整个街道。人群后面，高耸着骑马的警察们灰色的身影，徒步的警察手按着军刀，走在街道两旁。到处都有母亲常见的暗探们锐利的眼睛，它们悄悄地监视着人们的面孔。这时，有两个悦耳的嗓音悲伤地唱道：

永别了，我们的同志，永别了……

“别唱啦！”有人喊起来，“我们要沉默，诸位！”

这喊声相当严厉，有一种令人慑服的力量。悲伤的歌声立刻停下来，谈话声也小了，只听得见坚定的步伐踏在石子路上发出的低沉均匀的突突声。脚步声渐渐越过人们的头顶，飘向透明的天空，在空中回荡着，仿佛雷雨来临之前从远方传来的隐隐的雷声。风越刮越大，凉飕飕的，随风卷起的尘土和垃圾，无情地朝人们刮过来。寒风吹卷着人们的衣衫和头发，迷住他们的眼睛，在他们的胸前和脚下扑打着、旋转着……

送葬的队伍默默地行进着，既没有神父，也没有悲伤的挽歌。一张张沉思的面孔，紧皱的双眉，使母亲感到非常难过。她的思绪缓缓转动着，心中的感受渐渐化作悲伤的话语：

“你们这些为真理而斗争的人太少了……”

她低着头向前走，总觉得这不是在给叶戈尔送葬，而是去埋葬某种东西。这种东西是她所熟悉的、亲近的，而且必不可少。她感到苦恼，又觉得难为情，因为看不惯那些为叶戈尔送葬的人的种种做法，她心里很别扭，同时又为他们担心。

“叶戈尔不信上帝，”她心想，“他们肯定也都不信上帝……”

她也不愿再想这件事，一连叹了几口气，以便排遣这不愉快的念头。

“上帝啊，我主耶稣基督！等我死了，难道也这样送葬……”

到了墓地，人们在坟墓之间的小道上绕来绕去，最后来到一片开阔的空地上。这里立着许多低矮的十字架。人们聚集在这片坟地上，沉默不语。活人在坟地里庄严地沉默，给人一种可怕的预感，母亲的心颤抖一下，然后就紧张地等待着。寒风在十字架之间呼叫着，棺盖上的挤扁的花圈凄凉地抖动着……

警察们警惕地站在那里，挺直身子，眼睛望着自己的上司。一个高个子青年站在墓前，他没戴帽子，留着长发，黑眉毛，脸色苍白。这时，警官声音嘶哑地说：

“诸位……”

“同志们！”黑眉毛青年声音洪亮地说。

“等一下！”那警官叫道，“现在我宣布，不准在这里演说……”

“我只讲几句！”那青年平静地说，“同志们！在我们的老师和朋友的墓前，让我们宣誓：永远不忘他生前的教导，我们每一个人都要加倍努力，彻底铲除给我们的祖国带来种种不幸的祸根，埋葬压迫祖国人民的恶势力——专制政体！”

“把他抓起来！”警官叫道，但他的叫声立刻被杂乱的呼喊声淹没了。

“打倒专制政体！”

警察们推开人群，朝发表演说的青年扑去。这时那位青年已被群众从四面八方紧紧围住，他仍在挥舞着胳膊呼喊着：

“自由万岁！”

母亲被拥挤的人群挤到一旁。她心里害怕，就靠在一个十字架上，闭上眼睛等着挨打。嘈杂的喊声像凶猛的旋风震得她什么也听不见，她感到地动山摇，寒风呼呼，她吓得喘不过气来。警察们急促地吹着警笛，警官在发号施令，粗野地喊叫着，妇女们发疯似的喊起来。墓地的木栅栏在噼啪作响。沉重的脚步踏在干燥的土地上，发出低沉的突突声。这些声响经久不息，母亲站在那里，紧闭着眼睛，心里极为恐惧。

她睁开眼睛一看，吓得尖叫一声，伸开胳膊向前跑去。在离她不远的一条狭窄的小道上，警察们把那个留长发的青年围在几座坟墓之间，一面抵挡着从四面八方赶来解围的群众。出鞘的军刀寒光闪闪，在空中挥舞着，直冲着人们头顶劈下来。群众挥动手杖和从围栏上拔下的木桩，拼命和警察们厮打着，乱作一团，拼命喊叫。这时，那个被包围的青年出现在高处，只见他面色苍白，用坚定的声音向暴怒的人群喊道：

"同志们！何必做无谓的牺牲……"

他的话很有感染力。人们扔下手中的木棍，一个接一个地退下去。可是母亲还在往前挤，一股不可抗拒的力量驱使着她。她发现尼古拉正在向后推开气得发疯的人群。他的帽子滑到了后脑勺上，只听见他用责备的口吻对大家说：

"你们这是发疯了！快冷静一下！……"

她觉得，尼古拉有一只手在流血。

"尼古拉·伊凡诺维奇，您快点走吧！"她喊叫着朝尼古拉跑去。

"您到哪儿去？到那边您会挨打的……"

索菲娅一把抓住她的肩膀。这时她恰好站在母亲身边，没戴帽子，披散着头发，扶着一个受了伤的小伙子。那小伙子很年轻，像个孩子似的，一只手擦着被打伤的流着血的脸，一边颤动着嘴唇低声说：

"没关系，放开我吧……"

"您来照看他，叫辆马车，把他送到我们家去！这是头巾，把他的脸包扎一下！"索菲娅匆匆说着，把小伙子的胳膊放在母亲手里，然后边跑边喊："你们快点离开这里，正在抓人呢！……"

人们在墓地上四处奔逃。警察们追赶着他们，迈着沉重的步子，笨拙地在坟墓之间跑来跑去，他们不时地被军大衣裹住腿，一边咒骂，一边挥舞着军刀。小伙子目送着他们，眼睛里闪着凶光。

“我们快点走吧！”母亲用头巾擦着他的脸，低声说。

小伙子一口口地吐着血沫，低声说：

“您放心吧，我不疼。那家伙用刀柄打了我一下……我也没有放过他，给了他一棍子，打得他嗷嗷直叫！……”

说到这里，他举起带血的拳头摇了摇，声音嘶哑地说：

“让他们等着瞧，有他们好受的。等我们工人都觉悟了，大家都站起来，不用打，他们也得完蛋。”

“快走吧！”母亲催促道。他们急步来到公墓的木栅栏门口。母亲以为，在栅栏外面的空地上，一定有警察在暗中等待他们，等他俩出了公墓，警察们就会扑过来殴打他们。可是，当她小心翼翼地打开栅栏门，望了望门外暮色笼罩的秋天的旷野时，便立刻放下心来。原来门外静悄悄的，一个人也没有。

“我来给您包扎一下。”母亲说。

“不用啦。不包扎也没什么丢人的！也没有白挨打：他打我，我也打了他……”

母亲不由分说，连忙把他脸上的伤口包扎起来。看见小伙子在流血，她心里马上充满了怜悯。她感到指尖触到了黏糊糊的热血，吓得浑身打了一个冷战。她没有作声，搀扶着这个受了伤的小伙子急匆匆地朝旷野上走去。小伙子拉开头巾露出嘴巴，苦笑着说：

“同志，您这是把我领到哪儿去？我自己能走……”

但母亲感到他的身子在摇晃，脚步不稳，胳膊在颤抖。小伙子不等母亲答话，便有气无力地说：

“我是白铁工伊凡，您是谁？我们三个人都是叶戈尔·伊凡诺维奇小组的成员，都是白铁工。我们小组一共十一人，我们都非常敬重他，愿他早升天国，不过我不信仰上帝……”

来到城里的一条街上，母亲叫了一辆马车。她把伊凡扶进马车，悄悄对他说：

“现在可别说话啦！”她小心地用头巾盖住他的嘴。

小伙子抬手去拉蒙在嘴上的头巾，却没有拉开，他的手无力地放在膝盖上，但他隔着头巾断断续续地说：

“好小子，你们这顿打我是不会忘记的……在认识叶戈尔之前，我们有个朋友叫季托维奇，是个大学生，他教我们政治经济学……后来被抓走了……”

母亲两手搂住伊凡，把他的头贴在自己胸前。小伙子突然不作声了，身子变得特别沉。母亲吓得不敢喘气，皱着眉头朝四周张望。她担心警察会从某个街角里跑出来，发现伊凡头上包着块布，会立刻把他捉去处死。

“他喝多了？”马车夫从车夫台上转过身子，和善地笑着问道。

“他喝醉啦！”母亲叹了口气，答道。

“是您儿子？”

“是的，他是鞋匠，我是厨子……”

“您也够苦的。真是的……”

车夫挥起鞭子催了催马，又回过头来小声说：

“听说了吗？公墓里刚才打起来了！……据说是给一个革命分子送葬，此人是属于反对官府的那种人……他们专门跟当官的对着干。给他送葬的也是这些人，大概都是他的朋友。他们在墓地大喊打倒官府，说当官的把老百姓逼得走投无路……警察们痛打他们，据说还砍死了几个人。不过，警察们也吃亏了……”他沉默了一会儿，难过地摇了摇头，怪声怪气地说，“连死人也不得安宁，不得安宁啊！”

马车驶上石子马路，发出哗哗啦啦的响声。伊凡的头在母亲怀里轻轻抖动着。车夫侧过身来，若有所思地低声说：

“老百姓在闹风潮，这世道就要乱了，真的！昨天夜里宪兵搜查我们的邻居，一直闹到天亮。早上捉住一个铁匠，就把他带走了。据说夜里要把他扔到河里，偷偷把他淹死。那铁匠为人挺不错的……”

“他叫什么名字？”母亲问道。

“你是说那个铁匠？他名叫萨韦尔，外号叶甫琴科。他年纪不大，可懂得很多道理。看来，懂道理也犯法！他每次到我家来，就问：‘你们赶马车的，生活怎么样？’我们对他说：‘说实在的，我们的生活连狗都不如。’”

“停车吧！”母亲说。

伊凡被惊醒了，低声哼哼起来。

“小伙子醉得不轻啊！”车夫说，“唉，都怪你啊，伏特加，伏特加……”

伊凡吃力地挪动两腿，身子摇晃着，走在院子里，他还在说：

“没事儿，我自己能走……”

十三

索菲娅已经到家了。她嘴里叼一支烟，看见母亲走进来，她很兴奋，便手忙脚乱地迎上去。

她把伤员安置在长沙发上，轻轻地解下包在他头上的头巾，一边吩咐别人该做什么。香烟熏得她眯起了眼睛。

“伊凡·达尼洛维奇，伤员送来了！尼洛夫娜，您辛苦啦！吓坏了吧，啊？快去休息吧。尼古拉，快给尼洛夫娜倒一杯葡萄酒来！”

今天的遭遇使母亲吃惊不小。她这时还喘着粗气，胸口一阵阵地刺痛，有气无力地说：

“你们别再为我费心了……”

可是她心里却急切地期待着别人的关怀和安慰。

尼古拉手上缠着绷带，从隔壁屋里走过来。医生伊凡·达尼洛维奇也从隔壁走过来，他衣冠不整，头发乱得像刺猬。医生快步来到伤员面前，俯下身来说：

“拿水来，多拿点水，再拿几块干净的纱布和棉花！”

母亲急忙走向厨房，但尼古拉搀住她的胳膊，把她扶进餐厅，亲切地对她说：

“这不关您的事，他是对索菲娅说的。亲爱的，您受惊了吧？”

母亲望着他那专注而又同情的目光，忍不住哽咽地说：

“亲爱的，您说说，这是怎么回事啊！用刀砍起人来了！”

“我看见了！”尼古拉把酒递给母亲，点点头说，“双方的火气都不小。不过，您不必担心，他们是用军刀平着打的，因此真正被砍伤的就一个人。他挨打是我亲眼所见，是我把他救出来的……”

尼古拉的表情和声音，以及这温暖明亮的房间，都使母亲得到安慰。她感激地望着尼古拉，问道：

“您也挨打了吧？”

“这大概是我自己不小心，不知在什么地方碰了一下，手上划破了一点皮。您喝茶吧，天这么冷，您穿得太少了……”

她伸手去端茶，才发现自己手指上有凝结的血迹，于是不由自主地把手缩回来，放在膝盖上，这才发现裙子也给血浸湿了。她睁大眼睛，扬了扬眉毛，侧目望着手指上的血污。感到有些头晕，心里突突直跳：

“巴沙也会挨打的！”

伊凡·达尼洛维奇走进来。他只穿一件西服背心，衫衣的袖子挽着，看着尼古拉脸上的疑问表情，他尖着嗓子说：

“脸上负了点轻伤，但颅骨骨折，不过也不太严重。小伙子身体很结实，只是流血过多。送不送他进医院？”

“送医院干吗？让他在这里休养！”尼古拉高声说。

“这一两天没关系，可是以后还得住院。他在医院里会方便些，因为我没有时间出诊！你要不要写一份传单，报道一下公墓里的武斗事件？”

“当然要写！”尼古拉说。

母亲悄悄站起来到厨房去了。

“您去哪儿，尼洛夫娜？”尼古拉不安地拦住她，“索菲娅一个人就够啦！”

母亲望了他一眼，身子直打哆嗦，苦笑着说：

“瞧我身上的血……”

母亲在自己房间里换掉沾了血的衣服。这时，她又在想，这些人沉着冷静，遇到可怕的事情马上就能应付过去。想到这里，她渐渐清醒了，心里也不再害怕。她走进伤员住的房间，看见索菲娅正在俯身同他说话：

“同志，别说傻话了！”

“我会给您添麻烦的！”伤员有气无力地说。

“别说了，您不应该多说话……”

母亲站在索菲娅身后，两手扶着她的肩膀，笑眯眯地望着伤员苍白的脸，讲起他在马车里说胡话，她生怕他不小心说走了嘴的情形。伊凡听了，两眼闪烁着兴奋的光芒。他咂了咂嘴，不好意思地低声感叹说：

“哎呀，我真傻！”

“好了，我们不打扰您了！”索菲娅替他盖好毯子，说，“好好休息吧！”

来到餐厅里，他们又谈起今天的事件，谈了好久。不过他们满怀信心地展望未来，讨论今后的工作方法，而把这场悲剧当成遥远的往事。他们虽然满面倦容，但思想却很活跃。谈到工作，大家都很诚恳，都毫不掩饰自己的短处。医生坐在椅子上，不时地转动着身子，显得焦躁不安，他尽量压低尖嗓子，说道：

“宣传，宣传！青年工人们的看法是对的，眼下单靠宣传是不行的！还要开展更加广泛的鼓动工作。我认为，工人们的看法是对的……”

尼古拉阴沉着脸附和他说：

“到处都有人抱怨宣传材料不够用，可我们至今没有建立一个很好的印刷所。柳德米拉在竭尽全力地干，如果我们不给她找几个帮手，她会累病的……”

“维索甫希科夫可以吗？”索菲娅问道。

“他无法在城里居住。他只能负责新建的印刷所的部分工作，那里还缺一个人……”

“我去行吗？”母亲轻声问。

他们三人都朝母亲望了一眼，沉默了片刻。

“这是个好主意！”索菲娅兴奋地说。

“不行，尼洛夫娜，您做这工作不合适。”尼古拉严肃地说，“这样一来您就得到城外去住，无法去探望巴维尔了，总之……”

母亲叹了口气，解释说：

“对巴维尔来说，不去探望算不了什么。对我来说，这种探望只能让人伤心！像傻瓜似的和儿子面对面站着，什么话也不能说，有人盯着你的嘴巴，看你说不说多余的话……”

这几天，接连发生一些事，使她精神上感到很累。现在听说有可能搬到城外去住，躲开这些伤心事，她便急于抓住这个机会。

可是尼古拉岔开了话题。

“伊凡，你在想什么？”他转身问医生。

医生低着头，坐在桌前，他沉着脸说：

“我们的人太少，这就是我所担心的。工作需要加倍努力……必须说服巴维尔和安德烈越狱，他们两人是很宝贵的，可是却在那里闲待着……”

尼古拉皱了皱眉头，疑惑地摇摇头，顺便瞟了母亲一眼。母亲知道，有她在场，人家不便商议她儿子的事情，就主动回房安歇了，不过她心里还有些怨气，埋怨他们对她的愿望置之不理。她躺在床上，却睡不着，听着隔壁传来的悄悄的谈话声，她心里烦躁不安。

这一天过得糊里糊涂，有许多迹象很不吉利，令人忧虑，不过她已无心去想这些，而是尽量避开那些不愉快的印象，把心思转到了巴维尔身上。她希望儿子能出狱，同时又害怕儿子出狱。她感觉到，周围的形势很紧张，弄不好就会发生剧烈的冲突。人们不愿再默默地忍耐，他们都在紧张地等待着，怨气也明显在增长，到处都有一种紧张的空气……在集市上，在店铺里，一旦发现传单，那些当用人的和手艺人就争相传看，议论纷纷。城里每次抓人，都会引起不同的反响；人们谈论抓人的理由时，往往流露出惧怕、困惑，甚至不自觉地同情。她越来越多地听到普通老百姓使用那些一度使她恐惧的字眼，诸如造反、社会主义者、政治等等。人们使用这些字眼时往往带有嘲笑的意味，可是在嘲笑背后却常常流露出好奇的疑问；有时却用咒骂的口吻，但咒骂的同时又显得很害怕；有时又若有所思，但却怀有某种希望。黑暗的生活渐渐地开始波动，像一潭死水泛起的波澜，不断地向四周扩散着。人们沉睡的思想在觉醒，他们对现实见怪不怪、安分守己的态度也开始动摇了。这些情况，她比别人看得更清楚，因为她比别人更了解人生的凄苦。现在，看到人们开始思考并且流露出怨气，她既高兴又害怕。她高兴，是因为她觉得这是他儿子应做的事情；她害怕，是因为她知道，一旦儿子出狱，他就会站在人们的最前列，就会从事最危险的工作，那就难免会牺牲。

有时她会觉得儿子的形象变得高大起来，就像童话里的英雄人物。在她看来，儿子的形象汇集了她所听到的一切正直勇敢的语言，体现了她所喜欢的所有的优秀人物的特质，代表着她所知道的所有英勇光辉的业绩。这时，她又感动，又骄傲，心里甜滋滋的。儿子的形象使她欣喜，使她心中充满了希望。她心想：

“一切都会好起来的！”

她爱儿子，心疼儿子，但母爱烧灼着她的心，她感到胸闷，心口隐隐作痛。后来，母爱逐渐占据了她的整个身心，她开始为儿子担心，一个忧伤的念头不知不觉地冒了出来：

“他会出事的……他会死的！……”

十四

中午，在监狱的接待室里，母亲和巴维尔面对面坐着。母亲含着眼泪望着儿子长满了胡子的脸，她手里紧紧攥着一个纸条，想找机会把它交给巴维尔。

“我很好，大家都很好！”巴维尔低声说，“你怎么样？”

“我还好。叶戈尔·伊凡诺维奇去世了！”母亲随口说。

“是吗？”巴维尔吃惊地问道，缓缓地垂下头。

“送葬的时候，警察打了人，还抓走了一个！”母亲如实地说下去。典狱长助理生气地咂了咂薄嘴唇，突然站起来，嘟哝道：

“不许谈这些，您要放明白点！不准谈政治！……”

母亲也站起来，假装糊涂，抱歉说：

“我不是谈政治，我是说打人了。他们的确打人了，有一个人还被打破了头……”

“反正都一样！请您别再说了！和您个人、家庭无关的事，总之和您全家无关的事，什么也不要说！”

他觉得自己有些语无伦次，就在桌前坐下，翻看着卷宗，然后无精打采地补了一句：

“这是我的责任……”

母亲回头看了看，赶忙把字条塞在巴维尔手里，轻松地叹了口气：

“你知道该说些什么……”

巴维尔笑了笑：

“我也不知道……”

“那就用不着来探监了！”典狱长助理生气地说，“无话可说，还老来探监，烦人……”

“快受审了吧？”母亲沉默片刻，问道。

“前几天检察官来过，说是快了……”

他们纯粹是闲聊，两人都觉得这些话无关紧要，也不必去说。母亲看得出，巴维尔望着她的脸，眼睛充满了柔情。他没有什么变化，还像往常那样稳重、沉着。只是那满脸的胡子使他显得老了些，手变白了。她很想把尼古拉的事告诉儿子，让他愉快些，于是她没有改变语调，还用那种闲聊的口吻说：

“我见到你的教子[①]啦……”

巴维尔注视着她的眼睛，没有答话，只是用目光探询着。母亲想让他明白她指的是麻脸维索甫希科夫，就用指头在自己脸上点了几下……

“没关系，小伙子平安无事，不久就会找到事做的。”

儿子明白了，朝她点点头，愉快地微笑道：

“这很好嘛！”

“就这些！”她心满意足地说。看到儿子高兴，她自己也很得意。

巴维尔紧紧地握着母亲的手，同她告别：

“谢谢您，妈妈！”

① 指从监狱逃走的尼古拉·维索甫希科夫。

和儿子心灵上的沟通使她感到欣喜，她有些陶醉了，不知该对儿子说些什么，就默默地握了握他的手。

她回到家里，正好碰上萨申卡来了。每逢母亲去探监的日子，姑娘都跑来看看她。如果母亲不主动谈起儿子的事，她也从来不主动开口去问。她只是注视一下母亲的表情，也就感到满足了。可是这次一见到母亲，她就不安地问道：

“他究竟怎么样？”

“没什么，身体很好！”

“纸条交给他了？”

“当然了！我悄悄塞给他了……”

“他看了吗？”

“在哪儿看？难道当时就能看！”

“是啊，我糊涂了！”姑娘慢吞吞地说，“我们得等一个星期，等一个星期啊！您觉得他会同意越狱吗？”

说到这里，她皱起眉头注视着母亲的脸。

“我也不知道，”母亲若有所思地说，“要是这事没什么危险，逃出来有什么不好呢？”

萨申卡摇了摇头，又严肃地问道：

“您知道病人能吃什么东西吗？他想吃点东西。”

“什么都能吃！我这就去拿……”

她说着朝厨房走去，姑娘慢慢地跟在她后面。

“要我帮忙吗？”

“谢谢，您太客气啦！”

母亲弯腰去端炉子上的砂锅，姑娘低声对她说：

“请您等一下……”

姑娘脸色苍白，那双大眼睛里充满了忧愁，嘴唇直打哆嗦，一副急不可待的样子，她匆匆地低声说：

“我想求您一件事。我知道，越狱他是不会同意的！请您劝劝他！您告诉他，我们需要他尽快出狱，就说工作离不开他，就说我很为他担心，怕他把身体弄垮了。您也知道，开庭审判的日子老定不下来……”

看得出来，姑娘说这番话是很费力的。她很不自然地挺着身子，眼睛朝一旁看着，声音直打哆嗦。她显得很疲倦，眼帘低垂，她咬着嘴唇，紧握着拳头，手指发出清脆的响声。

母亲见她如此激动，自己也有些不知所措。不过，她理解姑娘的心情，再说她自己也很激动，心里也很不是滋味。她抱着姑娘的肩膀，轻声说：

“您是我亲爱的人！不过您要知道，他除了自己，任何人的话他都不会听的，不管是谁劝他！”

两人都不作声了，她们紧紧地拥抱着。过了一会儿，萨申卡轻轻挪开母亲的手，哆哆嗦嗦地说：

“是啊，您说得对！我说的全是傻话，一时激动……”

后来她忽然严肃起来，匆匆结束了谈话：

“好了，该给伤员吃东西了……”

姑娘在伊凡床边坐下来，关切地问他：

“头疼得厉害吗？”

“不，只是头晕，浑身没劲儿，”伊凡有点不好意思，把毯子往上拽了拽，盖到下巴底下，像避开强光似的眯起眼睛，回答说。萨申卡发觉伊凡不愿当着她的面吃东西，就起身出去了。

伊凡从床上坐起来，望了望姑娘的背景，眨巴着眼睛说：

“好漂亮哟！……”

他的眼睛亮亮的，看上去很快活，一口密密的细牙，说话的声音还有点像孩子。

“您多大了？”母亲若有所思地问。

“十七岁……”

“父母在哪里？”

“在乡下。我从十岁就进城了，只读完小学！同志，您叫什么名字？”

每当有人称呼她“同志”，她都觉得挺可笑，同时也很感动。这回她也笑着问道：

“您打听这个干吗？”

小伙子不好意思地沉默一会儿，解释说：

“是这样的，我们小组里有个大学生，就是跟我们一起读书的那个小伙子，他常给我们提起工人巴维尔·弗拉索夫的母亲。您听说过‘五一’节游行的事吗？”

母亲点了点头，认真地听他说下去。

“他第一个公开打起我党的旗帜！”小伙子自豪地说，他的自豪在母亲心里引起了共鸣。

“可惜那回我没有参加，因为当时我们也打算搞游行，结果没有搞成！人太少啦。等来年再搞，您就等着瞧吧！”

小伙子预想来年要干一番惊人的大事，他激动得气喘吁吁，接着，他又挥舞着汤匙说下去：

“我说的就是那位弗拉索娃，就是那位母亲。游行之后她也入了党。据说她的确是个了不起的母亲！”

母亲开朗地笑了笑，听到小伙子的热烈称赞，她心里感觉美滋滋的，既愉快又感到难为情。她真想对他说：“我就是弗拉索娃！……”不过她克制住了自己，心里有些不安，她嘲笑自己说：“哎呀，你老糊涂啦！……”

“您要多吃些！赶快把身体养好了，好去干大事啊！”她忽然俯下身来激动地对他说。

门开了，秋风吹进来，阴冷、潮湿。索菲娅红光满面，兴冲冲地走进来。

“总有几个暗探盯着我，像求婚的追求阔小姐似的，真的！我必须离开这里……伊凡怎么样了？还好吗？尼洛夫娜，巴维尔好吗？萨莎来了？”

她说着点燃一支烟，问这问那，也不让别人答话，那双灰眼睛亲切地打量着母亲和小伙子。母亲望着她，暗自发笑，心想：

“瞧，我也成了有用的人啦！”

想到这里，她又俯身对伊凡说：

“快些把身体养好，孩子！”

然后她走进餐厅。索菲娅正在同萨莎谈话：

“她已经准备好三百份。照这样干下去，她非累垮不可！真是英雄主义啊！您知道吧，萨莎，跟这些人相处，一起工作，志同道合，真是太幸福啦……”

“是的！”姑娘轻声答道。

晚上喝茶的时候，索菲娅对母亲说：

“您又得到乡下去一趟，尼洛夫娜。”

“这算得了什么！什么时候？”

“两三天以后，行吗？”

“好的……”

“您这回搭车去！”尼古拉低声说，“租驿站的马车，从另一条道走，路过尼科尔乡……”

他沉默一会儿，皱了皱眉头，一向沉着冷静的表情变得有点古怪，他从来没有过这么难看的脸色。

“路过尼科尔乡绕得太远了！”母亲说，“再说驿马也贵得很……”

“您知道吧，”尼古拉接着说，“这次派人下乡，我本来是反对的。那地方很乱，已经抓过一些人，一位教员被捕了。得格外小心，最好等时机成熟……”

索菲娅用手指敲着桌子说：

“对我们来说，重要的是散发宣传品要保持连续性。尼洛夫娜，您去那里不害怕吧？”她冷不丁问了一句。

母亲感觉自己受了委屈：

“我什么时候怕过？头一回做这种事我都没害怕……可您突然问……”她没有把话说完就垂下头。每当有人问她怕不怕，是否方便，能否办成某一件事，她总能察觉到问话的人在请求她，她觉得人家是在敷衍她，把她当外人看待，而不像大伙儿彼此之间那样恳切。

“您不应该问我怕不怕，”她叹了口气说，“你们之间是从来不问怕不怕的。”

尼古拉连忙摘下眼镜，然后又把它戴上，朝姐姐注视了一眼。人们难堪地沉默着，母亲心里很不安。她内疚地站起身来，想给大家解释一下，但索菲娅摸了摸她的手，低声请求道：

“请您原谅我！我再不这么说了！”

听了这番话，母亲反倒乐起来。过了一会儿，三人就认真地讨论起这次下乡的事了。

十五

母亲天一亮就搭上驿站的马车，颠簸在秋雨冲刷过的驿道上。潮湿的秋风迎面吹来，泥浆在车轮下飞溅着。车夫侧身坐在驾车台上，不时地向母亲抱怨着，他说话若有所思，带着很重的鼻音：

“我对他说，我指的是我兄弟，说咱们分家好吗！就这样，我们就分开过了……”

他忽然朝左边的马抽了一鞭，凶狠地骂道：

“驾！你他妈的，别耍滑呀！……”

翻耕过的赤裸裸的田野上，有几只肥胖的秋天的乌鸦在踱步，一副忧心忡忡的样子。寒风呼啸着朝它们袭来，它们侧过身去，顶着风站着。风掀起它们的羽毛。它们终于站不住脚了，只好让步，懒懒地扇动翅膀，飞到别处去了。

“唉，没想到他把我骗了。我仔细一算，没剩什么东西啦！”车夫说。

听车夫聊天，母亲觉得好像是在做梦。她沉浸在回忆里，近几年她所经历的事件一幕幕地从眼前掠过。她重温往事，发现每个事件都离不开她。过去，生活距离她十分遥远，不知是谁在造就生活。也不知为什么要造就生活。可现在许多事情就发生在她眼前，而且她还为这些事情出过力。这使她产生了一种复杂的心理，她对自己既满意又缺少自信，心里充满了困惑和淡淡的忧愁……

周围的一切轻轻摇晃着向后移动。一朵朵灰色的乌云在空中飘浮，笨拙地相互追逐着。驿道两旁的树木从眼前闪过，树叶早已落光，光秃秃的树冠淋着雨水在风中摇曳。田野在眼前伸展，一座座山冈忽而出现在眼前，忽而向远方逝去。

马车夫带鼻音的唠叨声，伴着驿马的铃铛声和潮湿的秋风的呼啸声，汇成一片嘈杂的声响，仿佛一条曲折蜿蜒的小溪，在田野上潺潺流淌，发出哗哗啦啦的流水声……

“富人总是贪得无厌，就是住在天堂里也还嫌不好，就是这么回事！……他们到处欺压人，因为有官府给他们撑腰。”马车夫在驾车台上摇晃着身子，拉长声音说。

到了驿站，马车夫卸了马，然后绝望地对母亲说：

“给我一个五戈比的铜板吧，能让我喝杯酒也好啊！”

母亲给了他一枚硬币。马车夫把硬币放在掌心里掂了掂，又用同样的语气对母亲说：

“三个戈比买酒喝，两个戈比买面包……”

母亲来到尼科尔镇已是午后时分了。这时她疲惫不堪，浑身发冷。进了驿站，她要了杯茶，在窗前的长凳上坐下，把沉重的皮箱放在身旁。从窗户朝外看，她发现外面是一片不大的空地，空地上的枯草已被踩平，看上去像铺了地毯似的，旁边是乡公所的深灰色房舍，屋顶已经下陷。有一个农民坐在乡公所门口的台阶上抽烟。他上身只穿一件衬衫，秃顶，留着长长的络腮胡子。草地上走过一头猪，不满地摇动两只肥大的耳朵，嘴巴在地上拱来拱去，不住地摇头。

一团团乌云在空中翻滚着。天色阴暗，四周静悄悄的，令人烦闷。这里仿佛与世隔绝，没有丝毫生活的气息。

忽然，一名警察骑着枣红马朝空地上飞奔而来，然后在乡公所门前勒住马，扬起马鞭，朝台阶上的那个农民吼叫着。吼声震动了驿站的玻璃窗，却听不清他在叫些什么。那农民站起来，伸手朝远处指了指。警察跳下马，身子摇晃了一下。他把马缰绳交给农民，然后两手把着栏杆，笨拙地登上台阶，钻进乡公所的大门……

空地上又静下来。那匹马在松软的土地上踏了两下蹄子。这时，一个十四五岁的姑娘进了屋，手里端着一只破损的大托盘，上面放着餐具。姑娘梳着一条金黄的短辫，圆圆的脸上有一对和善的眼睛。她咬着嘴唇，不时地向客人点头致意。

“你好，乖孩子！”母亲和蔼地说。

“您好！”

姑娘把碟子和茶具摆在桌上，忽然激动地说：

“刚才捉住一个强盗，马上就押来！”

“什么样的强盗？”

“不知道……”

“他干了什么坏事？”

"我不知道！"姑娘重复一句，"我只是听说捉住了！乡公所的门卫找区警察局局长报告去啦！"

母亲朝窗外望了望，只见空地上来了不少农民。有的人步态缓慢，神色庄重，还有的人急匆匆的，边走边扣上皮袄的纽扣。他们都站在乡公所门口的台阶旁，朝左边的某个地方张望着。

那姑娘也朝窗外望了望，便立刻匆匆跑了出去，门砰的一声关上了。母亲打了个寒战，她连忙把自己的皮箱往长凳底下移了移，戴上头巾，急步朝门外走去。她忽然感觉到一种莫名的恐惧，想赶快离开此地，但她尽量沉住气……

母亲刚走到门外的台阶上，就感到一股凛冽的寒气迎面扑来。她顿时感到胸口憋闷，两腿发木，只见雷宾被反绑着两手，正在朝空地中央走来。押解他的两名乡警手里拿着木棍，边走边用木棍敲打着地面。一大群围观者站在乡公所门口的台阶旁，一声不响地等待着。

母亲大吃一惊，目不转睛地望着雷宾。雷宾在诉说着，她听得见他的声音，却听不清他在说些什么，因为她的心在战栗，神志也有些模糊，雷宾的话在她空虚的心中没有引起反应。

她终于清醒过来，喘了一口气。这时站在台阶旁的一个留着浅色大胡子的农民，正瞪着一双蓝眼睛望着她的脸。她咳了几声，两手哆嗦着揉了揉喉咙，便壮着胆子上前问道：

"这是怎么回事？"

"嗨，您自己看吧！"那农民答了一句就转过身去。这时又走来一个农民，站在母亲身旁。

两名乡警在围观者面前停下脚步。围观者迅速增多，但人们都沉默着。这时人群当中突然响起雷宾深沉的声音：

"教民们！你们听说过吗？有一些令人信服的书刊，介绍了我们农民生活的真实情况。你们瞧，我就是因为这些书刊被抓了起来，因为我在民众中散发了这些书刊！”

人们把雷宾紧紧地包围起来。听着他沉着冷静的不急不慢的声音，母亲渐渐清醒过来。

“听见了吗？”站在母亲身旁的那个农民用手捅了捅蓝眼睛农民的腰，低声问道。蓝眼睛农民没有答话，他抬起头来，又看了看母亲的脸。另一个农民也朝母亲望了望，他比蓝眼睛农民年轻一些，留着稀疏的黑胡子，瘦瘦的脸上布满了雀斑。过了一会儿，他们俩就躲到一边去了。

“害怕了！”母亲不由自主地说。

她的精神更加紧张了。在高高的台阶上，她清楚地看见雷宾那张黝黑的脸被打伤了，而他的眼睛里却闪烁着炽热的光芒。这时，她很想让雷宾也能看见她，便踮起脚尖，朝他伸长了脖颈。

人们沉着脸，用不信任的目光默默地望着他。只有站在后排的人在那里压低嗓门，窃窃私语。

“农民们，”雷宾放开嗓门高声喊道，“那些书刊是可信的！因为散发这些书刊，我也许会被处死。他们拷打我，折磨我，想让我说出这些书刊的来源。为此，他们还要再拷打我，不过这一切我都能忍受。因为这些书刊里面有真理，我们认为，这种真理应该比面包更加可贵！”

“他说这些做什么？”站在台阶旁的一个农民低声问道。那个蓝眼睛农民慢吞吞地回答说：

“他现在是无所谓啦，人生不能死两次，他这回难免一死……”

围观者都默默地站在那里，皱着眉头，面色阴沉地望着雷宾，好像承受着一种无形的沉重的负担似的。

一名县里来的警察出现在台阶上，他摇晃着身子，用醉鬼的腔调喊道：

“这是谁在讲话？”

他冷不防从台阶上跳下来，一把揪住雷宾的头发，拉着他的脑袋前后摇晃着，凶恶地喊道：

“是你在讲话啊，狗娘养的，是你啊？”

人群骚动起来，四周一片喧哗。母亲无力相助，她痛苦地垂下了头。这时又响起了雷宾的声音：

“喂，善良的人们，你们看看吧……”

“住嘴！”警察打了他一个嘴巴。雷宾的身子摇晃了一下，紧接着耸了耸肩。

“捆住人的手，随意折磨……”

“乡警！快把他带走！围观的人都给我散开！”那警察暴跳起来，一边挥舞拳头在雷宾脸上、胸部和腹部猛打，像一条拴在锁链上的狗扑向一块肉似的，在雷宾面前乱蹦。

“别打啦！”人群中有人喊道。

“为什么打人！”另一个人接着喊了一声。

“咱们走！”蓝眼睛农民点了点头说。他们俩不慌不忙地朝乡公所走去，母亲慈爱地目送着两位农民。母亲刚刚松了一口气，只见那个警察又笨拙地爬上台阶，站在那里气势汹汹地挥舞着拳头，狂喊道：

“把他带过来！听见没有……”

“不行！”人群中有人高声喊道。母亲明白，这是那个蓝眼睛农民在讲话：“弟兄们，不能让他们把人带走！他们带走就会把他打死，然后把责任推在我们头上，说我们打死的！不能让他们带走！”

“农民们！”雷宾高声喊道，“难道你们没有看见自己过的是什么日子？难道你们不明白自己在受人掠夺，受人欺骗？有人在吸你们的血！世上的一切都靠你们支撑着，你们是世上最有力量的人！可是你们有什么权利？你们只有一种权利，那就是被活活饿死！……”

农民们忽然喧哗起来，争相喊叫着。

“他说得对！”

“把警察局长叫来！局长哪里去了？”

“警察骑马去接他啦……”

“那是个酒鬼！……”

“找当官的不是我们能办到的……”

喧哗声越来越高。

“你接着往下讲吧！我们决不让他们打你……”

“快把他的手解开……”

“你当心点，别惹出什么事来！……”

“我的胳膊好疼啊！”雷宾平静而又洪亮的声音压倒了喧哗声，“我不会逃跑的，农民们！我不会放弃我的真理去躲藏起来，这真理就活在我心中……”

有几个人在窃窃私语，一面摇着头，然后郑重其事离开人群，向四处散去。不过那些穿着破旧衣服的人越来越多，他们情绪激动。就像黑色的浪花在翻腾着，簇拥着雷宾。雷宾站在他们中间，有如树林中的一座教堂。他把两手高高地举起来，在空中摇晃着，同时高声对大家说：

“谢谢啦，好心的人们，谢谢啦！我们应该互相帮助、自己解救自己，就是这样！不然谁会帮助我们呢？”

他捋了捋胡子，又举起那只流着血的手。

“这就是我的血，我在为真理而流血！”

母亲从台阶上走下来，但她看不见被人们簇拥着的雷宾。她只好又登上台阶。这时，她感觉心里热乎乎的，有一种隐隐的欣喜在她心里跳动。

“农民们！你们找来那些书刊看一看吧，不要相信官府和神甫们的信口胡说，他们把那些向我们传播真理的人称为渎神者和反叛分子。然而真理正在人世间秘密传播着，它会在民众中扎根的。正因为这样，它才为官府所不容，官府把它视若刀与火。而真理会杀死那些当官的，会把他们统统烧死的！真理是你们的好朋友，是官府的死敌！因此真理要避开他们，要躲藏起来……"

人群中又有人呼喊起来。

"教民们，你们听着！……"

"唉，老兄，你算是完了……"

"是谁出卖你的？"

"是一个神甫！"乡警说。

两个农民大骂神甫的可耻行为。

"当心点，弟兄们！"有人高声提醒说。

十六

身材高大的县警察局局长朝人群走了过来。此人长着一张圆圆的脸，头上歪戴着帽子，两撇胡子一撇上翘，另一撇下垂，再加上他那副皮笑肉不笑的样子，因此他那张脸便显得嘴歪眼斜，奇丑无比。他左手握着军刀，右手在空中挥舞着。人们听得见他那沉重而又坚定的脚步声，于是慌忙闪开，给他让路。喧哗声平息下来，仿佛潜入地下去了。大家都沉着脸，露出受压制的无奈。母亲感到自己的额头在颤抖，两眼也热辣辣的。这时她又想挤到人群里去，于是拼命向前探着身子，但突然间吃了一惊，怔住了。

"这是怎么回事啊？"警察局局长在雷宾面前停下脚步，两眼打量着他，问道："为什么不把手绑起来？乡警！把他给我绑起来！"

他的嗓门很高，叫得很响，但却很单调。

"本来是绑着的，群众给他解开了！"一名乡警回答说。

“什么？群众？什么样的群众？”

警察局局长望了望站在他面前的半圆形的人群，又用同样单调的声音问道：

“这些群众是谁呢？”

他用刀柄在蓝眼睛农民的胸部捅了一下。

“是你吗，丘马科夫？喂，还有谁？有你吗，米申？”

他用右手揪了揪一个农民的大胡子。

“快走开，狗东西！……要不然我就给你们点厉害瞧瞧！”

他说话的声音很平静，不论是语气还是脸色都没有流露愤怒。他习惯地不慌不忙地挥动长长的胳膊，在人们身上抽打着。人们垂下头，背着脸向后退去。

“喂，你们怎么搞的？”他转身对乡警们说，“快把他绑起来！”

他骂了几句脏话，又瞅了瞅雷宾，高声对他说：

“你，把手背过去！”

“我不想让他们绑我的手！”雷宾说，“我不打算逃跑，也不会打人，何必绑我呢？”

“你说什么？”警察局局长向他逼近一步，问道。

“不要再残害老百姓了，野兽！”雷宾提高嗓门对他说，“你们倒霉的日子快到了……”

警察局局长呆呆地站在他面前，望着他的脸，气得两撇胡子直发抖。然后他后退一步，尖着嗓子惊叫道：

“啊，啊，狗娘养的，你说什么？”

说到这里，他冷不防在雷宾脸上重重地打了一拳。

“拳头消灭不了真理！”雷宾向他冲过去，高声喊道，“你无权打我，你这个癞皮狗！”

“我不敢？我？”警察局局长拉长声音喊道。

紧接着他又挥拳朝雷宾头部打来。雷宾往下一蹲，躲过拳头。

警察局局长身子摇晃一下，差点跌倒。人群中有人高声嘲笑他，这时雷宾又愤怒地喊道：

“不准你再打我，听见没有，魔鬼！”

警察局局长四下里瞧了瞧，他发现人们都沉着脸，黑压压的人群默默地从四面八方围了上来……

“尼基塔！”警察局局长向四下里望着，高声喊道，“喂，尼基塔！”

一个穿短皮袄的矮墩墩的农民从人群中走出来。此人大脑袋，头发蓬乱，低着头走过来，两眼瞅着地面。

“尼基塔！”警察局局长捻着胡子，不慌不忙地对他说，“抽他嘴巴，狠狠地抽！”

这农民向前跨了一步，站在雷宾面前，抬起了头。雷宾诚恳的话语像鞭子似的抽打在他脸上：

“农民们，你们看看吧，野兽们是利用你们的手来残害你们自己！你们看一看，想一想吧！”

尼基塔慢慢举起手，有气无力地在雷宾头上拍打了一下。

“你这狗娘养的，难道你就这样打人吗？！”警察局长尖声叫道。

“哎，尼基塔！”人群中有人低声喊道，“别忘了，上帝在上啊！”

“你快打呀，听见没有！”警察局局长推着尼基塔的后脖梗，喊道。

尼基塔往旁边一闪身，低下头，阴沉着脸说：

“我再不打人啦……”

“什么？”

警察局局长的脸抽搐一下，他跺了跺脚，大骂着朝雷宾扑去。他狠狠地打了雷宾一拳，雷宾趔趄一下，扬起胳膊抵挡，但警察局局长又打来一拳，把他打倒在地，接着便咆哮着用两脚在雷宾胸部、腰部和头部乱踢。

人群骚动起来，他们发出带敌意的呼喊，并渐渐向警察局局长逼近。警察局局长见状，连忙后退一步，抽出了军刀。

“你们这是想造反啊？啊？……原来是这样？……”

他的嗓音哆嗦一下，尖叫一声，接着就像被掐断了似的嘶哑了。他本人也随之丧失了力量，缩着脑袋弓下身去，瞪着一双无神的眼睛四下里张望着，小心地后退了几步，一边用脚探着身后的地面，哑着嗓子惊慌失措地喊道：

“好了！我这就走，把他给我带走！你们要做什么？该死的畜生，你们知不知道，他是政治犯，他反对沙皇，鼓动造反，你们知道吗？可你们还保护他，啊？你们也想造反吗？好啊！……”

母亲站在那里不敢动弹，连眼睛也不敢眨一下。她好像在做一场噩梦，感到浑身无力，思想麻木，心中只有恐惧和怜悯。她的头像一窝蜂似的嗡嗡叫。遭受了屈辱的人们抱怨着，凶狠地叫喊着，警察局局长的声音颤抖着，还有的人在窃窃私语……

“要是他有罪，就审判他嘛！……”

“您饶了他吧，大人……”

“难道您完全不顾法律啦？真是……”

“怎么能这样？要是大家都动手打人，那不乱了套啦？……”

这时，人们分头行事，一些人围着警察局局长，吵吵嚷嚷，试图说服他，另一些人为数不多，他们正围着被打伤的雷宾，沉着脸低声议论着。有几个人把他从地上扶起来，乡警马上就走过来，又想把他绑起来。

“等一会儿，龟儿子！”大家冲乡警嚷道。

雷宾擦去脸上和胡须上的泥污和血迹，四下里望了望，没有再说什么。他的目光从母亲脸上掠过，母亲哆嗦了一下，连忙向他探了探身子，还不由自主地向他招了招手，但他已经转过身去。可是过了一会儿，他的视线又落在了母亲的脸上。这时她觉得雷宾又挺起了胸，扬起了头，那沾着血迹的面孔在颤抖……

“他认出我了，他真的认出我了吗？”

她赶忙朝他点点头，此时她有点伤心，又害怕又高兴，身子不住地打哆嗦。可是转瞬之间她发现蓝眼睛农民正站在他身旁，也在留神看她。蓝眼睛农民的目光使她立刻意识到，她的举动是很危险的……

“我这是干什么呀？他们会连我一起抓走的！”

那农民对雷宾不知说了句什么，雷宾立刻摇摇头，声音有些颤抖，但却清楚有力地说：

“不要紧！在人世间，像我这种人不止一个。真理，他们是消灭不完的！我走到哪里，哪里的人们就会永远记得我！哪怕他们毁坏了我们的家，那里再没有我们的朋友和同志……”

“他这话是说给我听的！”母亲很快就明白了。

“但是总会有那么一天，雄鹰可以自由自在地飞翔，民众会得到解放！”

有个女人提来一桶水，动手给雷宾洗脸，一边连声叹息，替雷宾鸣不平。她尖声的抱怨不时压倒雷宾的声音，母亲听不清雷宾在说些什么。警察局局长走过来，身后跟着一群农民。有人高声喊道：

“喂，给犯人派一辆大车！轮到谁出公差了？”

紧接着，警察局局长又说话了，听他的声音有些恼火：

“我可以打你，你就不能打我。你不能打我，也不敢打我，蠢货！”

“好啊！那么你是谁——是上帝？”雷宾叫道。

农民们七嘴八舌地嚷嚷开了，压倒了雷宾的声音。

“大叔，别跟他争了！他是长官！……”

“大人，您别跟他一般见识！他这人不正常……”

“你别多嘴，怪人！”

“现在就把你押到城里去……”

“城里人更懂规矩！”

人们吵吵嚷嚷，有的在规劝，有的在恳求，喊声连成一片，乱哄哄的，充满着绝望和愤懑。两名乡警架着雷宾的胳膊登上乡公所的台阶，把他押进房里去了。农民们渐渐散去。这时母亲看见，那个蓝眼睛农民朝她走过来，愁眉苦脸地望着她。她的小腿颤抖起来，她感到胸闷，恶心。

“我不能离开这里！”她心想，“不能！”

想到这里，她两手紧紧地抓住栏杆，等待着。

警察局局长站在乡公所的台阶上，挥舞着胳膊在骂人，他的声音依旧是单调的，毫无生气：

“你们这些傻瓜蛋，狗娘养的！什么也不懂，偏偏要来过问这种国家大事！你们这群畜生！你们应该感谢我的大恩大德，应该拜倒在我脚下！要是我愿意，你们统统得去服苦役……”

台阶下站着二十多个农民，脱下帽子，听他训话。天黑了，乌云低垂。蓝眼睛农民朝台阶前凑近一些，叹了口气，对母亲说：

“您看，我们这里出这种事……”

“是啊。”母亲轻声答道。

他坦然地望了望母亲，问道：

“您是做什么的？”

“我想找村妇们收购花边，还有家织布……”

那农民缓缓地捋了捋胡子，然后朝村公所那边望了望，冷淡地低声说：

“在我们这里，您采购不到这些东西……”

母亲一面从头到脚打量着他，一面等候合适的机会回到驿站里去。这农民长得很漂亮，表情很深沉，一双忧郁的眼睛。他个头很高，宽肩膀，穿着干净的印花布衬衫，外套上缀满了补丁，穿一条土呢料做的咖啡色裤子，赤脚穿一双破旧的便鞋……

母亲不知为什么轻松地舒了口气。接着，她凭自己的直觉，不假思索地突然问了一句连她自己也感到意外的话：

“怎么，你那里可以住宿吗？”

话一出口，她马上感到紧张起来，全身的肌肉和筋骨都绷紧了。她挺起腰来，目不转睛地望着他，头脑里迅速闪过几个可怕的念头：

“这下我可把尼古拉·伊凡诺维奇给坑了。近期内我是见不着巴维尔了！他们会把我打残的！”

那农民两眼盯着地面，用外套裹紧了胸部，从容不迫地说：

“住宿？可以，这有什么关系？只是我那屋子不大像样……”

“能凑合着住就行！”母亲随口答道。

“可以！”那农民重复一句，一面用审视的目光打量着她。

暮色降临了。他的眼睛在昏暗中闪烁着冷淡的光芒，脸色显然更加苍白。母亲松了一口气，低声说：

“好吧，我这就走，你把我的皮箱拿过去……”

“好的。”

他双肩抽搐一下，又裹了裹外套的衣襟，低声说：

“瞧，马车来了……”

雷宾出现在乡公所的台阶上。他的双手又被捆绑起来，头脸包着灰色的布条。

“好心的人们，再见啦！”雷宾的声音在寒冷的暮色中回荡着，“去寻求真理吧，珍惜真理吧，要相信给你们讲真话的人。为了真理，要不惜牺牲自己！……”

“快住嘴，狗东西！”警察局长不知在哪儿喊了起来，“乡警，打马快走啊，笨蛋！”

“你们有什么可吝惜的？你们过的什么日子？……”

马车启行了，负责押送的乡警坐在雷宾两侧。雷宾仍在高声呼喊：

“为什么要等着白白饿死？去争取自由吧，自由会给你们带来面包和真理。再见啦，好心的人们！……”

车轮在哗哗地飞驰，伴着嘚嘚的马蹄声和警察局局长的喊叫声，淹没了雷宾的呼喊。

“结束了！”那农民使劲摇了摇头，转过身来低声对母亲说，“您在驿站坐一会儿，我马上就来……”

母亲走进驿站，在摆着茶炊的餐桌前坐下，她拿起一片面包看了看，又慢慢把它放回碟子里。她没有食欲，又感到恶心，直想呕吐。一种难熬的燥热折磨着她，她感到浑身无力，心口憋闷，头晕目眩。她恍惚看见那个蓝眼睛农民站在面前，他那张脸很古怪，好像五官不全，很难让人信任。她并不认为这个农民会出卖她，不知为什么，她不愿这样去想，但她头脑里却冒出这个念头，并且牢牢地盘踞在她心里。

“他发现我了！”她的思想懒懒地转动着，“他有所察觉，猜出了我的身份……”

但她没有这样想下去，苦闷的心情和阵阵袭来的恶心搅乱了她的思绪。

隐藏在窗外的寂静怯生生地取代了喧哗，村子里显出一种压抑着的惶惶不安的气氛。这一切更加重了母亲心中的孤独，在她心头蒙上一层灰蒙蒙软绵绵的阴影。

小姑娘走进来，站在门口问道：

“来一盘煎鸡蛋吗？”

“不必了。我没有胃口，刚才的喊叫把我吓坏了！”

小姑娘走到桌前，兴奋地低声说：

“警察局局长打人可真厉害呀！我站在近处，亲眼看见他把那人的牙全打掉了，那人吐了一口浓浓的血，是黑色的！……眼睛肿成一条缝了！他是个炼木焦油的工人。有个县警喝醉了，躺在我们那儿，还不住地嚷着要酒喝。据这个县警说，他们有一大帮人，这个大胡子是头头，就是首领。捉住三个人，听说一个逃掉了。还捉了一个教师，也是他们的同伙。他们不信上帝，还鼓动别人去抢劫教堂，他们就是这样的人。我们这儿的农民，有人同情他，就是这个大胡子，也有人主张把他弄死！我们这儿有些农民凶得很呢，哎哟哟！”

母亲注意听着小姑娘匆匆忙忙的、不连贯的叙述，克制住内心的恐惧，同时也排解一下等人时的焦躁不安。小姑娘见她认真听着，大概很高兴，便压低嗓门讲下去，越讲越兴奋，几乎上气不接下气：

“听我爹说，这种事情都是因为闹灾荒引起的！快两年啦，我们这里土地颗粒不收，老百姓无路可走！这不是嘛，现在就出了这样的农民，真是祸害！村里一开会他们就吵吵嚷嚷，还打起架来。前几天，瓦秀科夫拖欠税款，村长要变卖他家的东西，他就打了村长一个嘴巴。他对村长说，这就是我给你的税款……”

门外响起沉重的脚步声。母亲两手按着桌子站起身来……

蓝眼睛农民进了屋，没有来得及摘下帽子，就问道：

“您的皮箱在哪儿？”

他轻轻提起皮箱摇了摇，说：

“空箱子！玛尔卡，把客人领我家去。”

他头也不回地走了。

“您要住宿？”小姑娘问道。

“是的，我是来采购花边的……”

“我们这里的人都不织花边！金科沃镇有人织花边，达里依纳镇也有，我们这儿没有。”小姑娘解释说。

“我明天去那里……”

母亲付了茶钱，外加三戈比小费，小姑娘很高兴。出了驿站，她走得很快，赤脚踩在湿漉漉的街道上，发出啪哒啪哒的响声。她边走边对母亲说：

“要不要我到达里依纳镇去一趟，告诉那里的妇女，让她们把花边送来？她们来了，您就用不着跑一趟了。有十二俄里路程呢……”

“这倒不必啦，亲爱的！”母亲同她并排走着，答道。寒冷的空气使她的头脑清醒了，她心里正在酝酿着一个不甚明确的决定。她虽然有些犹豫不决，但这样的想法已经形成，必定会带来某种后果。她想尽快做出决断，于是反复在心里掂量着：

“怎么办好呢？干脆如实说了……”

周围一片昏暗，湿乎乎的，寒气逼人。一座座农舍的窗户里亮着微弱的暗红色灯光。寂静中不时传来牲口懒懒的叫声和人们短促的呼喊。夜幕下的村庄陷入了沉思……

“往这边走！”小姑娘说，“您投宿找错了门儿，这家人穷得够呛……”

她摸索着找到房门，推开门调皮地朝屋里喊了一声：

“达吉扬娜大婶！”

小姑娘转身跑开了。夜色中传来她的喊声：

“再见！”

十七

母亲站在门口，把手掌遮在眼睛上，仔细往屋里瞧了瞧。这是一间狭小的木屋，收拾得却很干净，母亲一望便知。炉灶后面有一位年轻的妇女，朝外探了探头，她默默地朝母亲鞠一躬，转眼就不见了。迎面一个屋角的桌子上点着一盏油灯。

主人坐在桌旁，用手指敲打着桌边，注视着母亲的眼睛。

“请进来吧！”他迟疑了一下，对母亲说，“达吉扬娜，你去把彼得叫来，快点！”

那女人没有理会客人，便匆匆出去了。母亲在主人对面的长凳上落座，然后四下里望了望，却看不见她的皮箱。屋里静得令人难受，只有灯火发出微弱的哔剥声。那农民沉着脸，一副忧心忡忡的样子。望着他这张轻轻摇动的脸，母亲感到心烦。

“我的皮箱哪里去了？”她冷不丁高声问道，连她自己也感到突然。

那农民耸了耸肩，若有所思地说：

“不会丢失的……”

接着他沉下脸，压低嗓门说：

“刚才当着那个小姑娘的面，我故意说箱子是空的。其实不是空的！箱子里装着很重的东西！”

“是吗？”母亲问道，“那又怎么样呢？”

他站起来走到母亲面前，弓下腰轻声问道：

“那个人您认识？”

母亲吃了一惊，但马上坚定地答道：

“我认识！”

这短促的回答使她的内心为之一震，公开了她的秘密。她轻松地舒了口气，移动一下身子，坐得更稳当些……

那农民开朗地笑了笑：

“您同那人互相点头示意的时候，我就注意到了。我悄悄问他，站在台阶上的那个女人是不是他的熟人？”

“他说什么？”母亲急忙问道。

“他？他说，我们的人很多。是的！他说，多得很哪……”

他用审视的目光望了望客人的眼睛，又笑了笑，接着说：

“他这人真刚强！……有胆量……直截了当地承认——是我干的！不管怎么打他，他照旧讲他要讲的话……”

他的声音不高，语气中缺少自信。望着他那张轮廓不甚分明的面孔和那双神情坦然的明亮的眼睛，母亲渐渐放下心来。她心疼雷宾，一股深深的怜悯之情取代了她心中的不安和郁闷。她终于克制不住，突然间怒不可遏，痛苦地喊道：

“这些强盗，暴徒！”

她忍不住哭起来。

那农民阴郁地点了点头，从她身边走开了。

“官府就喜欢这些暴徒，是的！”

说着他忽然转过身来，小声对母亲说：

“我心里琢磨，这箱子里装的大概是报纸，对吗？”

“是的！”母亲擦着眼泪，坦率地说，“是带给他的。”

他皱起眉头，把胸前的胡子抓在手里，眼睛朝一旁望着，沉默片刻。

“过去我们收到过报纸，也收到过一些书。这人我们认识……见过几次面！”

农民说到这里，想了想，问道：

“那么，现在这箱子里的东西，您打算怎么办呢？”

母亲望望他，用挑衅的口吻说：

“留给你们！……”

他没有表示惊奇，也没有表示反对，只是简单地重复一句：

“留给我们……”

然后他赞同地点点头，松开抓在手里的胡须，用手指理了理，坐下来。

无情的记忆顽固地折磨着她，雷宾挨打的场面不断地出现在她眼前。雷宾的形象在她脑海里占据了很大的位置，遮蔽了她的所有思想。她心疼雷宾，为他感到屈辱，这种情感压倒了她心中的一切感情。她已顾不上考虑皮箱和其他事情。这时，泪水止不住从她眼眶里流下来。她沉下脸，继续和主人谈话，声音并没有颤抖。她说：

“这帮无恶不作的家伙，他们掠夺百姓，压榨百姓，把人往脚下踩！”

“他们有势力！”那农民低声答道，“他们的势力很大呀！”

“他们的力量是哪里来的？”母亲生气地说，“是我们给的，是从老百姓手里夺去的，他们的一切都是从我们这里夺去的！”

望着主人那副开朗但又令人费解的表情，母亲心里有些不快。

“是啊！”主人若有所思地拉长声音说，“有车轮声……”

他立刻警惕起来，探过身去向门口听了听，小声说：

“他们来了……”

“谁？”

“肯定是自己人……”

他妻子走进来，后面跟着一个男人。那人脱下帽子往屋角里一扔，便急匆匆地走到主人面前，问道：

“喂，怎么样？”

主人肯定地点了点头。

“斯杰潘！”站在炉灶旁的女主人说，“客人要不要吃点东西？”

“我不饿，谢谢你，亲爱的！”母亲答道。

新来的农民走到母亲面前，哑着嗓子急急地说：

“好吧，让我们认识一下！我名叫彼得，姓叶戈罗夫·里亚比宁，外号锥子。你们的事情，我有所了解。我识字，可以说，脑瓜子不笨……”

他握着母亲的手摇了摇，转身对主人说：

“斯杰潘，你得当心点儿！瓦尔瓦拉·尼古拉耶夫娜是一位善良的贵妇，这是实情！可是对这些事情她从来都是泼冷水，说什么不值一谈，全是空想，是一些不懂事的孩子和乌七八糟的大学生在那里胡闹，糊弄老百姓。但是，我们两人都看见了，刚才抓走的那个人就是好样的，还有眼前这位大妈，显然都不是贵族出身。请别见怪，敢问您是什么出身？”

彼得说话很急，小胡子不停地颤抖着，连气也不喘一下，口齿却清楚。他眯起眼睛，目光在母亲脸上和身上匆匆打量着。他穿得破破烂烂，头发乱蓬蓬的，这副样子好像刚跟人打了一架，战胜了对手，还沉浸在胜利的喜悦和兴奋之中。母亲喜欢他活泼的性格和直率的谈吐，她亲切地望着彼得的脸，回答了他的问题，彼得又握住她的手用力摇了摇，声音嘶哑地低声笑了。

“这是正当的事情，斯杰潘，明白吗？这是件好事！过去我对你说过，这是老百姓自发干起来的。那位贵妇是不会讲真话的，因为这事损害她的利益。我一向尊敬她，这没的说！她是个好人，也希望我们得到好处，只是希望我们过得稍微好些，不能损害她自己的利益！可是老百姓希望一口气干到底，不怕损害谁的利益，懂吗？整个世道对老百姓都不利，他们处处受损害，被逼得走投无路，到处受压迫，稍有举动，就遭到官府的镇压。”

“我明白！”斯杰潘点点头说，然后又补了一句，“她不放心自己的箱子。”

彼得调皮地向母亲挤挤眼，挥挥手让她放心，又说：

“您放心好啦！一切正常，大妈！您的皮箱在我家里。刚才他跟我说了，说您也在做这种工作，并且认识那个人。我对他说，斯杰潘，你得小心，这件事关系重大，可不能瞎说！哎，大妈，刚才在乡公所门前我们站在您身旁，您大概猜出我们俩是什么人啦。正派人从脸上就看得出来，坦率地说，正派人是很少在街上闲逛的！您的皮箱在我那儿……”

彼得并排坐在母亲身旁，用恳求的目光望着她的眼睛，接着说下去：

“您要是愿意把箱子腾空了，我们是很乐意帮您的忙！我们很需要一些书报……”

“她想全部交给我们！”斯杰潘说。

“好极了，大妈！我们会散发出去的！……”

他说着站起身来，高兴地笑了。他在屋里急急地踱着步，得意地说：

“这件事可以说是巧合！说来也很简单。一个地方断了线，另一个地方又接上了头。不要紧！这些报纸是好东西，大妈，会起到应有的作用，它会擦亮人们的眼睛！地主老爷们仇恨这些报纸。我是个木匠，在离这里大约七俄里的村子里给一个地主太太干活。应该说，这地主婆待人不错，经常给我各种书看，有的书看了之后，心里就亮堂了！总之，我们感激她。可是有一回，我拿一份报纸给她看，她很不高兴，几乎要生气地说：‘彼得，快把它扔了！这报纸是一些没头脑的孩子办的，你们看了只会增添烦恼。办这种报纸是要坐牢的，要流放西伯利亚……’”

说到这里，他忽然不作声了，沉思片刻，问道：

“大妈，请问那人是您的亲属吗？”

“非亲非故！”母亲回答说。

彼得轻声笑了，不知为什么他不住地点头，显得很得意，母亲马上感到说雷宾同她非亲非故不合适，为此她心里很不舒服。

“他不是我的亲属，”母亲解释说，“但我早就认识他，尊重他，把他当作兄弟……当作长者！……”

她一时找不到合适的字眼，心里很不高兴，忍不住她又低声哭起来。小屋里静悄悄的，空气很沉闷，好像有所期盼似的。彼得歪着头站着，仿佛在谛听室外的动静。斯杰潘胳膊肘支在桌子上，一直在用手指轻轻敲打着桌面，若有所思。他妻子坐在暗处，背靠着炉灶。母亲察觉到她那注视的目光，她自己偶尔也打量一下这位年轻妇女。这妇人皮肤偏黑，圆脸，直直的鼻子，尖下巴，淡绿色的眼睛，神情专注而又敏锐。

“这么说是朋友！”彼得低声说，“他这人有个性，是啊！他很自负，就应该这样！这才像个人样儿，对吗，达吉扬娜？你说……”

“他有家眷吗？”达吉扬娜打断彼得的话，问了一句，薄薄的嘴唇绷得紧紧的。

“他妻子去世了！”母亲伤心地说。

“所以他才勇敢！”达吉扬娜声音低沉地说，“有家眷的人是不会走这条道的，有后顾之忧……”

“那么我呢？我有家眷，不照样很勇敢吗？”彼得高声说。

“你得了吧，兄弟！”达吉扬娜没有理睬他，撇了撇嘴说，“你算什么勇敢？你就会耍嘴皮子，看点闲书什么的。你跟斯杰潘在背地里嘀嘀咕咕。没有给大家带来多大好处。”

“听我宣传的人是很多的！”彼得不服气，低声说，“我起的作用就像酵母一样。你说这话是没道理的……”

斯杰潘瞟了妻子一眼，没说什么，又低下了头。

“农民为什么要成家呢？”达吉扬娜问道，“据说娶了老婆就多一个干活的，可是有什么活儿可干呢？”

“你还嫌活少啊？”斯杰潘低声插话说。

“干这种活有什么意思？干不干活都一样，不是照样天天吃不饱饭？生了孩子没有工夫照管，因为要干活儿，可是干活儿也不能挣口饭吃。”

她走过来坐在母亲身边，继续说下去，既不抱怨什么，也没有流露出悲伤：

“我生过两个孩子。头一个孩子不到两岁，给开水烫死了；另一个不足月，生下来是个死胎，都是因为干这种倒霉的活儿！我有什么可高兴的事？我常说，农民就不该成家，成了家就是累赘。本来可以自由自在地生活，去争取一个好的世道，就像那个人一样，直接去维护真理！我说得对吗，大妈？……”

“说得对！”母亲说，“说得对，亲爱的，要不然就不能摆脱这种苦日子……”

“您有丈夫吗？”

“丈夫死了。有个儿子……”

“儿子在哪儿？跟您一起生活吗？”

“他在坐牢！”母亲说。

她说这句话时，像往常一样感到悲伤，但这时她心里很平静，充满了自豪。

“他这是第二次坐牢了。这都是因为他明白上帝的真理，又去公开地传播它……他很年轻，是个美男子，为人聪明！办报纸就是他的主意，是他把雷宾引上这条道路的，别看雷宾的年龄比我儿子大一倍！因为这些事情，我儿子就要受审了，要判他的罪。不过他会从西伯利亚逃走，继续去做他的工作……”

母亲越说越感到自豪，因急于寻找适当的词句来描绘儿子的英雄形象，她激动得上气不接下气。她觉得有必要用光明理智的东西来抵消这天她所见到的阴暗场面，那些场面实在可怕、残暴、无耻，使她难以忍受。健全的理智暗中支配着她，要把她所见到的一切光明和纯真的东西收集起来，化作一支炽烈燃烧的、灿烂辉煌的火炬……

“像我儿子这样的人，现在已经很多，而且还在不断增加，他们都会永远捍卫人们的自由，为维护真理奋斗到底……”

她渐渐失去了警觉，把她所知道的为了解放民众而开展的秘密工作讲了一遍，好在她没有提到具体的人名。她描绘着自己所敬重的英雄形象，言谈话语中流露出她的全部力量，同时也倾注了她的无限的爱（这种爱很晚才被动荡不安的生活激发出来）。她欣喜若狂地赞叹着自己心目中的英雄人物，这些人物带上她的感情色彩，变得光彩夺目。

“全世界都动起来了，每个城市都有人做这种工作。好人的力量是不可估量的，这种力量在不断扩大，直到我们取得最后的胜利……”

她讲得很流畅，用词也很恰当，为了消除这天的血腥和龌龊事件在她心中留下的印象，她把优美的词句像穿彩珠似的穿成一串。她看得出，农民们被她的话打动了，他们坐在那里纹丝不动，像生了根似的，神色庄重地望着她的脸；她听见坐在她身旁的女主人喘着粗气。这一切使她坚定了信念，坚信自己说的话和许下的诺言是正确的……

“所有的穷苦人，受冤屈的人，受富人及其走狗欺负的人，所有的民众，都应该支持那些为民众坐牢不怕流血牺牲的人。他们无私地为民众指明通往幸福的道路，如实地说明这条道路的艰险，他们并不强逼任何人走这条路。但是，只要你想明白了，同他们站在一起，那么你就永远离不开他们。你会看到，他们的一切都是对的，这是一条正确的道路，除此以外没有别的道路可走！

现在她亲口向人们宣传真理，也实现了自己多年的愿望，为此她兴奋不已。

“民众可以放心地跟他们走，他们不会满足于微小的胜利，不战胜一切欺骗、残暴和贪婪，他们决不罢休。他们会奋斗到底的，直到全体民众团结一心，齐声说：‘我们是主人，我们自己制定人人平等的法律！……’”

她讲累了，停下来四下里瞧了瞧。这时，她有了信心，相信她的话决不会白说。农民们注视着她，等待她继续讲下去。彼得两手抱在胸前，微微眯着眼，那张雀斑脸上笑容可掬。斯杰潘一只胳膊肘支在桌上，向前探着身子，伸颈侧目，好像还在倾听。阴影遮住他的脸，因而他脸部的轮廓显得清晰些。坐在母亲身边的女主人弓着腰，两肘支在膝盖上，眼睛望着自己脚下。

“是这样！”彼得悄悄在长凳上坐下，摇晃着脑袋低声说。

斯杰潘缓缓地挺起身来，望了妻子一眼，他伸开双臂，仿佛要拥抱什么。

“这种事情既然要干，”他若有所思地轻声说，“就得一心一意地去干……”

彼得小心地插话说：

“是啊，不能三心二意！……”

“要干就大干！”斯杰潘又说。

“闹个天翻地覆！”彼得补了一句。

十八

母亲倚着墙抬起头来，听他们低声商谈着。达吉扬娜站起来四下里瞧瞧，又坐下来。她那双绿色的眼睛很冷漠，脸上带着不满意的表情，显然瞧不起两个高谈阔论的男人。

“您大概吃过不少苦吧？”她忽然朝母亲转过身来，问道。

“是的！”母亲说。

“您讲得真好，我心里早就盼着能听到您这样的谈话。我心想，天哪！您讲的那些人真好，那样的生活真好，我哪怕是能隔着门缝看他们一眼，看看他们的生活也好啊。我们过的算什么日子啊？简直像绵羊！就说我吧，识字，会看书，想很多问题，有时想得夜里都失眠了。可有什么用呢？不想吧，这日子过得真冤枉；想吧，也是白想。”

她说话时眼角挂着苦笑，有时说着说着像断了线似的忽然停下来。两个男人沉默不语。寒风悄悄吹打着玻璃窗，屋顶上的干草沙沙作响，烟囱里发出轻轻的嗡嗡声，狗在吠叫。雨点有时懒懒地敲几下窗户。灯火跳动一下变暗了，可转眼间又亮起来，不再跳动。

“听了您这番话，我才明白人应该为什么活着！说来也怪，听您这么一说，我觉得这些道理我都明白啊！可是我以前从来没有听人这么讲过，也没有想过这些事情……”

“达吉扬娜，该吃点东西了，把灯熄掉！”

斯杰潘沉着脸慢吞吞地说：“人家发现了会怀疑我们家为什么老点着灯。我们自己倒没什么，可是说不定对客人不好……”

达吉扬娜站起来到炉灶后面去了。

“是啊！”彼得笑了笑，低声说，“现在可得警惕着点儿，老兄！等报纸散发出去……”

“我自己倒没什么，就算把我抓去也没什么妨碍！”

女主人走到桌前，说：

“让开点……”

斯杰潘站起来离开餐桌，看着妻子铺好桌布。他苦笑着说：

“我们这种人贱得很，五戈比一堆，每堆还得够一百人才有人买……”

母亲忽然觉得他很可怜，就更加喜欢他了。说了那一番话之后，她感觉轻松一些，也摆脱了这一天压在她心头的恶劣情绪。她自己心情舒畅了，也希望大家都精神愉快。

“主人呀，您这话说得就不对啦！”她说，“那些吸血鬼贬低您，瞧不起您，您就不应该同意嘛。您应该自己看重自己，从内心里看重自己，这样做不是为了敌人，而是为了朋友……”

“我们有什么朋友？”斯杰潘低声感叹道，“连一片面包都抢……”

“我认为民众是有朋友的……”

“有朋友，但近处没有，照样没有！”斯杰潘若有所思地说。

“那你们就在近处交朋友嘛。”

斯杰潘思索片刻，低声说：

“嗯，这话也对……”

“请坐下吃饭吧！”达吉扬娜说。

听了母亲刚才那番话，彼得显得有些压抑，不知该说些什么，但吃晚饭的时候他又活跃起来，急急忙忙地说：

“大妈，为了掩人耳目，您得早点离开此地。您不要直接回城里去，而是乘坐驿车再往前走一站路……”

“这何必呢？我赶车送她。”斯杰潘说。

“不行！万一有人问你：她在你家住过？你说住过。现在哪里去了？我把她送走了！啊哈，你送走的？那你就去坐牢吧！明白了吗？我们干吗要急着去坐牢呢？什么事都有个先来后到，俗话说得好，时间一到，连皇上也难免一死。这件事很简单，她住了一夜，天明就雇了马车走了！谁家没有个借宿的？这村里本来就人来人往的……”

“彼得，你怎么学得这么胆小？”达吉扬娜嘲笑说。

“什么事都得学会啊，嫂子！”彼得拍了拍膝盖，高声说，“既要学会胆小，又要学会胆大呢！还记得吧，就因为这些报纸，地方自治局局长把瓦加诺夫整得死去活来。现在，你就是给瓦加诺夫一大笔钱，劝他去拿一本书看，他也不会去干啦！您就相信我好了，大妈，我一向办事机灵，这是人所共知的。这些书报传单，不管您有多少，我都能万无一失地给您散发出去！当然啦，我们这里的农民识字不多，胆子又小，可是这世道逼得他们不得不睁开眼睛瞧一瞧：这到底是怎么回事？这些书给了他们最好的回答：就是这么回事，好好想一想就明白了。有不少这样的例子，不识字的人反而比识字的人明白的道理多。特别是那些饱食终日的人，虽然识字，道理却不明白！这一带的乡村我都走遍了，见得多啦，情况还算不错！日子过得下去，但是要想不碰壁，就得动脑筋，就得非常机灵。官府现在嗅出点味道了，知道农民不是好惹的。农民见了当官的很少有笑脸，态度非常冷淡，总之，想不听官府的啦！前几天在斯莫里亚科沃，就是离这儿不远的一个小村庄，来了几个征税的官员，农民们给逼火了，拿起棍棒要打人！县警察局长凶相毕露地说：‘你们这些狗娘养的！你们胆敢反对皇上？！’当地有个农民叫斯皮瓦金，对警察局局长说：‘你和你的皇上都滚他妈的蛋！连最后一件衬衫都被你们扒去了，还说什么皇上？……’您看，大妈，事情闹到这个地步啦。当然，那个斯皮瓦金被抓去坐牢，可他说的话人们忘不了，连小孩子都知道。这些话现在还在四处流传呢！”

他没吃东西，只顾低声讲述着，那双黑眼睛活泼地闪动着，露出狡黠的神色，他好像从钱袋里倒钱币似的，毫不吝惜地把他观察到的农民生活的无数事实匆匆忙忙地告诉母亲。

斯杰潘多次提醒他：

“你快吃点饭吧……”

彼得拿起一片面包和汤匙，可是又像爱唱歌的金丝鸟似的接着讲下去。吃过晚饭，他马上站起身来，说：

“喂，我该回家了！”

他来到母亲面前，握着她的手，不住地点着头说：

“再见吧，大妈！也许我们今后没有再见面的机会！我得告诉您，这一切都很好！能遇见您，听了您的谈话，这太好了！您的皮箱里除了印刷品还有什么东西？还有一条羊毛头巾是吗？好极了，是羊毛头巾。斯杰潘，你要记住！他现在就去给您拿皮箱！走吧，斯杰潘！再见吧！祝您一切都好！……”

他们走后，屋里静下来，听得见蟑螂发出的沙沙声。寒风吹打着屋顶，烟囱的风挡发出咚咚的响声，细雨单调地敲击着窗户。达吉扬娜从炕上和板床上取下几件衣服，铺在长凳上供母亲安歇。

“他这人真活跃！”母亲说。

女主人皱眉望了她一眼，答道：

“他就是叫得响，没人听他的。”

“您男人怎么样？”母亲问。

“他还行。是个好男人。不喝酒，我们过得挺和睦。还算好！只是性格软弱……”

她挺起身来，沉默片刻，又问道：

“现在该怎么办呢？民众应该起来暴动？当然应该！大家都这么想，只是各想各的，闷在心里。要让大家说出自己的想法……应该有一个人带头，下定决心……”

她坐在长凳上，突然又问道：

“您说说，连那些富家小姐也在做这种事情，去找工人们，向他们宣传。难道她们就不嫌脏，不害怕？”

她聚精会神地听了母亲的回答，然后深深地叹了口气，垂下眼睑，低下头，又说：

“我在一本书里读到这样的话：‘浑浑噩噩的生活。’这句话我理解得很透彻，一看就明白了！我熟悉这种生活，有一些想法，可是不连贯，像离开了牧人的羊群，转来转去，没有人也没有办法把它们聚拢来，这就是浑浑噩噩的生活。我真想避开这种生活，真是不堪回首啊，当你明白了，有所觉悟的时候，你心里可就难受了！”

母亲深深理解女主人的苦闷，望着她那双冷漠的绿色眼睛和消瘦的脸，听着她的声音，母亲真想好好安慰她一番，为她分忧。

“亲爱的，您知道该怎么做啦……”

达吉扬娜小声打断她的话：

“那还得会做呀。床铺好了，您快睡吧！”

她说罢走到炉灶旁，一声不响地站在那里，身子笔直，神色专注而又严厉。母亲和衣躺在长凳上，她感到疲惫不堪，骨节酸痛，便轻轻地哼哼几声。达吉扬娜熄了灯，小屋里立刻一片漆黑。黑暗中又传来她平静的低语，听声音好像她要从这窒息而又黑暗的夜色中擦掉点什么。

“您睡前不做祷告。我也认为没有上帝，也没有所谓的奇迹。”

母亲不安地翻了个身，面对着窗户。这时，窗外黑洞洞的，一片沉寂，隐隐约约的沙沙声和簌簌声不甘寂寞地干扰着静谧。她像耳语似的胆怯地说：

“有没有上帝我不知道。我相信基督，我相信他的话：‘爱你的邻人，如同爱你自己。’他这话我是相信的！……”

达吉扬娜没说什么。在炉灶的黑色背景上，母亲看得见她那模糊的身影。她笔直地站在那里，纹丝不动。母亲难过地闭上眼睛。

忽然又传来她那冷漠的声音：

“自从我的孩子死后，我就无法原谅上帝，也无法原谅人们，永远不能原谅！……”

母亲不安地欠起身来，她深知女主人此时心里是多么痛苦。

“您还年轻，还会有孩子的。”母亲安慰她。

女主人迟疑了一下，轻声说：

“不！我身体搞坏了，医生说，我不能生育了……”

地板上窜过一只耗子。不知什么东西哗地一响，犹如无形的雷电打破了室内的沉寂。紧接着又静了下来，听得见秋雨抽打屋顶干草的簌簌声，仿佛有人在屋顶上悄悄摸索着，纤细的手指不时地打哆嗦。雨点凄凉地叩击着地面，让人察觉秋夜在缓慢地流逝……

母亲昏昏欲睡时听见门外和过道里有脚步声。门悄悄打开了，传来轻轻的呼唤：

“达吉扬娜，您睡了？”

“没有。”

“她睡着了吧？”

“可能睡着了。”

灯光亮了，颤抖几下就熄灭了。屋里又是一片漆黑。斯杰潘走到母亲床前，拉了拉皮袄盖住她的脚。这朴实的举动使母亲颇为感动，她又闭上眼睛，暗自笑了笑。斯杰潘一声不响地脱了衣服，爬上炕。屋里又静下来。

母亲倾听着在沉寂中轻轻摇荡着的气息，她静静地躺着，雷宾流着血的面孔又出现在她眼前的黑暗中……

炕上传来悄悄的低语：

“你看，人家都是什么人，还在干这种工作？这么大年纪了，吃苦受累一辈子，本应该休息啦，可还在奔波。你呢，年纪轻轻的，又聪明，唉，斯杰潘呀……”

男人的声音圆润而又低沉：

“这种事情不好好考虑考虑，是不能干的……”

“你这话我听腻了……”

谈话声中断了，不一会儿又传来斯杰潘的声音：

“我看这么办，先找农民们单独谈谈，比如阿廖沙·马科夫，胆大泼辣，识字，受过官府的欺压。谢尔盖·肖林也是个聪明的庄稼人。克尼亚杰夫为人正派，胆子大。暂时有这几个人也就够了。得去看看她提到的那几个人。我打算带一把斧头进城，装做给人家劈木柴，打短工的。不过这事也得小心。她说得对，一个人是否有价值，决定于他自己。今天被捕的那人就是好样的。就算把他押到上帝面前，他也不会屈服……那个尼基塔就没价值，对吗？不过他也良心发现，真是奇迹！”

“当着你们的面打人，可你们无动于衷……”

“你算了吧！我们没有动手打他，你就该说谢天谢地。真的！”

他唠叨了很久，时而压低嗓门，让母亲听不清他说些什么，时而放开嗓子大叫，这时达吉扬娜马上拦住他：

“小点声，别把她吵醒了……”

母亲入睡了，沉沉的睡梦立刻像一团浓密的乌云压在她身上，笼罩着她，把她卷走了。

达吉扬娜叫醒母亲时，天刚蒙蒙亮，小屋的窗外仍是一片昏暗。村里静悄悄的，寒气袭人，教堂的钟声在村庄上空懒懒地飘荡着，渐渐消失。

“我把茶烧好了，您喝点茶，不然一起床就上路，太冷啦……”

斯杰潘一边梳理他那蓬乱的大胡子，一边详细询问了母亲在城里的住处。这时母亲感觉他那张脸今天显得好看些，五官端正了。喝茶的时候，斯杰潘笑着说：

“真是奇遇啊！”

“什么？”他妻子问道。

“认识她真是巧得很！就这么自然……”

母亲沉思片刻，满怀信心地说：

“干这种事情，一切都是自然而然的。”

临别时，斯杰潘夫妇较为克制，没有再说什么，而对她路途中的安适却考虑得十分周到。

坐上马车之后，母亲心想，斯杰潘定会小心谨慎地投入工作，像田鼠似的不声不响，埋头苦干。他妻子会在他身边喋喋不休，没完没了地报怨，她那双绿眼睛仍会咄咄逼人；作为母亲，对夭折的孩子的思念会永远折磨着她，那种狼一般的复仇心理会永远伴随着她。

这时，雷宾又浮现在她眼前，她似乎看见他那流血的面孔和那双炽热的眼睛，仿佛听见了他的话语。在那群野兽面前没能帮助他，她感到痛心。回城的路上，天色灰暗，大胡子雷宾的身影一直浮现在母亲眼前。他身体很结实，衬衫被撕破了，双手被反绑着，头发蓬乱；他满脸怒气，坚信真理。此刻，母亲想到胆怯地蜷缩在大地上的无数的村庄，人们在暗中期盼着真理早日到来，也有千千万万的人并不期盼什么，浑浑噩噩地生活着，默默地劳苦一生。

生活恰似一片冈峦起伏的未曾开垦的旷野，在急切地等待着开拓者，它默默地向那些爱好自由的、正直的人许诺说：

“请给我播下理智和真理的种子，我会百倍地偿还你们！”

母亲回想到这次出门很成功，内心里深感欣喜，她尽量克制自己，不好意思流露出来。

十九

母亲回到家，给她开门的是尼古拉，只见他头发乱蓬蓬的，手里拿一本书。

“已经回来了？”他兴奋地叫道，“您可真够快的！”

他帮母亲脱外套，亲切地微笑着打量她的脸，他的眼睛在眼镜片后面热情而又生动地闪烁着。

“您看，昨天夜里我家突然遭到搜查，”尼古拉说，“我分析这到底是为什么。莫非您出了什么事？但他们没有逮捕我。要是您被捕了，他们肯定不会放过我！……”

他把母亲领进餐厅，兴冲冲地说下去：

“不过，他们肯定会解雇我。丢了这份工作，倒不值得伤心。天天去统计那些没有马匹的农民的数目，我早干腻了！”

屋里乱极了，好像某个力大无比的人闹恶作剧，从外面推房屋的墙壁，把屋里的一切都摇晃得东倒西歪。挂在墙上的画像都扔在地板上，墙纸被揭下来，一片片地垂挂在那里，地板有一处被撬开了，窗台上的木板也掀起来，壁炉前的地板上撒着炉灰。看到这早已熟悉的情景，母亲连连摇头。她仔细望了望尼古拉，发现他身上有某种新的变化。

桌上摆着熄灭的茶炉和没有刷洗的餐具，香肠和奶酪放在纸包里，而没有放在菜碟里，面包片和面包屑扔得满桌都是，还堆着几本书和烧茶炉用的木炭。母亲苦笑一下，尼古拉也难堪地笑了笑。

“这是我给这幅劫后的图画添加的一笔，不过这也没什么，尼洛夫娜，没什么！我想他们还会来搜查，就没有收拾屋子。对了，您这次外出怎么样？”

听了他的问话，母亲感觉好像胸部被人重重地撞了一下，雷宾马上就浮现在她眼前。她感到内疚，后悔自己没有立即谈起他的情况。她坐在椅子上，躬身朝尼古拉靠近一些，开始讲雷宾的情况。她尽量保持镇静，惟恐漏掉了什么。

“他被捕了……”

尼古拉的脸抽搐了一下。

“真的？”

母亲抬手拦住他的问话，继续讲下去，仿佛她面对着正义之神，正在控诉恶人对雷宾的残害。尼古拉靠在椅背上听着，咬着嘴唇，脸色苍白。他慢慢摘下眼镜放在桌上，抬手抹了抹脸，仿佛要擦去脸上那无形的蛛网。他的脸显得又尖又瘦，颧骨古怪地突出，鼻孔不住地抽搐。母亲从没见过他这副样子，感觉他有点可怕。

听了母亲的讲述，他站起来，两手握拳插进口袋里，沉默着在屋里踱了一会儿，然后咬着牙说：

“他肯定是倔强的人。像他这种人坐牢，少不了吃苦头，他的感觉会很糟糕！”

他把两手深深地插在口袋里，竭力克制内心的激动，但母亲还是察觉到他的情绪，并受了他的感染。他紧皱双眉，眼睛眯缝得像刀尖似的，又在屋里踱了一会儿步，怒气冲冲地说：

“您看看吧，这太可怕！一小撮蠢人要维护他们欺压百姓的权力，就打人，残害和压迫民众。越来越野蛮了，残酷成了合情合理的事情，您想想吧！一部分人以为可以逍遥法外，就随意打人，极端残忍，这是一种病态，是虐待狂。很多奴才都患了这种可恶的毛病，因为他们可以自由自在地充分表现自己的奴性和兽性。另一部分人一心想复仇，还有一部分人被折磨傻了，变成了哑巴和瞎子。民众在堕落，全民都在堕落！”

他停下脚步，咬着牙，沉默了一会儿。

“生活在这种野蛮的环境里，你会不知不觉地变野蛮了！”他低声说。

然而，他终于克制住内心的激动，渐渐平静下来，两眼闪烁着坚定的光芒，他望了望母亲悄悄流着泪水的面孔。

“尼洛夫娜，我们不必浪费时间啦！让我们把握住自己吧，亲爱的同志……”

他苦笑着走到母亲面前，俯下身来，握住她的手问道：

“您的箱子哪里去了？”

“在厨房里。”母亲答道。

“我们家门外站着暗探，这么重的印刷品要转移出去准会引人注意，可是家里又无处藏。我想，今天夜里他们还会来搜查，因此我不得不全部烧掉，顾不得心疼自己花费的劳动啦。”

“烧什么？”母亲问。

“烧您箱子里的东西。”

母亲明白他的意思。尽管她这时还很难过，但是一股强烈的自豪感涌上她的心头，她为自己的成功而感到欣喜，脸上止不住露出了微笑。

“箱子空了，连一个纸片也没有了！”她说到这里，渐渐振作起来，谈起她跟丘马科夫一家的巧遇。尼古拉听着，起初有点不放心，皱起了眉头，后来露出惊奇的神色，最后竟打断她的话，惊叫起来：

“您听我说，这简直太好了！您的运气太好了……”

他紧握着母亲的手，兴奋地低声说：

“您待人真诚，所以感动了他们……我爱您，真的，像爱我自己的妈妈！……”

她有些好奇地笑了笑，仔细打量着尼古拉，想弄明白他为什么突然变得开朗活泼起来。

“总而言之，这简直是奇迹！”他搓着手，一边说一边轻声笑着，显得格外亲热，“您不知道，这些天我过得非常愉快，一直跟工人们在一起，读书，聊天，观察生活。因此，在我心里，健康纯洁的东西渐渐多起来。尼洛夫娜，他们真是好人！我指的是那些青年工人，他们坚强，思想敏锐，充满着求知欲，渴望了解一切。从他们身上你可以看出，俄罗斯会成为世界上最光明最民主的国家！”

他坚定地举起一只手，像宣誓似的，沉默片刻，又说：

“我一天到晚坐在那里，写呀写的，埋在那些表册和数字里，萎靡不振，人都要发霉啦。这样的生活我过了快一年了，这是一种畸形的生活。我跟工人们相处习惯了，一旦离开他们就满身不舒服。要知道，那种无聊的生活我很不习惯。现在，我又能自由自在地生活了，又可以和工人们常见面，一起学习和工作了。您明白吧，我将投身于新思想的摇篮，和朝气蓬勃、精力充沛并且富有创造性的工人们在一起。这种生活纯洁、美好，令人兴奋，和他们在一起，你会变得年轻、坚定，会过得很充实！”

他腼腆地笑了，笑得很开心，母亲理解他的心情，也被他的喜悦情绪感染了。

“还有，您真是个难得的好人！”尼古拉兴奋地说，“您把那些人刻画得极为生动，您观察人很细致！……”

尼古拉在她身边坐下来，喜不自胜，不好意思地背过脸去，抿了抿头发，但他很快就转过脸来望着母亲，如饥似渴地听她流畅自然地讲述那一段生动的故事。

“真是意外的成功！”他兴奋地说，“您当时完全有可能被抓去坐牢，可是突然运气来了！是啊，看来农民也会觉悟的，不过，这也是情理之中的事！那位女主人，我能想象出她的模样！……我们要多派一些人，专门去乡下做工作。要派人！可是我们缺少这方面的人……现实需要我们拥有几百个人……”

“要是巴沙能出狱就好了，还有安德留沙！”母亲低声说。

尼古拉望了她一眼，马上就垂下头：

“尼洛夫娜，我知道您听了这话会很难过，但我还是要告诉您：我非常了解巴维尔，他决不会同意越狱的。他要求开庭审判，他要堂堂正正地站在法庭上，他不会拒绝开庭审判。也不应该拒绝！流放到西伯利亚，他还可以逃回来嘛。”

母亲叹了口气，低声说：

“唉，有什么法子？他知道该怎么做……”

“嗯！”尼古拉透过眼镜望着她，又说，“要是您那个农民能抓紧时间来一趟就好了！雷宾被捕之事，应该写一份传单送到乡下去。他既然表现得很勇敢，这样做对他也没什么害处。我今天就把传单写好，柳德米拉很快就印出来……可是传单怎么送去呢？”

“我去一趟……”

“不，谢谢您！”尼古拉连忙说，“我在考虑，派维索甫希科夫去不知行不行，啊？”

“要找他谈吗？”

“您可以去试试！教他该怎么做。”

“那我做什么呢？”

“别担心！”

他立刻坐下写传单。母亲收拾桌子的时候，不时地瞧着他，只见笔在他手里抖动着，纸上出现一行行黑字。他脖颈上的皮肤时而颤抖几下。他有时把头靠在椅背上，闭上眼睛，下巴轻轻颤抖着。

母亲看了心里很不安。

“瞧，写好了！”他说着站起来，“您把这张纸藏在身上。不过您要当心，宪兵来了会搜您的身的。”

“让他们见鬼去吧！”母亲镇静地说。

这天晚上，医生伊凡·达尼洛维奇来了。

“为什么当局突然紧张起来了？”他在屋里踱着步说，“夜间有七处遭到搜查。病人哪里去了？”

“昨天他就回去了！”尼古拉答道，“你看，今天是星期六，他要参加读书会，他说什么也不愿错过……”

“哎，真是愚蠢，头部负了伤还要参加读书会……”

“我劝过他，可他不听……”

“想在同事们面前显摆一下，”母亲说，“你们瞧，我是流了血的……”

医生望了她一眼，装出一副吓人的样子，咬牙切齿地说：

“哟，您这人真凶啊……”

“喂，伊凡，你在这里无事可做，我们还要接待客人。你走吧！尼洛夫娜，把那张纸给他……”

“又写了传单？”医生兴奋地说。

“是的！拿去交给印刷所。”

“我会照办的。说完了？”

“说完了。门外有暗探。”

“我看见了，我家门外也有。好，再见！再见了，凶狠的女人！知道吗，朋友们，公墓里的那场搏斗，到头来居然成了好事！现在全城都在议论这件事。你为此事写的传单好极了，并且散发得及时。还是我那句老话：好的争吵胜过虚伪的和气……”

“行了，你快走吧……”

“这话不大客气啦！尼洛夫娜，握握手吧！那小伙子这样做实在愚蠢。你知道他的住址吗？”

尼古拉把住址给了他。

“明天得去看他一趟。小伙子挺可爱，对吗？”

“非常可爱……”

“要爱护他，他头脑很聪明！”医生临走时说，“正是这种年轻人，会成长为真正的无产阶级知识分子。等我们去往那个大概没有阶级矛盾的世界时，他们就接我们的班……”

“你变得爱唠叨了，伊凡……”

“这是因为我心情愉快。这么说，你在等待坐牢？祝你在那里好好休息。”

“谢谢你，我不累。”

母亲听着他们的对话，为他们关心工人感到高兴。

送走了医生，尼古拉就和母亲坐下吃茶点，一边低声交谈着，等候夜间来客。尼古拉谈到一些曾经被流放的同志，谈到一些同志从流放地逃回来，改名换姓，继续工作。他谈了很久，他低沉的声音在空荡荡的房间里回荡着。那些默默无闻的英雄人物，把自己的力量无私地奉献给改造旧世界的宏伟事业，他们的事迹令人难以置信，仿佛房间的四壁听了也感到吃惊。然而这些素昧平生的人的身影，却亲切地围绕着母亲，温暖着她的心，使她心里充满了对他们的爱慕之情。在她的心目中，这些英雄已化成一个力大无穷的巨人，从容不迫地在大地上行走着，不知疲倦地用热爱劳动的双手清除沉积在地面上的千年污垢，向人们揭示简单而明朗的生活的真理。生活的伟大真理渐渐苏醒了，它对大家同样亲切，它吸引着所有的人，它答应给大家以自由，让大家摆脱以无耻的力量来奴役和恐吓世界的三大怪物：贪婪、残暴和虚伪……这个巨人的形象在她心中唤起一种类似祈祷时的感觉。过去，每当她觉得哪一天过得轻松愉快些，她就在临睡前面对圣像高兴地祈祷，感谢上帝保佑。现在，她早已忘记了那些日子，但当时唤起的那种感觉却深深埋在了她心里。偶尔它们浮上她心头，竟变得更加轻松愉快、生动活泼且愈来愈明朗了。

“宪兵大概不会来了！”尼古拉突然停下来，高声说。

母亲望了他一眼，沉默片刻，然后生气地说：

“让他们见鬼去吧！”

“是的，可是您该睡了，尼洛夫娜，您大概累坏了吧。老实说，您的身体真棒！经受了那么多忧虑和惊吓，您都挺过来了。只是您的头发白得快了。好啦，您快去休息吧。”

二十

有人咚咚地敲厨房的门，把母亲惊醒了。敲门声不断地传来，看来那人有耐心，非敲开门不可。天还很黑，四周静悄悄的，急促的敲门声令人害怕。母亲急忙穿上衣服，匆匆走进厨房，站在门后问道：

“谁呀？”

“是我！”一个陌生的声音答道。

“你是谁？”

“快开门吧！”门外的人低声恳求道。

母亲摘下门钩，用脚踢开门。伊格纳季走进来，兴奋地说：

“嗬，我没找错门！”

只见他下半身溅满泥污，脸色铁青，眼睛下陷，只有头发是老样子，它们乱七八糟地从帽檐四周钻出来。

“我们那里出事了！”他关好了门，轻声说。

“我知道了……”

小伙子听了吃一惊，眨巴一下眼睛，问道：

“您怎么知道的？”

母亲简要地解释几句。

“那两人也被捕了吗？就是你的同伴！”

“当时他们不在，报到去了，他们是新兵！一共抓了五个人，包括米哈伊洛大叔[1]……”

他抽了抽鼻子，嘿嘿一笑，又说：

“就我一个逃掉了。他们大概正在搜捕我。”

“你怎么逃出来的？”母亲问。这时通往房间的门轻轻开了一条缝。

“我？”伊格纳季坐在长凳上，四下里望了望说，“就在他们到来之前的一分钟，守林人赶来敲我家的窗户，他说：‘小伙子们，当心点，有人找你们来了……’”

他轻声笑了笑，用外衣的下襟擦擦脸，又说：

“哎，米哈伊洛大叔镇静得很，就是拿锤子砸他的头，他也不会发蒙的。他立刻对我说：‘伊格纳季，你快进城去！记得那个上年岁的女人吗？’他亲笔写了一个字条，交给我，叫我快走。我连忙躲进树丛里，听见他们来了！这帮魔鬼，吵吵嚷嚷地从四周围了上来，他们人数很多！包围了工厂。我趴在树丛里，他们从我身边走过。我站起来，拔腿就跑。走了一天两夜才来到这里，没有休息。”

看来他对自己很满意，深褐色的眼睛含着笑意，厚厚的嘴唇颤动着。

“我给你烧茶！”母亲说着端起茶炉。

“您先收下字条吧……”

他费力地抬起一条腿放在长凳上，一边皱着眉哼哼着。

尼古拉走进来。

“同志，您好！”尼古拉眯起眼睛说，“我来帮你。”

---

① 即雷宾。

他说着俯下身，迅速解开了伊格纳季那沾满污泥的绑腿。

“真不好意思，”小伙子低声说，他的腿抽搐了几下。他吃惊地眨巴着眼，望了望母亲。

母亲没有注意他的神色，说：

“要用酒给他擦擦脚……”

“是的！”

伊格纳季有点难为情地扑哧一笑。

尼古拉找到一张皱巴巴的灰色字条，展开了凑到眼前念道：

母亲，请多关照这里的事情，转告高个儿夫人，叫她别忘了多写点我们的事情。拜托。再见。

雷宾

尼古拉慢慢放下捏着字条的手，小声说：

“真了不起……”

伊格纳季望着他们，轻轻活动着脏脚趾。母亲泪流满面，扭过头去，端来一盆水放在小伙子面前。她坐在地板上，伸手去拿他的脚。小伙子急忙把脚缩到长凳下，惊叫道：

“做什么呀？”

“快把脚伸过来……”

“我去拿酒精。”尼古拉说。

小伙子又把脚往长凳下缩了缩，嘟哝道：

“您这是怎么啦？又不是在医院里……”

这时母亲动手解开他另一只脚上的绑腿。

伊格纳季使劲抽了抽鼻子，笨拙地扭动脖子，可笑地咧着嘴，低头望着她。

“你知道吗？”母亲的声音有些发抖，“雷宾遭到毒打……”

“真的？”小伙子吃惊地低声叫道。

“真的。他被捕之后就挨了毒打，押到尼科尔村，又被警察打了一顿，县警察局长抽他的嘴巴，拳打脚踢……打得他满身是血！”

“他们打人是很内行的！”小伙子皱着眉说，他的双肩抽搐一下，“我就怕他们这帮魔鬼！农民们没有打他吧？”

“有个农民打了他一下，是奉了警察局局长的命令。其他人还算不错，还有人替他说情，说不应该打人……”

“噢，农民也开始觉悟了，知道该站在哪一边。”

“那里也有些人很有头脑……”

“这种人哪儿没有呢？逼出来的！这种人到处有，只是很难找到。”

尼古拉拿来一瓶酒精，在茶炉里加了几块木炭，就默默地出去了。小伙子好奇地望着他的背影，小声问母亲：

“这位老爷是医生吧？”

“干这一行的没有老爷，大家都是同志……”

“我心里纳闷儿！”伊格纳季有点不相信，困惑地微笑着说。

“这有什么奇怪的？”

“我就是不明白。在那边有人打你的脸，在这边有人替你洗脚，这两种人中间是些什么人呢？”

这时房门突然打开了，尼古拉站在门口说：

“这站在中间的人，舔打人者的手，吸挨打者的血。这就是你所说的站在两者中间的人！”

伊格纳季望了他一眼，脸上露出敬佩的表情，想了想又说：

“好像是这么回事！”

小伙子站起来，倒换着脚在地板上走了走，说：

“好像换了一双脚！谢谢您……”

后来他们来到餐厅，坐下喝茶。伊格纳季一本正经地说：

“我过去干过送报的差事，是很能走路的。”

“有很多人看报吗？”尼古拉问。

“识字的人都看，连富人也看。当然，富人看报不是从我们手里拿的……他们心里明白，农民流血牺牲，就是要从土地上清除老爷和富人。就是说，农民要自己分配土地。他们要平分土地，就是为了不再有东家和雇工。这是理所当然的，要不是为了这个，干吗还要去拼命呢？”

他说这话时气呼呼的，并且用不信任的询问的目光望着尼古拉。尼古拉面带微笑，沉默不语。

“要是今天大家起来斗争，取得了胜利，明天又是一个穷一个富，那还有什么干头？我们心里很明白，财富像流沙，不会堆在那里不动，难免要向四处流！不，要是这样，那么斗争是为了什么？”

“你不要发火嘛！”母亲逗他说。

尼古拉若有所思地说：

“当务之急是把有关雷宾被捕的传单送到乡下去！”

伊格纳季马上振作起来。

“有传单？”他问。

“是的。”

“把这事交给我，我送去。”小伙子搓着手说。

母亲不看他的脸，低声笑了笑。

“你太累了，再说你也说了，你很害怕。”

伊格纳季用大手抿了抿蓬乱的鬈发，一本正经地说：

“害怕归害怕，办事归办事嘛！有什么好笑的？哎，您也嘲笑我！”

“瞧你说的，我的孩子！”母亲听他这么一说，顿时心花怒放，不由自主地叫道。小伙子有点不好意思地嘿嘿一笑。

“瞧，还把我当孩子看呢！”

尼古拉和善地眯起眼睛，仔细打量着伊格纳季，对他说：

“您不必再去那里……”

“怎么啦？那我该去哪儿？”伊格纳季不安地问。

“有人替您去，不过您要把具体做法给他讲清楚。这么办好吗？”

“好吧！”伊格纳季迟疑了一下，很不情愿地说。

“我们打算给您弄一张可靠的身份证，让您去当守林人。”

小伙子马上抬起头，有些担心地问：

“要是农民来砍柴，或者干别的事……我怎么办？把他绑起来？这差事我可干不了……”

母亲笑了，尼古拉也笑了。这时伊格纳季又感到难为情，心里很不好受。

“您放心好啦！”尼古拉安慰他说，“不会让您去绑农民，请相信我！……”

“那好吧！”伊格纳季放下心来，终于开心地笑了，“我倒是想进工厂，听说那里的年轻人都很聪明……”

母亲从桌旁站起来，眺望着窗外，若有所思地说：

“唉，生活啊！一天能叫人笑五次，哭五次！伊格纳季，说完了吧？快去睡吧……”

“我不困……”

“快去睡吧……”

“你们对人好严厉！好，我去睡……谢谢你们的招待，谢谢你们的关心……”

他睡在母亲床上，不时地搔搔头，自言自语地说：

“现在你们家的所有东西都沾上木焦油的气味了……唉！这又何必呢……我不困……他把中间派说得很清楚……那帮鬼东西……”

他喃喃自语，忽然鼾声大作，扬起眉毛，半张着嘴睡着了。

二十一

晚上，伊格纳季来到地下室的一个小房间里，和维索甫希科夫面对面地坐着。伊格纳季紧皱着眉头，压低了嗓门对维索甫希科夫说：

“敲中间那个小窗户，敲四下……”

“敲四下？”维索甫希科夫不放心，反问一句。

“先敲三下，这样敲！”

他弯起一个手指，在桌上敲着说：

“一，二，三。然后等一等，再敲一下。”

“懂了。”

“给您开门的是一个红头发男人，他问您是不是来请接生婆，您就说是的，是工厂主让来的！不要说别的，他会明白的！”

他俩都躬着腰，面对面坐着，挨得很近。两人都身体粗壮，他们压低嗓门谈论着。母亲把两手抱在胸前，站在桌旁注视着他们。她觉得这些秘密暗号和约定的暗语很好笑，心想：

“还是些孩子……”

墙上挂一盏油灯，地板上摆着几只旧水桶和废铁片。屋里有一股铁锈味，夹杂着油漆和潮湿的气味。

伊格纳季穿一件厚厚的绒布夹大衣，他显然很喜欢这件衣服。他珍爱地抚摩着袖子，使劲转动粗壮的脖子，前后打量着自己。母亲看着他这副样子，深受感动，一股柔情涌上了她心头：

“孩子啊，我心爱的孩子……”

“好了！”伊格纳季站起来说，“就是说，您要记住，先去找穆拉托夫，问问这位老爷子……”

“我都记住了！”维索甫希科夫说。

但是，伊格纳季大概还有点不放心，又把联系的暗号、约定的暗语和标记重复一遍，最后伸出手来说：

“向他们问好！他们都是好人，您会知道的……”

他满意地朝自己身上瞧了瞧，又摸了摸自己的大衣，问母亲：

“可以走了吗？”

“您认路吗？”

“瞧您说的！我认路……好了，再见啦，同志们！”

他走了，挺胸端肩，歪戴着一顶新帽子，神气十足地把两手插在衣袋里。浅色的鬈发在他鬓角上高兴地颤动着。

“这回我又找到事做了！”维索甫希科夫说着，悄悄走到母亲面前，“我早待腻了……从监狱里逃出来，为的什么？就为了东躲西藏吗？在监牢里我还能学习呢，在那里有巴维尔管着，他逼着我们动脑筋，过得很愉快嘛！尼洛夫娜，越狱的事是怎么决定的？”

“不知道！”她不由自主地叹了口气说。

维索甫希科夫把大手放在她肩上，向她耳边凑近些说：

“你顺便告诉他们，越狱很容易，他们会听你的话。你自己也留心看看，监狱的围墙旁边是一盏路灯。对面是一片荒地，左边是公墓，右边临大街，是市区。白天经常有一个工人来擦路灯。他把梯子靠在围墙上，爬上去，把绳梯钩子挂在墙头上，再把绳梯放进监狱的院子里，他就可以走开了！监狱里的人事先知道什么时候放绳梯，就叫刑事犯们大声喧哗，他们自己吵闹也行。需要越狱的人，就在这时候登上绳梯越墙。就这么一会儿工夫，事情就办成了！”

他在母亲面前手舞足蹈地比画着，讲解自己的计划。在他看来，这件事很简单，而且他设想得很巧妙。她原以为他是个粗人，笨手笨脚。过去他总是沉着脸，神情忧郁，看什么都不顺眼，对什么都不信任，可现在他好像换了一个人似的，那双眼睛亮闪闪的，洋溢着稳重热情的光芒。这使得母亲有了信心，同时也很感动……

“你想想，这是在大白天越狱！……一定要在白天干。谁能想到，犯人要在光天化日、众目睽睽之下逃跑呢？……”

“他们会开枪的！”母亲打了个冷战说。

“谁会开枪？那里没有士兵，看守们的左轮手枪根本打不远……”

“这也太简单啦……”

“你可以看嘛，的确很简单！不，你还是跟他们商量一下。我全准备好了，有绳梯、挂绳梯的钩子、房东冒充擦路灯的工人……”

门外有脚步声，有人咳嗽，并传来了铁器的响声。

“他来了！”维索甫希科夫说。

有人推开门塞进来一个白铁浴盆，一边哑着嗓子低声说：

“这鬼东西，快进去……”

接着，门口出现一个没戴帽子的圆圆的花白脑袋。这人留着小胡子，鼓鼓的眼睛，相貌倒很和善。

维索甫希科夫帮他把浴盆抬进来。房东走进来，原来是个高个子，有点驼背，刚刮过脸。他咳嗽几下，吐了口痰，哑着嗓子说：

“你们好啊……”

“你问问他吧！”维索甫希科夫说。

“问我？问我什么？”

“越狱的事……”

“啊！”房东用脏乎乎的手指捋着胡子说。

“是这样的，雅科夫·瓦西里耶维奇，她不相信这事很简单。”

“嗯，不相信？那就是她不想办，我们俩想办，所以就相信！”房东平静地说，他忽然弯下腰吃力地咳嗽起来。咳过之后，他用手揉着胸口，喘着粗气，在屋子中央站了好久，一面睁大眼睛打量着母亲。

“这件事要让巴沙和他的伙伴们拿主意。”母亲说。

维索甫希科夫沉思着低下头。

“谁是巴沙？”房东坐下来，问道。

“是我儿子。”

“姓什么？”

“弗拉索夫。”

房东点点头，拿出烟袋和烟斗，一边装烟丝，一边断断续续地说：

“听说过。我外甥认识他。我外甥也在坐牢，姓叶甫琴科，听说过吗？我姓戈邦。年轻人快给他们抓光了，要是他们都去坐牢，剩下我们这些老头子就快活啦！有警官威吓我，说要把我外甥流放西伯利亚。就让他们流放吧，狗东西！”

他点着烟，转过脸来望着维索甫希科夫，不住地往地板上吐痰。

“她当真不愿意？这咱管不着。人有自由嘛，坐累了就走一走，走累了就坐会儿。人家抢了你，你别吭气。有人打你，你就忍着点，把你打死了，你就躺着吧。这是人人皆知的道理。可是我要救我外甥，一定要把他救出来。”

他这番话让母亲摸不着头脑，但最后一句话却让她羡慕。

走在风雨交加的大街上，她心里还惦念着维索甫希科夫：

“嗬，你真的变了！”

想到戈邦，她像做祈祷似的在心里说：

“看来，重新开始生活的不止我一个人啊！……”

想到这里，她又开始思念儿子：

“但愿他能同意越狱！”

二十二

礼拜天，在监狱的接待室里，母亲跟儿子握手告别时，感觉手心里有一个小纸团。她哆嗦了一下，仿佛那纸团烧疼了她的掌心。她用恳求和询问的目光望了望儿子的脸，也没有看出他有什么表示。巴维尔那蓝蓝的眼睛跟往常一样，沉着坚定地微笑着。这笑容她是很熟悉的。

“再见了！”她恋恋不舍地说。

巴维尔又向她伸出手来，脸上浮现出怜爱的表情。

“再见，母亲！”

她紧握着儿子的手，等待着。

“不要着急，不要生气！”巴维尔说。

她从这句话和他额头上固执的皱纹里领悟到了答案。

“瞧你说的，”她垂下头低声嘟哝道，“那有什么关系……”

她匆匆地走了，没有抬眼看他，免得儿子看见她眼里的泪水和颤抖的嘴唇。一路上，她紧握着儿子回复的纸团，感觉这只手的骨头酸痛，手臂发沉，仿佛肩膀挨了打似的。回到家里，她把纸团塞给尼古拉，就站在他面前等候着。当尼古拉打开卷得很紧的字条时，她心里又浮起了希望。但尼古拉说：

“不出所料！他在这里写道：‘同志们，我们决定不走，不能那么做。我们谁也不愿意。那样做是不尊重自己。注意前不久被捕的那个农民。他值得你们关怀，值得你们费心。他在这里很困难，天天和狱吏发生冲突，已被禁闭一昼夜。他最终会被折磨死。我们一致请求你们照顾他。请开导和安慰我母亲，给她解释一下，这一切她会理解的。’”

母亲抬起头，哽咽着低声说：

“唉，有什么可解释的，我全明白了！”

尼古拉连忙背过脸去，掏出手绢，使劲擤了擤鼻子，低声说：

“瞧，我感冒了……”

然后，他两手捂住脸，扶了扶眼镜，在屋里踱着步说：

“您知道，我们反正也来不及……”

“没关系！让他们开庭好了！”母亲说着皱了皱眉。她很伤心，一团阴冷的迷雾压在她心头。

“我刚接到彼得堡一位同志的来信……”

“到了西伯利亚，他真的能逃走吗？……能吗？”

“当然能逃走！这位同志信上说，案子不久就能了结，判决已经明了：全部判处流放。明白吗？这些卑鄙的骗子，把开庭审判变成了庸俗的闹剧。您要知道，判决书是在彼得堡拟定的，并且是在开庭审判之前……”

“别说了，尼古拉·伊凡诺维奇！”母亲坚定地说，“用不着安慰我，也不要再做解释。巴沙是不会做傻事的，他不会白白受苦，也不会让别人白白受苦！他是心疼我，是的！您看，他一直惦念我。他在纸条里写着，让你们给我解释，安慰我，对吗？……”

她的心剧烈地跳着，兴奋得有些头晕。

“您儿子真了不起！”尼古拉异乎寻常地高声赞叹道，“我非常佩服他！”

“现在我们还是考虑一下雷宾的事吧！”母亲建议说。

她想立即行动起来，为他去奔走，就是走累了也值得。

“是的，您说得对！”尼古拉踱着步说，“需要通知萨申卡……”

“她会来的。在我去探监的日子，她肯定会来……”

尼古拉在沉思，低着头，咬紧嘴唇，轻轻地捻着胡须。他在沙发上坐下，紧挨着母亲。

“可惜姐姐不在家……”

“现在巴沙在牢里，这事要是办成了，他会高兴的！”母亲说。

两人都不说话了。过了一会儿，母亲忽然慢慢地低声说：

“我真不明白，他为什么不想越狱……”

尼古拉抽身站起，可是这时门铃响了，两人立刻对视一眼。

“是萨莎，嗯！”尼古拉轻声说。

“怎么跟她说呢？”母亲也轻声说。

“是啊，要知道……”

“我真可怜她……”

门铃又响一下，声音低一些，仿佛门外的人也在犹豫不决。尼古拉和母亲站起来，一起去开门。但到了厨房门口，尼古拉闪到一旁说：

“还是您去开吧……”

母亲开了门，姑娘劈头问道：

“他不同意？”

“是的。”

“我料到了！”萨莎满不在乎地说，但她的脸色却很难看。她解开大衣扣子，马上又扣上两个。想脱下大衣，但脱不下来。她马上又说：

“风雨交加，真烦人！他身体好吗？”

“好。”

“健康、愉快。”萨莎望着自己的手，轻声说。

“他信上说，要我们营救雷宾！”母亲说，她背过脸不看萨莎。

“是吗？我觉得，这个计划我们是可以采用的。”姑娘慢吞吞地说。

“我也这么认为！”尼古拉站在门口说，“您好，萨莎！”

姑娘同他握手，问道：

“怎么搞的？不是大家都同意采用这个计划吗？……”

“可是谁来组织呢？大家都很忙……”

“交给我吧！”萨莎站起来，毫不犹豫地说，“我有时间。”

“你就去办吧！不过，还得问问其他同志……”

“好吧，我会问的！我现在就走。”

她又扣上大衣的扣子，动作敏捷，满怀信心。

“您要好好休息一下！”母亲提醒她。

姑娘浅浅地一笑，温和地说：

“请放心吧，我不累……”

她默默地同母亲和尼古拉握了手，就走了，神色又变得冷漠而严厉。

母亲和尼古拉到窗前，目送着姑娘消失在大门外面。尼古拉轻轻吹起口哨，坐下来写东西。

“她去办这件事，心情会好一些！”母亲沉思片刻，低声说。

“那还用说！”尼古拉答道。他转身望了望母亲，笑眯眯地问道，“尼洛夫娜，您没经受过这种痛苦，您大概不知道思念情人的滋味吧？”

“是啊！”她挥了挥手，高声说，“哪里有什么思念？只知道害怕，怕父母把自己嫁出去。”

“您没喜欢过谁？”

她想了想，说：

“记不清了，亲爱的！怎么没喜欢过？的确喜欢过，只是记不起来了！”

她望了望尼古拉，心情有些哀伤，但却平静地说：

“丈夫经常打我，婚前的事情全都忘记了。”

他回头去写东西了。母亲出去一会儿，回屋时发现尼古拉亲切地望着她，这时他正沉浸在回忆中，无限怀恋地悄声说：

“您知道吧，我自己也有过这么一段恋情，跟萨莎一样！爱上一位姑娘，一位难得的好人！我不到二十岁认识她，那时就爱上她了。不瞒您说，我爱她至今！我对她的爱，像当年一样，一心一意，怀着感激，我永远爱她……”

母亲站在他面前，望着他那双闪闪发光的温和明亮的眼睛。他两手放在脑后紧靠在椅背上，眼睛望着远方。他那看似瘦弱但很结实的身躯似乎有些前倾，像一株植物倾向阳光。

“那你还等什么，结婚嘛！”母亲说。

“唉，她在四年前就嫁人了……”

“您早干什么去了？……”

他想了想，答道：

“您看，不知怎么回事，我们两人总是不凑巧：不是她坐牢，就是我坐牢，等我获释了，她又进了监狱，或者被流放了。情况同萨莎很相似。真的！后来，她被判处十年流刑，流放西伯利亚，远得很呢！即便这样，我也愿意跟她去。可是，当时我们两人都很难为情，她在那里有了另一个追求者，是我的一位朋友，也是一个很好的小伙子！后来他们一起出逃，远遁国外，现在还生活在那里……”

尼古拉讲完之后，摘下眼镜擦了擦，对着亮光照了照，又擦了起来。

“哎呀，我亲爱的！”母亲摇着头，疼爱地说。她可怜尼古拉，同时又觉得他有些可笑，不由得露出慈母般的温和的笑容。他换一个姿势坐好，又拿起笔，挥着手有节奏地说下去：

“结婚成家，必然消耗革命者的精力，这是不可避免的！生了孩子，生活拮据，就不得不拼命干活挣钱。可是革命者要不断发挥自己的力量，不断地挖掘自己的潜力，这是时代的要求。我们要始终走在大家的前头，因为我们是工人阶级，历史赋予我们的使命是打碎旧世界，建设新生活。如果我们落后了，整天疲倦不堪，或者急功近利，胸无大志，那就不好了，那样几乎是背叛了我们的事业！现在，找不到一个这样的伴侣，她能和我们并肩前进，同时又不影响我们的信仰。我们永远不能忘记，我们的使命不是取得微小的成绩，而是夺取全面的胜利。”

他的声音铿锵有力，脸色也因激动而变得苍白，但他的眼神还像往常那样，闪烁着沉着冷静的光芒。尼古拉刚要说下去，门铃响了。原来是柳德米拉来访，她穿一件不合时令的夹大衣，面颊冻得通红。她把破旧的套鞋脱下来，生气地说：

“过一个礼拜开庭，都定下来了！”

“是真的吗？”尼古拉在房间里问道。

母亲急忙朝他走过来，不知是害怕还是高兴，她心里七上八下的。柳德米拉跟着走进来，用讥讽的口吻低声说：

“是真的！法院方面毫不掩饰，有人公开地说，判决书已经准备好了。可是这算怎么回事？政府害怕它的官员们对敌人发善心？于是煞费苦心去教唆自己的奴才，调教了这么长时间，好像还是没有把握，怕他们办事不够卑鄙吗？……”

柳德米拉在沙发上坐下来，用手掌搓着消瘦的面颊，暗淡的眼睛里充满轻蔑的神情，火气越来越大。

“柳德米拉，您发火也没用！”尼古拉安慰道，“您说这些他们也听不见……”

母亲紧张地听着她的话，但没有听懂，只有一句话在她心里重复着：

“法院过一个礼拜开庭！”

她忽然觉得，一个不可挽回的极为严峻的事件就要来临了。

二十三

母亲默默等待着，心里有这样一个疑团，她郁闷愁苦。到了第三天，萨莎来了，她对尼古拉说：

“全准备好了！今天午后一点钟……”

“准备好了？”尼古拉吃惊地问。

“可不是嘛！现在我只需找一个地方，给雷宾准备好衣服，其他事情全由戈邦负责。雷宾不必走很远的路，只要穿过一个街区。维索甫希科夫在街上接应他。当然了，维索甫希科夫事先要化装。他给雷宾披上大衣，戴上帽子，告诉他该怎么走。我等着他，换了衣服把他领走。”

“不错嘛！这个戈邦是什么人？”尼古拉问。

“您见过他。您在他家里给钳工们讲过课。”

“啊！记得。那老头儿有点古怪……”

“他是个退伍士兵，盖屋顶的工人。觉悟不算太高，不过他仇视一切暴力……喜欢发表点议论。”萨莎望着窗外，若有所思地说。母亲沉默不语，听了萨莎的话，她不禁怦然心动，一个模糊的想法在她心头油然而生。

“戈邦想营救自己的外甥，记得吗？就是那个讲究穿戴、爱干净的小伙子。姓叶甫琴科，您过去很喜欢他。”

尼古拉点点头。

“他那里都安排妥当了，”萨莎接着说下去，“不过我没有十分的把握。放风时犯人们都出来了。要是看见绳梯，我想，很多人都想逃走……”

说到这里，她闭上眼睛沉默片刻。母亲朝她身边靠了靠。

“他们会争相逃走，乱成一团……”

三人临窗站着，母亲站在尼古拉和萨莎身后。听着他们急匆匆的谈话，母亲心里有些不安……

“我也要到那里去！”她忽然说。

“您去做什么？”萨莎问。

“您不要去，亲爱的！说不定您会出事的！您别去了！”尼古拉劝她。

母亲望了他一眼，低压嗓门固执地说：

“不，我一定要去……”

尼古拉和萨莎对视一眼，萨莎耸耸肩，无奈地说：

“可以理解……”

她向母亲转过身来，挽起她的手，紧挨着她，直率而又体谅地说：

“我还是要告诉您，您去了也是白跑一趟……”

“亲爱的！”母亲颤巍巍地搂住姑娘，激动地说，“带我去吧，我不妨碍你们！我想亲眼看看。我不信这样就能越狱！”

“让她去吧！”姑娘对尼古拉说。

“这事您决定吧！”他说着低下头。

“我们两人分开走。您往野外的菜园那边走。从那里看得见监狱的围墙。可是要是有人问，您在那里做什么，您怎么回答？”

母亲见她同意了，十分高兴，她满怀信心地说：

“我知道该说什么！……”

“别忘了，监狱的看守们都认识您！”萨莎说，“要是他们发现了您……”

“他们不会发现的！”母亲说。

她一直隐藏在内心的不曾熄灭的希望，突然燃烧起来，照亮了她的心胸，使她兴奋不已……

“说不定他也会……”想到这里，她急忙穿上衣服。

过了一小时，母亲来到监狱后面的旷野上。刺骨的寒风从四面八方朝她扑来，吹卷着她的衣服，扑打着冻结的土地。她刚才走过的菜园子破旧的木栅在寒风中摇摇欲坠。不很高的监狱围墙终究遮挡不住寒风的猛烈冲击。越过围墙的寒风在院子里上下翻滚，吹卷着某人的喊叫声飞向空中，消逝在天际。天空云层浮动，偶尔露出一片片蓝天。

母亲背后是菜园子，前方是公墓，右面不远就是监狱的围墙，离她有十俄丈[①]左右。公墓旁有一个士兵在遛马，另一个士兵在他身旁一边拼命跺脚，一边喊叫着，有时吹起口哨，或者嬉笑一阵。除此之外，监狱外面再没有别人了。

她不慌不忙地向前走，经过遛马的士兵旁边，朝公墓的围墙走去，偶尔斜眼望望右边和身后。忽然，她觉得两腿哆嗦一下，走不动路了，仿佛冻在地上似的。只见监狱拐角后面，走出一个扛着梯子的驼背人，他跟平时修路灯的工人一样，走路很快。母亲吃惊地眨巴了一下眼睛，连忙望望那两个士兵。他们还在那里原地踏步，转着圈遛马。她又看看那个扛梯子的人，他已把梯子放在墙上，不慌不忙地爬上去。只见他朝院子里挥了一下手，很快下了梯子，消失在墙角后面。母亲的心剧烈地跳着，时间一秒钟一秒钟地慢慢地走着。梯子靠在乌黑的监狱围墙上，几乎看不出来。梯子下面的墙壁污迹斑斑，泥灰已经脱落，露出了砖头。忽然间，墙头上出现一个黑脑袋，接着露出整个身子，翻过墙头，顺墙而下。这时，墙头上又出现一个戴皮帽的脑袋，黑魆魆的身子缩成一团，滚到地上，然后立刻消失在墙角后面。雷宾挺起身子，四下里瞧了瞧，摇摇头……

“快跑呀，快跑呀！”母亲跺着脚低声喊道。

她耳朵里嗡嗡直叫，随着一阵高声呼喊，墙头上出现了第三个脑袋。母亲两手揪住自己胸口，屏住呼吸望着。这个脑袋是浅色头发，没长胡子，好像要挣脱身子似的向上挣扎着，突然掉进围墙里了。喊声越来越大，一片嘈杂。寒风卷着刺耳的警笛声呜呜地刮着。雷宾顺着墙根走着，这时已走过围墙尽头，来到监狱和市区房屋之间的开阔地。母亲觉得他走路太慢，不该那样高昂着头，只要有人随便望他一眼，就会记住他的相貌。她不由得低声说：

---

① 一俄丈约合 1.8 米。

“快走呀，快点走……”

监狱围墙里面啪地一响，接着传来打碎玻璃的清脆的响声。遛马的士兵两脚蹬地，拼命要拢住马，另一个士兵手卷成话筒向监狱里喊着，高喊一阵，侧过脸来仔细听了听。

母亲紧张地转动脑袋朝四下里望着。她目睹了这一切，却不敢相信自己的眼睛，因为这件事如此简单迅速地取得成功，实在是出乎她意料，这使她有些不知所措。她原以为这件事很可怕，也复杂得很。可雷宾在大街上不见了。只见一个高个儿男子穿一件长长的大衣，身后跟着一个小女孩。监狱的墙角后面窜出三个看守。他们拥挤着向前跑去，每人都向前伸出右手。一个士兵朝他们迎面跑来，另一个士兵在围着马转，几次想纵身上马，但那马不听使唤，又蹦又跳，周围的一切似乎也在跟马一起跳动。警笛声划破长空，连续不断。母亲听见这令人恐惧的绝望的警笛声，意识到自己处境危险，于是不禁打了个哆嗦，顺着公墓的围墙向前走去，一面注视着看守们的动向。可是看守们和士兵都向监狱的另一个墙角跑去，很快他们便消失在墙角后面。她熟悉的那个典狱长助理也朝那个方向跑去，他的制服敞着怀。此刻不知从哪儿来了一些警察，还有不少老百姓。

风在旋转、起舞，仿佛在贺喜似的。这时母亲听见随风飘荡的断断续续的警笛和嘈杂的叫喊……这场混乱使她暗自高兴，她快步向前走去，心想：

“本来他也能逃出来的！”

在公墓围墙的拐角处，突然出现两名警察，直冲着母亲跑来。

“站住！”一名警察上气不接下气地叫道，“有个大胡子男人，您看见没有？”

母亲挥手指了指菜园子，平静地说：

“往那边跑了。出什么事了？”

“叶戈罗夫，吹警笛！”

回家的路上，她有些惋惜，心中抑郁不快，带有几分懊丧。她刚从空地里走上大街，一辆马车便拦住了她的去路。她连忙抬起头来，只见马车里坐着一位年轻人，留着浅色胡子，苍白的脸上带着倦容。此人也望了母亲一眼。大概因为他侧身坐着，看上去他的右肩比左肩高些。

尼古拉高兴地迎接母亲。

“情况怎么样？”

“好像很顺利……”

她谈到越狱的经过，仔细回忆着一些细节。听她的口气，好像在转述别人讲过的故事，她自己对事情是否真实还抱有怀疑。

“我们很幸运！”尼古拉搓着手说，“不过，我真为你们捏一把汗哪！鬼晓得能不能成功！您知道吧，尼洛夫娜，请您听从我的善意的劝告，不要怕开庭审判！开庭越早，巴维尔获得自由的日子就越近，您相信我好了！说不定在去流放地的路上他就能逃走。开庭审判，不过是做做样子罢了……”

接着，他给母亲讲起开庭审判的程序，母亲听了，知道他为她担心，是想鼓起她的勇气。

“您大概以为，我会对法官们说什么？”她忽然问道，“怕我去哀求他们？”

尼古拉霍地站起来，连连向她摆手，委屈地分辩道：

“您扯到哪儿去了！”

“我的确是害怕！究竟怕什么，我也说不清楚！……”她沉默片刻，眼睛四下里打量着。

“有时候，我担心他们侮辱巴沙，嘲弄他。他们会说，你这个乡巴佬，老实点，乡巴佬的儿子！你瞎闹腾什么？可是巴沙是个极要面子的人，他会同样辱骂那些法官。还有安德烈，也会嘲骂他们。

他们两人都爱动肝火。你想想，万一他按捺不住……他们会从重判他，那我们就永远也甭想再见到他啦！”

尼古拉沉着脸，一言不发，偶尔揪揪自己的胡须。

“这些想法，实在是难以摆脱！”母亲轻声说，“开庭审判是很可怕的！他们对什么都要反复盘问，翻来覆去！太可怕了。可怕的不是惩罚，而是受审。这话我不知该怎么说……”

她本想讲讲自己内心的恐惧，但她觉得尼古拉不理解她，也就不再说什么了。

二十四

这种恐惧笼罩在她心头，像受潮的霉菌似的滋长着，使她透不过气来。开庭那天，沉重的精神负担压得她直不起腰来，她忧心忡忡地走进审判庭。

在街上，镇子上来的熟人向她问好，她只是沉默着点点头，就挤进面色阴沉的人群中。在法院的走廊和大厅里，几个被告的亲属遇见她，也压低嗓门对她说几句话。她觉得这些话说得多余，她也没有听明白他们说些什么。大家的心情是一样的，都很悲伤。母亲感受到这种情绪，心里更加压抑。

“过来吧！”坐在长凳上的西佐夫往一旁靠了靠。

她听话地坐下来，整理一下衣服，然后朝四下里望了望。她眼前到处闪动着绿色和红色的衣饰，彩条和斑点连成一片，金黄色的线条闪闪发光。

“你儿子把我们格里沙害苦啦！”坐在她身旁的一个女人低声说。

“别说了，娜塔莉娅！”西佐夫沉着脸说。

母亲朝那女人望了一眼，原来是萨莫伊洛娃。身旁坐着她丈夫，一个仪态端庄的男人，秃顶，留着棕红色的连鬓胡子，瘦得颧骨突起，眯起眼睛朝前望着，大胡子颤抖着。

审判厅高高的窗户里射进来一缕缕昏暗的光线，纷纷扬扬的雪花在窗外飘洒着。窗户中间的墙壁上悬挂着沙皇的巨幅肖像，肖像的框子金光闪烁。沉重的深红色窗幔打着垂直的皱褶，掩住相框两侧。肖像前面是一张铺着绿呢台布的长桌，几乎和大厅的宽度一样长。右边靠墙的铁栏杆里，有两条木板凳；左边摆着两排深红色沙发椅。法院的职员们在大厅里悄悄走动，他们穿着绿领子制服，胸前和腹部的纽扣闪着金光。这里空气浑浊，有一股药房的气味，有人在胆怯地窃窃私语。这里的一切——颜色、闪光、声音和气味，随着呼吸涌进人们的心胸，像各种颜色的沉淀物似的充塞着空虚的心灵，继而化作阴冷的恐怖，令人头晕目眩。

忽然，人群中有人高声说了句什么，母亲哆嗦了一下。大家都站起来，她也抓住西佐夫的胳膊站起来。

大厅左侧墙角里，一扇高大的门打开了，一个戴眼镜的小老头摇摇晃晃地从那里走出来。他的小脸灰白，银色的连鬓胡子稀稀拉拉，不时地颤抖着。刮得精光的上唇瘪进嘴里，高高的制服领子支撑着他那尖尖的颧骨和下巴，看上去好像根本没有脖子似的。一个高个儿青年搀扶着他，那青年长着一副瓷人一般的脸，圆而红润。还有三个穿绣金边制服的人和三个穿便服的官员，跟在他们身后慢慢走着。

他们在长桌旁磨蹭好久，才坐到沙发椅里。坐好之后，其中一个穿制服的敞着怀、胡子刮得精光、神态慵懒的官员，低声向小老头说着什么，两片肥厚的嘴唇在无声地翕动，看上去似乎很吃力。小老头坐在那里听着，身子纹丝不动挺得笔直。母亲看见，他那没有色泽的小眼珠在眼镜后面转动着。

在长桌一端的斜面写字台后面，站着一个头顶微秃的高个子，沙沙地翻动着公文，还一边低声咳嗽着。

小老头向前躬了躬身子，开始讲话。头一个词他讲得很清楚，可是接下去就不知他讲些什么，那些含糊不清的词句好像从他那灰白的薄嘴唇上溜掉了。

“我宣布开庭……带被告……”

“快看！”西佐夫轻轻推了推母亲，低声说，然后站起来。

铁栏杆后面的门打开了，走出一名士兵，肩上扛着出鞘的军刀。随后走出巴维尔、安德烈、费佳·马森、古谢夫兄弟、萨莫伊洛夫、布金、索莫夫，还有五个青年，母亲叫不出他们的名字。巴维尔脸上带着和蔼的笑容，安德烈也面带微笑，龇着牙频频点头。他们的笑容和生动活泼的表情举止，打破了紧张拘束的沉默，大厅里顿时显得明亮起来，气氛也有所缓和。官员制服那炫目的金光也黯然失色，不那么刺眼了。一种令人振奋的自信和生机盎然的活力触动了母亲的心，使她深受感动。坐在她后排的人们刚才还在垂头丧气地等待着，现在也来了精神，悄悄地低声交谈起来。

“他们不怯场！”她听见西佐夫悄悄地说。坐在右边的萨莫伊洛夫的母亲低声哭着。

“安静点！”有人严厉地喊道。

“我提醒你们……”小老头说。

巴维尔和安德烈并排坐着，和他们一起坐在前排的还有马森、萨莫伊洛夫和古谢夫兄弟。安德烈的大胡子剃掉了，两撇小胡子长得老长，向两边垂着，衬得他那张圆脸像猫脸似的。他脸上的表情也有所变化，嘴角带着尖刻讥讽的表情，眼睛的神情不那么明朗了。马森的上唇多了两撇黑胡子，脸胖了一些，萨莫伊洛夫还是原来那一头鬈发，伊凡·古谢夫依旧咧着嘴笑呵呵的。

“唉，费季卡呀，费季卡！”西佐夫垂下头，低声呼唤着。

母亲听见小老头含糊不清的问话，听见儿子沉着而又简练地作了回答。小老头审问时眼睛不看被告，脑袋一动不动地靠在制服领子上。母亲觉得，审判长和他的同事们看来都不是凶恶残忍的人。她仔细打量法官们的面相，想做出某种预测，同时也悄悄体察自己的内心。她心里正在萌生新的希望。

面似瓷人的青年冷漠地宣读着公文，他的声音不高不低，单调呆板，使大厅里充满了沉闷的气氛。人们静坐在这种气氛里，仿佛失去了知觉。四名律师在和被告交谈，声音虽低，但表情很生动。他们的动作坚定有力，反应敏捷，看上去像几只巨大的黑鸟似的。

坐在小老头两边的法官，一个是胖子，眯缝着一双小眼睛，肥圆的身躯塞满了沙发椅；另一个是个驼背，苍白的脸上蓄着两撇棕色胡子，疲倦地把头靠在椅背上，眼睛半睁半闭，大概在考虑什么事情。检察长也满脸倦容，一副无精打采的样子。法官们后面坐着市长，他也是个胖子，正若有所思地抚摩着自己的脸，神色很端庄；还有一位首席贵族，赤红脸，须发皆白，满脸大胡子，一双大眼睛看上去很和善；还有一位乡长，穿一件紧身外套，腆着大肚子，大概肚子很让他难为情，他总想用衣襟掩饰一下，可衣襟又总是下滑。

“这里没有罪犯，没有法官，”巴维尔坚定地说，“只有被俘者和胜利者……”

接着又静下来。有那么几秒钟，母亲只听见笔尖在纸上发出的匆匆的沙沙声和自己的心跳。

审判长也好像要倾听什么，耐心等待着。他的同事们蠢蠢欲动。这时，审判长说：

“嗯，安德烈·纳霍德卡，您认罪吗……”

安德烈不慌不忙地站起来，挺着胸，捻着胡子，皱着眉望着审判长：

“我该认什么罪呢？”霍霍尔耸耸肩，像往常一样从容不迫地说，声音依旧那么悦耳，“我没有杀人，也没有抢劫，只是不赞成这种生活制度，不赞成人们互相掠夺互相残杀……”

“答话简短些……”审判长生硬地说，吐字倒还清晰。

母亲感觉到坐在她身后的人们在骚动，在低声谈论什么，对那个瓷人脸的乏味的唠叨表示厌烦。

“听见了吗，他们是怎么说的？”西佐夫低声说。

“费多尔·马森，您来回答……”

“我不愿回答！”费佳立刻站起来，明确地说。他情绪激动，满脸通红，眼睛闪烁着炯炯的光芒。不知为什么，他把两手背在身后。

西佐夫轻轻地哎哟一声，母亲吃惊地睁大眼睛。

“我不接受辩护，我什么也不说了。我认为，你们的审判不合法！你们是什么人？是人民给予你们权利，让你们来审判我们的吗？不是，他们没有给你们权利！我不了解你们！”

他坐下来，把自己通红的脸靠在安德烈的肩膀上。

胖法官向审判长低下头，小声说了些什么。脸色苍白的驼背法官抬起眼皮，朝被告席上斜了一眼，便伸手拿起桌上的铅笔，在面前的公文纸上写了几行字。乡长摇摇头，小心翼翼地挪了挪两条腿，把肚子放在膝盖上，两手捂住它。小老头没有转动脑袋，而是把整个身子转向留棕色胡子的法官，悄悄地对他说了几句，那法官低头听着。首席贵族在和检察长交头接耳，市长抚摩着自己的脸，在听着他们谈话。这时，又响起审判长有气无力的声音。

“回答得多利索！直截了当，他回答得最好！”西佐夫在母亲耳边低声赞叹道。

母亲笑了笑，心里却有些纳闷。起初，她以为这一切不过是开场白，多余而且枯燥，而可怕的事情还在后面，那种冷酷恐怖的场面会把大家吓一跳。可是巴维尔和安德烈从容自若，说话时一点也不胆怯，语气坚定，就好像他们不是在法庭上，而是在镇子上自家小屋里谈话似的。费佳言辞激烈，使她感到振奋。她感觉到一种勇气在增长着，并且她从坐在后排的人们的骚动猜测，不止她一个人有这种感觉。

“您的意见呢？”审判长问道。

头顶微秃的检察官站起来，一手按着讲台，开始发言。他讲得很快，同时列举一些统计数字。他的声音听来并不可怕。

然而与此同时，母亲感到有一种冷漠刺人的情绪向她袭来，她心里忐忑不安。她隐隐约约地感觉到，这是一种对她含有敌意的情绪。这种情绪虽然不吓人，不叫喊，却在悄悄滋长着，令人难以捉摸。它悄悄在法官们四周弥漫开来，轻轻飘荡着，像一团浓密的乌云似的把他们笼罩起来，外界的任何东西都无法接近他们。她望着这些法官，觉得他们全都不可理解。他们没有冲着巴维尔和费佳发火，没有侮辱他们，这是她没有料到的。但他们所问的问题在她看来纯属多余，好像他们也不想问，又懒于听回答，好像这些东西他们事先已经知道，所以对什么都不感兴趣。

这时，出庭做证的一名宪兵声音低沉地说：

“据称巴维尔·弗拉索夫是主谋……”

“那么纳霍德卡是不是？”胖法官有气无力地低声问。

“他也是……”

一名律师站起来，说：

“我可以发言吗？”

审判长不知在问谁：

“您有没有意见？”

在母亲看来，法官们全是些病人。他们的坐姿和语气显露出病人的疲倦，他们脸上的表情也像病人，不但满脸倦容，而且夹带着无聊和烦躁。可见他们心里也厌烦难受，也讨厌身上的制服，讨厌这大厅，讨厌宪兵和那些律师，但又不得不坐在这沙发椅里审问和听取回答。

母亲认识的那个黄脸军官也出庭做证。他神态傲慢，声音拉长着讲述巴维尔和安德烈的情况。母亲听着他的证词，不由得心想：

“你知道的并不多嘛。”

想到这里，她望了望被告席上的人们，这时她已不再为他们担惊受怕，也不再可怜他们（他们不需要怜悯）。他们的表现使她感到吃惊，感到心里热乎乎的，她打心眼里喜爱他们。她的吃惊是平静的，并没有流露出来；她的喜爱却是明朗的，喜形于色。他们年轻、健壮，坐在靠墙的被告席上，既不干涉证人和法官们如出一辙的言辞，也不参与律师们和检察官的争论。他们中间偶尔有人轻蔑地一笑，向同志们说点什么，同志们脸上也露出讥讽的笑。安德烈和巴维尔几乎一直在同一位律师低声交谈，母亲头天晚上在尼古拉家里见过这个律师。马森比其他人活跃，注意听着他们的谈话。萨莫伊洛夫有时对伊凡·古谢夫说些什么，母亲发现，伊凡每次都用胳膊肘悄悄捅一下同伴，强忍着笑，脸憋得通红，鼓着腮低下头去。有两次他实在憋不住，扑哧一笑，过后便绷着脸坐上几分钟，做出一副端庄的样子。青年人的品性，以不同的形式在他们每个人的身上表现出来。他们虽然试图加以克制，但还是生气勃勃地流露出来。

西佐夫轻轻碰一下她的胳膊肘，她连忙朝他转过脸来，只见他神情得意，同时又有些担心。他低声说：

“你瞧，他们多么坚强，不愧是母亲的好儿子，对吗？像男爵似的，对吗？”

证人们发言时匆匆忙忙，声音有气无力，法官们问话时懒洋洋的，态度漠然。胖法官用胖手捂着嘴，不住地打哈欠，留棕色胡子的法官面色更加苍白，有时他抬起手来，用一个手指使劲按摩太阳穴，眼睛抱怨似的睁着，呆呆地望着天花板。检察官偶尔用铅笔在纸上画几下，接着又跟着首席贵族悄悄谈起来。首席贵族捋着银白的大胡子，瞪着一双漂亮的大眼睛，气度不凡地转动脑袋，脸上带着微笑。市长跷起二郎腿，手指轻轻在膝盖上敲击着，并且凝神注视着手指的动作。只有乡长用膝部支撑着大肚子，两手小心地捧着肚子，低着头坐在那里，仿佛只有他一个人在认真听着单调的发言。审判长缩进沙发椅里，身子纹丝不动，像无风天气的风向标似的。这场面持续了很久，沉闷麻木的气氛又令人感到不知所措。

“现在我宣布……”审判长说着站起来，下面的话好像被他那薄薄的嘴唇挤碎了，含糊不清。

大厅里立刻响起喧哗声、叹气声、轻轻的呼喊声、咳嗽声和沙沙的脚步声。被告们被带走了。他们离开法庭时面带微笑，向亲属和熟人点头致意。伊凡·古谢夫低声对人喊道：

“叶戈尔，不要怕！……”

母亲和西佐夫来到走廊里。

“去餐馆里喝杯茶吧？”西佐夫老头儿关切地问她，脸上带着沉思的表情，“我们还有一个半钟头时间！”

“我不想去。”

“那好，我也不去了，不去了。孩子们不简单呀，对吗？瞧他们那气派，坐在那里真像个样子，好像只有他们才是英雄好汉，其余的人都不值一谈！费季卡就是这样，对吗？”

萨莫伊洛夫的父亲朝他们凑过来，手里拿着帽子，苦笑着说：

“我儿子格里戈里怎么样？他不接受辩护，也不愿发言。这主意是他最先想出来的。佩拉格娅，你儿子坚持要请律师，可我儿子说他不想要，所以有四个人拒绝请律师……”

妻子站在他身边，不住地眨巴眼睛，用头巾的一角擦了擦鼻子。

萨莫伊洛夫老头儿把自己的大胡子抓在手里，低头望着地板，又说：

“原来是这么回事！瞧着他们这些鬼东西，你会以为他们是胡思乱想，是瞎胡闹，白白坑害了自己。可是现在我忽然想开了，说不定他们是对的？回想一下吧，在工厂里，他们的人数不断增长。虽说他们经常有人被捕，可他们像河里的鱼，是抓不完的。所以我又在想，说不定力量在他们一边呢！”

“斯杰潘·彼得罗夫，这种事情我们很难弄明白！”西佐夫说。

“是很难，是的！”老萨莫伊洛夫说。

他妻子使劲抽了抽鼻子，说：

“这些该死的，身体蛮好的……”

这时，她那皮肉松弛的宽大的脸上露出了笑容，她又说：

“尼洛夫娜，刚才我说话不留心，错怪了你儿子，你可别生气。说句公道话吧，他们这事究竟怪谁，只有鬼才知道！刚才宪兵和暗探们说我们儿子那些话，你都听见了。这个不要命的东西，他也真够卖力的！”

她显然为自己儿子感到骄傲。她也许尚未察觉这种自豪感，但母亲理解她的感情，便和蔼地微笑着低声答道：

“年轻人的心总是更贴近真理……”

走廊里的人有的在踱步，有的聚在一起低声交谈，神色兴奋，若有所思。几乎没有一个人独自站着。大家脸上都明显地带着交谈的欲望，想打听一下别人的看法。在这条狭窄的洁白走廊里，人们好像被大风吹卷着似的，不停地前后奔走着，都在寻找一个坚实可靠的落脚之处。

布金的哥哥身材高大，面容很憔悴，他匆匆地跑来跑去，手舞足蹈地说：

“乡长克列巴诺夫审这个案子不合适……”

“住嘴，康士坦丁！”他父亲，一个矮小的老头，一面急忙拦住他，一面小心地四下里瞧瞧。

“不，我要说！有传闻说，去年，他为了霸占管家的老婆，就把管家杀了！管家的老婆现在跟他同居，这事怎么解释？再说，谁都知道，他是个窃贼……”

“哎呀，我的老天爷，康士坦丁！”

“说得对！”老萨莫伊洛夫说，“说得对！法庭不大公正……”

布金听见他的声音，立刻走过来，大家也跟着他走过来。他挥舞着双手，激动得满脸通红，喊道：

“盗窃，杀人，都是由陪审员和普通农民市民们审理！可是反对官府的人，却由官府来审理，这是什么道理？要是你侮辱了我，我打了你的嘴巴，然后你为此审判我，你当然会判我有罪。可是谁先侮辱人的？是你！是你！”

一名满头白发、鹰钩鼻子，胸前佩戴着奖章的法警驱赶着人群，他举起拳头威吓布金说：

“喂，不许喧哗！这里是酒馆吗？”

“请原谅，戴奖章的先生，我明白！您听我说，要是我打了你，然后由我来审判你，你会怎么想？……”

“当心我叫人把你赶出去！”法警厉声说。

“赶到哪里去？凭什么赶我？”

“赶到外面去。不让你在这里喊叫……”

布金向大家扫了一眼，低声说：

“他们主要是要人们沉默……”

“那你以为呢？！”老法警粗暴地说。

布金两手一摊，口气缓和下来，说：

“还有，既然开庭审判，为什么只许亲属旁听，而不许其他人旁听？你要是公正断案，就应该当着众人的面审理，有什么可害怕的？”

萨莫伊洛夫随声附和，但声音更大了：

“法庭判案不公正，的确如此！……”

母亲听尼古拉说过，这种审判是非法的。她想把这话告诉老萨莫伊洛夫，但她对这个问题不大明白，而且原话她已经忘记了。她想好好回忆一下，便从人群里走出来。她发现，一个留浅色胡子的年轻人望着她。此人右手插在裤兜里，因而左肩显得低些。她觉得这个姿势好眼熟，但那人已经背过身去，而她又专心在回忆尼古拉的话，很快就把他忘了。

可是过了一分钟，她就听人低声问道：

“是她？”

另一个人声音略高，他高兴地答道：

“是的！”

她回头望了望。那个肩膀有点倾斜的青年侧身站在她身旁，正跟一个黑胡子青年说话。黑胡子青年穿着短大衣和长筒皮靴。

她的记忆又不安地颤抖了一下，却没有形成清晰的印象。她心里萌生一种不可遏制的欲望，想要把儿子的真理告诉人们，想要听听人们对这种真理的不同看法，也好根据这些看法去推测法院的判决。

“难道就这样审判？”她朝西佐夫转过身来，小心翼翼地低声问道：“审问他们干什么事情，却不问他们为什么干。他们都是些老人，应该让年轻人来审判年轻人……”

“是啊，”西佐夫说，“这种事情我们很难理解，很难！”他说罢沉思着摇了摇头。

法警打开通往审判庭的门，喊道：

“亲属们，请出示入场券……”

有人阴阳怪气地说：

“入场券，像进马戏园子似的！”

这时，每个人的心里都有些焦虑不安，一种难以名状的亢奋笼罩着他们。他们不再谨慎小心，有的在大声喧哗，有的在同法警争论。

二十五

西佐夫在长凳上坐下来，嘴里还在低声唠叨着。

“你要说什么？”母亲问。

“不说什么！民众都是傻瓜……”

铃响了。有人冷冷地宣布：

“继续审判……”

全场再次起立，法官们又按原来的次序入场和就座，被告又被带进来。

“别紧张！”西佐夫低声说，“检察官要发言了。”

母亲伸长了脖子，向前探着身子，又屏住呼吸等待着可怕的最终的判决。

检察官站在讲台前，转过脸侧身面对法官，一只胳膊肘支在讲台上，右手不住地比画着，开始发言。头几句话母亲没听清楚。他声音低沉，从容不迫，但语速却忽快忽慢。他拉长声音把句子拖得很长，而且极为单调，像衣缝上的针脚似的连成一串，有时像一群乌黑的苍蝇在糖块上盘旋，忽然间一哄而起。可是母亲听了一会儿，觉得他的发言并不可怕，没有威吓的意味。他的话像冰雪一样冰冷冰冷的，像死灰一样昏暗，像干燥的尘埃似的悄悄弥漫着，使大厅里充满了令人烦恼和沮丧的气氛。这发言废话连篇，缺少感情色彩，大概没有触动巴维尔和他的同伴们。这时，巴维尔他们平静地坐着，照旧在低声交谈，有时露出笑容，有时皱起眉头来掩饰笑容，对检察官的发言他们显然无动于衷。

“他在撒谎！”西佐夫低声说。

母亲是不会说这种话的。听了检察官的发言，她明白，他指控被告都犯了罪，无一例外。说完巴维尔的罪状，他又开始说费佳，把他和巴维尔相提并论，同时又把布金拉扯上。他好像要把被告统统装进一个口袋里，然后再把口袋缝死。不过，从他的言词的字面意义来看，他的发言虽不令人满意，但也没有使她感到吃惊。她依旧在等待着某种可怕的东西，要从他的言语之外，比如表情、眼神、声音以及他从容挥舞的白皙的手上捕捉这种东西。她察觉到这种可怕的东西，但它捉摸不定，模模糊糊，却在她心头蒙上一层阴影，那种冷漠刺人的滋味又浮上了她的心头。

她望了望法官们，心想，这无聊的诉词他们一定听厌烦了。法官们黄巴巴的、阴沉的面孔毫无生气，没有流露任何表情。检察官的发言散发着一种肉眼看不见的迷雾，在法官们的四周弥漫着，愈来愈浓，最终形成冷漠的、疲于等待的云团，把他们严密地笼罩起来。审判长依旧端坐在那里，笔直的身子纹丝不动，一对灰眼珠在眼镜片后面闪动，有时变得模模糊糊而消失了。

望着眼前这死人般的冷漠，这无恶意的漠然置之的情景，母亲大为不解，暗自问道：

“这是在审判？”

这个疑问使她感到心口发紧。渐渐地她已不再等待那可怕的东西，这时，一种强烈的屈辱感涌上她心头，扼住了她的喉咙。

检察官的发言不知怎的忽然中断了，接着他简明扼要地匆匆补了几句，向法官们鞠了一躬，便搓着手坐了下来。首席贵族瞪大眼睛朝他点头致意，市长同他握了手，乡长瞅着自己的大肚子，莞尔一笑。

可是，法官们对他的发言显然不大高兴而呆坐在那里没有动弹。

审判长把一张公文凑到眼前，宣布说：“现在请费多谢耶夫、马尔科夫和扎加罗夫的律师发言。”

律师站起来，母亲在尼古拉家里见过他。他的脸盘宽大，显得很和蔼，眼睛不大，笑眯眯的，闪着亮光；他的目光在棕色眉毛下射出两道锋芒，像一把锋利的剪刀要剪掉什么东西。他的发言从容不迫，声音洪亮，吐字清晰，但母亲却没能细听，因为西佐夫不时地在她耳边低声说：

“你明白他的辩护词吗？明白吗？他说这些人精神不正常，说他们发疯了。费多尔是这样的吗？”

她没有答话，极度的失望使她感到压抑。她愈加感到屈辱、沮丧。直到这时她才明白，为什么她一直期待着公正。她原以为，能够看到儿子和法官之间为了真理进行严正的争辩。她原以为，法官们会长久地盘问巴维尔，认真仔细地审察他的内心活动，以锐利的眼光分析她儿子的全部思想、活动和经历。如果发现他是无辜的，他们就会公正地大声宣布：

“这个人无罪！”

然而事与愿违，被告和法官仿佛相距万里之遥。在被告看来，法官们形同虚设。这时母亲累了，对审判已不感兴趣，也不再去听律师辩护。她生气地想道：

“难道这就是审判？”

“就该这样揭露他们！”西佐夫低声称赞说。

现在发言的是另一个律师。他个子矮小，面孔消瘦、苍白，带着讥讽的表情。法官们不住地打断他的话。

检察官急忙站起来，气冲冲地提醒人们注意礼仪，然后审判长用教训的口吻说了几句。律师恭敬地低头听完，又接着说下去。

“说吧！”西佐夫说，“统统说出来……”

大厅里的气氛活跃起来，人们洋溢着战斗的激情。律师辛辣的言辞激怒了厚脸皮的法官们。法官们仿佛紧紧抱成一团，绷着脸，气鼓鼓的，准备反驳那些令他们难堪的冷嘲热讽。

可是就在这时，巴维尔站起来，刹那间全场寂然无声。母亲向前探了探身子。巴维尔平静地说：

“作为一名党员，我只承认我党的审判。我现在发言并不是为自己辩护，而是根据我的同志们的愿望，给你们解释一下你们不懂的东西。我这几位同志也是拒绝辩护的。检察官说我们在社会民主党的旗帜下发表演说是谋反，是反对最高当局，并且一直把我们视为反沙皇的谋反分子。我要声明，我们认为，专制制度并不是束缚国家机体的唯一锁链，它只是我们要从民众身上首先解除的第一条锁链……”

巴维尔坚定的声音使得法庭更加肃静。大厅似乎变得开阔起来，巴维尔仿佛离开人群似的站在一旁，其形象更加突出。

法官们骚动起来，如坐针毡。首席贵族向满脸倦容的法官低声说了句什么，那法官点点头，转向审判长。与此同时，病歪歪的另一个法官从另一侧向他附耳低语。审判长在沙发椅里左右摇晃着身子，对巴维尔说了句什么，但他的声音被巴维尔滔滔不绝的话语淹没了。

“我们是社会主义者。也就是说，我们是反对私有制的。私有制让人们两极分化，互相对立，为了私利而相互仇恨，不可调和。为了掩盖这种仇恨，或者为之辩解，他们就编造谎言，用谎言、虚伪和残忍来腐蚀所有的人，使之堕落。我们认为，如果只把人当作自己发财致富的工具，那么这样的社会是不人道的，是与我们相敌对的。我们不能容忍它那些虚假骗人的道德。社会对人不负责任，残酷无情，这种态度是和我们水火不容的。我们一向反对从肉体和精神上以各种方式奴役人民的社会势力，反对他们为了私利去分化人民的种种手段，并且要起来与之斗争。我们工人凭自己的劳动创造一切，从庞大的机器到儿童玩具，都出自我们的劳动。我们工人却失去了维护自己人格尊严的权利。我们成了他们谋取私利的工具。他们每个人都可以随心所欲地驱使我们。现在我们想争取得到更多的自由，以便将来有机会夺取全部权力。我们的口号很简单：打倒私有制，生产资料全部归人民所有，把一切权力给予人民。劳动是每个人的义务。你们看得出来，我们不是谋反分子！”

巴维尔莞尔一笑，从容不迫地抬手抿了抿头发。他那双炯炯有神的蓝眼睛显得更加明亮。

“请您不要离题太远！”审判长口齿清楚地大声说。他朝巴维尔转过身来，审视着他。母亲发觉，他那浑浊的左眼闪烁着恶狠狠的凶光。其他法官也都看着她儿子，那凶狠的样子好像要把眼睛贴在他脸上，贪婪地吮吸他身上的血，用来滋补自己衰弱的身体。巴维尔坚定地站在那里，高大的身子挺得笔直，他向法官们伸出一只手，声音不高但口齿清晰地说：

“我们是革命者，只要有人发号施令，驱赶别人去为他们卖命，我们就要从事革命活动。我们反对这个社会，你们却在俯首帖耳地维护它的利益。我们是它的死敌，也是你们的死敌。我们尚未取得胜利，所以我们之间没有调和的余地。我们工人会取得胜利的！你们所依赖的那些人，绝不像他们想象的那样强大。他们奴役人们，牺牲千百万人的利益，以便积累和保存财产，他们拥有统治我们的权力。为了这些财产和权力，他们彼此敌视，明争暗斗，精神和肉体都饱受折磨。他们担惊受怕，需要花费大量的精力去保护私有财产。因此，你们这些统治者同我们相比，实际上更像是奴隶。我们只是在肉体上受折磨，而你们却在精神上受奴役。你们无法摆脱偏见和习俗的约束，这种约束使你们精神窒息，变成僵尸。我们却不受任何妨碍和约束，精神上是自由的。你们试图毒害我们，你们的毒药敌不过我们头脑的抗毒素。这种抗毒素是你们违心地灌输到我们意识里的。我们的觉悟在提高，在不断地发展，迅速地蔓延，正在影响着你们中间的优秀分子和精神健全的人，正在把他们逐渐吸引过来。你们看一看吧，在你们那里，真正能够为你们的政权而奋斗的人已经没有了；能够保护你们、使你们逃避历史的公正审判的各种论据，你们已经用光了。在思想领域，你们已拿不出任何新花样，在精神上你们已一败涂地。可我们的思想却如旭日东升，逐渐显示出它的光辉，它武装着广大人民群众，把他们组织起来，为争取自由而斗争。全世界的工人一旦认识到工人阶级的伟大作用，他们就会团结一致。你们无论如何也阻挡不住他们建立新生活的进程，尽管你们残酷无情，厚颜无耻。然而，你们厚颜无耻是人所共知的，残酷无情只能激起民愤。今天正在压迫我们的人，很快就会同我们握手言和。你们的能量是靠积蓄金钱来维持的，是一种机械的能量。它把你们聚集起来，形成帮派，彼此之间你争我夺，互相倾轧。而我们的能量是依靠全体工人的团结和他们日益提高的觉悟，这是一种生机勃勃的力量。你们所做的一切都是犯罪，因为你们的目的是奴役人们。我们的工作是清除由你们的谎言、残忍和贪婪所孕育的恫吓百姓的幽灵和怪物，使世界得到解放。你们把人压榨得活不下去，还要残害他们，而社会主义要把你们毁坏的世界联合起来，变成一个统一的、伟大的整体。这是一定要做到的！”

巴维尔停顿片刻，然后更加有力地低声重复道：

“这是一定要做到的！”

法官们在交头接耳，古怪地做着鬼脸，但他们凶狠的眼睛始终盯着巴维尔。母亲觉得，他们妒忌强壮有力、容光焕发的巴维尔，便用恶毒的目光来玷污他柔韧自如的、结实的身躯。被告们认真听巴维尔发言，他们脸色苍白，眼睛闪烁着愉快的光芒。母亲如饥似渴地听儿子讲演，把这些话字字句句铭刻在自己脑海里。审判长多次拦住巴维尔，要给他解释几句，有一次还苦笑一下。巴维尔默默听完他的解释，又严肃镇定地继续说下去。他以自己坚强的意志迫使法官们认真听着。但是审判长终于忍不住了，指着巴维尔吼叫起来。巴维尔带着几分讥笑回答他：

“我这就说完了。我并不想侮辱您本人，相反，我违心地出席这种被你们称为审判的闹剧，几乎是出于对你们的同情。你们毕竟也是人，当我们看到一些人，即便是同我们的目的格格不入的人，如此卑鄙无耻地为暴政效力，把自己的人格尊严丧失殆尽，我们心里也是很难受的……”

他没有理会法官们，却从容不迫地坐下来。母亲屏息静气地注视着法官，等待着。

安德烈兴高采烈地紧握着巴维尔的手，萨莫伊洛夫、马森和其他人也兴奋地朝他探过身去。巴维尔面带微笑，在同志们的簇拥之下有点难为情。他朝母亲的座位望一眼，朝她点点头，好像在问：

“这样好吗？”

母亲高兴地舒一口气，作为对儿子的回答。这时一股强烈的母爱涌上她心头，她感觉浑身热乎乎的。

“好啊，这才是真正的审判呢！”西佐夫低声说，“是他在审判他们，对吗？”

母亲没有答话，只是连连点头。儿子大胆的发言使她感到满意，也许她更得意的是儿子把话讲完了。这时她头脑里转着一个疑问：

“怎么办？你们现在怎么办？”

二十六

对母亲来说，巴维尔讲的并不是新东西，那些思想是她早知道的。但是在法庭上，她初次感觉到儿子的信仰具有如此的吸引力，心中不免有些诧异。巴维尔的镇静使她吃惊，他的讲话有如灿烂的星光照亮她的心胸，她坚信儿子是正确的，他最终会取得胜利。现在，她知道，法官们不会放过他，一定要同他激烈地争论，摆出他们的理由，愤怒地反驳他。可是想不到安德烈站起来，身子摇晃一下，皱着眉头望了望法官们，说：

“辩护人先生们……”

“坐在您面前的是法官，不是辩护人！”那个病歪歪的法官生气地高声说。母亲看了看安德烈脸上的表情，知道他成心胡闹。他的胡子颤抖着，那眼神是母亲熟悉的，有点狡猾，又带着猫儿似的亲昵。他抬起长胳膊使劲在头上揉了揉，舒了一口气。

“真的？”他摇着头说，“我还当你们不是法官，而只是辩护人呢……”

“我请求您谈正题！”审判长冷冷地说。

“谈正题？好的！那么我就假定你们真是法官，是公正的，不依附于任何他人的……”

“法庭不需要您来做评语！”

“不需要？嗯，反正我得讲下去……你们是独立自主的人，对你们来说，既不存在自己人，也不存在外人。现在有两拨人站在你们面前，一方说，他抢了我的东西，还毒打我一顿！另一方却说，我有权抢东西和打人，因为我手里有枪……”

“您有没有与本案有关的话要说？”审判长提高嗓门问道。他的手在发抖。看着他这副生气的样子，母亲很开心。不过，安德烈的行为她并不喜欢，因为他这样做与巴维尔的讲演不协调。她希望安德烈严肃认真地进行辩论。

安德烈默默地望了望审判长，然后揉了揉脑袋，严厉地说：

“与本案有关的话？我为什么要同你们谈论与本案有关的问题呢？你们需要知道的，我那位同志已经讲过了。余下的话嘛，到时候其他人会对你们说的……”

审判长欠起身子，宣布说：

“我剥夺您的发言权！格里戈里·萨莫伊洛夫！”

安德烈紧绷着嘴唇，懒懒地坐下来。坐在他身旁的萨莫伊洛夫站起来，抖了抖鬈发说：

“检察官称同志们是野蛮人，是敌视文明的人……”

“只需谈论与您的案子有关的问题！”

“这就是有关的问题。没有什么事情是同正派人无关的。我请求您不要打断我的发言。我问您，你们所谓的文明是什么？”

“我们在这里不是听您做学术报告！讲正题！”审判长龇着牙说。

安德烈的行为明显地改变了法官们的态度，他那番话仿佛揭掉了他们虚伪的一层脸皮，于是他们灰白的脸上露出了红斑，眼睛里闪烁着绿莹莹的冷淡的火花。巴维尔的讲演虽然使他们恼火，但他讲得坚定有力，从精神上压倒了他们，使他们不由得肃然起敬，不便于发作。而安德烈的话却揭穿了他们虚伪的克制，使他们暴露了实质。他们古怪地做着鬼脸，不时地交头接耳，显出一反常态的活跃。

“你们豢养暗探，你们淫乱良家妇女，你们让好人沦为窃贼和杀人犯，你们用伏特加酒毒害人，你们挑起战争，让各国人民互相屠杀，全民性的撒谎、荒淫和野蛮，这就是你们的文明！是的，我们是敌视这种文明的！”

“我请您注意！”审判长叫道，他的下巴直打哆嗦。但萨莫伊洛夫激动得满脸通红，眼睛闪着亮光，他大声叫道：

“然而我们尊敬和珍视的是另一种文明，创造这种文明的人却被你们关进监狱，被你们逼疯……”

“我不许您再讲话！费多尔·马森！”

矮个子马森立刻站起来，像突然伸出的一把锥子。他断断续续地说：

“我……我发誓！我知道，你们已经定了我的罪。”

他喘着粗气，脸色苍白，只有两只眼睛充满着活力。

“我老实告诉你们！不管你们把我流放到哪里，我都要逃跑，跑回来再干，永远干下去，干一辈子。这是我的真话！”

西佐夫得意地大声咂一下嘴，活动一下身子。旁听的人们受到感染而越来越兴奋了，于是人群中不时地发出古怪的、低沉的喧哗声。一个女人在哭，有人沉闷地咳嗽着。宪兵们神情愚钝，惊奇地打量着被告，有时凶狠地看着旁听的人。法官们不安地转动着身子，审判长尖声叫道：

“古谢夫·伊凡！”

“我不想说！”

“瓦西里·古谢夫！”

“不想说！”

“布金·费多尔！”

一个脸色苍白，有些憔悴的小伙子吃力地站起来，摇着头慢吞吞地说：

“真是不知羞耻！我是个粗人，可是连我都知道什么是公正！”说到这时他停下来，把一只手举过头顶，眼睛半睁半闭，仿佛在察看远方的什么东西。

“怎么不说了？”审判长躺在沙发椅里，一副吃惊的样子，有些气恼地高声问道。

“算了，去你的吧……”

布金沉着脸坐下来。他那两句话虽然说得含含糊糊，却具有深刻的含义，流露出忧郁的指责和天真。大家都感觉到了这一点，连法官们也仔细听着，似乎在等待着场内的反应，怕有人比他说得更明确。旁听席上静下来，只有某人的哭声在大厅里轻轻飘荡着。后来检察官耸了耸肩膀，虚假地笑了笑，首席贵族大声咳嗽一下，接着又响起悄悄的低语声，大厅里渐渐活跃起来。

母亲向西佐夫俯身问道：

“法官们还讲话吗？”

“都结束了……就等着宣判啦……”

“没别的事了？”

“没有了……”

母亲不相信他的话。

萨莫伊洛娃不安地在座位上转动着身子，肩膀和臂肘不时地碰着母亲。她低声对丈夫说：

“这是怎么回事？就这么结束了？”

“你看吧，就这么办啦！”

“他会怎么样，就是格里沙？”

“别唠叨了……”

大家都感觉到，有某种东西受到触动，遭到破坏和践踏。人们困惑地眨巴着模糊的眼睛，仿佛他们面前燃起一团明亮的火焰。虽然它的轮廓不大清晰，含义尚不明确，却具有一种诱人的魅力。人们有时对突然出现在眼前的大事还不大理解，就慌忙在一些明白易懂的小事上流露自己的感情。布金的哥哥毫无顾忌地大声说：

“请问，为什么不让人讲话？检察官却可以随心所欲地讲话……”

站在旁听席旁的一个官员朝人们连连摆手，低声说：

“安静！安静……”

老萨莫伊洛夫把身子向后靠了靠，在妻子背后嘟哝着，断断续续地说：

“当然啦，就算他们是有罪的，你也该让人家讲明白嘛！他们究竟是反对什么？我很想弄明白！我也是很感兴趣的嘛……”

“安静点！”那官员举起手指威吓说。

西佐夫沉着脸点了点头。

母亲一直在留心注视着法官们的动静，发现他们的情绪越发激动，却听不清他们彼此在说些什么。他们说话的声音很冷淡，带有模棱两可的意味。这种声音轻触着她的脸，使她感到面颊微微发颤，嘴里有一股病人那种恶心的感觉。不知为什么，母亲觉得他们在谈论巴维尔和他的伙伴们的身体，谈论这些充满活力的热血青年的肌肉和肢体。这种体魄引起了他们乞丐式的忌妒，也使他们产生了虚弱的病人常有的那种难以摆脱的贪欲。他们不住地咂嘴，为这些能够工作、发财、享受和创造的身体感到惋惜。现在，这些身体就要退出生活，不再参与各种劳动和创造，因而别人也就不能再驱使他们，不能再利用和吞噬他们的力气了。所以，年迈的法官们望着这些年轻人，心里难免忧郁苦恼，难免有一种报复心理，像衰老的野兽看见新鲜的食物，明知无力去捕捉它，不能利用这只小动物的血肉来充实自己而眼看着它们悄悄溜掉，便只好发出痛苦的嚎叫和沮丧的哀号。

这种想法在她头脑里初步形成，显得有些古怪，她又仔细察看那些法官，越看越觉得自己的想法是正确的。她觉得，他们并不掩饰自己强烈的贪欲，像那些一度大吃大喝现在却饿得要死的馋鬼一样，流露着无可奈何的愤恨。她作为女人和母亲，一直珍惜儿子的身体，胜过珍惜那些被称作灵魂的东西。所以，看到这些失神的眼睛在他脸上扫来扫去，打量他的胸脯、双肩、胳膊和温暖的肌肤，她就感到非常可怕。这些眼睛好像在寻找机会发火和燃烧，以便温暖他们硬化的血管和萎缩的肌肉里的血液。这些半死不活的人，面对年轻的生命而受到贪欲和忌妒心的刺激，现在稍稍有了一点生气，他们必定要给这些青年定罪，把他们流放到远方去。她觉得，儿子察觉到这些不怀好意的、令人讨厌的目光在打量自己，所以身子不时地颤抖着，眼睛老望着她。

巴维尔的眼睛略带倦意，他平静而又亲切地望着母亲的脸，有时朝她点点头，微微一笑。

“很快就自由了！”他的微笑对她说，好像在温柔地抚慰着母亲的心。

忽然，法官们一下子全站起来。母亲也不由自主地站起身来。

“他们要退席！”西佐夫说。

“是去商议判决吗？”母亲问。

“是的……”

这时，她的紧张情绪忽然放松下来，感到浑身无力，疲倦极了。她的眉毛在跳动，额头上直冒汗。失望和委屈一齐涌上她心头，她感到心情沉重。这种压抑感很快就变成了对法官和审判的蔑视。她感到眉宇之间隐隐作痛，就用手掌使劲揉了揉额头，然后四下里瞧了瞧，只见被告的亲属们纷纷向铁栏杆走去，大厅里响起低沉的说话声。她也走到儿子跟前，紧握着他的手哭起来。这时她心里很乱，有委屈，也有喜悦，夹杂着许多矛盾的心理。巴维尔亲切地安慰她，安德烈开了几句玩笑，不住地笑着。

妇女们都哭了，但这多半是因为习惯，而不是因为悲痛。她们并没有遇到飞来的意外横祸，没有遭受出其不意的突然打击，只不过意识到要同孩子分别，心里感到难过罢了。然而，就连这种感觉也被这天产生的种种印象淹没了，消失了。父母们望着自己的孩子，内心的感情是复杂的。他们对年轻人不放心，习惯地认为自己比他们高明，同时又奇怪地感觉到这些孩子值得敬重；然而他们又对孩子今后如何生活感到忧虑，同时又对孩子的前途产生了好奇心，因为这帮青年总是天不怕地不怕，说他们可能会过上与现在截然不同的美好生活。想到这些，父母们的忧虑也就渐渐排解了。他们不善于表达自己的感情，只好闷在心里，话说了一大堆，但只谈到一些琐事，无非是提醒孩子注意衣着冷暖，保重身体罢了。

布金的哥哥两手比画着，在给弟弟鼓劲：

“说得对，就是要公正！别的无关紧要！”

弟弟说：

“你要养好那只椋鸟……”

“没问题！……”

西佐夫拉着外甥的手，慢吞吞地说：

“就这样，费多尔，你该走了……”

费佳低下头，在西佐夫耳边低声说了句什么，又狡猾地笑了笑。押送他的一名士兵也笑了，但他马上就板起脸，故作严肃地咳了一声。

和其他父母一样，母亲也提醒巴维尔勤换衣服，保重身体。其实她心里翻腾着几十个问题。她想问他，萨莎该怎么办，她自己该怎么办，也想问问儿子自己有什么打算。但她心里更多的是对儿子的无限疼爱，她热切希望儿子此时能喜欢她，而她自己能更多地理解儿子的心。她这种心情渐渐变得强烈起来，她已不再等待发生可怕的事情，只是在回想起那些法官时心里有一种不愉快的战栗，偶尔联想到自己对他们不好的看法。她察觉到自己心里萌生一种强烈的、明朗而又愉快的情绪，她不明白这是怎么回事，觉得有点难为情。看到安德烈在跟别人的父母们谈话，她知道，他比巴维尔更需要安慰，就和他谈了起来：

“我看不惯这种审判！”

“这是为什么，阿姨？”安德烈感激地微笑着，高声说，“俗话说，老朽水磨，也能干活嘛……”

“大家虽然不害怕，但是不明白谁是谁非呀！”母亲有些犹豫地说。

“哦，您想到哪里去了！”安德烈高声说，“难道在这里能说清谁是谁非？……”

母亲叹了口气，笑着说：

“我原以为很可怕……”

“继续审判！”

大家连忙各就各位。

审判长一只手扶着桌子，另一只手把判决书举在眼前，声音微弱得像黄蜂似的，宣读起来。

“他在宣判！”西佐夫仔细听了听，说。

大厅里静下来。全体起立，望着审判长。他身材矮小、干瘦，像一只无形的手扶着的棍子似的，笔直地站立在那里。法官们也都站着。乡长歪着脑袋在看天花板，市长把两手抱在胸前，首席贵族不时地捋着大胡子。病歪歪的法官和他的同事胖法官以及检察官都望着被告席。法官们身后的肖像上，身着红制服、神情淡漠的白脸沙皇从他们头顶上俯视着大厅。有一只小虫子在沙皇脸上爬动。

“判为流放！”西佐夫如释重负地舒一口气，说，“好，结束了，主啊，多亏你保佑！据说要判苦役！还算不错，大妈！这算不了什么！”

“我早知道了。”母亲的声音带着倦意。

“总算有结果啦！现在踏实了！要不然谁说得清呢？”他回过头来望着被判了刑的人们。这时他们已被押出被告席。他冲他们喊道：

“再见了，费多尔！全都再见啦，上帝保佑你们！”

母亲默默地向儿子和他的同伴们点头致意。她想放声大哭，可又觉得难为情。

二十七

母亲走出法院才发现黑夜已经降临，望着街上的路灯和天上的星星，她不觉暗暗惊奇。法院外面聚集着一堆堆的人。虽然寒气逼人，却听得见吱吱嘎嘎的踏雪声，年轻人的说话声此起彼伏。一个戴灰色风帽的男人望了望西佐夫的脸，急切地问：

“判的什么刑？”

“流放。”

“全判流放吗？”

“全是流放。”

“谢谢。”

那人问过就走了。

“看见了吧？”西佐夫说，“还真有人关心呢……”

就在这时，忽然有十来个男女青年把他俩围了起来，急急忙忙地打听着，声音很高，又招引了不少人。母亲和西佐夫只好站在那里。青年们询问判决结果、被告们的表现、谁发了言、讲了些什么。他们提问的基调是一致的，流露出急切的好奇心，既真诚又热烈，叫人听了深受感动，不得不满足他们的好奇心。

“诸位！这位就是巴维尔·费拉索夫的母亲！”有人低声喊道。过了一会儿，大家就安静下来。

“请允许我握握您的手！”

一只有力的手紧紧地握了握母亲的手。有人激动地对她说：

“您儿子给我们大家树立了勇敢的榜样……”

“俄罗斯工人万岁！”有人响亮地喊道。

呼喊声越来越高，不断地蔓延，此起彼伏。人们从四面八方跑来，在母亲和西佐夫身边拥挤着。断断续续的警笛声划破夜空，却压不住人群的呼喊声。西佐夫老头儿笑容满面，而母亲觉得这一切是一个美好的梦。她微笑着，不停地同人握手，向人们点头致意。甜蜜而又愉快的泪水哽咽着她的喉咙。她的两腿累得发抖，但她心里却充满喜悦。她的心感受着一切，像明亮的湖面似的反映着种种印象。在她近处有人用响亮的声音激动地说：

“同志们！一直危害俄国人民的吃人怪物，今天又张开它贪婪的大嘴，吃掉了……”

“大妈，我们还是走吧！”西佐夫说。

就在这时，萨莎不知从哪儿冒出来，挽起母亲的胳膊，拉着她朝街对面走去，边走边说：

“快走吧，恐怕又要打人，说不定还要抓人呢。是流放吗？去西伯利亚？”

“是的，是的！”

“他的发言怎么样？您不说我也知道。在这些人里，数他最坚强，最纯朴，当然也最严厉。其实他很体贴人，也很温柔，只是怕难为情，不愿表露出来。”

听了她这番热情洋溢的低语和充满爱恋的言辞，母亲心里渐渐平静下来，疲惫的身子也恢复了气力。

“您什么时候去他那里？”母亲亲切地低声问萨莎，一边把姑娘的手紧贴在自己身上。姑娘自信地望着前方，回答说：

“只要找到人接替我的工作，我马上就动身。其实我也等待着判决。说不定他们把我也流放去西伯利亚。到那时候我就声明，要求把我流放到他所在的地方。”

背后传来西佐夫的声音：

“到那时候，请您代我向他问好！就说西佐夫问候他。他认识我，我是费多尔·马森的舅舅……”

萨莎停下脚步，转身同他握手。

“我认识马森。我叫亚历桑德拉！”

“父名呢？”

萨莎看了他一眼，答道：

“我没有父亲。”

“是去世了吧……”

“不，他还活着！”姑娘激动地说。她说话的口气固执而又倔强，脸上也带着同样的表情，“他是地主，现在当上了地方自治局的局长，他把农民都掠夺光了……”

“原来是这样！”西佐夫情绪有些低沉地说。他沉默一会儿，跟姑娘并排走着，从侧面打量着她，又说：

“再见了，大妈！我得往左拐了。再见了，小姐，您对待父亲太严厉啦！当然，这是您的私事……”

“那么，如果您儿子是个坑害百姓的坏蛋，您讨厌他，您会不会把他的行为如实地说出来？”姑娘激动地说。

“我，我会说的！”老头儿迟疑一下，答道。

“可见您把正义看得高于儿子，而我把正义看得高于父亲……”

西佐夫嘿嘿一笑，摇了摇头，然后叹了口气说：

“好啊！您这张嘴真厉害！您这样长期坚持下去，老一辈不是您的对手哇，您的倔强是惊人的！……再见了，祝您一切顺利！待人还是宽厚些好，对吧？再见了，尼洛夫娜！见到巴维尔，就说我听了他在法庭上的演说，没有全听懂，有些地方他讲得太可怕了。不过，你告诉他，他说得对！”

他举了举帽子，步态庄重地拐过街角去了。

“看来他是个好人！”萨莎望着他的背影含笑着说。

母亲觉得，萨莎今天的表情比往日温和些。

回到家里，她们两人坐在长沙发上，紧紧依偎着。屋里很安静，母亲歇了一会儿，又提起萨莎去找巴维尔的事。姑娘若有所思，扬起两道浓眉，那双富于幻想的大眼睛望着远方，苍白的脸上浮现出宁静的沉思。

“以后你们有了孩子，我就到你们那里去。帮你们看孩子。我们在那儿生活，不会比这里差。巴沙会找到工作的，他有一双巧手啊……”

萨莎用询问的目光打量着母亲，问道：

“难道您现在不想跟他一起去？”

母亲叹了口气说：

“我去做什么呢？逃跑的时候我还会拖累他。再说他也不会让我去的……”

萨莎点了点头。

“他不会让您去。”

“再说，我也有工作！”母亲带着几分自豪地说。

“是啊！”萨莎若有所思地说，“这样也好……”

说到这里，她忽然哆嗦一下，像是要抖掉什么东西似的，然后她坦率地低声说：

“他不会在流放地住下去。他肯定会逃走的……”

“那时你怎么办？……万一有了孩子？……”

“到时候再说吧。他不必考虑我，我也不会让他为难。和他分开我会很难过，但我挺得住。我不会让他为难，不会的！”

母亲觉得，萨莎既然这么说了，就一定会照着做的。她可怜这位姑娘，搂住她说：

“我亲爱的，您今后的日子不好过呀！”

萨莎温和地笑了笑，整个身子紧紧依偎着母亲。

这时尼古拉回来了，一副疲惫不堪的样子，一边脱大衣，一边着急地说：

“哎呀，萨申卡，趁着没出事，您快点离开这里！今天一大早就有两个暗探盯着我，而且明目张胆，有点想抓人的味道。我有一种预感，好像某个环节上出了问题。对了，我这儿有一份巴维尔在法庭的演说，我们决定把它印出来。请您带给柳德米拉，求她尽快印出来。巴维尔讲得好极了，尼洛夫娜！……萨莎，当心有暗探……”

说到这里，他使劲搓了搓冻僵的双手，然后走到桌前，急急忙忙地拉开抽屉，挑选着文件，有的当即撕碎，有的放在一旁。这时他显得忧心忡忡，神色紧张。

“前几天我刚整理过，现在又积攒了这么一大堆，乱七八糟，见鬼！尼洛夫娜，您最好也不要在这里过夜，好吗？碰上这种麻烦事，您也会觉得难堪。再说，他们会把您一起抓去坐牢。您还得到各处散发巴维尔的演说呢……”

“他们抓我做什么？”母亲问。

尼古拉在眼前摆了摆手，自信地说：

“我有预感。再说您还能帮助柳德米拉做点什么，对吗？还是躲躲吧，免得出事……”

听说能亲自去印刷儿子的演说，母亲马上高兴起来，说：

“既然这样，我就去吧。”

说到这里，她忽然自信地低声补了一句，连她自己也感到意外：

“谢天谢地，我现在什么也不怕了！”

“好极了！”尼古拉低着头大声说，“现在请您告诉我，我的箱子和衣服都放在什么地方。您这双勤快的手把什么东西都收拾起来，我连私有财产也不能自由支配啦。”

萨莎一声不响地把碎纸片放在炉子里烧掉。烧完之后，又一丝不苟地搅了搅，把纸灰掺和在炉灰里。

“萨莎，您快走吧！”尼古拉说罢，同她握手告别，“再见了！要是有什么好书，可别忘了我。好，再见吧，亲爱的同志！路上小心点……”

“您估计会拖很久吗？”萨莎问道。

“鬼才晓得他们！大概他们拿到了我的什么材料。尼洛夫娜，您跟萨莎一起走行吗？他们同时盯两个人的梢会费些事的，好吗？”

“我这就走！”母亲说，“我去穿衣服……”

母亲仔细观察着尼古拉，发现他那和善的脸上增添了几分忧虑，除此以外没什么异常。现在，尼古拉是她最亲近的人。在他身上，她没有看出任何惊慌的举动和不安的迹象。他对大家同样关心体贴，同样平易亲近。在大家心目中，他仍然和往常一样，是个安静的单身汉。心里有事喜欢保密。往往在某些方面超过别人。但她知道，尼古拉比别人更接近她，所以她也喜欢尼古拉，于是总是小心谨慎，无微不至地照料他的生活。现在，她虽然情不自禁地可怜他，但她还是克制了自己。她知道，这种感情万一流露出来，尼古拉会感到不安，会难为情，甚至会像往常那样变得滑稽可笑的。母亲不愿看见他这副样子。

她回到房间里，尼古拉正握着萨莎的手，激动地说：

“这太好了！我相信，这样对他对您都大有好处。有点个人幸福，这不是坏事嘛。尼洛夫娜，您收拾好了吗？”

他走到母亲面前，微笑着扶了扶眼镜。

“好，再见吧，我估计也就是两三个月，三四个月，最多不超过半年。半年时间，说来也是很长时间啊……请多保重，好吗？让我们拥抱一下吧！”

精瘦的尼古拉两手紧紧抱住母亲的脖子，望了望她的眼睛，取笑说：

“我好像爱上您了，老这样拥抱您该多好！”

母亲没说什么，她亲吻着他的额头和面颊，两手不住地发抖。她怕尼古拉发觉，就松开了手。

“路上要小心，明天更要当心！明天早上您派个小孩到这里看看，柳德米拉那儿有个小男孩。好了，再见吧，同志们！祝你们一切顺利！……”

萨莎在路上悄悄对母亲说：

“如果需要的话，他会这样满不在乎地走向死亡，大概也是这样急急忙忙的。就是面对死神，他也要扶一下眼镜，说一声‘好极了’，然后再去死。”

“我很喜欢他！”母亲低声说。

“我佩服他，但不喜欢他！我非常敬重他。他不知为什么有点枯燥，尽管他也善良，有时甚至也温柔，可是作为一个男人，光有这些好像还不够……是不是有人盯着我们？我们分开走吧。您要是觉得有暗探跟踪，就不要去找柳德米拉。”

“我懂！”母亲说。但萨莎还是补了一句：

“不要去找她！直接来找我。再见。”

她急忙转身向相反的方向走去。

二十八

过了几分钟，母亲就坐在柳德米拉的小屋里烤火了。女主人穿一身黑连衣裙，束着腰带，缓缓地在屋里踱着步，室内飘荡着她的衣裙的窸窣声和她那带命令式口吻的说话声。

炉火呼呼地烧着，吸着室内的空气，不时发出轻轻的爆裂声。女主人说话的声调很稳重：

“人们的愚蠢要比他们的凶狠厉害得多。他们目光短浅，往往只看见那些近在眼前摸得着的东西。可是近在眼前的东西他们不珍惜，只有遥远的东西才是珍贵的。实际上，如果生活能换一种方式，过得轻松些，人变得聪明些，大家都会高兴的，因为这对大家有好处。可是要做到这一点，现在就必须给自己找点麻烦……”

她忽然在母亲面前停下脚步，压低了嗓门，好像表示歉意似的说：

“我这里很少有人来，来了客人我就唠叨个没完。您说可笑吧？”

“这有什么可笑的？”母亲说。她一直在猜测女主人的印刷机在哪里，却没有发现任何异常的地方。房间里有三个临街的窗子，有沙发、书橱、桌子和几把椅子，靠墙摆着一张床，床后面的墙角里有个洗脸池，另一个墙角里是壁炉，四面墙上挂着各种照片。这里的家具都是新的，结实整洁，室内的所有陈设都反映着女主人修女般冷漠的身影。母亲感觉到这屋里有秘密，肯定隐藏着什么东西，可到底藏在哪儿呢？她感到纳闷。她仔细看看房门，一扇门是她进屋时走过的，正对着小小的门厅，另一扇门在壁炉旁，又高又窄。

“我来您这里有事！”母亲发觉女主人在察看她，不好意思地说。

“我明白！没有事是不会有人来找我的……”

母亲觉得，柳德米拉的声音有些古怪，便抬头望了望她的脸，只见她薄薄的嘴唇旁边露出一丝微笑，失神的眼睛在眼镜片后面转动。母亲把目光转向别处，取出巴维尔的演说递给她。

“就是这个，他们请求您尽快印出来……”

接着谈到尼古拉，说他做好了一切准备，等待警方来抓他。

柳德米拉没说什么，把稿子收起来，掖在腰带上。她坐在壁炉前的椅子上，眼镜反射着炉火的红光，火光热情地微笑着在她那呆板的脸上闪耀着。

“他们要是来抓我，我就朝他们开枪！”听了母亲的叙说，她果断地低声说，“在暴力面前，我有权自卫。我号召别人反抗暴力，自己更应该同暴力作斗争。”

炉火的反光从脸上滑了过去，她的表情又显得严肃起来，还带有几分高傲的神色。

“她的生活很不如意！”母亲心里忽然闪过一个怜悯的念头。

柳德米拉拿出巴维尔的演说看了看，开始有些漫不经心，后来渐渐低下头认真读起来，看完一页，就匆匆翻到另一页。看完之后，她直起身来，走到母亲面前，说：

“这是好东西啊！”

她低下头沉思片刻。

“我本来不想提起您儿子的事。我并没有见过他，也不愿谈起来让您伤心。我知道，亲人被流放意味着什么！可是，我还是想问问您，有这样一个儿子，您觉得好吗？”

“当然好啊！”母亲说。

“也很害怕，对吗？”

母亲平静地笑了笑说：

“现在不害怕了……”

柳德米拉用黝黑的手抿了抿梳得整整齐齐的头发，转身望着窗外，她的面颊在轻轻颤动，大概是她强忍不住的淡淡的笑。

“这稿子我很快就排出来。您快睡吧，奔波了一整天，一定累了。您就睡在我床上，我不睡了。夜间我可能会叫醒您帮我干……您躺下就把灯熄了。”

她往壁炉里添了两块木柴，便直起身来走进了壁炉旁边的窄门，然后把门关紧。母亲目送她进屋之后，就脱衣就寝，心里还在想着女主人：

“她好像有什么心事……”

母亲累极了，有些头晕，可是奇怪的是，她心里却很平静。她眼前的一切都闪烁着柔和亲切的亮光，这亮光静静地流淌着，渐渐在她心里舒展开来。她已经熟悉这种宁静，每当她经历一番动荡之后。总要出现这样的心境。以前，这种宁静曾使她不安，而现在只能使她心胸开阔，变得坚强起来。她熄了灯，躺在冰凉的床上，用毯子裹紧蜷缩的身子，很快就酣然入梦了……

她醒来时房间里已亮堂起来，晴朗的冬日阳光在屋里闪耀着。女主人躺在沙发上，手里拿一本书，一反常态地微笑着，望着她的脸。

“哎呀，老天爷！”母亲不好意思地叫道，“我这是怎么啦，睡过头了，是吧？”

“早上好啊！”柳德米拉说，“快十点啦，起来吧，该吃早点了。”

“您为什么不早叫我？”

“想叫您。我走过来，看您睡得好香，在梦里还笑呢……”

她从沙发上一跃而起，走到床前，朝母亲俯下身来。母亲发现，她那双失神的眼睛里，有一种亲切而又坦诚的神情。

“我不忍心打扰您睡觉，您大概做了一个美梦……”

“根本没做梦！”

“这倒无所谓！可是您那笑容实在讨人喜欢。平静、和善……笑起来没完呢！”

柳德米拉笑了，她的笑声温和自然。

“我想过您的处境……生活很不如意吧！”

说到这里，母亲耸了耸眉毛，沉思起来。

“当然不如意！”柳德米拉高声说。

“不知这是怎么回事！”母亲小心地说，“有时候我也觉得生活不如意。可是事情多得很，又都是些大事，含糊不得，事情一件接一件，很快就过去了……”

说到这里，母亲又兴奋起来，她所熟悉的那种令人振奋的热浪涌上她心头，各种形象和思想也随之充满了脑际，她连忙从床上坐起来，急于用言辞表达这些思想：

“一切都在不断前进，奔向一个目标……要知道，让人痛苦的事情是很多的！穷人在受苦，挨打受气，挨起打来惨不忍睹。高兴的事情很多，但没他们的分儿。这种日子是很难过的！”

柳德米拉很快抬起头来，用爱抚的目光打量着她，说道：

“您怎么不谈自己！”

母亲望了她一眼，下了床，一边穿衣服一边说：

“这怎么可能把自己排除在外呢。当你谈到，那个人你很喜欢，这个人你很亲近，你替他们担惊受怕，可怜他们每一个人，什么事都放心不下……这时候，你怎么能把自己放在一边呢？”

她还没来得及穿好衣服，就站在房间里沉思起来。她觉得，她为儿子担惊受怕，唯恐儿子的身体受到损害，这都是过去的事情。现在，过去的她已不复存在，已消失在远方的某个地方，大概是被激情的火焰焚烧掉了。这时，她感到浑身轻松，神清气爽，只觉一股新的力量在心里跃动。她静静地体察自己的感觉，想察看一下自己的心灵，可又害怕勾起那陈旧的、惶恐不安的情绪。

“您在思索什么？”女主人走过来，亲切地问道。

“不知道！”母亲说。

两人沉默了一会儿，相视一笑。柳德米拉朝门外走去，边走边说：

“我去看看茶烧得怎么样了。”

母亲望了望窗外，街上阳光明媚，寒气逼人。她心里也很亮堂，但却热乎乎的。她很想畅谈一番，把心里的话都说出来。她心里有一种模模糊糊的感激之情，不知该感激什么人，这个人使她的心灵获得了一切，在她心中点燃了瑰丽的晚霞。她很想做祈祷，心里激动不已，很久没有出现过这种愿望了。她回想起一个年轻人的脸，记起那个响亮的声音：“这位就是巴维尔·弗拉索夫的母亲！……”萨莎的眼睛温柔地闪动着，流露出愉快的光芒，雷宾黑色的身影浮现在她眼前，儿子那张古铜色的、坚毅的面孔在朝她微笑，尼古拉不好意思地眨巴着眼睛。忽然传来一声轻轻的叹息，打断了她的遐思，这一切化作一团透明的彩云，把她的各种思绪笼罩起来，最终归于宁静了。

“尼古拉的预感是对的！”柳德米拉走进来说，“他果然被捕了。我照您说的，叫小孩子去那里看看。他回来说，院子里有警察。他发现一个警察藏在大门后面。周围有暗探转来转去，这孩子认识他们。”

“果真如此！”母亲点点头说，“唉，他好可怜啊……”

她虽然叹息，却没有感到悲伤，这种情绪使她暗暗惊奇。

“他近来多次在城里给工人们讲演，一般来说也该出事了！”柳德米拉沉着脸平静地说，“同志们多次劝他离开此地，可他不听！依我看，在这种时候要强迫他走，劝说是没用的……”

这时，一个小男孩站在门口。他黑头发，面颊红润，鹰钩鼻子，蓝蓝的眼睛很漂亮。

“要把茶端进来吗？”他响亮地问道。

“端进来吧，谢辽沙！这是我收养的孩子。”

母亲觉得柳德米拉今天有些异常，比往常热情亲切。她那苗条的身段柔韧自如，显得优美矫健，那严厉苍白的面孔也显得温和一些。劳累了一夜，她眼睛下面的阴影增大了，可以感觉到她身心的疲惫。

小男孩把茶炉端进来。

“认识一下吧，谢辽沙！这是佩拉格娅·尼洛夫娜，昨天审判的那个工人的母亲。”

谢辽沙默默地鞠了一躬，握了握母亲的手，出去拿了些面包，然后坐在桌旁。柳德米拉倒茶时劝母亲暂时不要回家，因为还不清楚警察在那里等谁。

“也可能在等您！也许要盘问您……”

“让他们盘问好了！”母亲说，“就是逮捕我也算不了什么。只要能先把巴维尔的演说散发出去就行。”

“字排好了。明天就可以印出来，送到城里和工人们居住的镇子上去散发……您认识娜塔莎吗？”

“当然认识！”

“您交给她就行了……”

谢辽沙在看报，好像什么也没听见，但他的眼睛时而从报纸后面望着母亲的脸。母亲发现他那机灵的目光，心里很高兴，忍不住笑了笑。柳德米拉又提起尼古拉被捕的事，但并没有表示惋惜。母亲觉得她这种语调是无可指责的。时间过得比往常快，吃完早茶就接近中午了。

“哎呀！”柳德米拉惊叫道。

就在这时，响起了急匆匆的敲门声。小男孩站起来，眯起眼睛，用询问的目光望望女主人。

“去开门，谢辽沙。这会是谁呢？”

她没有惊慌，从容不迫地把手插进连衣裙口袋里，对母亲说：

“如果是宪兵，您就站在这个墙角里。你呢，谢辽沙……”

“我明白！”小男孩低声回答一句，就出去了。

母亲笑了笑。这些预防措施并没有引起她的不安。她没有预感到要出事。

小个子医生走进来，匆匆忙忙地说：

“首先告诉你们，尼古拉被捕了。哎呀，尼洛夫娜，您怎么在这儿？抓人的时候您不在呀？”

“是他让我来的。”

“嗯，我不认为这么做对您有好处。第二件事，昨天夜里一些青年把巴维尔在法庭上的演说油印了五百份。我看过了，印得还可以，字迹清楚。他们打算今天晚上在城里散发。我没同意，城里最好用铅印的，油印的传单应当送到别处去。”

“我把油印传单给娜塔莎送去！”母亲急忙说，“交给我吧！”

她急于把巴维尔的演说散发出去，尽快让儿子的讲话传遍各地。她用期待的目光望着医生的脸，想恳求他同意。

“鬼知道您现在做这种事是否合适！”医生犹豫地说，他掏出怀表看了看，“现在是十一点四十三分，您坐两点零五分的火车，路上要走五个小时十五分钟。您晚上到达那里，还不算太晚。但问题不在这里……”

“是不在这里！”柳德米拉皱着眉重复道。

“问题在哪里？”母亲走过来问道，“不就是要把事情办好吗……”

柳德米拉注视她一眼，揉了揉前额说：

“您做这事很危险……”

“为什么？”母亲着急地追问说。

“我来告诉您！”医生急匆匆地说，“您在尼古拉被捕前一小时离开家，然后以女教师伯母的身份去了工厂，那里有人认识您。您到工厂之后就出现了违禁的传单。这一切都会引起对您的怀疑。”

“那里的人不会发现我的！”母亲着急地说，“可是回来以后要是被捕了，问我到哪里去了……”

她迟疑了一下，又说：

“我知道该怎么说！我离开那里直接回工人们居住的镇子里去，我在镇子里有个熟人，就是西佐夫。我就说，离开法庭我就直接来找他了。我就说心情不好，他也心情不好，因为他外甥也被判了刑。他可以做证。这样行吗？”

母亲感到他俩会满足她的愿望，就坚持一定要去，她再三央求。他俩终于让步了。

“好吧，您就去吧！”医生勉强答应了。

柳德米拉沉默着，若有所思地踱着步。她脸色灰暗，面容憔悴，明显是强打精神支持着，好像不这样她的头就会突然垂下来。母亲发现了她的倦容。

“你们总是这样爱惜我！”母亲笑着说，“就是不爱惜自己……”

“您这话不对！”医生说，“我们爱惜自己，应该爱惜！浪费精力是要挨我们骂的，真的！我们说妥了，传单在车站交给您……”

他交代了领取传单的方式，然后望了望她的脸，说：

“好，祝您成功！”

医生告辞时仍旧有些不放心。他关上房门走了，柳德米拉默默地笑着，来到母亲面前：

“我理解您的心情……”

她挽起母亲的胳膊，又在屋里踱起步来。

“我也有个儿子，已经十三岁了，跟他父亲住在一起。我丈夫是助理检察官，孩子跟着他。我常想，儿子长大了会做什么……”

说到这里她哽咽了一下，然后又若有所思地低声说下去：

“他父亲有意与我所亲近的世界上最好的人为敌，儿子长大了也会是我的敌人。可他又不能跟我一起过，为了工作我已经改名换姓。我八年没见过儿子了。八年啊，时间够长啦！”

她在窗前停下来，望着苍白冷漠的天空，接着说：

“要是儿子在我身边，我会坚强些，心里也就不会留下创伤了。哪怕是他死了，我心里也会好受些……”

“我亲爱的！”母亲低声说，一种深深的同情烧灼着她的心。

“您真幸运！”柳德米拉笑着说，“母亲和儿子肩并肩，这很难得，也真了不起啊！”

母亲情不自禁地高声说：

“这的确很好！”她神秘地压低声音说，“您和尼古拉·伊凡诺维奇以及所有追求真理的人，你们都是肩并肩的！忽然间人们都成了亲人，我理解大家。虽然有些话我不明白，但其他的一切我都明白！”

“您说得对！”柳德米拉说，“说得对……”

母亲把手放在她胸前，轻轻推开她，耳语般地说着，仿佛要亲耳听听自己在说些什么：

“普天下的孩子们都在往前走！我就是这么想的，普天下的孩子们，从不同的地方奔向一个目的地！他们都是好心人，不搞歪门邪道，对待邪恶毫不留情。他们坚定地走下去，把虚假和欺骗狠狠地踩在脚下。他们年轻力壮，身上有使不完的劲儿，他们只有一个心眼儿，就是要争取正义！他们要解除人们的一切苦难，解除人世间的一切不幸，去消灭一切丑恶的东西，他们会取胜的！一个年轻人对我说过‘我们要点燃一个新的太阳’！他们会做到的！他还说，他们要把那些破碎的心连在一起。我想，他们也会做到的！”

她想起了那些早已忘却的祈祷词，虽然她心里已点燃了新的信仰，但她还是念起了这些祈祷词，像自己心灵中迸发出的火花：

“走在真理和理智的道路上的孩子们，把爱献给一切吧，用新的天空覆盖一切吧，用心灵的不灭之火照亮一切吧。在孩子们遍及天下之爱的火焰里，新生活正在诞生。谁能熄灭这爱的火焰，谁？什么力量能高于这种爱？谁能战胜它？它生于大地，所有生灵都盼着它胜利，所有生灵！”

她激动得有些累了，稍稍躲开柳德米拉，气喘吁吁地坐下来。柳德米拉也悄悄地、小心翼翼地走到一旁，好像唯恐碰坏了什么东西似的。她步履轻盈地来回走动着，那双没有光泽的眼睛望着前方，此刻她的身材显得更高更苗条了。她紧绷着嘴唇，瘦瘦的脸上带着严厉而又专注的表情。房间里静悄悄的，母亲心里很快就平静下来。她发觉柳德米拉情绪不好，便负疚地低声问道：

“是不是我什么话说得不对？……”

柳德米拉连忙转过身来，惊奇地望望母亲，向她伸出双臂，仿佛要阻拦似的急急地说：

“您说得对，全对！不过，我们不谈这个了。但愿一切都像您说的那样。”接着，她平静地说，“您得快点动身，路远着呢！”

“是得快点走！您不知道我心里有多高兴！我送去的是儿子的演说，是我亲骨肉的演说！这也是我的灵魂啊！”

她笑了。对她的笑容，柳德米拉却没有做出明显反应。母亲察觉到，柳德米拉故作镇静，是为了让她的兴奋情绪冷却下来，这反倒使她忽然变得固执起来。她一定要把自己的热情注入柳德米拉心中，好让那颗冷漠的心燃烧起来，让她和自己一样，心里也充满喜悦，并且发出和谐的共鸣。她紧握着柳德米拉的手说：

“我亲爱的！当你知道，每个人的生活中都会有光明，并且总有一天能见到光明，能随心所欲地拥有光明，这时你心里该有多高兴啊！”

她那和善的脸轻轻颤抖着，笑眯眯的眼睛闪着亮光，一副眉飞色舞的样子。这美好的思想使她陶醉。这种思想包含着一切使她心灵激荡的东西，也包含着她的全部生活体验。她把这种思想变成了坚定有力、含义深远的闪光的话语。这种思想沐浴着富有创造力的春天的阳光，在这位老母亲的心里深深地扎下了根，并且开放出鲜艳夺目的花朵。

“这就像人世间出现了新的上帝！一切为了大家，大家为了一切！我就是这样理解你们这些人的。说实在的，你们彼此之间都是同志，亲如一家，都是一个母亲生的孩子。这母亲就是真理！”

母亲心里又涌起兴奋的波澜，说到这里，她喘了口气，好像要拥抱似的张开双臂，又说：

“每当我心里默念‘同志们’的时候，我就仿佛听见他们在奋勇前进！”

她终于达到了目的，柳德米拉的脸忽然奇怪地露出红晕，嘴唇颤动着，透明的泪水扑簌簌地从她脸上流下来。

母亲紧紧拥抱着她，暗暗地笑了。她为自己心灵的胜利感到自豪。

分手时，柳德米拉望着她的脸，低声问：

“跟您在一起很愉快，您知道吗？”

二十九

街上寒气逼人。刺骨的严寒包裹着人们的躯体，刺激鼻腔和喉咙，让人一时喘不过气来。母亲停下脚步，四下里瞧了瞧，发现一个马车夫站在离她较近的一个街角里。还有一个人在远处走着，缩头缩脑，弓着腰；这人前面有一个士兵跺着脚奔跑着，两手搓着耳朵。

“这当兵的大概是奉命去店铺里买东西！”想到这里她又往前走去，听到脚下的积雪发出悦耳的吱吱声，心中十分惬意。她早早地赶到车站，要乘坐的那趟火车还没进站，不过候车室里已有不少人。

这里是三等车候车室，脏得很，被煤烟熏得黑乎乎的。有一些铁路工人在这里躲避严寒，还有一些马车夫和衣衫褴褛的流浪汉来这里取暖。乘客中有几个农民，一个穿浣熊皮大衣的胖商人，一个神父和他的麻脸女儿，四五个士兵和几个忙忙碌碌的城里人。他们有的在抽烟，有的在谈话，还有的在喝茶或者喝酒。小卖部的柜台前有人在放声大笑，烟雾在人们头顶上缭绕着。候车室的门不时被推开，发出吱吱嘎嘎的响声，关门时砰地一响，门上的玻璃震得叮当响。室内有一股刺鼻的烟味和咸鱼味。

母亲坐在门口等着。候车室的门打开时，立刻有一团寒气朝她扑来，这使她感到愉快，情不自禁地吸了几口。进门的人拿着大包小包，穿得厚厚的，笨拙地在门口挤了一会儿，嘴里骂骂咧咧，把行李扔在地板上或者长椅上，抖掉大衣领子上和衣袖上的雪花，擦去胡子上的霜雪，干咳了几声。

这时，一个年轻人走进来，手里提着一只黄皮箱，匆匆地四下里望了望，就直接朝母亲走来。

“是去莫斯科吗？”

“是的。去看塔妮娅。”

“好！”

他把皮箱放在长椅上，紧靠在母亲身旁，然后立刻掏出香烟抽着，掀了掀帽子，就一声不响地朝另一扇门走去。母亲用手摸了摸冰冷的皮箱，把胳膊肘支在上面，心里有一种满足感，便去打量那些候车的乘客。过了一会儿，她走向靠近进站口的一个长椅。那只皮箱不大，提着并不费力，她抬起头向前走去，一面留心观察过往的行人。

一个身穿短大衣，领子竖起的青年同她迎面撞了一下，抬了抬手，没说什么，就匆匆走开了。母亲觉得此人有些眼熟，回头一看，发现他正在用一只眼从衣领后面朝她窥视着。这只亮闪闪的眼睛死死地盯着她，她提着皮箱的那只手哆嗦了一下，箱子也突然沉重起来。

“此人我在什么地方见过！”母亲心想，这个念头冲淡了她心中的不愉快，但她又觉得心里冷丝丝的，有一种难以名状的受压抑的感觉。这种感觉在增强，很快就冲上她的喉咙，她感到嘴里发干发苦，急不可待地想要回头再看他一眼。她回过头去，发现那青年还站在原处，正小心翼翼地倒换着两腿。他的右手插在大衣怀里，左手放在口袋里，右肩显得比左肩高些。

她不慌不忙地走到长椅前，轻轻地坐下来，动作很小心，仿佛害怕震坏了自己体内的某个器官似的。这时她预感到要出事，记忆力变得敏锐起来。她立刻想起，此人曾两度同她相遇，一次是在雷宾越狱那天，在城郊的旷野上，另一次是在法院里，当时他身旁站着一个警官。那警察追捕雷宾时，母亲曾向他谎报了雷宾的去向。这些人都认识她，显然在跟踪她。

“被他们发现了？”她问自己，但马上就否定道：

“也许还没有……”

她马上又镇定下来，严肃地对自己说：

“是被发现了！”

她向四周望了望，没有发现什么异常。她脑海里闪过一个个念头，像火花似的闪烁着。

“丢下皮箱逃走？”

但她心里一亮，又闪出一个念头：

“丢下儿子的演说？落到这些人手里……”

想到这里，她把皮箱搂紧了。

“要不然就带着箱子逃走？……跑出去……”

她心里虽这么想，可又觉得这并不是她的本意，好像是别人强加给她的。那些念头使她苦恼，心里像火烧着似的，仿佛有一条着火的鞭子抽打着她的心。她心里痛苦极了，感到屈辱，因为那些想法要让她背离自己，背离巴维尔，背离她心中所珍视的一切。她觉得有一种力量在和她作对，在紧紧地抓住她，挤压着她的双肩和胸部，在损害着她的自尊。她感到死一般的恐怖，太阳穴咚咚直跳，连头发根也热辣辣的。

这时，她忽然振作起来，一股强大的力量涌上她心头。她放弃了那些卑微懦弱的狡猾念头，凶狠地对自己说：

“可耻！”

她心里马上就舒畅了，情绪完全安定下来，然后又对自己说：

“不要给儿子丢脸！他们谁也没有胆怯过。”

她眼前闪过某人忧郁而又胆怯的目光。接着，雷宾的面孔在她脑海里闪过。片刻的动摇使她变得更加坚定，现在她心里踏实多了。

“他们会把我怎么样？”母亲四下里瞧了瞧，心想。

那暗探把一个巡警叫过来，在他耳边嘀咕了几句，又斜眼用目光指了指母亲。巡警认真地看了看暗探，转身走了。不一会儿又来了一个巡警，这人是个老头儿，又高又胖，没有刮脸，须发皆白。他皱着眉头听暗探说了几句，然后点了点头，向母亲坐的长椅走去。那暗探很快就溜走了。

老巡警步态从容地走过来，一副气势汹汹的样子，两眼打量着母亲的脸。母亲往旁边挪了挪身子。

“他可别打我……”

老巡警在她身边停下来，没有说话，过了一会儿才严厉地低声问道：

“你在这里张望什么？”

“没望什么。”

“别装蒜啦，你是个小偷！这么大岁数，还干那种事！”

母亲觉得，老头儿的话就像在抽打她的耳光。这恶毒的语言，嘶哑的声音，深深地刺痛了她，好像在撕去她的脸皮，打掉她的眼珠……

“我？我不是小偷！你胡说！”她用尽全身力气喊叫着。她怒不可遏，眼前的一切在旋转，遭受奇耻大辱的痛苦使她的心麻木了。她一把拉开了皮箱。

“看吧！大家都来看吧！”她大声喊叫起来，顺手抓起一把传单，在头顶上摇晃着。周围的人在喧哗，她发现人们从四周向她拥过来。

“怎么回事？”

“瞧，有暗探……”

“这是什么？”

“据说她偷了东西……”

“这么体面的女人偷东西，哎哟哟！”

“我不是小偷！”母亲声音洪亮地说。看见人们从四周朝她拥过来，她心里平静下来：

“昨天审判了一批政治犯，其中就有我儿子弗拉索夫。他在法庭上做了讲演，这就是他的演说！我给大家带来了，是为了让大家看看，想一想真理……”

有人从她手里悄悄抽出几张传单。她立刻把手中的传单抛向空中，撒进了人群里。

“你这么做他们也不会放过你的！”有人胆怯地提醒说。

母亲看见有人在抢传单，有人把传单藏在怀里，装在口袋里，这情景又使她的精神振作起来。这时她心里已不再紧张，浑身力量倍增，她情不自禁地感到自豪，一种压抑不住的喜悦涌上心头。她不停地从皮箱里拿出一把把传单，向那些急不可待地抢夺传单的人们挥撒着，一面向人们诉说着：

“我儿子和他的伙伴们为什么受审，你们知道吗？我告诉你们，请你们相信一个满头白发的母亲的良心。昨天这批人受到审判，是因为他们要向你们大家传播真理！我昨天才了解到，这种真理是任何人也驳不倒的！”

人们不再吵嚷，听众越来越多，一层层的人墙把她包围起来。

“人们辛勤劳动，得到的报酬是什么？是贫穷、饥饿和疾病。一切都和我们的愿望相反，我们天天劳动，却过着猪狗不如的生活，受苦受骗，虚度一生。可我们的劳动养肥了别人，他们吃喝玩乐，把我们当成他们的走狗，逼得我们无知无识，成天生活在恐惧当中，胆小怕事！我们过着暗无天日的生活，暗无天日啊！”

“她说得对！”一个低沉的声音响应道。

“堵住她的嘴！”

母亲发现人群后面有个暗探和两名宪兵，就抓紧时间把最后几沓传单散发出去。她伸手去皮箱里取传单时，碰到另一个人的手。

“你们自己拿吧，拿吧！”她俯下身说。

“快走开！”宪兵们推开人群大声喊道。人们被宪兵推搡着勉强后退几步，但马上又拥在一起和宪兵们对峙着，也许他们不是存心要这么做。这位满头白发的老妇人，她那双正直的大眼睛和慈祥的面容，紧紧地吸引着他们。他们本来素不相识，互不往来，现在却被母亲热情的话语所打动而联合起来。这些在生活中饱受欺凌和侮辱的人们，也许早就在渴望和寻求这样的话语。站在近处的人们沉默着，母亲看得见他们专注而又急切的眼睛，自己脸上也能感觉到他们呼出的热气。

“快走吧，老人家！”

“马上就会来抓你的！……”

“哎呀，她胆子真大！”

“走开！快走开！”宪兵们的喊叫声越来越近了。站在母亲面前的人们互相扶持着，身子轻轻摇晃着。

母亲感觉到大家的信任，知道他们愿意了解她，她也想把自己所知道的东西赶快告诉大家，让他们了解那些有力的思想。这些思想发自她的心灵深处，渐渐地汇成一支歌。然而遗憾的是，她的嗓子不好，又哑又颤，唱不好这支歌了。

“我儿子的演说，是一个工人的真心话！他是一个不会出卖灵魂的人！你们从他的胆量可以看出，他是不会屈服的！”

有个年轻人欣喜地望着她的脸，眼睛里流露出几分恐惧。

有人在她胸前撞了一下，她身子摇晃一下，跌坐在长椅上。宪兵们在人们头顶上挥舞着胳膊，揪住他们的领子和肩膀，把他们推到一旁，摘下他们的帽子扔到远处去。母亲感觉眼前发黑，一阵眩晕，但她强忍住极度的疲劳，用微弱的嗓音喊道：

“大家要抱成一团，拧成一股绳啊！”

一个宪兵伸出发红的大手揪住母亲的衣领摇了摇，吼道：

“住口！”

她的后脑在墙上撞了一下，有那么一刹那，她感到胸口一阵刺痛，恐惧揪住了她的心。过了一会儿，她心里就平静下来。

“快走！”那宪兵说。

“你们什么也不要怕！你们这辈子受尽苦难，没有比这更痛苦的了……”

“听见没有，快住嘴！”一个宪兵抓住她的胳膊搡了一下，另一个宪兵抓住她另一只胳膊。两人拖着她大步向前走去。

“……这样的日子让你们天天苦恼，最终变成干尸！”

那个暗探跑过来，气势汹汹地在母亲面前挥着拳头，尖叫着：

“你这混蛋，住嘴！”

她瞪大了眼睛逼视着他，下巴颤抖着。她两脚蹬住光滑的石板地面，高喊着：

“复活的灵魂是杀不死的！”

“狗东西！”

那暗探挥起胳膊打了她一个耳光。

“这老不死的，活该！”有人幸灾乐祸地喊道。

母亲被打得眼前一阵发黑，两眼直冒金星，满嘴是血，咸乎乎的。

全场哗然，喊叫声不绝于耳，母亲又振作起来。

“不许打人！”

“弟兄们！”

“哎呀，你这个坏蛋！”

“揍他！”

“鲜血淹没不了真理！”

有人推着她的脖子和后背，有人劈头盖脸地抽打她。刹那间她感到天旋地转，呼喊声、吼叫声和警笛声搅在一起，像黑旋风似的震动着她的耳鼓，堵塞着她的喉咙。她喘不过气来，脚下的地面仿佛摇晃着，陷落着，她两腿发软，全身疼得发抖，像火烧着似的，浑身发沉，摇晃着，一点力气也没有。但她的眼睛却炯炯有神。她发现许多人朝她望着，眼睛里闪烁着大胆而又热情的光芒。这目光是她所熟悉的，这使她从心眼里感到亲切。

宪兵们推着她朝门外走。

她挣脱一只胳膊，紧紧地抓住门框。

“血流成河也淹没不了真理……”

有人在她胳膊上抽打着。

“你们这些疯子，这么做只能激起民愤！你们会遭报应的！”

一个宪兵掐住她的喉咙，让她喘不过气来。

她仍在嘶哑地喊叫：

“不幸的人们啊……”

应着这喊声，人群里有人高声痛哭起来。

社长致辞

蓦然回首，皮书的专业化历程已经走过了二十年。20年来从一个出版社的学术产品名称到媒体热词再到智库成果研创及传播平台，皮书以专业化为主线，进行了系列化、市场化、品牌化、数字化、国际化、平台化的运作，实现了跨越式的发展。特别是在党的十八大以后，以习近平总书记为核心的党中央高度重视新型智库建设，皮书也迎来了长足的发展，总品种达到600余种，经过专业评审机制、淘汰机制遴选，目前，每年稳定出版近400个品种。“皮书”已经成为中国新型智库建设的抓手，成为国际国内社会各界快速、便捷地了解真实中国的最佳窗口。

20年孜孜以求，“皮书”始终将自己的研究视野与经济社会发展中的前沿热点问题紧密相连。600个研究领域，3万多位分布于800余个研究机构的专家学者参与了研创写作。皮书数据库中共收录了15万篇专业报告，50余万张数据图表，合计30亿字，每年报告下载量近80万次。皮书为中国学术与社会发展实践的结合提供了一个激荡智力、传播思想的入口，皮书作者们用学术的话语、客观翔实的数据谱写出了中国故事壮丽的篇章。

20年跬步千里，“皮书”始终将自己的发展与时代赋予的使命与责任紧紧相连。每年百余场新闻发布会，10万余次中外媒体报道，中、英、俄、日、韩等12个语种共同出版。皮书所具有的凝聚力正在形成一种无形的力量，吸引着社会各界关注中国的发展，参与中国的发展，它是我们向世界传递中国声音、总结中国经验、争取中国国际话语权最主要的平台。

皮书这一系列成就的取得，得益于中国改革开放的伟大时代，离不开来自中国社会科学院、新闻出版广电总局、全国哲学社会科学规划办公室等主管部门的大力支持和帮助，也离不开皮书研创者和出版者的共同努力。他们与皮书的故事创造了皮书的历史，他们对皮书的拳拳之心将继续谱写皮书的未来！

现在，“皮书”品牌已经进入了快速成长的青壮年时期。全方位进行规范化管理，树立中国的学术出版标准；不断提升皮书的内容质量和影响力，搭建起中国智库产品和智库建设的交流服务平台和国际传播平台；发布各类皮书指数，并使之成为中国指数，让中国智库的声音响彻世界舞台，为人类的发展做出中国的贡献——这是皮书未来发展的图景。作为“皮书”这个概念的提出者，“皮书”从一般图书到系列图书和品牌图书，最终成为智库研究和社会科学应用对策研究的知识服务和成果推广平台这整个过程的操盘者，我相信，这也是每一位皮书人执着追求的目标。

“当代中国正经历着我国历史上最为广泛而深刻的社会变革，也正在进行着人类历史上最为宏大而独特的实践创新。这种前无古人的伟大实践，必将给理论创造、学术繁荣提供强大动力和广阔空间。”

在这个需要思想而且一定能够产生思想的时代，皮书的研创出版一定能创造出新的更大的辉煌！

社会科学文献出版社社长
中国社会学会秘书长

2017年11月

社会科学文献出版社简介

社会科学文献出版社（以下简称“社科文献出版社”）成立于1985年，是直属于中国社会科学院的人文社会科学学术出版机构。成立至今，社科文献出版社始终依托中国社会科学院和国内外人文社会科学界丰厚的学术出版和专家学者资源，坚持“创社科经典，出传世文献”的出版理念、“权威、前沿、原创”的产品定位以及学术成果和智库成果出版的专业化、数字化、国际化、市场化的经营道路。

社科文献出版社是中国新闻出版业转型与文化体制改革的先行者。积极探索文化体制改革的先进方向和现代企业经营决策机制，社科文献出版社先后荣获“全国文化体制改革工作先进单位”、中国出版政府奖·先进出版单位奖，中国社会科学院先进集体、全国科普工作先进集体等荣誉称号。多人次荣获“第十届韬奋出版奖”“全国新闻出版行业领军人才”“数字出版先进人物”“北京市新闻出版广电行业领军人才”等称号。

社科文献出版社是中国人文社会科学学术出版的大社名社，也是以皮书为代表的智库成果出版的专业强社。年出版图书2000余种，其中皮书400余种，出版新书字数5.5亿字，承印与发行中国社科院院属期刊72种，先后创立了皮书系列、列国志、中国史话、社科文献学术译库、社科文献学术文库、甲骨文书系等一大批既有学术影响又有市场价值的品牌，确立了在社会学、近代史、苏东问题研究等专业学科及领域出版的领先地位。图书多次荣获中国出版政府奖、“三个一百”原创图书出版工程、“五个‘一’工程奖”、“大众喜爱的50种图书”等奖项，在中央国家机关“强素质·做表率”读书活动中，入选图书品种数位居各大出版社之首。

社科文献出版社是中国学术出版规范与标准的倡议者与制定者，代表全国50多家出版社发起实施学术著作出版规范的倡议，承担学术著作规范国家标准的起草工作，率先编撰完成《皮书手册》对皮书品牌进行规范化管理，并在此基础上推出中国版芝加哥手册——《社科文献出版社学术出版手册》。

社科文献出版社是中国数字出版的引领者，拥有皮书数据库、列国志数据库、“一带一路”数据库、减贫数据库、集刊数据库等4大产品线11个数据库产品，机构用户达1300余家，海外用户百余家，荣获“数字出版转型示范单位”“新闻出版标准化先进单位”“专业数字内容资源知识服务模式试点企业标准化示范单位”等称号。

社科文献出版社是中国学术出版走出去的践行者。社科文献出版社海外图书出版与学术合作业务遍及全球40余个国家和地区，并于2016年成立俄罗斯分社，累计输出图书500余种，涉及近20个语种，累计获得国家社科基金中华学术外译项目资助76种、“丝路书香工程”项目资助60种、中国图书对外推广计划项目资助71种以及经典中国国际出版工程资助28种，被五部委联合认定为“2015-2016年度国家文化出口重点企业”。

如今，社科文献出版社完全靠自身积累拥有固定资产3.6亿元，年收入3亿元，设置了七大出版分社、六大专业部门，成立了皮书研究院和博士后科研工作站，培养了一支近400人的高素质与高效率的编辑、出版、营销和国际推广队伍，为未来成为学术出版的大社、名社、强社，成为文化体制改革与文化企业转型发展的排头兵奠定了坚实的基础。

宏观经济类

经济蓝皮书

2018 年中国经济形势分析与预测

李平 / 主编　2017 年 12 月出版　定价：89.00 元

◆ 本书为总理基金项目，由著名经济学家李扬领衔，联合中国社会科学院等数十家科研机构、国家部委和高等院校的专家共同撰写，系统分析了 2017 年的中国经济形势并预测 2018 年中国经济运行情况。

城市蓝皮书

中国城市发展报告 No.11

潘家华　单菁菁 / 主编　2018 年 9 月出版　估价：99.00 元

◆ 本书是由中国社会科学院城市发展与环境研究中心编著的，多角度、全方位地立体展示了中国城市的发展状况，并对中国城市的未来发展提出了许多建议。该书有强烈的时代感，对中国城市发展实践有重要的参考价值。

人口与劳动绿皮书

中国人口与劳动问题报告 No.19

张车伟 / 主编　2018 年 10 月出版　估价：99.00 元

◆ 本书为中国社会科学院人口与劳动经济研究所主编的年度报告，对当前中国人口与劳动形势做了比较全面和系统的深入讨论，为研究中国人口与劳动问题提供了一个专业性的视角。

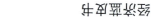

中国省域竞争力蓝皮书

中国省域经济综合竞争力发展报告（2017 ~ 2018）

李建平　李闽榕　高燕京 / 主编　2018 年 5 月出版　估价：198.00 元

◆　本书融多学科的理论为一体，深入追踪研究了省域经济发展与中国国家竞争力的内在关系，为提升中国省域经济综合竞争力提供有价值的决策依据。

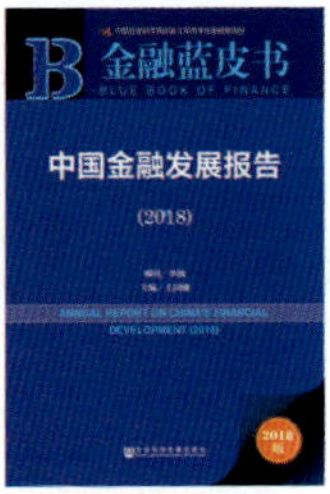

金融蓝皮书

中国金融发展报告（2018）

王国刚 / 主编　2018 年 6 月出版　估价：99.00 元

◆　本书由中国社会科学院金融研究所组织编写，概括和分析了 2017 年中国金融发展和运行中的各方面情况，研讨和评论了 2017 年发生的主要金融事件，有利于读者了解掌握 2017 年中国的金融状况，把握 2018 年中国金融的走势。

区 域 经 济 类

京津冀蓝皮书

京津冀发展报告（2018）

祝合良　叶堂林　张贵祥 / 等著　2018 年 6 月出版　估价：99.00 元

◆　本书遵循问题导向与目标导向相结合、统计数据分析与大数据分析相结合、纵向分析和长期监测与结构分析和综合监测相结合等原则，对京津冀协同发展新形势与新进展进行测度与评价。

社会政法类

社会蓝皮书

2018 年中国社会形势分析与预测

李培林　陈光金　张翼 / 主编　2017 年 12 月出版　定价：89.00 元

◆　本书由中国社会科学院社会学研究所组织研究机构专家、高校学者和政府研究人员撰写，聚焦当下社会热点，对 2017 年中国社会发展的各个方面内容进行了权威解读，同时对 2018 年社会形势发展趋势进行了预测。

法治蓝皮书

中国法治发展报告 No.16（2018）

李林　田禾 / 主编　2018 年 3 月出版　定价：128.00 元

◆　本年度法治蓝皮书回顾总结了 2017 年度中国法治发展取得的成就和存在的不足，对中国政府、司法、检务透明度进行了跟踪调研，并对 2018 年中国法治发展形势进行了预测和展望。

教育蓝皮书

中国教育发展报告（2018）

杨东平 / 主编　2018 年 3 月出版　定价：89.00 元

◆　本书重点关注了 2017 年教育领域的热点，资料翔实，分析有据，既有专题研究，又有实践案例，从多角度对 2017 年教育改革和实践进行了分析和研究。

社会体制蓝皮书

中国社会体制改革报告 No.6（2018）

龚维斌 / 主编　2018 年 3 月出版　定价：98.00 元

◆　本书由国家行政学院社会治理研究中心和北京师范大学中国社会管理研究院共同组织编写，主要对 2017 年社会体制改革情况进行回顾和总结，对 2018 年的改革走向进行分析，提出相关政策建议。

社会心态蓝皮书

中国社会心态研究报告（2018）

王俊秀　杨宜音 / 主编　2018 年 12 月出版　估价：99.00 元

◆　本书是中国社会科学院社会学研究所社会心理研究中心“社会心态蓝皮书课题组”的年度研究成果，运用社会心理学、社会学、经济学、传播学等多种学科的方法进行了调查和研究，对于目前中国社会心态状况有较广泛和深入的揭示。

华侨华人蓝皮书

华侨华人研究报告（2018）

贾益民 / 主编　2017 年 12 月出版　估价：139.00 元

◆　本书关注华侨华人生产与生活的方方面面。华侨华人是中国建设 21 世纪海上丝绸之路的重要中介者、推动者和参与者。本书旨在全面调研华侨华人，提供最新涉侨动态、理论研究成果和政策建议。

民族发展蓝皮书

中国民族发展报告（2018）

王延中 / 主编　2018 年 10 月出版　估价：188.00 元

◆　本书从民族学人类学视角，研究近年来少数民族和民族地区的发展情况，展示民族地区经济、政治、文化、社会和生态文明“五位一体”建设取得的辉煌成就和面临的困难挑战，为深刻理解中央民族工作会议精神、加快民族地区全面建成小康社会进程提供了实证材料。

产业经济类

房地产蓝皮书

中国房地产发展报告 No.15（2018）

李春华　王业强 / 主编　2018 年 5 月出版　估价：99.00 元

◆ 2018 年《房地产蓝皮书》持续追踪中国房地产市场最新动态，深度剖析市场热点，展望 2018 年发展趋势，积极谋划应对策略。对 2017 年房地产市场的发展态势进行全面、综合的分析。

新能源汽车蓝皮书

中国新能源汽车产业发展报告（2018）

中国汽车技术研究中心　日产（中国）投资有限公司

东风汽车有限公司 / 编著　2018 年 8 月出版　估价：99.00 元

◆ 本书对中国 2017 年新能源汽车产业发展进行了全面系统的分析，并介绍了国外的发展经验。有助于相关机构、行业和社会公众等了解中国新能源汽车产业发展的最新动态，为政府部门出台新能源汽车产业相关政策法规、企业制定相关战略规划，提供必要的借鉴和参考。

行业及其他类

旅游绿皮书

2017 ~ 2018 年中国旅游发展分析与预测

中国社会科学院旅游研究中心 / 编　2018 年 1 月出版　定价：99.00 元

◆ 本书从政策、产业、市场、社会等多个角度勾画出 2017 年中国旅游发展全貌，剖析了其中的热点和核心问题，并就未来发展作出预测。

民营医院蓝皮书

中国民营医院发展报告（2018）

薛晓林 / 主编　2018 年 11 月出版　估价：99.00 元

◆　本书在梳理国家对社会办医的各种利好政策的前提下，对我国民营医疗发展现状、我国民营医院竞争力进行了分析，并结合我国医疗体制改革对民营医院的发展趋势、发展策略、战略规划等方面进行了预估。

会展蓝皮书

中外会展业动态评估研究报告（2018）

张敏 / 主编　2018 年 12 月出版　估价：99.00 元

◆　本书回顾了2017年的会展业发展动态，结合“供给侧改革”、“互联网 +”、“绿色经济”的新形势分析了我国展会的行业现状，并介绍了国外的发展经验，有助于行业和社会了解最新的展会业动态。

中国上市公司蓝皮书

中国上市公司发展报告（2018）

张平　王宏淼 / 主编　2018 年 9 月出版　估价：99.00 元

◆　本书由中国社会科学院上市公司研究中心组织编写的，着力于全面、真实、客观反映当前中国上市公司财务状况和价值评估的综合性年度报告。本书详尽分析了 2017 年中国上市公司情况，特别是现实中暴露出的制度性、基础性问题，并对资本市场改革进行了探讨。

工业和信息化蓝皮书

人工智能发展报告（2017 ～ 2018）

尹丽波 / 主编　2018 年 6 月出版　估价：99.00 元

◆　本书国家工业信息安全发展研究中心在对 2017 年全球人工智能技术和产业进行全面跟踪研究基础上形成的研究报告。该报告内容翔实、视角独特，具有较强的产业发展前瞻性和预测性，可为相关主管部门、行业协会、企业等全面了解人工智能发展形势以及进行科学决策提供参考。

国际问题与全球治理类

世界经济黄皮书

2018 年世界经济形势分析与预测

张宇燕 / 主编　2018 年 1 月出版　定价：99.00 元

◆　本书由中国社会科学院世界经济与政治研究所的研究团队撰写，分总论、国别与地区、专题、热点、世界经济统计与预测等五个部分，对 2018 年世界经济形势进行了分析。

国际城市蓝皮书

国际城市发展报告（2018）

屠启宇 / 主编　2018 年 2 月出版　定价：89.00 元

◆　本书作者以上海社会科学院从事国际城市研究的学者团队为核心，汇集同济大学、华东师范大学、复旦大学、上海交通大学、南京大学、浙江大学相关城市研究专业学者。立足动态跟踪介绍国际城市发展时间中，最新出现的重大战略、重大理念、重大项目、重大报告和最佳案例。

非洲黄皮书

非洲发展报告 No.20（2017 ~ 2018）

张宏明 / 主编　2018 年 7 月出版　估价：99.00 元

◆　本书是由中国社会科学院西亚非洲研究所组织编撰的非洲形势年度报告，比较全面、系统地分析了 2017 年非洲政治形势和热点问题，探讨了非洲经济形势和市场走向，剖析了大国对非洲关系的新动向；此外，还介绍了国内非洲研究的新成果。

国别类

美国蓝皮书

美国研究报告（2018）

郑秉文　黄平 / 主编　2018 年 5 月出版　估价：99.00 元

◆　本书是由中国社会科学院美国研究所主持完成的研究成果，它回顾了美国 2017 年的经济、政治形势与外交战略，对美国内政外交发生的重大事件及重要政策进行了较为全面的回顾和梳理。

德国蓝皮书

德国发展报告（2018）

郑春荣 / 主编　2018 年 6 月出版　估价：99.00 元

◆　本报告由同济大学德国研究所组织编撰，由该领域的专家学者对德国的政治、经济、社会文化、外交等方面的形势发展情况，进行全面的阐述与分析。

俄罗斯黄皮书

俄罗斯发展报告（2018）

李永全 / 编著　2018 年 6 月出版　估价：99.00 元

◆　本书系统介绍了 2017 年俄罗斯经济政治情况，并对 2016 年该地区发生的焦点、热点问题进行了分析与回顾；在此基础上，对该地区 2018 年的发展前景进行了预测。

文化传媒类

新媒体蓝皮书

中国新媒体发展报告 No.9（2018）

唐绪军 / 主编　2018 年 6 月出版　估价：99.00 元

◆　本书是由中国社会科学院新闻与传播研究所组织编写的关于新媒体发展的最新年度报告，旨在全面分析中国新媒体的发展现状，解读新媒体的发展趋势，探析新媒体的深刻影响。

移动互联网蓝皮书

中国移动互联网发展报告（2018）

余清楚 / 主编　2018 年 6 月出版　估价：99.00 元

◆　本书着眼于对 2017 年度中国移动互联网的发展情况做深入解析，对未来发展趋势进行预测，力求从不同视角、不同层面全面剖析中国移动互联网发展的现状、年度突破及热点趋势等。

文化蓝皮书

中国文化消费需求景气评价报告（2018）

王亚南 / 主编　2018 年 3 月出版　定价：99.00 元

◆　本书首创全国文化发展量化检测评价体系，也是至今全国唯一的文化民生量化检测评价体系，对于检验全国及各地 " 以人民为中心 " 的文化发展具有首创意义。

地方发展类

北京蓝皮书

北京经济发展报告（2017 ~ 2018）

杨松 / 主编　2018 年 6 月出版　估价：99.00 元

◆　本书对 2017 年北京市经济发展的整体形势进行了系统性的分析与回顾，并对 2018 年经济形势走势进行了预测与研判，聚焦北京市经济社会发展中的全局性、战略性和关键领域的重点问题，运用定量和定性分析相结合的方法，对北京市经济社会发展的现状、问题、成因进行了深入分析，提出了可操作性的对策建议。

温州蓝皮书

2018 年温州经济社会形势分析与预测

蒋儒标　王春光　金浩 / 主编　2018 年 6 月出版　估价：99.00 元

◆　本书是中共温州市委党校和中国社会科学院社会学研究所合作推出的第十一本温州蓝皮书，由来自党校、政府部门、科研机构、高校的专家、学者共同撰写的 2017 年温州区域发展形势的最新研究成果。

黑龙江蓝皮书

黑龙江社会发展报告（2018）

王爱丽 / 主编　2018 年 1 月出版　定价：89.00 元

◆　本书以千份随机抽样问卷调查和专题研究为依据，运用社会学理论框架和分析方法，从专家和学者的独特视角，对 2017 年黑龙江省关系民生的问题进行广泛的调研与分析，并对 2017 年黑龙江省诸多社会热点和焦点问题进行了有益的探索。这些研究不仅可以为政府部门更加全面深入了解省情、科学制定决策提供智力支持，同时也可以为广大读者认识、了解、关注黑龙江社会发展提供理性思考。

宏观经济类

城市蓝皮书
中国城市发展报告（No.11）
著(编)者：潘家华 单菁菁
2018年9月出版 / 估价：99.00元
PSN B-2007-091-1/1

城乡一体化蓝皮书
中国城乡一体化发展报告（2018）
著(编)者：付崇兰
2018年9月出版 / 估价：99.00元
PSN B-2011-226-1/2

城镇化蓝皮书
中国新型城镇化健康发展报告（2018）
著(编)者：张占斌
2018年8月出版 / 估价：99.00元
PSN B-2014-396-1/1

创新蓝皮书
创新型国家建设报告（2018～2019）
著(编)者：詹正茂
2018年12月出版 / 估价：99.00元
PSN B-2009-140-1/1

低碳发展蓝皮书
中国低碳发展报告（2018）
著(编)者：张希良 齐晔
2018年6月出版 / 估价：99.00元
PSN B-2011-223-1/1

低碳经济蓝皮书
中国低碳经济发展报告（2018）
著(编)者：薛进军 赵忠秀
2018年11月出版 / 估价：99.00元
PSN B-2011-194-1/1

发展和改革蓝皮书
中国经济发展和体制改革报告No.9
著(编)者：邹东涛 王再文
2018年1月出版 / 估价：99.00元
PSN B-2008-122-1/1

国家创新蓝皮书
中国创新发展报告（2017）
著(编)者：陈劲 2018年5月出版 / 估价：99.00元
PSN B-2014-370-1/1

金融蓝皮书
中国金融发展报告（2018）
著(编)者：王国刚
2018年6月出版 / 估价：99.00元
PSN B-2004-031-1/7

经济蓝皮书
2018年中国经济形势分析与预测
著(编)者：李平 2017年12月出版 / 定价：89.00元
PSN B-1996-001-1/1

经济蓝皮书春季号
2018年中国经济前景分析
著(编)者：李扬 2018年5月出版 / 估价：99.00元
PSN B-1999-008-1/1

经济蓝皮书夏季号
中国经济增长报告（2017～2018）
著(编)者：李扬 2018年9月出版 / 估价：99.00元
PSN B-2010-176-1/1

农村绿皮书
中国农村经济形势分析与预测（2017～2018）
著(编)者：魏后凯 黄秉信
2018年4月出版 / 定价：99.00元
PSN G-1998-003-1/1

人口与劳动绿皮书
中国人口与劳动问题报告No.19
著(编)者：张车伟 2018年11月出版 / 估价：99.00元
PSN G-2000-012-1/1

新型城镇化蓝皮书
新型城镇化发展报告（2017）
著(编)者：李伟 宋敏
2018年3月出版 / 定价：98.00元
PSN B-2005-038-1/1

中国省域竞争力蓝皮书
中国省域经济综合竞争力发展报告（2016～2017）
著(编)者：李建平 李闽榕
2018年2月出版 / 定价：198.00元
PSN B-2007-088-1/1

中小城市绿皮书
中国中小城市发展报告（2018）
著(编)者：中国城市经济学会中小城市经济发展委员会
中国城镇化促进会中小城市发展委员会
《中国中小城市发展报告》编纂委员会
中小城市发展战略研究院
2018年11月出版 / 估价：128.00元
PSN G-2010-161-1/1

区域经济类

东北蓝皮书
中国东北地区发展报告（2018）
著(编)者：姜晓秋　2018年11月出版 / 估价：99.00元
PSN B-2006-067-1/1

金融蓝皮书
中国金融中心发展报告（2017～2018）
著(编)者：王力 黄育华　2018年11月出版 / 估价：99.00元
PSN B-2011-186-6/7

京津冀蓝皮书
京津冀发展报告（2018）
著(编)者：祝合良 叶堂林 张贵祥
2018年6月出版 / 估价：99.00元
PSN B-2012-262-1/1

西北蓝皮书
中国西北发展报告（2018）
著(编)者：王福生 马廷旭 董秋生
2018年1月出版 / 定价：99.00元
PSN B-2012-261-1/1

西部蓝皮书
中国西部发展报告（2018）
著(编)者：璋勇 任保平　2018年8月出版 / 估价：99.00元
PSN B-2005-039-1/1

长江经济带产业蓝皮书
长江经济带产业发展报告（2018）
著(编)者：吴传清　2018年11月出版 / 估价：128.00元
PSN B-2017-666-1/1

长江经济带蓝皮书
长江经济带发展报告（2017～2018）
著(编)者：王振　2018年11月出版 / 估价：99.00元
PSN B-2016-575-1/1

长江中游城市群蓝皮书
长江中游城市群新型城镇化与产业协同发展报告（2018）
著(编)者：杨刚强　2018年11月出版 / 估价：99.00元
PSN B-2016-578-1/1

长三角蓝皮书
2017年创新融合发展的长三角
著(编)者：刘飞跃　2018年5月出版 / 估价：99.00元
PSN B-2005-038-1/1

长株潭城市群蓝皮书
长株潭城市群发展报告（2017）
著(编)者：张萍 朱有志　2018年6月出版 / 估价：99.00元
PSN B-2008-109-1/1

特色小镇蓝皮书
特色小镇智慧运营报告（2018）：顶层设计与智慧架构
著(编)者：陈劲　2018年1月出版 / 定价：79.00元
PSN B-2018-692-1/1

中部竞争力蓝皮书
中国中部经济社会竞争力报告（2018）
著(编)者：教育部人文社会科学重点研究基地南昌大学中国中部经济社会发展研究中心
2018年12月出版 / 估价：99.00元
PSN B-2012-276-1/1

中部蓝皮书
中国中部地区发展报告（2018）
著(编)者：宋亚平　2018年12月出版 / 估价：99.00元
PSN B-2007-089-1/1

区域蓝皮书
中国区域经济发展报告（2017～2018）
著(编)者：赵弘　2018年5月出版 / 估价：99.00元
PSN B-2004-034-1/1

中三角蓝皮书
长江中游城市群发展报告（2018）
著(编)者：秦尊文　2018年9月出版 / 估价：99.00元
PSN B-2014-417-1/1

中原蓝皮书
中原经济区发展报告（2018）
著(编)者：李英杰　2018年6月出版 / 估价：99.00元
PSN B-2011-192-1/1

珠三角流通蓝皮书
珠三角商圈发展研究报告（2018）
著(编)者：王先庆 林至颖　2018年7月出版 / 估价：99.00元
PSN B-2012-292-1/1

社会政法类

北京蓝皮书
中国社区发展报告（2017～2018）
著(编)者：于燕燕　2018年9月出版 / 估价：99.00元
PSN B-2007-083-5/8

殡葬绿皮书
中国殡葬事业发展报告（2017～2018）
著(编)者：李伯森　2018年6月出版 / 估价：158.00元
PSN G-2010-180-1/1

城市管理蓝皮书
中国城市管理报告（2017-2018）
著(编)者：刘林 刘承水　2018年5月出版 / 估价：158.00元
PSN B-2013-336-1/1

城市生活质量蓝皮书
中国城市生活质量报告（2017）
著(编)者：张连城 张平 杨春学 郎丽华
2017年12月出版 / 定价：89.00元
PSN B-2013-326-1/1

城市政府能力蓝皮书
中国城市政府公共服务能力评估报告（2018）
著(编)者：何艳玲　　2018年5月出版 / 估价：99.00元
PSN B-2013-338-1/1

创业蓝皮书
中国创业发展研究报告（2017～2018）
著(编)者：黄群慧 赵卫星 钟宏武
2018年11月出版 / 估价：99.00元
PSN B-2016-577-1/1

慈善蓝皮书
中国慈善发展报告（2018）
著(编)者：杨团　　2018年6月出版 / 估价：99.00元
PSN B-2009-142-1/1

党建蓝皮书
党的建设研究报告No.2（2018）
著(编)者：崔建民 陈东平　　2018年6月出版 / 估价：99.00元
PSN B-2016-523-1/1

地方法治蓝皮书
中国地方法治发展报告No.3（2018）
著(编)者：李林 田禾　　2018年6月出版 / 估价：118.00元
PSN B-2015-442-1/1

电子政务蓝皮书
中国电子政务发展报告（2018）
著(编)者：李季　　2018年8月出版 / 估价：99.00元
PSN B-2003-022-1/1

儿童蓝皮书
中国儿童参与状况报告（2017）
著(编)者：苑立新　　2017年12月出版 / 定价：89.00元
PSN B-2017-682-1/1

法治蓝皮书
中国法治发展报告No.16（2018）
著(编)者：李林 田禾　　2018年3月出版 / 定价：128.00元
PSN B-2004-027-1/3

法治蓝皮书
中国法院信息化发展报告 No.2（2018）
著(编)者：李林 田禾　　2018年2月出版 / 定价：118.00元
PSN B-2017-604-3/3

法治政府蓝皮书
中国法治政府发展报告（2017）
著(编)者：中国政法大学法治政府研究院
2018年3月出版 / 定价：158.00元
PSN B-2015-502-1/2

法治政府蓝皮书
中国法治政府评估报告（2018）
著(编)者：中国政法大学法治政府研究院
2018年9月出版 / 估价：168.00元
PSN B-2016-576-2/2

反腐倡廉蓝皮书
中国反腐倡廉建设报告 No.8
著(编)者：张英伟　　2018年12月出版 / 估价：99.00元
PSN B-2012-259-1/1

扶贫蓝皮书
中国扶贫开发报告（2018）
著(编)者：李培林 魏后凯　　2018年12月出版 / 估价：128.00元
PSN B-2016-599-1/1

妇女发展蓝皮书
中国妇女发展报告 No.6
著(编)者：王金玲　　2018年9月出版 / 估价：158.00元
PSN B-2006-069-1/1

妇女教育蓝皮书
中国妇女教育发展报告 No.3
著(编)者：张李玺　　2018年10月出版 / 估价：99.00元
PSN B-2008-121-1/1

妇女绿皮书
2018年：中国性别平等与妇女发展报告
著(编)者：谭琳　　2018年12月出版 / 估价：99.00元
PSN G-2006-073-1/1

公共安全蓝皮书
中国城市公共安全发展报告（2017～2018）
著(编)者：黄育华 杨文明 赵建辉
2018年6月出版 / 估价：99.00元
PSN B-2017-628-1/1

公共服务蓝皮书
中国城市基本公共服务力评价（2018）
著(编)者：钟君 刘志昌 吴正杲
2018年12月出版 / 估价：99.00元
PSN B-2011-214-1/1

公民科学素质蓝皮书
中国公民科学素质报告（2017～2018）
著(编)者：李群 陈雄 马宗文
2017年12月出版 / 定价：89.00元
PSN B-2014-379-1/1

公益蓝皮书
中国公益慈善发展报告（2016）
著(编)者：朱健刚 胡小军　　2018年6月出版 / 估价：99.00元
PSN B-2012-283-1/1

国际人才蓝皮书
中国国际移民报告（2018）
著(编)者：王辉耀　　2018年6月出版 / 估价：99.00元
PSN B-2012-304-3/4

国际人才蓝皮书
中国留学发展报告（2018）No.7
著(编)者：王辉耀 苗绿　　2018年12月出版 / 估价：99.00元
PSN B-2012-244-2/4

海洋社会蓝皮书
中国海洋社会发展报告（2017）
著(编)者：崔凤 宋宁而　　2018年3月出版 / 定价：99.00元
PSN B-2015-478-1/1

行政改革蓝皮书
中国行政体制改革报告No.7（2018）
著(编)者：魏礼群　　2018年6月出版 / 估价：99.00元
PSN B-2011-231-1/1

华侨华人蓝皮书
华侨华人研究报告（2017）
著(编)者：张禹东 庄国土　2017年12月出版 / 定价：148.00元
PSN B-2011-204-1/1

互联网与国家治理蓝皮书
互联网与国家治理发展报告（2017）
著(编)者：张志安　2018年1月出版 / 定价：98.00元
PSN B-2017-671-1/1

环境管理蓝皮书
中国环境管理发展报告（2017）
著(编)者：李金惠　2017年12月出版 / 定价：98.00元
PSN B-2017-678-1/1

环境竞争力绿皮书
中国省域环境竞争力发展报告（2018）
著(编)者：李建平 李闽榕 王金南
2018年11月出版 / 估价：198.00元
PSN G-2010-165-1/1

环境绿皮书
中国环境发展报告（2017～2018）
著(编)者：李波　2018年6月出版 / 估价：99.00元
PSN G-2006-048-1/1

家庭蓝皮书
中国"创建幸福家庭活动"评估报告（2018）
著(编)者：国务院发展研究中心"创建幸福家庭活动评估"课题组
2018年12月出版 / 估价：99.00元
PSN B-2015-508-1/1

健康城市蓝皮书
中国健康城市建设研究报告（2018）
著(编)者：王鸿春 盛继洪　2018年12月出版 / 估价：99.00元
PSN B-2016-564-2/2

健康中国蓝皮书
社区首诊与健康中国分析报告（2018）
著(编)者：高和荣 杨叔禹 姜杰
2018年6月出版 / 估价：99.00元
PSN B-2017-611-1/1

教师蓝皮书
中国中小学教师发展报告（2017）
著(编)者：曾晓东 鱼霞
2018年6月出版 / 估价：99.00元
PSN B-2012-289-1/1

教育扶贫蓝皮书
中国教育扶贫报告（2018）
著(编)者：司树杰 王文静 李兴洲
2018年12月出版 / 估价：99.00元
PSN B-2016-590-1/1

教育蓝皮书
中国教育发展报告（2018）
著(编)者：杨东平　2018年3月出版 / 定价：89.00元
PSN B-2006-047-1/1

金融法治建设蓝皮书
中国金融法治建设年度报告（2015～2016）
著(编)者：朱小黄　2018年6月出版 / 估价：99.00元
PSN B-2017-633-1/1

京津冀教育蓝皮书
京津冀教育发展研究报告（2017～2018）
著(编)者：方中雄　2018年6月出版 / 估价：99.00元
PSN B-2017-608-1/1

就业蓝皮书
2018年中国本科生就业报告
著(编)者：麦可思研究院　2018年6月出版 / 估价：99.00
PSN B-2009-146-1/2

就业蓝皮书
2018年中国高职高专生就业报告
著(编)者：麦可思研究院　2018年6月出版 / 估价：99.00
PSN B-2015-472-2/2

科学教育蓝皮书
中国科学教育发展报告（2018）
著(编)者：王康友　2018年10月出版 / 估价：99.00元
PSN B-2015-487-1/1

劳动保障蓝皮书
中国劳动保障发展报告（2018）
著(编)者：刘燕斌　2018年9月出版 / 估价：158.00元
PSN B-2014-415-1/1

老龄蓝皮书
中国老年宜居环境发展报告（2017）
著(编)者：党俊武 周燕珉　2018年6月出版 / 估价：99.0
PSN B-2013-320-1/1

连片特困区蓝皮书
中国连片特困区发展报告（2017～2018）
著(编)者：游俊 冷志明 丁建军
2018年6月出版 / 估价：99.00元
PSN B-2013-321-1/1

流动儿童蓝皮书
中国流动儿童教育发展报告（2017）
著(编)者：杨东平　2018年6月出版 / 估价：99.00元
PSN B-2017-600-1/1

民调蓝皮书
中国民生调查报告（2018）
著(编)者：谢耘耕　2018年12月出版 / 估价：99.00元
PSN B-2014-398-1/1

民族发展蓝皮书
中国民族发展报告（2018）
著(编)者：王延中　2018年10月出版 / 估价：188.00元
PSN B-2006-070-1/1

女性生活蓝皮书
中国女性生活状况报告No.12（2018）
著(编)者：高博燕　2018年7月出版 / 估价：99.00元
PSN B-2006-071-1/1

汽车社会蓝皮书
中国汽车社会发展报告（2017～2018）
著(编)者：王俊秀　2018年6月出版 / 估价：99.00元
PSN B-2011-224-1/1

青年蓝皮书
中国青年发展报告（2018）No.3
著(编)者：廉思　2018年6月出版 / 估价：99.00元
PSN B-2013-333-1/1

青少年蓝皮书
中国未成年人互联网运用报告（2017～2018）
著(编)者：季为民 李文革 沈杰
2018年11月出版 / 估价：99.00元
PSN B-2010-156-1/1

人权蓝皮书
中国人权事业发展报告No.8（2018）
著(编)者：李君如　2018年9月出版 / 估价：99.00元
PSN B-2011-215-1/1

社会保障绿皮书
中国社会保障发展报告No.9（2018）
著(编)者：王延中　2018年6月出版 / 估价：99.00元
PSN G-2001-014-1/1

社会风险评估蓝皮书
风险评估与危机预警报告（2017～2018）
著(编)者：唐钧　2018年8月出版 / 估价：99.00元
PSN B-2012-293-1/1

社会工作蓝皮书
中国社会工作发展报告（2016~2017）
著(编)者：民政部社会工作研究中心
2018年8月出版 / 估价：99.00元
PSN B-2009-141-1/1

社会管理蓝皮书
中国社会管理创新报告No.6
著(编)者：连玉明　2018年11月出版 / 估价：99.00元
PSN B-2012-300-1/1

社会蓝皮书
2018年中国社会形势分析与预测
著(编)者：李培林 陈光金 张翼
2017年12月出版 / 定价：89.00元
PSN B-1998-002-1/1

社会体制蓝皮书
中国社会体制改革报告No.6（2018）
著(编)者：龚维斌　2018年3月出版 / 定价：98.00元
PSN B-2013-330-1/1

社会心态蓝皮书
中国社会心态研究报告（2018）
著(编)者：王俊秀　2018年12月出版 / 估价：99.00元
PSN B-2011-199-1/1

社会组织蓝皮书
中国社会组织报告（2017-2018）
著(编)者：黄晓勇　2018年6月出版 / 估价：99.00元
PSN B-2008-118-1/2

社会组织蓝皮书
中国社会组织评估发展报告（2018）
著(编)者：徐家良　2018年12月出版 / 估价：99.00元
PSN B-2013-366-2/2

生态城市绿皮书
中国生态城市建设发展报告（2018）
著(编)者：刘举科 孙伟平 胡文臻
2018年9月出版 / 估价：158.00元
PSN G-2012-269-1/1

生态文明绿皮书
中国省域生态文明建设评价报告（ECI 2018）
著(编)者：严耕　2018年12月出版 / 估价：99.00元
PSN G-2010-170-1/1

退休生活蓝皮书
中国城市居民退休生活质量指数报告（2017）
著(编)者：杨一帆　2018年6月出版 / 估价：99.00元
PSN B-2017-618-1/1

危机管理蓝皮书
中国危机管理报告（2018）
著(编)者：文学国 范正青
2018年8月出版 / 估价：99.00元
PSN B-2010-171-1/1

学会蓝皮书
2018年中国学会发展报告
著(编)者：麦可思研究院　2018年12月出版 / 估价：99.00元
PSN B-2016-597-1/1

医改蓝皮书
中国医药卫生体制改革报告（2017～2018）
著(编)者：文学国 房志武
2018年11月出版 / 估价：99.00元
PSN B-2014-432-1/1

应急管理蓝皮书
中国应急管理报告（2018）
著(编)者：宋英华　2018年9月出版 / 估价：99.00元
PSN B-2016-562-1/1

政府绩效评估蓝皮书
中国地方政府绩效评估报告 No.2
著(编)者：贠杰　2018年12月出版 / 估价：99.00元
PSN B-2017-672-1/1

政治参与蓝皮书
中国政治参与报告（2018）
著(编)者：房宁　2018年8月出版 / 估价：128.00元
PSN B-2011-200-1/1

政治文化蓝皮书
中国政治文化报告（2018）
著(编)者：邢元敏 魏大鹏 龚克
2018年8月出版 / 估价：128.00元
PSN B-2017-615-1/1

中国传统村落蓝皮书
中国传统村落保护现状报告（2018）
著(编)者：胡彬彬 李向军 王晓波
2018年12月出版 / 估价：99.00元
PSN B-2017-663-1/1

中国农村妇女发展蓝皮书
农村流动女性城市生活发展报告（2018）
著(编)者：谢丽华　　2018年12月出版 / 估价：99.00元
PSN B-2014-434-1/1

宗教蓝皮书
中国宗教报告（2017）
著(编)者：邱永辉　　2018年8月出版 / 估价：99.00元
PSN B-2008-117-1/1

产业经济类

保健蓝皮书
中国保健服务产业发展报告 No.2
著(编)者：中国保健协会　　中共中央党校
2018年7月出版 / 估价：198.00元
PSN B-2012-272-3/3

保健蓝皮书
中国保健食品产业发展报告 No.2
著(编)者：中国保健协会
中国社会科学院食品药品产业发展与监管研究中心
2018年8月出版 / 估价：198.00元
PSN B-2012-271-2/3

保健蓝皮书
中国保健用品产业发展报告 No.2
著(编)者：中国保健协会
国务院国有资产监督管理委员会研究中心
2018年6月出版 / 估价：198.00元
PSN B-2012-270-1/3

保险蓝皮书
中国保险业竞争力报告（2018）
著(编)者：保监会　　2018年12月出版 / 估价：99.00元
PSN B-2013-311-1/1

冰雪蓝皮书
中国冰上运动产业发展报告（2018）
著(编)者：孙承华 杨占武 刘戈 张鸿俊
2018年9月出版 / 估价：99.00元
PSN B-2017-648-3/3

冰雪蓝皮书
中国滑雪产业发展报告（2018）
著(编)者：孙承华 伍斌 魏庆华 张鸿俊
2018年9月出版 / 估价：99.00元
PSN B-2016-559-1/3

餐饮产业蓝皮书
中国餐饮产业发展报告（2018）
著(编)者：邢颖
2018年6月出版 / 估价：99.00元
PSN B-2009-151-1/1

茶业蓝皮书
中国茶产业发展报告（2018）
著(编)者：杨江帆 李闽榕
2018年10月出版 / 估价：99.00元
PSN B-2010-164-1/1

产业安全蓝皮书
中国文化产业安全报告（2018）
著(编)者：北京印刷学院文化产业安全研究院
2018年12月出版 / 估价：99.00元
PSN B-2014-378-12/14

产业安全蓝皮书
中国新媒体产业安全报告（2016～2017）
著(编)者：肖丽　　2018年6月出版 / 估价：99.00元
PSN B-2015-500-14/14

产业安全蓝皮书
中国出版传媒产业安全报告（2017～2018）
著(编)者：北京印刷学院文化产业安全研究院
2018年6月出版 / 估价：99.00元
PSN B-2014-384-13/14

产业蓝皮书
中国产业竞争力报告（2018）No.8
著(编)者：张其仔　　2018年12月出版 / 估价：168.00元
PSN B-2010-175-1/1

动力电池蓝皮书
中国新能源汽车动力电池产业发展报告（2018
著(编)者：中国汽车技术研究中心
2018年8月出版 / 估价：99.00元
PSN B-2017-639-1/1

杜仲产业绿皮书
中国杜仲橡胶资源与产业发展报告（2017～201
著(编)者：杜红岩 胡文臻 俞锐
2018年6月出版 / 估价：99.00元
PSN G-2013-350-1/1

房地产蓝皮书
中国房地产发展报告No.15（2018）
著(编)者：李春华 王业强
2018年5月出版 / 估价：99.00元
PSN B-2004-028-1/1

服务外包蓝皮书
中国服务外包产业发展报告（2017～2018）
著(编)者：王晓红 刘德军
2018年6月出版 / 估价：99.00元
PSN B-2013-331-2/2

服务外包蓝皮书
中国服务外包竞争力报告（2017～2018）
著(编)者：刘春生 王力 黄育华
2018年12月出版 / 估价：99.00元
PSN B-2011-216-1/2

工业和信息化蓝皮书
世界信息技术产业发展报告（2017～2018）
著(编)者：尹丽波　　2018年6月出版 / 估价：99.00元
PSN B-2015-449-2/6

工业和信息化蓝皮书
战略性新兴产业发展报告（2017～2018）
著(编)者：尹丽波　　2018年6月出版 / 估价：99.00元
PSN B-2015-450-3/6

海洋经济蓝皮书
中国海洋经济发展报告（2015～2018）
著(编)者：殷克东 高金田 方胜民
2018年3月出版 / 定价：128.00元
PSN B-2018-697-1/1

康养蓝皮书
中国康养产业发展报告（2017）
著(编)者：何莽　　2017年12月出版 / 定价：88.00元
PSN B-2017-685-1/1

客车蓝皮书
中国客车产业发展报告（2017～2018）
著(编)者：姚蔚　　2018年10月出版 / 估价：99.00元
PSN B-2013-361-1/1

流通蓝皮书
中国商业发展报告（2018～2019）
著(编)者：王雪峰 林诗慧
2018年7月出版 / 估价：99.00元
PSN B-2009-152-1/2

能源蓝皮书
中国能源发展报告（2018）
著(编)者：崔民选 王军生 陈义和
2018年12月出版 / 估价：99.00元
PSN B-2006-049-1/1

农产品流通蓝皮书
中国农产品流通产业发展报告（2017）
著(编)者：贾敬敦 张东科 张玉玺 张鹏毅 周伟
2018年6月出版 / 估价：99.00元
PSN B-2012-288-1/1

汽车工业蓝皮书
中国汽车工业发展年度报告（2018）
著(编)者：中国汽车工业协会
中国汽车技术研究中心
丰田汽车公司
2018年5月出版 / 估价：168.00元
PSN B-2015-463-1/2

汽车工业蓝皮书
中国汽车零部件产业发展报告（2017～2018）
著(编)者：中国汽车工业协会
中国汽车工程研究院深圳市沃特玛电池有限公司
2018年9月出版 / 估价：99.00元
PSN B-2016-515-2/2

汽车蓝皮书
中国汽车产业发展报告（2018）
著(编)者：中国汽车工程学会
大众汽车集团（中国）
2018年11月出版 / 估价：99.00元
PSN B-2008-124-1/1

世界茶业蓝皮书
世界茶业发展报告（2018）
著(编)者：李闽榕 冯廷佺
2018年5月出版 / 估价：168.00元
PSN B-2017-619-1/1

世界能源蓝皮书
世界能源发展报告（2018）
著(编)者：黄晓勇　　2018年6月出版 / 估价：168.00元
PSN B-2013-349-1/1

石油蓝皮书
中国石油产业发展报告（2018）
著(编)者：中国石油化工集团公司经济技术研究院
中国国际石油化工联合有限责任公司
中国社会科学院数量经济与技术经济研究所
2018年2月出版 / 定价：98.00元
PSN B-2018-690-1/1

体育蓝皮书
国家体育产业基地发展报告（2016～2017）
著(编)者：李颖川　　2018年6月出版 / 估价：168.00元
PSN B-2017-609-5/5

体育蓝皮书
中国体育产业发展报告（2018）
著(编)者：阮伟 钟秉枢
2018年12月出版 / 估价：99.00元
PSN B-2010-179-1/5

文化金融蓝皮书
中国文化金融发展报告（2018）
著(编)者：杨涛 金巍
2018年6月出版 / 估价：99.00元
PSN B-2017-610-1/1

新能源汽车蓝皮书
中国新能源汽车产业发展报告（2018）
著(编)者：中国汽车技术研究中心
日产（中国）投资有限公司
东风汽车有限公司
2018年8月出版 / 估价：99.00元
PSN B-2013-347-1/1

薏仁米产业蓝皮书
中国薏仁米产业发展报告No.2（2018）
著(编)者：李发耀 石明　秦礼康
2018年8月出版 / 估价：99.00元
PSN B-2017-645-1/1

邮轮绿皮书
中国邮轮产业发展报告（2018）
著(编)者：汪泓　　2018年10月出版 / 估价：99.00元
PSN G-2014-419-1/1

智能养老蓝皮书
中国智能养老产业发展报告（2018）
著(编)者：朱勇　　2018年10月出版 / 估价：99.00元
PSN B-2015-488-1/1

中国节能汽车蓝皮书
中国节能汽车发展报告（2017～2018）
著(编)者：中国汽车工程研究院股份有限公司
2018年9月出版 / 估价：99.00元
PSN B-2016-565-1/1

中国陶瓷产业蓝皮书
中国陶瓷产业发展报告（2018）
著(编)者：左和平 黄速建
2018年10月出版 / 估价：99.00元
PSN B-2016-573-1/1

装备制造业蓝皮书
中国装备制造业发展报告（2018）
著(编)者：徐东华
2018年12月出版 / 估价：118.00元
PSN B-2015-505-1/1

行业及其他类

“三农”互联网金融蓝皮书
中国“三农”互联网金融发展报告（2018）
著(编)者：李勇坚 王弢
2018年8月出版 / 估价：99.00元
PSN B-2016-560-1/1

SUV蓝皮书
中国SUV市场发展报告（2017～2018）
著(编)者：靳军　2018年9月出版 / 估价：99.00元
PSN B-2016-571-1/1

冰雪蓝皮书
中国冬季奥运会发展报告（2018）
著(编)者：孙承华 伍斌 魏庆华 张鸿俊
2018年9月出版 / 估价：99.00元
PSN B-2017-647-2/3

彩票蓝皮书
中国彩票发展报告（2018）
著(编)者：益彩基金　2018年6月出版 / 估价：99.00元
PSN B-2015-462-1/1

测绘地理信息蓝皮书
测绘地理信息供给侧结构性改革研究报告（2018）
著(编)者：库热西・买合苏提
2018年12月出版 / 估价：168.00元
PSN B-2009-145-1/1

产权市场蓝皮书
中国产权市场发展报告（2017）
著(编)者：曹和平
2018年5月出版 / 估价：99.00元
PSN B-2009-147-1/1

城投蓝皮书
中国城投行业发展报告（2018）
著(编)者：华景斌
2018年11月出版 / 估价：300.00元
PSN B-2016-514-1/1

城市轨道交通蓝皮书
中国城市轨道交通运营发展报告（2017～2018）
著(编)者：崔学忠 贾文峥
2018年3月出版 / 定价：89.00元
PSN B-2018-694-1/1

大数据蓝皮书
中国大数据发展报告（No.2）
著(编)者：连玉明　2018年5月出版 / 估价：99.00元
PSN B-2017-620-1/1

大数据应用蓝皮书
中国大数据应用发展报告No.2（2018）
著(编)者：陈军君　2018年8月出版 / 估价：99.00元
PSN B-2017-644-1/1

对外投资与风险蓝皮书
中国对外直接投资与国家风险报告（2018）
著(编)者：中债资信评估有限责任公司
中国社会科学院世界经济与政治研究所
2018年6月出版 / 估价：189.00元
PSN B-2017-606-1/1

工业和信息化蓝皮书
人工智能发展报告（2017～2018）
著(编)者：尹丽波　2018年6月出版 / 估价：99.00元
PSN B-2015-448-1/6

工业和信息化蓝皮书
世界智慧城市发展报告（2017～2018）
著(编)者：尹丽波　2018年6月出版 / 估价：99.00元
PSN B-2017-624-6/6

工业和信息化蓝皮书
世界网络安全发展报告（2017～2018）
著(编)者：尹丽波　2018年6月出版 / 估价：99.00元
PSN B-2015-452-5/6

工业和信息化蓝皮书
世界信息化发展报告（2017～2018）
著(编)者：尹丽波　2018年6月出版 / 估价：99.00元
PSN B-2015-451-4/6

工业设计蓝皮书
中国工业设计发展报告（2018）
著(编)者：王晓红 于炜 张立群　2018年9月出版 / 估价：168
PSN B-2014-420-1/1

公共关系蓝皮书
中国公共关系发展报告（2017）
著(编)者：柳斌杰　2018年1月出版 / 定价：89.00元
PSN B-2016-579-1/1

公共关系蓝皮书
中国公共关系发展报告（2018）
著(编)者：柳斌杰　2018年11月出版 / 估价：99.00元
PSN B-2016-579-1/1

管理蓝皮书
中国管理发展报告（2018）
著(编)者：张晓东　2018年10月出版 / 估价：99.00元
PSN B-2014-416-1/1

轨道交通蓝皮书
中国轨道交通行业发展报告（2017）
著(编)者：仲建华 李闽榕
2017年12月出版 / 定价：98.00元
PSN B-2017-674-1/1

海关发展蓝皮书
中国海关发展前沿报告（2018）
著(编)者：干春晖　2018年6月出版 / 估价：99.00元
PSN B-2017-616-1/1

互联网医疗蓝皮书
中国互联网健康医疗发展报告（2018）
著(编)者：芮晓武　2018年6月出版 / 估价：99.00元
PSN B-2016-567-1/1

黄金市场蓝皮书
中国商业银行黄金业务发展报告（2017～2018）
著(编)者：平安银行　2018年6月出版 / 估价：99.00元
PSN B-2016-524-1/1

会展蓝皮书
中外会展业动态评估研究报告（2018）
著(编)者：张敏 任中峰 聂鑫焱 牛盼强
2018年12月出版 / 估价：99.00元
PSN B-2013-327-1/1

基金会蓝皮书
中国基金会发展报告（2017~2018）
著(编)者：中国基金会发展报告课题组
2018年6月出版 / 估价：99.00元
PSN B-2013-368-1/1

基金会绿皮书
中国基金会发展独立研究报告（2018）
著(编)者：基金会中心网　中央民族大学基金会研究中心
2018年6月出版 / 估价：99.00元
PSN G-2011-213-1/1

基金会透明度蓝皮书
中国基金会透明度发展研究报告（2018）
著(编)者：基金会中心网
清华大学廉政与治理研究中心
2018年9月出版 / 估价：99.00元
PSN B-2013-339-1/1

建筑装饰蓝皮书
中国建筑装饰行业发展报告（2018）
著(编)者：葛道顺 刘晓一
2018年10月出版 / 估价：198.00元
PSN B-2016-553-1/1

金融监管蓝皮书
中国金融监管报告（2018）
著(编)者：胡滨　2018年3月出版 / 定价：98.00元
PSN B-2012-281-1/1

金融蓝皮书
中国互联网金融行业分析与评估（2018～2019）
著(编)者：黄国平 伍旭川　2018年12月出版 / 估价：99.00元
PSN B-2016-585-7/7

金融科技蓝皮书
中国金融科技发展报告（2018）
著(编)者：李扬 孙国峰　2018年10月出版 / 估价：99.00元
PSN B-2014-374-1/1

金融信息服务蓝皮书
中国金融信息服务发展报告（2018）
著(编)者：李平　2018年5月出版 / 估价：99.00元
PSN B-2017-621-1/1

金蜜蜂企业社会责任蓝皮书
金蜜蜂中国企业社会责任报告研究（2017）
著(编)者：殷格非 于志宏 管竹笋
2018年1月出版 / 定价：99.00元
PSN B-2018-693-1/1

京津冀金融蓝皮书
京津冀金融发展报告（2018）
著(编)者：王爱俭 王璟怡　2018年10月出版 / 估价：99.00元
PSN B-2016-527-1/1

科普蓝皮书
国家科普能力发展报告（2018）
著(编)者：王康友　2018年5月出版 / 估价：138.00元
PSN B-2017-632-4/4

科普蓝皮书
中国基层科普发展报告（2017～2018）
著(编)者：赵立新 陈玲　2018年9月出版 / 估价：99.00元
PSN B-2016-568-3/4

科普蓝皮书
中国科普基础设施发展报告（2017～2018）
著(编)者：任福君　2018年6月出版 / 估价：99.00元
PSN B-2010-174-1/3

科普蓝皮书
中国科普人才发展报告（2017～2018）
著(编)者：郑念 任嵘嵘　2018年7月出版 / 估价：99.00元
PSN B-2016-512-2/4

科普能力蓝皮书
中国科普能力评价报告（2018～2019）
著(编)者：李富强 李群　2018年8月出版 / 估价：99.00元
PSN B-2016-555-1/1

临空经济蓝皮书
中国临空经济发展报告（2018）
著(编)者：连玉明　2018年9月出版 / 估价：99.00元
PSN B-2014-421-1/1

旅游安全蓝皮书
中国旅游安全报告（2018）
著(编)者：郑向敏 谢朝武　2018年5月出版 / 估价：158.00元
PSN B-2012-280-1/1

旅游绿皮书
2017～2018年中国旅游发展分析与预测
著(编)者：宋瑞　2018年1月出版 / 定价：99.00元
PSN G-2002-018-1/1

煤炭蓝皮书
中国煤炭工业发展报告（2018）
著(编)者：岳福斌　2018年12月出版 / 估价：99.00元
PSN B-2008-123-1/1

民营企业社会责任蓝皮书
中国民营企业社会责任报告（2018）
著(编)者：中华全国工商业联合会
2018年12月出版 / 估价：99.00元
PSN B-2015-510-1/1

民营医院蓝皮书
中国民营医院发展报告（2017）
著(编)者：薛晓林　2017年12月出版 / 定价：89.00元
PSN B-2012-299-1/1

闽商蓝皮书
闽商发展报告（2018）
著(编)者：李闽榕 王日根 林琛
2018年12月出版 / 估价：99.00元
PSN B-2012-298-1/1

农业应对气候变化蓝皮书
中国农业气象灾害及其灾损评估报告（No.3）
著(编)者：矫梅燕　2018年6月出版 / 估价：118.00元
PSN B-2014-413-1/1

品牌蓝皮书
中国品牌战略发展报告（2018）
著(编)者：汪同三　2018年10月出版 / 估价：99.00元
PSN B-2016-580-1/1

企业扶贫蓝皮书
中国企业扶贫研究报告（2018）
著(编)者：钟宏武　2018年12月出版 / 估价：99.00元
PSN B-2016-593-1/1

企业公益蓝皮书
中国企业公益研究报告（2018）
著(编)者：钟宏武 汪杰 黄晓娟
2018年12月出版 / 估价：99.00元
PSN B-2015-501-1/1

企业国际化蓝皮书
中国企业全球化报告（2018）
著(编)者：王辉耀 苗绿　2018年11月出版 / 估价：99.00元
PSN B-2014-427-1/1

企业蓝皮书
中国企业绿色发展报告No.2（2018）
著(编)者：李红玉 朱光辉
2018年8月出版 / 估价：99.00元
PSN B-2015-481-2/2

企业社会责任蓝皮书
中资企业海外社会责任研究报告（2017～2018）
著(编)者：钟宏武 叶柳红 张蒽
2018年6月出版 / 估价：99.00元
PSN B-2017-603-2/2

企业社会责任蓝皮书
中国企业社会责任研究报告（2018）
著(编)者：黄群慧 钟宏武 张蒽 汪杰
2018年11月出版 / 估价：99.00元
PSN B-2009-149-1/2

汽车安全蓝皮书
中国汽车安全发展报告（2018）
著(编)者：中国汽车技术研究中心
2018年8月出版 / 估价：99.00元
PSN B-2014-385-1/1

汽车电子商务蓝皮书
中国汽车电子商务发展报告（2018）
著(编)者：中华全国工商业联合会汽车经销商商会
北方工业大学
北京易观智库网络科技有限公司
2018年10月出版 / 估价：158.00元
PSN B-2015-485-1/1

汽车知识产权蓝皮书
中国汽车产业知识产权发展报告（2018）
著(编)者：中国汽车工程研究院股份有限公司
中国汽车工程学会
重庆长安汽车股份有限公司
2018年12月出版 / 估价：99.00元
PSN B-2016-594-1/1

青少年体育蓝皮书
中国青少年体育发展报告（2017）
著(编)者：刘扶民 杨桦　2018年6月出版 / 估价：99.00元
PSN B-2015-482-1/1

区块链蓝皮书
中国区块链发展报告（2018）
著(编)者：李伟　2018年9月出版 / 估价：99.00元
PSN B-2017-649-1/1

群众体育蓝皮书
中国群众体育发展报告（2017）
著(编)者：刘国永 戴健　2018年5月出版 / 估价：99.00元
PSN B-2014-411-1/3

群众体育蓝皮书
中国社会体育指导员发展报告（2018）
著(编)者：刘国永 王欢　2018年6月出版 / 估价：99.00元
PSN B-2016-520-3/3

人力资源蓝皮书
中国人力资源发展报告（2018）
著(编)者：余兴安　2018年11月出版 / 估价：99.00元
PSN B-2012-287-1/1

融资租赁蓝皮书
中国融资租赁业发展报告（2017～2018）
著(编)者：李光荣 王力　2018年8月出版 / 估价：99.00元
PSN B-2015-443-1/1

商会蓝皮书
中国商会发展报告No.5（2017）
著(编)者：王钦敏　2018年7月出版 / 估价：99.00元
PSN B-2008-125-1/1

商务中心区蓝皮书
中国商务中心区发展报告No.4（2017～2018）
著(编)者：李国红 单菁菁　2018年9月出版 / 估价：99.00元
PSN B-2015-444-1/1

设计产业蓝皮书
中国创新设计发展报告（2018）
著(编)者：王晓红 张立群 于炜
2018年11月出版 / 估价：99.00元
PSN B-2016-581-2/2

社会责任管理蓝皮书
中国上市公司社会责任能力成熟度报告No.4（2018）
著(编)者：肖红军 王晓光 李伟阳
2018年12月出版 / 估价：99.00元
PSN B-2015-507-2/2

社会责任管理蓝皮书
中国企业公众透明度报告No.4（2017～2018）
著(编)者：黄速建 熊梦 王晓光 肖红军
2018年6月出版 / 估价：99.00元
PSN B-2015-440-1/2

食品药品蓝皮书
食品药品安全与监管政策研究报告（2016～2017）
著(编)者：唐民皓　2018年6月出版 / 估价：99.00元
PSN B-2009-129-1/1

输血服务蓝皮书
中国输血行业发展报告（2018）
著(编)者：孙俊　2018年12月出版 / 估价：99.00元
PSN B-2016-582-1/1

水利风景区蓝皮书
中国水利风景区发展报告（2018）
著(编)者：董建文 兰思仁
2018年10月出版 / 估价：99.00元
PSN B-2015-480-1/1

数字经济蓝皮书
全球数字经济竞争力发展报告（2017）
著(编)者：王振　2017年12月出版 / 定价：79.00元
PSN B-2017-673-1/1

私募市场蓝皮书
中国私募股权市场发展报告（2017～2018）
著(编)者：曹和平　2018年12月出版 / 估价：99.00元
PSN B-2010-162-1/1

碳排放权交易蓝皮书
中国碳排放权交易报告（2018）
著(编)者：孙永平　2018年11月出版 / 估价：99.00元
PSN B-2017-652-1/1

碳市场蓝皮书
中国碳市场报告（2018）
著(编)者：定金彪　2018年11月出版 / 估价：99.00元
PSN B-2014-430-1/1

体育蓝皮书
中国公共体育服务发展报告（2018）
著(编)者：戴健　2018年12月出版 / 估价：99.00元
PSN B-2013-367-2/5

土地市场蓝皮书
中国农村土地市场发展报告（2017～2018）
著(编)者：李光荣　2018年6月出版 / 估价：99.00元
PSN B-2016-526-1/1

土地整治蓝皮书
中国土地整治发展研究报告（No.5）
著(编)者：国土资源部土地整治中心
2018年7月出版 / 估价：99.00元
PSN B-2014-401-1/1

土地政策蓝皮书
中国土地政策研究报告（2018）
著(编)者：高延利 张建平 吴次芳
2018年1月出版 / 定价：98.00元
PSN B-2015-506-1/1

网络空间安全蓝皮书
中国网络空间安全发展报告（2018）
著(编)者：惠志斌 覃庆玲
2018年11月出版 / 估价：99.00元
PSN B-2015-466-1/1

文化志愿服务蓝皮书
中国文化志愿服务发展报告（2018）
著(编)者：张永新 良警宇　2018年11月出版 / 估价：128.00元
PSN B-2016-596-1/1

西部金融蓝皮书
中国西部金融发展报告（2017～2018）
著(编)者：李忠民　2018年8月出版 / 估价：99.00元
PSN B-2010-160-1/1

协会商会蓝皮书
中国行业协会商会发展报告（2017）
著(编)者：景朝阳 李勇　2018年6月出版 / 估价：99.00元
PSN B-2015-461-1/1

新三板蓝皮书
中国新三板市场发展报告（2018）
著(编)者：王力　2018年8月出版 / 估价：99.00元
PSN B-2016-533-1/1

信托市场蓝皮书
中国信托业市场报告（2017～2018）
著(编)者：用益金融信托研究院
2018年6月出版 / 估价：198.00元
PSN B-2014-371-1/1

信息化蓝皮书
中国信息化形势分析与预测（2017～2018）
著(编)者：周宏仁　2018年8月出版 / 估价：99.00元
PSN B-2010-168-1/1

信用蓝皮书
中国信用发展报告（2017～2018）
著(编)者：章政 田侃　2018年6月出版 / 估价：99.00元
PSN B-2013-328-1/1

行业及其他类

休闲绿皮书
2017～2018年中国休闲发展报告
著(编)者：宋瑞　2018年7月出版 / 估价：99.00元
PSN G-2010-158-1/1

休闲体育蓝皮书
中国休闲体育发展报告（2017～2018）
著(编)者：李相如 钟秉枢
2018年10月出版 / 估价：99.00元
PSN B-2016-516-1/1

养老金融蓝皮书
中国养老金融发展报告（2018）
著(编)者：董克用 姚余栋
2018年9月出版 / 估价：99.00元
PSN B-2016-583-1/1

遥感监测绿皮书
中国可持续发展遥感监测报告（2017）
著(编)者：顾行发 汪克强 潘教峰 李闽榕 徐东华 王琦安
2018年6月出版 / 估价：298.00元
PSN B-2017-629-1/1

药品流通蓝皮书
中国药品流通行业发展报告（2018）
著(编)者：佘鲁林 温再兴
2018年7月出版 / 估价：198.00元
PSN B-2014-429-1/1

医疗器械蓝皮书
中国医疗器械行业发展报告（2018）
著(编)者：王宝亭 耿鸿武
2018年10月出版 / 估价：99.00元
PSN B-2017-661-1/1

医院蓝皮书
中国医院竞争力报告（2017~2018）
著(编)者：庄一强　2018年3月出版 / 定价：108.00元
PSN B-2016-528-1/1

瑜伽蓝皮书
中国瑜伽业发展报告（2017~2018）
著(编)者：张永建 徐华锋 朱泰余
2018年6月出版 / 估价：198.00元
PSN B-2017-625-1/1

债券市场蓝皮书
中国债券市场发展报告（2017～2018）
著(编)者：杨农　2018年10月出版 / 估价：99.00元
PSN B-2016-572-1/1

志愿服务蓝皮书
中国志愿服务发展报告（2018）
著(编)者：中国志愿服务联合会
2018年11月出版 / 估价：99.00元
PSN B-2017-664-1/1

中国上市公司蓝皮书
中国上市公司发展报告（2018）
著(编)者：张鹏 张平 黄胤英
2018年9月出版 / 估价：99.00元
PSN B-2014-414-1/1

中国新三板蓝皮书
中国新三板创新与发展报告（2018）
著(编)者：刘平安 闻召林
2018年8月出版 / 估价：158.00元
PSN B-2017-638-1/1

中国汽车品牌蓝皮书
中国乘用车品牌发展报告（2017）
著(编)者：《中国汽车报》社有限公司
博世（中国）投资有限公司
中国汽车技术研究中心数据资源中心
2018年1月出版 / 定价：89.00元
PSN B-2017-679-1/1

中医文化蓝皮书
北京中医药文化传播发展报告（2018）
著(编)者：毛嘉陵　2018年6月出版 / 估价：99.00元
PSN B-2015-468-1/2

中医文化蓝皮书
中国中医药文化传播发展报告（2018）
著(编)者：毛嘉陵　2018年7月出版 / 估价：99.00元
PSN B-2016-584-2/2

中医药蓝皮书
北京中医药知识产权发展报告No.2
著(编)者：汪洪 屠志涛　2018年6月出版 / 估价：168.00元
PSN B-2017-602-1/1

资本市场蓝皮书
中国场外交易市场发展报告（2016～2017）
著(编)者：高峦　2018年6月出版 / 估价：99.00元
PSN B-2009-153-1/1

资产管理蓝皮书
中国资产管理行业发展报告（2018）
著(编)者：郑智　2018年7月出版 / 估价：99.00元
PSN B-2014-407-2/2

资产证券化蓝皮书
中国资产证券化发展报告（2018）
著(编)者：沈炳熙 曹彤 李哲平
2018年4月出版 / 定价：98.00元
PSN B-2017-660-1/1

自贸区蓝皮书
中国自贸区发展报告（2018）
著(编)者：王力 黄育华
2018年6月出版 / 估价：99.00元
PSN B-2016-558-1/1

国际问题与全球治理类

"一带一路"跨境通道蓝皮书
"一带一路"跨境通道建设研究报（2017～2018）
著(编)者：余鑫 张秋生　　2018年1月出版 / 定价：89.00元
PSN B-2016-557-1/1

"一带一路"蓝皮书
"一带一路"建设发展报告（2018）
著(编)者：李永全　　2018年3月出版 / 定价：98.00元
PSN B-2016-552-1/1

"一带一路"投资安全蓝皮书
中国"一带一路"投资与安全研究报告（2018）
著(编)者：邹统钎 梁昊光　　2018年4月出版 / 定价：98.00元
PSN B-2017-612-1/1

"一带一路"文化交流蓝皮书
中阿文化交流发展报告（2017）
著(编)者：王辉　　2017年12月出版 / 定价：89.00元
PSN B-2017-655-1/1

G20国家创新竞争力黄皮书
二十国集团（G20）国家创新竞争力发展报告（2017～2018）
著(编)者：李建平 李闽榕 赵新力 周天勇
2018年7月出版 / 估价：168.00元
PSN Y-2011-229-1/1

阿拉伯黄皮书
阿拉伯发展报告（2016～2017）
著(编)者：罗林　　2018年6月出版 / 估价：99.00元
PSN Y-2014-381-1/1

北部湾蓝皮书
泛北部湾合作发展报告（2017～2018）
著(编)者：吕余生　　2018年12月出版 / 估价：99.00元
PSN B-2008-114-1/1

北极蓝皮书
北极地区发展报告（2017）
著(编)者：刘惠荣　　2018年7月出版 / 估价：99.00元
PSN B-2017-634-1/1

大洋洲蓝皮书
大洋洲发展报告（2017～2018）
著(编)者：喻常森　　2018年10月出版 / 估价：99.00元
PSN B-2013-341-1/1

东北亚区域合作蓝皮书
2017年"一带一路"倡议与东北亚区域合作
著(编)者：刘亚政 金美花
2018年5月出版 / 估价：99.00元
PSN B-2017-631-1/1

东盟黄皮书
东盟发展报告（2017）
著(编)者：杨静林 庄国土　2018年6月出版 / 估价：99.00元
PSN Y-2012-303-1/1

东南亚蓝皮书
东南亚地区发展报告（2017～2018）
著(编)者：王勤　　2018年12月出版 / 估价：99.00元
PSN B-2012-240-1/1

非洲黄皮书
非洲发展报告No.20（2017～2018）
著(编)者：张宏明　　2018年7月出版 / 估价：99.00元
PSN Y-2012-239-1/1

非传统安全蓝皮书
中国非传统安全研究报告（2017～2018）
著(编)者：潇枫 罗中枢　　2018年8月出版 / 估价：99.00元
PSN B-2012-273-1/1

国际安全蓝皮书
中国国际安全研究报告（2018）
著(编)者：刘慧　　2018年7月出版 / 估价：99.00元
PSN B-2016-521-1/1

国际城市蓝皮书
国际城市发展报告（2018）
著(编)者：屠启宇　　2018年2月出版 / 定价：89.00元
PSN B-2012-260-1/1

国际形势黄皮书
全球政治与安全报告（2018）
著(编)者：张宇燕　　2018年1月出版 / 定价：99.00元
PSN Y-2001-016-1/1

公共外交蓝皮书
中国公共外交发展报告（2018）
著(编)者：赵启正 雷蔚真　　2018年6月出版 / 估价：99.00元
PSN B-2015-457-1/1

海丝蓝皮书
21世纪海上丝绸之路研究报告（2017）
著(编)者：华侨大学海上丝绸之路研究院
2017年12月出版 / 定价：89.00元
PSN B-2017-684-1/1

金砖国家黄皮书
金砖国家综合创新竞争力发展报告（2018）
著(编)者：赵新力 李闽榕 黄茂兴
2018年8月出版 / 估价：128.00元
PSN Y-2017-643-1/1

拉美黄皮书
拉丁美洲和加勒比发展报告（2017～2018）
著(编)者：袁东振　　2018年6月出版 / 估价：99.00元
PSN Y-1999-007-1/1

澜湄合作蓝皮书
澜沧江-湄公河合作发展报告（2018）
著(编)者：刘稚　　2018年9月出版 / 估价：99.00元
PSN B-2011-196-1/1

欧洲蓝皮书
欧洲发展报告（2017~2018）
著(编)者：黄平 周弘 程卫东
2018年6月出版 / 估价：99.00元
PSN B-1999-009-1/1

葡语国家蓝皮书
葡语国家发展报告（2016~2017）
著(编)者：王成安 张敏 刘金兰
2018年6月出版 / 估价：99.00元
PSN B-2015-503-1/2

葡语国家蓝皮书
中国与葡语国家关系发展报告·巴西（2016）
著(编)者：张曙光
2018年8月出版 / 估价：99.00元
PSN B-2016-563-2/2

气候变化绿皮书
应对气候变化报告（2018）
著(编)者：王伟光 郑国光
2018年11月出版 / 估价：99.00元
PSN G-2009-144-1/1

全球环境竞争力绿皮书
全球环境竞争力报告（2018）
著(编)者：李建平 李闽榕 王金南
2018年12月出版 / 估价：198.00元
PSN G-2013-363-1/1

全球信息社会蓝皮书
全球信息社会发展报告（2018）
著(编)者：丁波涛 唐涛 2018年10月出版 / 估价：99.00元
PSN B-2017-665-1/1

日本经济蓝皮书
日本经济与中日经贸关系研究报告（2018）
著(编)者：张季风 2018年6月出版 / 估价：99.00元
PSN B-2008-102-1/1

上海合作组织黄皮书
上海合作组织发展报告（2018）
著(编)者：李进峰 2018年6月出版 / 估价：99.00元
PSN Y-2009-130-1/1

世界创新竞争力黄皮书
世界创新竞争力发展报告（2017）
著(编)者：李建平 李闽榕 赵新力
2018年6月出版 / 估价：168.00元
PSN Y-2013-318-1/1

世界经济黄皮书
2018年世界经济形势分析与预测
著(编)者：张宇燕 2018年1月出版 / 定价：99.00元
PSN Y-1999-006-1/1

世界能源互联互通蓝皮书
世界能源清洁发展与互联互通评估报告（2017）：欧洲
著(编)者：国网能源研究院
2018年1月出版 / 定价：128.00元
PSN B-2018-695-1/1

丝绸之路蓝皮书
丝绸之路经济带发展报告（2018）
著(编)者：任宗哲 白宽犁 谷孟宾
2018年1月出版 / 定价：89.00元
PSN B-2014-410-1/1

新兴经济体蓝皮书
金砖国家发展报告（2018）
著(编)者：林跃勤 周文
2018年8月出版 / 估价：99.00元
PSN B-2011-195-1/1

亚太蓝皮书
亚太地区发展报告（2018）
著(编)者：李向阳 2018年5月出版 / 估价：99.00元
PSN B-2001-015-1/1

印度洋地区蓝皮书
印度洋地区发展报告（2018）
著(编)者：汪戎 2018年6月出版 / 估价：99.00元
PSN B-2013-334-1/1

印度尼西亚经济蓝皮书
印度尼西亚经济发展报告（2017）：增长与机会
著(编)者：左志刚 2017年11月出版 / 定价：89.00元
PSN B-2017-675-1/1

渝新欧蓝皮书
渝新欧沿线国家发展报告（2018）
著(编)者：杨柏 黄森
2018年6月出版 / 估价：99.00元
PSN B-2017-626-1/1

中阿蓝皮书
中国-阿拉伯国家经贸发展报告（2018）
著(编)者：张廉 段庆林 王林聪 杨巧红
2018年12月出版 / 估价：99.00元
PSN B-2016-598-1/1

中东黄皮书
中东发展报告No.20（2017~2018）
著(编)者：杨光 2018年10月出版 / 估价：99.00元
PSN Y-1998-004-1/1

中亚黄皮书
中亚国家发展报告（2018）
著(编)者：孙力
2018年3月出版 / 定价：98.00元
PSN Y-2012-238-1/1

国别类

澳大利亚蓝皮书
澳大利亚发展报告（2017-2018）
著(编)者：孙有中 韩锋　2018年12月出版 / 估价：99.00元
PSN B-2016-587-1/1

巴西黄皮书
巴西发展报告（2017）
著(编)者：刘国枝　2018年5月出版 / 估价：99.00元
PSN Y-2017-614-1/1

德国蓝皮书
德国发展报告（2018）
著(编)者：郑春荣　2018年6月出版 / 估价：99.00元
PSN B-2012-278-1/1

俄罗斯黄皮书
俄罗斯发展报告（2018）
著(编)者：李永全　2018年6月出版 / 估价：99.00元
PSN Y-2006-061-1/1

韩国蓝皮书
韩国发展报告（2017）
著(编)者：牛林杰 刘宝全　2018年6月出版 / 估价：99.00元
PSN B-2010-155-1/1

加拿大蓝皮书
加拿大发展报告（2018）
著(编)者：唐小松　2018年9月出版 / 估价：99.00元
PSN B-2014-389-1/1

美国蓝皮书
美国研究报告（2018）
著(编)者：郑秉文 黄平　2018年5月出版 / 估价：99.00元
PSN B-2011-210-1/1

缅甸蓝皮书
缅甸国情报告（2017）
著(编)者：祝湘辉
2017年11月出版 / 定价：98.00元
PSN B-2013-343-1/1

日本蓝皮书
日本研究报告（2018）
著(编)者：杨伯江　2018年4月出版 / 定价：99.00元
PSN B-2002-020-1/1

土耳其蓝皮书
土耳其发展报告（2018）
著(编)者：郭长刚 刘义　2018年9月出版 / 估价：99.00元
PSN B-2014-412-1/1

伊朗蓝皮书
伊朗发展报告（2017～2018）
著(编)者：冀开运　2018年10月 / 估价：99.00元
PSN B-2016-574-1/1

以色列蓝皮书
以色列发展报告（2018）
著(编)者：张倩红　2018年8月出版 / 估价：99.00元
PSN B-2015-483-1/1

印度蓝皮书
印度国情报告（2017）
著(编)者：吕昭义　2018年6月出版 / 估价：99.00元
PSN B-2012-241-1/1

英国蓝皮书
英国发展报告（2017～2018）
著(编)者：王展鹏　2018年12月出版 / 估价：99.00元
PSN B-2015-486-1/1

越南蓝皮书
越南国情报告（2018）
著(编)者：谢林城　2018年11月出版 / 估价：99.00元
PSN B-2006-056-1/1

泰国蓝皮书
泰国研究报告（2018）
著(编)者：庄国土 张禹东 刘文正
2018年10月出版 / 估价：99.00元
PSN B-2016-556-1/1

文化传媒类

“三农”舆情蓝皮书
中国“三农”网络舆情报告（2017～2018）
著(编)者：农业部信息中心
2018年6月出版 / 估价：99.00元
PSN B-2017-640-1/1

传媒竞争力蓝皮书
中国传媒国际竞争力研究报告（2018）
著(编)者：李本乾 刘强 王大可
2018年8月出版 / 估价：99.00元
PSN B-2013-356-1/1

传媒蓝皮书
中国传媒产业发展报告（2018）
著(编)者：崔保国
2018年5月出版 / 估价：99.00元
PSN B-2005-035-1/1

传媒投资蓝皮书
中国传媒投资发展报告（2018）
著(编)者：张向东 谭云明
2018年6月出版 / 估价：148.00元
PSN B-2015-474-1/1

非物质文化遗产蓝皮书
中国非物质文化遗产发展报告（2018）
著(编)者：陈平　2018年6月出版 / 估价：128.00元
PSN B-2015-469-1/2

非物质文化遗产蓝皮书
中国非物质文化遗产保护发展报告（2018）
著(编)者：宋俊华　2018年10月出版 / 估价：128.00元
PSN B-2016-586-2/2

广电蓝皮书
中国广播电影电视发展报告（2018）
著(编)者：国家新闻出版广电总局发展研究中心
2018年7月出版 / 估价：99.00元
PSN B-2006-072-1/1

广告主蓝皮书
中国广告主营销传播趋势报告No.9
著(编)者：黄升民 杜国清 邵华冬 等
2018年10月出版 / 估价：158.00元
PSN B-2005-041-1/1

国际传播蓝皮书
中国国际传播发展报告（2018）
著(编)者：胡正荣 李继东 姬德强
2018年12月出版 / 估价：99.00元
PSN B-2014-408-1/1

国家形象蓝皮书
中国国家形象传播报告（2017）
著(编)者：张昆　2018年6月出版 / 估价：128.00元
PSN B-2017-605-1/1

互联网治理蓝皮书
中国网络社会治理研究报告（2018）
著(编)者：罗昕 支庭荣
2018年9月出版 / 估价：118.00元
PSN B-2017-653-1/1

纪录片蓝皮书
中国纪录片发展报告（2018）
著(编)者：何苏六　2018年10月出版 / 估价：99.00元
PSN B-2011-222-1/1

科学传播蓝皮书
中国科学传播报告（2016~2017）
著(编)者：詹正茂　2018年6月出版 / 估价：99.00元
PSN B-2008-120-1/1

两岸创意经济蓝皮书
两岸创意经济研究报告（2018）
著(编)者：罗昌智 董泽平
2018年10月出版 / 估价：99.00元
PSN B-2014-437-1/1

媒介与女性蓝皮书
中国媒介与女性发展报告（2017～2018）
著(编)者：刘利群　2018年5月出版 / 估价：99.00元
PSN B-2013-345-1/1

媒体融合蓝皮书
中国媒体融合发展报告（2017～2018）
著(编)者：梅宁华 支庭荣
2017年12月出版 / 定价：98.00元
PSN B-2015-479-1/1

全球传媒蓝皮书
全球传媒发展报告（2017～2018）
著(编)者：胡正荣 李继东　2018年6月出版 / 估价：99.00元
PSN B-2012-237-1/1

少数民族非遗蓝皮书
中国少数民族非物质文化遗产发展报告（2018）
著(编)者：肖远平（彝） 柴立（满）
2018年10月出版 / 估价：118.00元
PSN B-2015-467-1/1

视听新媒体蓝皮书
中国视听新媒体发展报告（2018）
著(编)者：国家新闻出版广电总局发展研究中心
2018年7月出版 / 估价：118.00元
PSN B-2011-184-1/1

数字娱乐产业蓝皮书
中国动画产业发展报告（2018）
著(编)者：孙立军 孙平 牛兴侦
2018年10月出版 / 估价：99.00元
PSN B-2011-198-1/2

数字娱乐产业蓝皮书
中国游戏产业发展报告（2018）
著(编)者：孙立军 刘跃军　2018年10月出版 / 估价：99.00元
PSN B-2017-662-2/2

网络视听蓝皮书
中国互联网视听行业发展报告（2018）
著(编)者：陈鹏　2018年2月出版 / 定价：148.00元
PSN B-2018-688-1/1

文化创新蓝皮书
中国文化创新报告（2017·No.8）
著(编)者：傅才武　2018年6月出版 / 估价：99.00元
PSN B-2009-143-1/1

文化建设蓝皮书
中国文化发展报告（2018）
著(编)者：江畅 孙伟平 戴茂堂
2018年5月出版 / 估价：99.00元
PSN B-2014-392-1/1

文化科技蓝皮书
文化科技创新发展报告（2018）
著(编)者：于平 李凤亮　2018年10月出版 / 估价：99.00元
PSN B-2013-342-1/1

文化蓝皮书
中国公共文化服务发展报告（2017~2018）
著(编)者：刘新成 张永新 张旭
2018年12月出版 / 估价：99.00元
PSN B-2007-093-2/10

文化蓝皮书
中国少数民族文化发展报告（2017～2018）
著(编)者：武翠英 张晓明 任乌晶
2018年9月出版 / 估价：99.00元
PSN B-2013-369-9/10

文化蓝皮书
中国文化产业供需协调检测报告（2018）
著(编)者：王亚南　2018年3月出版 / 定价：99.00元
PSN B-2013-323-8/10

文化蓝皮书
中国文化消费需求景气评价报告（2018）
著(编)者：王亚南　2018年3月出版 / 定价：99.00元
PSN B-2011-236-4/10

文化蓝皮书
中国公共文化投入增长测评报告（2018）
著(编)者：王亚南　2018年3月出版 / 定价：99.00元
PSN B-2014-435-10/10

文化品牌蓝皮书
中国文化品牌发展报告（2018）
著(编)者：欧阳友权　2018年5月出版 / 估价：99.00元
PSN B-2012-277-1/1

文化遗产蓝皮书
中国文化遗产事业发展报告（2017～2018）
著(编)者：苏杨 张颖岚 卓杰 白海峰 陈晨 陈叙图
2018年8月出版 / 估价：99.00元
PSN B-2008-119-1/1

文学蓝皮书
中国文情报告（2017～2018）
著(编)者：白烨　2018年5月出版 / 估价：99.00元
PSN B-2011-221-1/1

新媒体蓝皮书
中国新媒体发展报告No.9（2018）
著(编)者：唐绪军　2018年7月出版 / 估价：99.00元
PSN B-2010-169-1/1

新媒体社会责任蓝皮书
中国新媒体社会责任研究报告（2018）
著(编)者：钟瑛　2018年12月出版 / 估价：99.00元
PSN B-2014-423-1/1

移动互联网蓝皮书
中国移动互联网发展报告（2018）
著(编)者：余清楚　2018年6月出版 / 估价：99.00元
PSN B-2012-282-1/1

影视蓝皮书
中国影视产业发展报告（2018）
著(编)者：司若 陈鹏 陈锐
2018年6月出版 / 估价：99.00元
PSN B-2016-529-1/1

舆情蓝皮书
中国社会舆情与危机管理报告（2018）
著(编)者：谢耘耕
2018年9月出版 / 估价：138.00元
PSN B-2011-235-1/1

中国大运河蓝皮书
中国大运河发展报告（2018）
著(编)者：吴欣　2018年2月出版 / 估价：128.00元
PSN B-2018-691-1/1

地方发展类-经济

澳门蓝皮书
澳门经济社会发展报告（2017～2018）
著(编)者：吴志良 郝雨凡
2018年7月出版 / 估价：99.00元
PSN B-2009-138-1/1

澳门绿皮书
澳门旅游休闲发展报告（2017～2018）
著(编)者：郝雨凡 林广志
2018年5月出版 / 估价：99.00元
PSN G-2017-617-1/1

北京蓝皮书
北京经济发展报告（2017～2018）
著(编)者：杨松　2018年6月出版 / 估价：99.00元
PSN B-2006-054-2/8

北京旅游绿皮书
北京旅游发展报告（2018）
著(编)者：北京旅游学会
2018年7月出版 / 估价：99.00元
PSN G-2012-301-1/1

北京体育蓝皮书
北京体育产业发展报告（2017～2018）
著(编)者：钟秉枢 陈杰 杨铁黎
2018年9月出版 / 估价：99.00元
PSN B-2015-475-1/1

滨海金融蓝皮书
滨海新区金融发展报告（2017）
著(编)者：王爱俭 李向前　2018年4月出版 / 估价：99.00元
PSN B-2014-424-1/1

城乡一体化蓝皮书
北京城乡一体化发展报告（2017～2018）
著(编)者：吴宝新 张宝秀 黄序
2018年5月出版 / 估价：99.00元
PSN B-2012-258-2/2

非公有制企业社会责任蓝皮书
北京非公有制企业社会责任报告（2018）
著(编)者：宋贵伦 冯培
2018年6月出版 / 估价：99.00元
PSN B-2017-613-1/1

福建旅游蓝皮书
福建省旅游产业发展现状研究（2017~2018）
著(编)者：陈敏华 黄远水　2018年12月出版 / 估价：128.00元
PSN B-2016-591-1/1

福建自贸区蓝皮书
中国(福建)自由贸易试验区发展报告(2017~2018)
著(编)者：黄茂兴　2018年6月出版 / 估价：118.00元
PSN B-2016-531-1/1

甘肃蓝皮书
甘肃经济发展分析与预测（2018）
著(编)者：安文华 罗哲　2018年1月出版 / 定价：99.00元
PSN B-2013-312-1/6

甘肃蓝皮书
甘肃商贸流通发展报告（2018）
著(编)者：张应华 王福生 王晓芳
2018年1月出版 / 定价：99.00元
PSN B-2016-522-6/6

甘肃蓝皮书
甘肃县域和农村发展报告（2018）
著(编)者：包东红 朱智文 王建兵
2018年1月出版 / 定价：99.00元
PSN B-2013-316-5/6

甘肃农业科技绿皮书
甘肃农业科技发展研究报告（2018）
著(编)者：魏胜文 乔德华 张东伟
2018年12月出版 / 估价：198.00元
PSN B-2016-592-1/1

甘肃气象保障蓝皮书
甘肃农业对气候变化的适应与风险评估报告（No.1）
著(编)者：鲍文中 周广胜
2017年12月出版 / 定价：108.00元
PSN B-2017-677-1/1

巩义蓝皮书
巩义经济社会发展报告（2018）
著(编)者：丁同民 朱军　2018年6月出版 / 估价：99.00元
PSN B-2016-532-1/1

广东外经贸蓝皮书
广东对外经济贸易发展研究报告（2017～2018）
著(编)者：陈万灵　2018年6月出版 / 估价：99.00元
PSN B-2012-286-1/1

广西北部湾经济区蓝皮书
广西北部湾经济区开放开发报告（2017～2018）
著(编)者：广西壮族自治区北部湾经济区和东盟开放合作办公室
广西社会科学院
广西北部湾发展研究院
2018年5月出版 / 估价：99.00元
PSN B-2010-181-1/1

广州蓝皮书
广州城市国际化发展报告（2018）
著(编)者：张跃国　2018年8月出版 / 估价：99.00元
PSN B-2012-246-11/14

广州蓝皮书
中国广州城市建设与管理发展报告（2018）
著(编)者：张其学 陈小钢 王宏伟　2018年8月出版 / 估价：99.00元
PSN B-2007-087-4/14

广州蓝皮书
广州创新型城市发展报告（2018）
著(编)者：尹涛　2018年6月出版 / 估价：99.00元
PSN B-2012-247-12/14

广州蓝皮书
广州经济发展报告（2018）
著(编)者：张跃国 尹涛　2018年7月出版 / 估价：99.00元
PSN B-2005-040-1/14

广州蓝皮书
2018年中国广州经济形势分析与预测
著(编)者：魏明海 谢博能 李华
2018年6月出版 / 估价：99.00元
PSN B-2011-185-9/14

广州蓝皮书
中国广州科技创新发展报告（2018）
著(编)者：于欣伟 陈爽 邓佑满　2018年8月出版 / 估价：99.0
PSN B-2006-065-2/14

广州蓝皮书
广州农村发展报告（2018）
著(编)者：朱名宏　2018年7月出版 / 估价：99.00元
PSN B-2010-167-8/14

广州蓝皮书
广州汽车产业发展报告（2018）
著(编)者：杨再高 冯兴亚　2018年7月出版 / 估价：99.0
PSN B-2006-066-3/14

广州蓝皮书
广州商贸业发展报告（2018）
著(编)者：张跃国 陈杰 荀振英
2018年7月出版 / 估价：99.00元
PSN B-2012-245-10/14

贵阳蓝皮书
贵阳城市创新发展报告No.3（白云篇）
著(编)者：连玉明　2018年5月出版 / 估价：99.00元
PSN B-2015-491-3/10

贵阳蓝皮书
贵阳城市创新发展报告No.3（观山湖篇）
著(编)者：连玉明　2018年5月出版 / 估价：99.00元
PSN B-2015-497-9/10

贵阳蓝皮书
贵阳城市创新发展报告No.3（花溪篇）
著(编)者：连玉明　2018年5月出版 / 估价：99.00元
PSN B-2015-490-2/10

贵阳蓝皮书
贵阳城市创新发展报告No.3（开阳篇）
著(编)者：连玉明　2018年5月出版 / 估价：99.00元
PSN B-2015-492-4/10

贵阳蓝皮书
贵阳城市创新发展报告No.3（南明篇）
著(编)者：连玉明　2018年5月出版 / 估价：99.00元
PSN B-2015-496-8/10

贵阳蓝皮书
贵阳城市创新发展报告No.3（清镇篇）
著(编)者：连玉明　2018年5月出版 / 估价：99.00元
PSN B-2015-489-1/10

贵阳蓝皮书
贵阳城市创新发展报告No.3（乌当篇）
著(编)者：连玉明　　2018年5月出版 / 估价：99.00元
PSN B-2015-495-7/10

贵阳蓝皮书
贵阳城市创新发展报告No.3（息烽篇）
著(编)者：连玉明　　2018年5月出版 / 估价：99.00元
PSN B-2015-493-5/10

贵阳蓝皮书
贵阳城市创新发展报告No.3（修文篇）
著(编)者：连玉明　　2018年5月出版 / 估价：99.00元
PSN B-2015-494-6/10

贵阳蓝皮书
贵阳城市创新发展报告No.3（云岩篇）
著(编)者：连玉明　　2018年5月出版 / 估价：99.00元
PSN B-2015-498-10/10

贵州房地产蓝皮书
贵州房地产发展报告No.5（2018）
著(编)者：武廷方　　2018年7月出版 / 估价：99.00元
PSN B-2014-426-1/1

贵州蓝皮书
贵州册亨经济社会发展报告（2018）
著(编)者：黄德林　　2018年6月出版 / 估价：99.00元
PSN B-2016-525-8/9

贵州蓝皮书
贵州地理标志产业发展报告（2018）
著(编)者：李发耀 黄其松　　2018年8月出版 / 估价：99.00元
PSN B-2017-646-10/10

贵州蓝皮书
贵安新区发展报告（2017～2018）
著(编)者：马长青 吴大华　　2018年6月出版 / 估价：99.00元
PSN B-2015-459-4/10

贵州蓝皮书
贵州国家级开放创新平台发展报告（2017～2018）
著(编)者：申晓庆 吴大华 季泓
2018年11月出版 / 估价：99.00元
PSN B-2016-518-7/10

贵州蓝皮书
贵州国有企业社会责任发展报告（2017～2018）
著(编)者：郭丽　　2018年12月出版 / 估价：99.00元
PSN B-2015-511-6/10

贵州蓝皮书
贵州民航业发展报告（2017）
著(编)者：申振东 吴大华　　2018年6月出版 / 估价：99.00元
PSN B-2015-471-5/10

贵州蓝皮书
贵州民营经济发展报告（2017）
著(编)者：杨静 吴大华　　2018年6月出版 / 估价：99.00元
PSN B-2016-530-9/9

杭州都市圈蓝皮书
杭州都市圈发展报告（2018）
著(编)者：洪庆华 沈翔　　2018年4月出版 / 定价：98.00元
PSN B-2012-302-1/1

河北经济蓝皮书
河北省经济发展报告（2018）
著(编)者：马树强 金浩 张贵　　2018年6月出版 / 估价：99.00元
PSN B-2014-380-1/1

河北蓝皮书
河北经济社会发展报告（2018）
著(编)者：康振海　　2018年1月出版 / 定价：99.00元
PSN B-2014-372-1/3

河北蓝皮书
京津冀协同发展报告（2018）
著(编)者：陈璐　　2017年12月出版 / 定价：79.00元
PSN B-2017-601-2/3

河南经济蓝皮书
2018年河南经济形势分析与预测
著(编)者：王世炎　　2018年3月出版 / 定价：89.00元
PSN B-2007-086-1/1

河南蓝皮书
河南城市发展报告（2018）
著(编)者：张占仓 王建国　　2018年5月出版 / 估价：99.00元
PSN B-2009-131-3/9

河南蓝皮书
河南工业发展报告（2018）
著(编)者：张占仓　　2018年5月出版 / 估价：99.00元
PSN B-2013-317-5/9

河南蓝皮书
河南金融发展报告（2018）
著(编)者：喻新安 谷建全
2018年6月出版 / 估价：99.00元
PSN B-2014-390-7/9

河南蓝皮书
河南经济发展报告（2018）
著(编)者：张占仓 完世伟
2018年6月出版 / 估价：99.00元
PSN B-2010-157-4/9

河南蓝皮书
河南能源发展报告（2018）
著(编)者：国网河南省电力公司经济技术研究院
河南省社会科学院
2018年6月出版 / 估价：99.00元
PSN B-2017-607-9/9

河南商务蓝皮书
河南商务发展报告（2018）
著(编)者：焦锦淼 穆荣国　　2018年5月出版 / 估价：99.00元
PSN B-2014-399-1/1

河南双创蓝皮书
河南创新创业发展报告（2018）
著(编)者：喻新安 杨雪梅
2018年8月出版 / 估价：99.00元
PSN B-2017-641-1/1

黑龙江蓝皮书
黑龙江经济发展报告（2018）
著(编)者：朱宇　　2018年1月出版 / 定价：89.00元
PSN B-2011-190-2/2

湖南城市蓝皮书
区域城市群整合
著(编)者：童中贤 韩未名　2018年12月出版 / 估价：99.00元
PSN B-2006-064-1/1

湖南蓝皮书
湖南城乡一体化发展报告（2018）
著(编)者：陈文胜 王文强 陆福兴
2018年8月出版 / 估价：99.00元
PSN B-2015-477-8/8

湖南蓝皮书
2018年湖南电子政务发展报告
著(编)者：梁志峰　2018年5月出版 / 估价：128.00元
PSN B-2014-394-6/8

湖南蓝皮书
2018年湖南经济发展报告
著(编)者：卞鹰　2018年5月出版 / 估价：128.00元
PSN B-2011-207-2/8

湖南蓝皮书
2016年湖南经济展望
著(编)者：梁志峰　2018年5月出版 / 估价：128.00元
PSN B-2011-206-1/8

湖南蓝皮书
2018年湖南县域经济社会发展报告
著(编)者：梁志峰　2018年5月出版 / 估价：128.00元
PSN B-2014-395-7/8

湖南县域绿皮书
湖南县域发展报告（No.5）
著(编)者：袁准 周小毛 黎仁寅
2018年6月出版 / 估价：99.00元
PSN G-2012-274-1/1

沪港蓝皮书
沪港发展报告（2018）
著(编)者：尤安山　2018年9月出版 / 估价：99.00元
PSN B-2013-362-1/1

吉林蓝皮书
2018年吉林经济社会形势分析与预测
著(编)者：邵汉明　2017年12月出版 / 定价：89.00元
PSN B-2013-319-1/1

吉林省城市竞争力蓝皮书
吉林省城市竞争力报告（2017~2018）
著(编)者：崔岳春 张磊
2018年3月出版 / 定价：89.00元
PSN B-2016-513-1/1

济源蓝皮书
济源经济社会发展报告（2018）
著(编)者：喻新安　2018年6月出版 / 估价：99.00元
PSN B-2014-387-1/1

江苏蓝皮书
2018年江苏经济发展分析与展望
著(编)者：王庆五 吴先满
2018年7月出版 / 估价：128.00元
PSN B-2017-635-1/3

江西蓝皮书
江西经济社会发展报告（2018）
著(编)者：陈石俊 龚建文　2018年10月出版 / 估价：128.00
PSN B-2015-484-1/2

江西蓝皮书
江西设区市发展报告（2018）
著(编)者：姜玮 梁勇
2018年10月出版 / 估价：99.00元
PSN B-2016-517-2/2

经济特区蓝皮书
中国经济特区发展报告（2017）
著(编)者：陶一桃　2018年1月出版 / 估价：99.00元
PSN B-2009-139-1/1

辽宁蓝皮书
2018年辽宁经济社会形势分析与预测
著(编)者：梁启东 魏红江　2018年6月出版 / 估价：99.00
PSN B-2006-053-1/1

民族经济蓝皮书
中国民族地区经济发展报告（2018）
著(编)者：李曦辉　2018年7月出版 / 估价：99.00元
PSN B-2017-630-1/1

南宁蓝皮书
南宁经济发展报告（2018）
著(编)者：胡建华　2018年9月出版 / 估价：99.00元
PSN B-2016-569-2/3

内蒙古蓝皮书
内蒙古精准扶贫研究报告（2018）
著(编)者：张志华　2018年1月出版 / 定价：89.00元
PSN B-2017-681-2/2

浦东新区蓝皮书
上海浦东经济发展报告（2018）
著(编)者：周小平 徐美芳
2018年1月出版 / 定价：89.00元
PSN B-2011-225-1/1

青海蓝皮书
2018年青海经济社会形势分析与预测
著(编)者：陈玮　2018年1月出版 / 定价：98.00元
PSN B-2012-275-1/2

青海科技绿皮书
青海科技发展报告（2017）
著(编)者：青海省科学技术信息研究所
2018年3月出版 / 定价：98.00元
PSN G-2018-701-1/1

山东蓝皮书
山东经济形势分析与预测（2018）
著(编)者：李广杰　2018年7月出版 / 估价：99.00元
PSN B-2014-404-1/5

山东蓝皮书
山东省普惠金融发展报告（2018）
著(编)者：齐鲁财富网
2018年9月出版 / 估价：99.00元
PSN B2017-676-5/5

山西蓝皮书
山西资源型经济转型发展报告（2018）
著(编)者：李志强　2018年7月出版 / 估价：99.00元
PSN B-2011-197-1/1

陕西蓝皮书
陕西经济发展报告（2018）
著(编)者：任宗哲 白宽犁 裴成荣
2018年1月出版 / 定价：89.00元
PSN B-2009-135-1/6

陕西蓝皮书
陕西精准脱贫研究报告（2018）
著(编)者：任宗哲 白宽犁 王建康
2018年4月出版 / 定价：89.00元
PSN B-2017-623-6/6

上海蓝皮书
上海经济发展报告（2018）
著(编)者：沈开艳　2018年2月出版 / 定价：89.00元
PSN B-2006-057-1/7

上海蓝皮书
上海资源环境发展报告（2018）
著(编)者：周冯琦 胡静　2018年2月出版 / 定价：89.00元
PSN B-2006-060-4/7

上海蓝皮书
上海奉贤经济发展分析与研判（2017~2018）
著(编)者：张兆安 朱平芳　2018年3月出版 / 定价：99.00元
PSN B-2018-698-8/8

上饶蓝皮书
上饶发展报告（2016~2017）
著(编)者：廖其志　2018年6月出版 / 估价：128.00元
PSN B-2014-377-1/1

深圳蓝皮书
深圳经济发展报告（2018）
著(编)者：张骁儒　2018年6月出版 / 估价：99.00元
PSN B-2008-112-3/7

四川蓝皮书
四川城镇化发展报告（2018）
著(编)者：侯水平 陈炜　2018年6月出版 / 估价：99.00元
PSN B-2015-456-7/7

四川蓝皮书
2018年四川经济形势分析与预测
著(编)者：杨钢　2018年1月出版 / 定价：158.00元
PSN B-2007-098-2/7

四川蓝皮书
四川企业社会责任研究报告（2017~2018）
著(编)者：侯水平 盛毅　2018年5月出版 / 估价：99.00元
PSN B-2014-386-4/7

四川蓝皮书
四川生态建设报告（2018）
著(编)者：李晟之　2018年5月出版 / 估价：99.00元
PSN B-2015-455-6/7

四川蓝皮书
四川特色小镇发展报告（2017）
著(编)者：吴志强　2017年11月出版 / 定价：89.00元
PSN B-2017-670-8/8

体育蓝皮书
上海体育产业发展报告（2017~2018）
著(编)者：张林 黄海燕
2018年10月出版 / 估价：99.00元
PSN B-2015-454-4/5

体育蓝皮书
长三角地区体育产业发展报（2017~2018）
著(编)者：张林　2018年6月出版 / 估价：99.00元
PSN B-2015-453-3/5

天津金融蓝皮书
天津金融发展报告（2018）
著(编)者：王爱俭 孔德昌
2018年5月出版 / 估价：99.00元
PSN B-2014-418-1/1

图们江区域合作蓝皮书
图们江区域合作发展报告（2018）
著(编)者：李铁　2018年6月出版 / 估价：99.00元
PSN B-2015-464-1/1

温州蓝皮书
2018年温州经济社会形势分析与预测
著(编)者：蒋儒标 王春光 金浩
2018年6月出版 / 估价：99.00元
PSN B-2008-105-1/1

西咸新区蓝皮书
西咸新区发展报告（2018）
著(编)者：李扬 王军
2018年6月出版 / 估价：99.00元
PSN B-2016-534-1/1

修武蓝皮书
修武经济社会发展报告（2018）
著(编)者：张占仓 袁凯声
2018年10月出版 / 估价：99.00元
PSN B-2017-651-1/1

偃师蓝皮书
偃师经济社会发展报告（2018）
著(编)者：张占仓 袁凯声 何武周
2018年7月出版 / 估价：99.00元
PSN B-2017-627-1/1

扬州蓝皮书
扬州经济社会发展报告（2018）
著(编)者：陈扬
2018年12月出版 / 估价：108.00元
PSN B-2011-191-1/1

长垣蓝皮书
长垣经济社会发展报告（2018）
著(编)者：张占仓 袁凯声 秦保建
2018年10月出版 / 估价：99.00元
PSN B-2017-654-1/1

遵义蓝皮书
遵义发展报告（2018）
著(编)者：邓彦 曾征 龚永育
2018年9月出版 / 估价：99.00元
PSN B-2014-433-1/1

地方发展类-社会

安徽蓝皮书
安徽社会发展报告（2018）
著(编)者：程桦　　2018年6月出版 / 估价：99.00元
PSN B-2013-325-1/1

安徽社会建设蓝皮书
安徽社会建设分析报告（2017～2018）
著(编)者：黄家海 蔡宪
2018年11月出版 / 估价：99.00元
PSN B-2013-322-1/1

北京蓝皮书
北京公共服务发展报告（2017～2018）
著(编)者：施昌奎　　2018年6月出版 / 估价：99.00元
PSN B-2008-103-7/8

北京蓝皮书
北京社会发展报告（2017～2018）
著(编)者：李伟东
2018年7月出版 / 估价：99.00元
PSN B-2006-055-3/8

北京蓝皮书
北京社会治理发展报告（2017～2018）
著(编)者：殷星辰　　2018年7月出版 / 估价：99.00元
PSN B-2014-391-8/8

北京律师蓝皮书
北京律师发展报告 No.4（2018）
著(编)者：王隽　　2018年12月出版 / 估价：99.00元
PSN B-2011-217-1/1

北京人才蓝皮书
北京人才发展报告（2018）
著(编)者：敏华　　2018年12月出版 / 估价：128.00元
PSN B-2011-201-1/1

北京社会心态蓝皮书
北京社会心态分析报告（2017～2018）
北京市社会心理服务促进中心
2018年10月出版 / 估价：99.00元
PSN B-2014-422-1/1

北京社会组织管理蓝皮书
北京社会组织发展与管理（2018）
著(编)者：黄江松
2018年6月出版 / 估价：99.00元
PSN B-2015-446-1/1

北京养老产业蓝皮书
北京居家养老发展报告（2018）
著(编)者：陆杰华 周明明
2018年8月出版 / 估价：99.00元
PSN B-2015-465-1/1

法治蓝皮书
四川依法治省年度报告No.4（2018）
著(编)者：李林 杨天宗 田禾
2018年3月出版 / 定价：118.00元
PSN B-2015-447-2/3

福建妇女发展蓝皮书
福建省妇女发展报告（2018）
著(编)者：刘群英　　2018年11月出版 / 估价：99.00元
PSN B-2011-220-1/1

甘肃蓝皮书
甘肃社会发展分析与预测（2018）
著(编)者：安文华 谢增虎 包晓霞
2018年1月出版 / 定价：99.00元
PSN B-2013-313-2/6

广东蓝皮书
广东全面深化改革研究报告（2018）
著(编)者：周林生 涂成林
2018年12月出版 / 估价：99.00元
PSN B-2015-504-3/3

广东蓝皮书
广东社会工作发展报告（2018）
著(编)者：罗观翠　　2018年6月出版 / 估价：99.00元
PSN B-2014-402-2/3

广州蓝皮书
广州青年发展报告（2018）
著(编)者：徐柳 张强
2018年8月出版 / 估价：99.00元
PSN B-2013-352-13/14

广州蓝皮书
广州社会保障发展报告（2018）
著(编)者：张跃国　　2018年8月出版 / 估价：99.00元
PSN B-2014-425-14/14

广州蓝皮书
2018年中国广州社会形势分析与预测
著(编)者：张强 郭志勇 何镜清
2018年6月出版 / 估价：99.00元
PSN B-2008-110-5/14

贵州蓝皮书
贵州法治发展报告（2018）
著(编)者：吴大华　　2018年5月出版 / 估价：99.00元
PSN B-2012-254-2/10

贵州蓝皮书
贵州人才发展报告（2017）
著(编)者：于杰 吴大华
2018年9月出版 / 估价：99.00元
PSN B-2014-382-3/10

贵州蓝皮书
贵州社会发展报告（2018）
著(编)者：王兴骥　　2018年6月出版 / 估价：99.00元
PSN B-2010-166-1/10

杭州蓝皮书
杭州妇女发展报告（2018）
著(编)者：魏颖
2018年10月出版 / 估价：99.00元
PSN B-2014-403-1/1

河北蓝皮书
河北法治发展报告（2018）
著(编)者：康振海　2018年6月出版 / 估价：99.00元
PSN B-2017-622-3/3

河北食品药品安全蓝皮书
河北食品药品安全研究报告（2018）
著(编)者：丁锦霞
2018年10月出版 / 估价：99.00元
PSN B-2015-473-1/1

河南蓝皮书
河南法治发展报告（2018）
著(编)者：张林海　2018年7月出版 / 估价：99.00元
PSN B-2014-376-6/9

河南蓝皮书
2018年河南社会形势分析与预测
著(编)者：牛苏林　2018年5月出版 / 估价：99.00元
PSN B-2005-043-1/9

河南民办教育蓝皮书
河南民办教育发展报告（2018）
著(编)者：胡大白　2018年9月出版 / 估价：99.00元
PSN B-2017-642-1/1

黑龙江蓝皮书
黑龙江社会发展报告（2018）
著(编)者：王爱丽　2018年1月出版 / 定价：89.00元
PSN B-2011-189-1/2

湖南蓝皮书
2018年湖南两型社会与生态文明建设报告
著(编)者：卞鹰　2018年5月出版 / 估价：128.00元
PSN B-2011-208-3/8

湖南蓝皮书
2018年湖南社会发展报告
著(编)者：卞鹰　2018年5月出版 / 估价：128.00元
PSN B-2014-393-5/8

健康城市蓝皮书
北京健康城市建设研究报告（2018）
著(编)者：王鸿春 盛继洪
2018年9月出版 / 估价：99.00元
PSN B-2015-460-1/2

江苏法治蓝皮书
江苏法治发展报告No.6（2017）
著(编)者：蔡道通 龚廷泰
2018年8月出版 / 估价：99.00元
PSN B-2012-290-1/1

江苏蓝皮书
2018年江苏社会发展分析与展望
著(编)者：王庆五 刘旺洪
2018年8月出版 / 估价：128.00元
PSN B-2017-636-2/3

民族教育蓝皮书
中国民族教育发展报告（2017·内蒙古卷）
著(编)者：陈中永
2017年12月出版 / 定价：198.00元
PSN B-2017-669-1/1

南宁蓝皮书
南宁法治发展报告（2018）
著(编)者：杨维超　2018年12月出版 / 估价：99.00元
PSN B-2015-509-1/3

南宁蓝皮书
南宁社会发展报告（2018）
著(编)者：胡建华　2018年10月出版 / 估价：99.00元
PSN B-2016-570-3/3

内蒙古蓝皮书
内蒙古反腐倡廉建设报告 No.2
著(编)者：张志华　2018年6月出版 / 估价：99.00元
PSN B-2013-365-1/1

青海蓝皮书
2018年青海人才发展报告
著(编)者：王宇燕　2018年9月出版 / 估价：99.00元
PSN B-2017-650-2/2

青海生态文明建设蓝皮书
青海生态文明建设报告（2018）
著(编)者：张西明 高华　2018年12月出版 / 估价：99.00元
PSN B-2016-595-1/1

人口与健康蓝皮书
深圳人口与健康发展报告（2018）
著(编)者：陆杰华 傅崇辉
2018年11月出版 / 估价：99.00元
PSN B-2011-228-1/1

山东蓝皮书
山东社会形势分析与预测（2018）
著(编)者：李善峰　2018年6月出版 / 估价：99.00元
PSN B-2014-405-2/5

陕西蓝皮书
陕西社会发展报告（2018）
著(编)者：任宗哲 白宽犁 牛昉
2018年1月出版 / 定价：89.00元
PSN B-2009-136-2/6

上海蓝皮书
上海法治发展报告（2018）
著(编)者：叶必丰　2018年9月出版 / 估价：99.00元
PSN B-2012-296-6/7

上海蓝皮书
上海社会发展报告（2018）
著(编)者：杨雄 周海旺
2018年2月出版 / 定价：89.00元
PSN B-2006-058-2/7

社会建设蓝皮书
2018年北京社会建设分析报告
著(编)者：宋贵伦 冯虹　2018年9月出版 / 估价：99.00元
PSN B-2010-173-1/1

深圳蓝皮书
深圳法治发展报告（2018）
著(编)者：张骁儒　2018年6月出版 / 估价：99.00元
PSN B-2015-470-6/7

深圳蓝皮书
深圳劳动关系发展报告（2018）
著(编)者：汤庭芬　2018年8月出版 / 估价：99.00元
PSN B-2007-097-2/7

深圳蓝皮书
深圳社会治理与发展报告（2018）
著(编)者：张骁儒　2018年6月出版 / 估价：99.00元
PSN B-2008-113-4/7

生态安全绿皮书
甘肃国家生态安全屏障建设发展报告（2018）
著(编)者：刘举科 喜文华
2018年10月出版 / 估价：99.00元
PSN G-2017-659-1/1

顺义社会建设蓝皮书
北京市顺义区社会建设发展报告（2018）
著(编)者：王学武　2018年9月出版 / 估价：99.00元
PSN B-2017-658-1/1

四川蓝皮书
四川法治发展报告（2018）
著(编)者：郑泰安　2018年6月出版 / 估价：99.00元
PSN B-2015-441-5/7

四川蓝皮书
四川社会发展报告（2018）
著(编)者：李羚　2018年6月出版 / 估价：99.00元
PSN B-2008-127-3/7

四川社会工作与管理蓝皮书
四川省社会工作人力资源发展报告（2017）
著(编)者：边慧敏　2017年12月出版 / 定价：89.00元
PSN B-2017-683-1/1

云南社会治理蓝皮书
云南社会治理年度报告（2017）
著(编)者：晏雄 韩全芳
2018年5月出版 / 估价：99.00元
PSN B-2017-667-1/1

地方发展类-文化

北京传媒蓝皮书
北京新闻出版广电发展报告（2017~2018）
著(编)者：王志　2018年11月出版 / 估价：99.00元
PSN B-2016-588-1/1

北京蓝皮书
北京文化发展报告（2017~2018）
著(编)者：李建盛　2018年5月出版 / 估价：99.00元
PSN B-2007-082-4/8

创意城市蓝皮书
北京文化创意产业发展报告（2018）
著(编)者：郭万超 张京成　2018年12月出版 / 估价：99.00元
PSN B-2012-263-1/7

创意城市蓝皮书
天津文化创意产业发展报告（2017~2018）
著(编)者：谢思全　2018年6月出版 / 估价：99.00元
PSN B-2016-536-7/7

创意城市蓝皮书
武汉文化创意产业发展报告（2018）
著(编)者：黄永林 陈汉桥　2018年12月出版 / 估价：99.00元
PSN B-2013-354-4/7

创意上海蓝皮书
上海文化创意产业发展报告（2017~2018）
著(编)者：王慧敏 王兴全　2018年8月出版 / 估价：99.00元
PSN B-2016-561-1/1

非物质文化遗产蓝皮书
广州市非物质文化遗产保护发展报告（2018）
著(编)者：宋俊华　2018年12月出版 / 估价：99.00元
PSN B-2016-589-1/1

甘肃蓝皮书
甘肃文化发展分析与预测（2018）
著(编)者：马廷旭 戚晓萍　2018年1月出版 / 定价：99.0
PSN B-2013-314-3/6

甘肃蓝皮书
甘肃舆情分析与预测（2018）
著(编)者：王俊莲 张谦元　2018年1月出版 / 定价：99.0
PSN B-2013-315-4/6

广州蓝皮书
中国广州文化发展报告（2018）
著(编)者：屈哨兵 陆志强　2018年6月出版 / 估价：99.0
PSN B-2009-134-7/14

广州蓝皮书
广州文化创意产业发展报告（2018）
著(编)者：徐咏虹　2018年7月出版 / 估价：99.00元
PSN B-2008-111-6/14

海淀蓝皮书
海淀区文化和科技融合发展报告（2018）
著(编)者：陈名杰 孟景伟　2018年5月出版 / 估价：99.0
PSN B-2013-329-1/1

河南蓝皮书
河南文化发展报告（2018）
著(编)者：卫绍生　2018年7月出版 / 估价：99.00元
PSN B-2008-106-2/9

湖北文化产业蓝皮书
湖北省文化产业发展报告（2018）
著(编)者：黄晓华　2018年9月出版 / 估价：99.00元
PSN B-2017-656-1/1

湖北文化蓝皮书
湖北文化发展报告（2017~2018）
著(编)者：湖北大学高等人文研究院
中华文化发展湖北省协同创新中心
2018年10月出版 / 估价：99.00元
PSN B-2016-566-1/1

江苏蓝皮书
2018年江苏文化发展分析与展望
著(编)者：王庆五 樊和平　2018年9月出版 / 估价：128.00元
PSN B-2017-637-3/3

江西文化蓝皮书
江西非物质文化遗产发展报告（2018）
著(编)者：张圣才 傅安平　2018年12月出版 / 估价：128.00元
PSN B-2015-499-1/1

洛阳蓝皮书
洛阳文化发展报告（2018）
著(编)者：刘福兴 陈启明　2018年7月出版 / 估价：99.00元
PSN B-2015-476-1/1

南京蓝皮书
南京文化发展报告（2018）
著(编)者：中共南京市委宣传部
2018年12月出版 / 估价：99.00元
PSN B-2014-439-1/1

宁波文化蓝皮书
宁波"一人一艺"全民艺术普及发展报告（2017）
著(编)者：张爱琴　2018年11月出版 / 估价：128.00元
PSN B-2017-668-1/1

山东蓝皮书
山东文化发展报告（2018）
著(编)者：涂可国　2018年5月出版 / 估价：99.00元
PSN B-2014-406-3/5

陕西蓝皮书
陕西文化发展报告（2018）
著(编)者：任宗哲 白宽犁 王长寿
2018年1月出版 / 定价：89.00元
PSN B-2009-137-3/6

上海蓝皮书
上海传媒发展报告（2018）
著(编)者：强荧 焦雨虹　2018年2月出版 / 定价：89.00元
PSN B-2012-295-5/7

上海蓝皮书
上海文学发展报告（2018）
著(编)者：陈圣来　2018年6月出版 / 估价：99.00元
PSN B-2012-297-7/7

上海蓝皮书
上海文化发展报告（2018）
著(编)者：荣跃明　2018年6月出版 / 估价：99.00元
PSN B-2006-059-3/7

深圳蓝皮书
深圳文化发展报告（2018）
著(编)者：张骁儒　2018年7月出版 / 估价：99.00元
PSN B-2016-554-7/7

四川蓝皮书
四川文化产业发展报告（2018）
著(编)者：向宝云 张立伟　2018年6月出版 / 估价：99.00元
PSN B-2006-074-1/7

郑州蓝皮书
2018年郑州文化发展报告
著(编)者：王哲　2018年9月出版 / 估价：99.00元
PSN B-2008-107-1/1

皮书起源

“皮书”起源于十七、十八世纪的英国，主要指官方或社会组织正式发表的重要文件或报告，多以“白皮书”命名。在中国，“皮书”这一概念被社会广泛接受，并被成功运作、发展成为一种全新的出版形态，则源于中国社会科学院社会科学文献出版社。

皮书定义

皮书是对中国与世界发展状况和热点问题进行年度监测，以专业的角度、专家的视野和实证研究方法，针对某一领域或区域现状与发展态势展开分析和预测，具备原创性、实证性、专业性、连续性、前沿性、时效性等特点的公开出版物，由一系列权威研究报告组成。

皮书作者

皮书系列的作者以中国社会科学院、著名高校、地方社会科学院的研究人员为主，多为国内一流研究机构的权威专家学者，他们的看法和观点代表了学界对中国与世界的现实和未来最高水平的解读与分析。

皮书荣誉

皮书系列已成为社会科学文献出版社的著名图书品牌和中国社会科学院的知名学术品牌。2016 年，皮书系列正式列入“十三五”国家重点出版规划项目；2013~2018 年，重点皮书列入中国社会科学院承担的国家哲学社会科学创新工程项目；2018 年，59 种院外皮书使用“中国社会科学院创新工程学术出版项目”标识。

中国皮书网

（网址：www.pishu.cn）

发布皮书研创资讯，传播皮书精彩内容
引领皮书出版潮流，打造皮书服务平台

栏目设置

关于皮书：何谓皮书、皮书分类、皮书大事记、皮书荣誉、
皮书出版第一人、皮书编辑部

最新资讯：通知公告、新闻动态、媒体聚焦、网站专题、视频直播、下载专区

皮书研创：皮书规范、皮书选题、皮书出版、皮书研究、研创团队

皮书评奖评价：指标体系、皮书评价、皮书评奖

互动专区：皮书说、社科数托邦、皮书微博、留言板

所获荣誉

2008 年、2011 年，中国皮书网均在全国新闻出版业网站荣誉评选中获得“最具商业价值网站”称号；

2012 年，获得“出版业网站百强”称号。

网库合一

2014 年，中国皮书网与皮书数据库端口合一，实现资源共享。